冯其庸评点《红楼梦》四

曹雪芹 著
无名氏 续

冯其庸 评点

青岛出版社

第六十一回　　投鼠忌器宝玉瞒赃
　　　　　　　　判冤决狱平儿行权[一]

那柳家的笑道："好猴儿崽子，你亲婶子找野老儿去了，你岂不多得一个叔叔，有什么疑的！别讨我把你头上的杩子盖似的几根尿毛挦下来！还不开门让我进去呢。"这小厮且不开门，且拉着笑说："好婶子，你这一进去，好歹偷些杏子出来赏我吃。我这里老等。你若忘了时，日后半夜三更打酒买油的，我不给你老人家开门，也不答应你，随你干叫去。"柳氏啐道："发了昏的，今年不比往年，把这些东西都分给了众奶奶了。一个个的不像抓破了脸的，人打树底下一过，两眼就像那黧鸡似的，还动他的果子！昨儿我从李子树下一走，偏有一个蜜蜂儿往脸上一过，我一招手儿，偏你那好舅母就看见了。他离的远看不真，只当我摘李子呢，就尿声浪嗓喊起来，说又是'还没供佛呢'，又是'老太太、太太不在家，还没进鲜呢，等进了上头，嫂子们都有分

_{角门上的一段趣事，雪芹涉笔成趣，皆成妙文。}

_{自从大观园分别包管以后，一草一花皆是金钱，柳家的所说，逼真可信。}

_{形容尽致。}

_{所谓"瓜田不纳履，李下不整冠"也。}

的',倒像谁害了馋痨等李子出汗呢。^{妙语。}叫我也没好话说,抢白了他一顿。可是你舅母、姨娘两三个亲戚都管着,怎不和他们要去,倒和我来要。这可是'仓老鼠和老鸹去借粮——守着的没有,飞着的有'。"

小厮笑道:"嗳哟哟,没有罢了,说上这些闲话!我看你老以后就用不着我了?就便是姐姐有了好地方,将来更呼唤着的日子多,只要我们多答应他些就有了。"^{原来你也有拿人处。}柳氏听了,笑道:"你这个小猴精,又捣鬼吊白的,你姐姐有什么好地方了?"那小厮笑道:"别哄我了,早已知道了。单是你们有内牵,难道我们就没有内牵不成?我虽在这里听哈,里头却也有两个姊妹成个体统的,什么事瞒了我们!"

正说着,只听门内又有老婆子向外叫:"小猴儿们,快传你柳婶子去罢,再不来可就误了。"柳家的听了,不顾和小厮说话,忙推门进去,笑说:"不必忙,我来了。"一面来至厨房——虽有几个同伴的人,他们都不敢自专,单等他来调停分派——一面问众人:"五丫头那去了?"众人都说:"才往茶房里找他们姊妹去了。"柳家的听了,便将茯苓霜搁起,且按着房头分派菜馔。

忽见迎春房里小丫头莲花儿走来^{脂批:"总是写春景将残。"}说:"司棋姐姐说了,要碗鸡蛋,炖的嫩嫩的。"柳家的道:"就是这样尊贵。不知怎的,今年这鸡蛋短的很,十个钱

<sub>各有各的内牵,真是千丝万缕,不可胜记。
人人都有内线,事事都涉内线,古今同概。雪芹之笔,如并刀之利,于世情洞若观火。</sub>

第六十一回　投鼠忌器宝玉瞒赃　判冤决狱平儿行权

一个还找不出来。昨儿上头给亲戚家送粥米去，四五个买办出去，好容易才凑了二千个来。我那里找去？你说给他，改日吃罢。"

莲花儿道："前儿要吃豆腐，你弄了些馊的，叫他说了我一顿。今儿要鸡蛋又没有了。什么好东西，我就不信连鸡蛋都没有了，别叫我翻出来。"一面说，一面真个走来，揭起菜箱一看，只见里面果有十来个鸡蛋，说道："这不是？你就这么利害！吃的是主子的，我们的分例，你为什么心疼？又不是你下的蛋，怕人吃了。"柳家的忙丢了手里的活计，便上来说道："你少满嘴里混吣！你娘才下蛋呢！通共留下这几个，预备菜上的浇头。姑娘们不要，还不肯做上去呢。预备接急的，你们吃了，倘或一声要起来，没有好的，连鸡蛋都没了。你们深宅大院，水来伸手，饭来张口，只知鸡蛋是平常对象，那里知道外头买卖的行市呢。别说这个，有一年连草根子还没了的日子还有呢。我劝他们，细米白饭，每日肥鸡大鸭子，将就些儿也罢了。吃腻了膈，天天又闹起故事来了。鸡蛋、豆腐，又是什么面筋、酱萝卜炸儿，敢自倒换口味。只是我又不是答应你们的，一处要一样，就是十来样，我倒别伺候头层主子，只预备你们二层主子了。"

莲花儿听了，便红了脸，喊道："谁天天要你什

> 柳家的也是看人下菜碟儿。

> 柳家的对芳官如此奉承，对司棋却如此吝啬，人情冷暖如此不同。

> 妙语、尖语。

> 一语警醒世人。

> 柳家的一语，石破天惊，直指后文结局。读者深思。

么来?你说上这两车子话!叫你来,不是为便宜却为什么。前儿小燕来,说'晴雯姐姐要吃芦蒿',你怎么忙的还问肉炒鸡炒?小燕说'荤的因不好才另叫你炒个面筋的,少搁油才好',你忙的倒说'自己发昏',赶着洗手炒了,狗颠儿似的亲捧了去。形容得妙。今儿反倒拿我作筏子,说我给众人听。"

再揭柳家的看人下菜碟。看透世情。

柳家的忙道:"阿弥陀佛!这些人眼见的。别说前儿一次,就从旧年一立厨房以来,凡各房里偶然间不论姑娘、姐儿们要添一样半样,谁不是先拿了钱来,另买另添。说到关键上了。有的没的,名声好听,说我单管姑娘厨房省事,又有剩头儿,算起账来,惹人恶心:连姑娘带姐儿们四五十人,一日也只管要两只鸡,两只鸭子,十来斤肉,一吊钱的菜蔬。你们算算,够作什么的?连本项两顿饭还撑持不住,还搁的住这个点这样,那个点那样,买来的又不吃,又买别的去。既这样,不如回了太太,多添些分例,也像大厨房里预备老太太的饭,把天下所有的菜蔬用水牌写了,天天转着吃,吃到一个月现算倒好。连前儿三姑娘和宝姑娘偶然商议了要吃个油盐炒枸杞芽儿来,现打发个姐儿拿着五百钱来给我,我倒笑起来了,钱多就笑,倒是实话。说:'二位姑娘就是大肚子弥勒佛,也吃不了五百钱的去。这三二十个钱的事,还预备的起。'赶着我送回钱去,到底不收,说赏我打酒吃,又说'如今厨房在里头,保不住屋里的人不去叨登，一盐一酱，那不是钱买的？你不给又不好，给了你又没的赔。你拿着这个钱，全当还了他们素日叨登的东西窝儿。'这就是明白体下的姑娘，_{说给你听听。}我们心里只替他念佛。没的赵姨奶奶听了又气不忿，又说太便宜了我，_{写赵姨娘。}隔不了十天，也打发个小丫头子来寻这样寻那样，我倒好笑起来。你们竟成了例，不是这个，就是那个，我那里有这些赔的。"

> 柳家的倒出一袋子油盐酱醋的话，关键是莲花儿没有拿钱来，是白要。一段厨房琐事趣闻，亏作者洞察一切。

正乱时，只见司棋又打发人来催莲花儿，说他："死在这里了，怎么就不回去？"莲花儿赌气回来，便添了一篇话，告诉了司棋。_{又惹是非。}司棋听了，不免心头起火。此刻伺候迎春饭罢，带了小丫头们走来，见了许多人正吃饭，见他来的势头不好，都忙起身陪笑让坐。司棋便喝命小丫头子动手："凡箱柜所有的菜蔬，只管丢出来喂狗，大家赚不成。"

> 看司棋霸道行径。连司棋都如此威风，可知贾府奴仆一般。

小丫头子们巴不得一声，七手八脚抢上去，一顿乱翻乱掷的。众人一面拉劝，一面央告司棋说："姑娘别误听了小孩子的话。柳嫂子有八个头，也不敢得罪姑娘。说鸡蛋难买是真。我们才也说他不知好歹，凭是什么东西，也少不得变法儿去。他已经悟过来了，连忙蒸上了。姑娘不信，瞧那火上。"

司棋被众人一顿好言，方将气劝的渐平。小丫头们也没得摔完东西，便拉开了。司棋连说带骂，闹了一回，方被众人劝去。柳家的只好摔碗丢盘自己咕嘟了一回，蒸了一碗鸡蛋令人送去。司棋全泼了地下了。_{写足司棋。}那人回来也不敢说，恐又生事。

柳家的打发他女儿喝了一回汤，吃了半碗粥，又将茯苓霜一节说了。五儿听罢，便心下要分些赠芳官，遂用纸另包了一半，趁黄昏人稀之时，自己花遮柳隐的来找芳官。_{又生事端。}且喜无人盘问。一径到了怡红院门前，不好进去，只在一簇玫瑰花前站立，远远的望着。

有一盏茶时，可巧小燕出来，忙上前叫住。小燕不知是那一个，至跟前方看真切，因问作什么。五儿笑道："你叫出芳官来，我和他说话。"小燕悄笑道："姐姐太性急了，横竖等十来日就来了，只管找他做什么。方才使了他往前头去了，你且等他一等。不然，有什么话告诉我，等我告诉他。恐怕你等不得，只怕关园门了。"五儿便将茯苓霜递与了小燕，又说这是茯苓霜，如何吃，如何补益，"我得了些送他的，转烦你递与他就是了。"说毕，作辞回来。

正走蓼溆一带，忽见迎头林之孝家的带着几个婆子走来，五儿藏躲不及，只得上来问好。林之孝家的问道："我听见你病了，怎么跑到这里来？"五儿陪笑道："因这两日好些，跟我妈进来散散闷。才因我妈使我到怡红院送家伙去。"

林之孝家的说道："这话岔了。方才我见你妈出

第六十一回　投鼠忌器宝玉瞒赃　判冤决狱平儿行权

来我才关门。既是你妈使了你去，他如何不告诉我说你在这里呢，竟出去让我关门，是何主意？可知是你扯谎。"五儿听了，没话回答。只说："原是我妈一早教我取去的，我忘了，挨到这时我才想起来了。只怕我妈错当我先出去了，所以没和大娘说得。"

林之孝家的听他辞钝色虚，又因近日玉钏儿说那边正房内失落了东西，几个丫头对赖，没主儿，心下便起了疑。可巧小蝉、莲花儿并几个媳妇子走来，见了这事，便说道："林奶奶倒要审审他。这两日他往这里头跑的不像，鬼鬼唧唧的，不知干些什么事。"小蝉又道："正是。昨儿玉钏姐姐说，太太耳房里的柜子开了，少了好些零碎东西。琏二奶奶打发平姑娘和玉钏姐姐要些玫瑰露，谁知也少了一罐子。若不是寻露，还不知道呢。"莲花儿笑道："这话我没听见，今儿我倒看见一个露瓶子。"

林之孝家的正因这些事没主儿，每日凤姐儿使平儿催逼他，一听此言，忙问在那里。莲花儿便说："在他们厨房里呢。"林之孝家的听了，忙命打了灯笼，带着众人来寻。五儿急的便说："那原是宝二爷屋里的芳官给我的。"林之孝家的便说："不管你方官圆官，现有了赃证，我只呈报了，凭你主子前辩去。"一面说，一面进入厨房，莲花儿带着，取出露瓶。恐还有偷的别物，又细细搜了一遍，又得了一包茯苓霜，一并拿

<small>碰到坎儿上了，以前种种，都到此时总算。</small>

<small>碰到关键上了。</small>

<small>竟与贼情联系起来，有口难辩。</small>

<small>揭出玫瑰露瓶子来。</small>

<small>不管是否？先借你报账，莲花儿借此报复。</small>

1139

了，带了五儿，来回李纨与探春。

那时李纨正因兰哥儿病了，不理事务，只命去见探春。探春已归房。人回进去，丫鬟们都在院内纳凉，探春在内盥沐，只有待书回进去。半日，出来说："姑娘知道了，叫你们找平儿回二奶奶去。"林之孝家的只得领出来。到凤姐儿那边，先找着了平儿，平儿进去回了凤姐。

凤姐方才歇下，听见此事，便吩咐："将他娘打四十板子，撵出去，永不许进二门。把五儿打四十板子，立刻交给庄子上，或卖或配人。"平儿听了，出来依言吩咐了林之孝家的。五儿唬的哭哭啼啼，给平儿跪着，细诉芳官之事。平儿道："这也不难，等明日问了芳官便知真假。但这茯苓霜前日人送了来，还等老太太、太太回来看了才敢打动，这不该偷了去。"五儿见问，忙又将他舅舅送的一节说了出来。幸有真情实事可证。

天降大祸，五儿一场美梦，就此打碎。

平儿听了，笑道："这样说，你竟是个平白无辜之人，拿你来顶缸。平儿已看出实情。此时天晚，奶奶才进了药歇下，不便为这点子小事去絮叨。如今且将他交给上夜的人看守一夜，等明儿我回了奶奶，再做道理。"林之孝家的不敢违拗，只得带了出来交与上夜的媳妇们看守，自便去了。

这里五儿被人软禁起来，一步不敢多走。又兼众媳妇也有劝他说，不该做这没行止之事；也有抱怨说，

第六十一回　投鼠忌器宝玉瞒赃　判冤决狱平儿行权

正经更还坐不上来，又弄个贼来给我们看，_{其言难听。}倘或眼不见寻了死，逃走了，都是我们不是。于是又有素日一干与柳家不睦的人，见了这般，十分趁愿，都来奚落嘲戏他。_{世情如此，墙倒众人推也。}这五儿心内又气又委屈，竟无处可诉；且本来怯弱有病，这一夜思茶无茶，思水无水，思睡无衾枕，呜呜咽咽直哭了一夜。

_{人情如此之险之薄，令人浩叹，雪芹当亦深知此味，故借此写之。}

谁知和他母女不和的那些人，巴不得一时撵出他们去，惟恐次日有变，大家先起了个清早，都悄悄的来买转平儿，_{世情可怕，可以醒人。}一面送些东西，一面又奉承他办事简断，一面又讲述他母亲素日许多不好。平儿一一的都应着，打发他们去了，却悄悄的来访袭人，_{平儿是有心人。}问他可果真芳官给他露了。袭人便说："露却是给芳官，芳官转给何人我却不知。"袭人于是又问芳官，芳官听了，唬天跳地，忙应是自己送他的。

_{柳家厨房之事，前前后后，作者借此写透世情。}

芳官便又告诉了宝玉，宝玉也慌了，说："露虽有了，若勾起茯苓霜来，他自然也实供。若听见了是他舅舅门上得的，他舅舅又有了不是，岂不是人家的好意，反被咱们陷害了。"因忙和平儿计议："露的事虽完，然这霜也是有不是的。好姐姐，你叫他说也是芳官给他的就完了。"平儿笑道："虽如此，只是他昨晚已经同人说是他舅舅给的了，如何又说你给的？况且那边所丢的露也是无主儿，如今有赃证的白放了，又去找谁？谁还肯认？众人也未必心服。"

_{宝玉总是一片慈心善意。}

晴雯走来笑道:"太太那边的露再无别人,分明是彩云偷了给环哥儿去了。_{晴雯精细明了。}你们可瞎乱说。"平儿笑道:"谁不知是这个原故,但今玉钏儿急的哭,悄悄问着他,他若应了,玉钏儿也罢了,大家也就混着不问了。难道我们好意兜揽这事不成!可恨彩云不但不应,他还挤玉钏儿,说他偷了去了。_{彩云可恶。}两个人窝里发炮,先吵的合府皆知,我们如何装没事人,少不得要查的。殊不知告失盗的就是贼,又没赃证,怎么说他。"

> 一桩细事,写得如此曲折,可见作者体物之深。

　　宝玉道:"也罢,这件事我也应起来,就说是我唬他们顽的,悄悄的偷了太太的来了。两件事都完了。"袭人道:"也倒是件阴骘事,保全人的贼名儿。只是太太听见又说你小孩子气,不知好歹了。"平儿笑道:"这也倒是小事。如今便从赵姨娘屋里起了赃来也容易,我只怕又伤着一个好人的体面。别人都别管,这一个人岂不又生气。我可怜的是他,_{指探春。}不肯为打老鼠伤了玉瓶。"说着,把三个指头一伸,袭人等听说,便知他说的是探春。大家都忙说:"可是这话。竟是我们这里应了起来的为是。"

> 宝玉一味发慈悲心,救人苦难。

　　平儿又笑道:"也须得把彩云和玉钏儿两个业障叫了来,问准了他方好。不然他们得了益,不说为这个,倒像我没了本事问不出来,烦出这里来完事,他们以后越发偷的偷,不管的不管了。"_{平儿想得周到。}袭人等笑

第六十一回　投鼠忌器宝玉瞒赃　判冤决狱平儿行权

道："正是，也要你留个地步。"

平儿便命人叫了他两个来，说道："不用慌，贼已有了。"玉钏儿先问贼在那里，平儿道："现在二奶奶屋里，你问他什么应什么，我心里明知不是他偷的，可怜他害怕，都承认。这里宝二爷不过意，要替他认一半。我待要说出来，但只是这做贼的素日又是和我好的一个姊妹，窝主却是平常，里面又伤着一个好人的体面，因此为难，少不得央求宝二爷应了，大家无事。如今反要问你们两个，还是怎样？若从此以后大家小心存体面，这便求宝二爷应了；若不然，我就回了二奶奶，别冤屈了好人。" *此是敲山震虎法。*

彩云听了，不觉红了脸，一时羞恶之心感发，便说道："姐姐放心，也别冤了好人，也别带累了无辜之人伤体面，偷东西原是赵姨奶奶央告我再三，*又是赵姨娘。* 我拿了些与环哥是情真。连太太在家我们还拿过，各人去送人，也是常事。我原说嚷过两天就罢了。如今既冤屈了好人，我心也不忍。姐姐竟带了我回奶奶去，我一概应了完事。" *羞恶之心人皆有之。* *彩云毕竟单纯，未泯良心。* *彩云敢作敢为，不肯累人，尚称光明磊落，要不是赵姨娘唆使，她未必有此类事。*

众人听了这话，一个个都诧异，他竟这样有肝胆。宝玉忙笑道："彩云姐姐果然是个正经人。如今也不用你应，我只说是我悄悄的偷的唬你们顽，如今闹出事来，我原该承认。只求姐姐们以后省些事，大家就好了。"彩云道："我干的事为什么叫你应，死活我该去受。"_{有肝胆,有正气。}平儿、袭人忙道:"不是这样说,你一应了,未免又叨注销赵姨奶奶来,那时三姑娘听了,岂不生气。_{干脆都说明了。}竟不如宝二爷应了,大家无事,且除这几个人皆不得知道这事,何等的干净。但只以后千万大家小心些就是了。要拿什么,好歹耐到太太到家,那怕连这房子给了人,我们就没干系了。"彩云听了,低头想了一想,方依允。

<small>此是顾全大局,顾全探春之计。</small>

于是大家商议妥贴,平儿带了他两个并芳官往前边来,至上夜房中叫了五儿,将茯苓霜一节也悄悄的教他说系芳官所赠,五儿感谢不尽。平儿带他们来至自己这边,已见林之孝家的带领了几个媳妇,押解着柳家的等够多时。

林之孝家的又向平儿说:"今儿一早押了他来,恐园里没人伺候姑娘们的饭,我暂且将秦显的女人派了去伺候,_{竟然捷足先登,林之孝家的未免太专擅。}姑娘一并回明奶奶,他倒干净谨慎,以后就派他常伺候罢。"平儿道:"秦显的女人是谁?我不大相熟。"林之孝家的道:"他是园里南角子上夜的,白日里没什么事,所以姑娘不大相识。高高孤拐,大大的眼睛,最干净爽利的。"玉钏儿道:"是了。姐姐,你怎么忘了?他是跟二姑娘的司棋的婶娘。司棋的父母虽是大老爷那边的人,他这叔叔却是咱们这边的。"

平儿听了,方想起来,笑道:"哦,你早说是他,

第六十一回　投鼠忌器宝玉瞒赃　判冤决狱平儿行权

我就明白了。"又笑道："也太派急了些。如今这事八下里水落石出了，〔水落石出，则竹篮打水一场空也。〕连前儿太太屋里丢的也有了主儿。是宝玉那日过来和这两个业障要什么的，偏这两个业障怄他顽，说太太不在家不敢拿。宝玉便瞅他两个不堤防的时节，自己进去拿了些什么出来。这两个业障不知道，就唬慌了。如今宝玉听见带累了别人，方细细的告诉了我，拿出东西来我瞧，一件不差。那茯苓霜是宝玉外头得了的，也曾赏过许多人，〔说外头得了的，即与里面无关，不涉及偷盗。〕不独园内人有，连妈妈子们讨了出去给亲戚们吃，又转送人，袭人也曾给过芳官之流的人。他们私情各相来往，也是常事。前儿那两篓还摆在议事厅上，好好的原封没动，〔原物俱在，无可怀疑。〕怎么就混赖起人来。等我回了奶奶再说。"说毕，抽身进了卧房，将此事照前言回了凤姐儿一遍。

凤姐儿道："虽如此说，但宝玉为人不管青红皂白，爱兜揽事情。别人再求求他去，他又搁不住人两句好话，给他个炭篓子戴上，什么事他不应承。咱们若信了，将来若大事也如此，如何治人。还要细细的追求才是。依我的主意，把太太屋里的丫头都拿来，虽不便擅加拷打，只叫他们垫着磁瓦子跪在太阳地下，〔只有凤姐最不肯放过人。〕茶饭也别给吃。一日不说跪一日，便是铁打的，一日也管招了。〔比拷打还凶还狠。〕〔如此措施，将有多少人受冤枉。凤姐之作践人于此可见。〕又道是'苍蝇不抱没缝的鸡蛋'。虽然这柳家的没偷，到底有些影儿，〔凤姐心狠手辣，宜其终不得善后也。〕

1145

人才说他。虽不加贼刑,也革出不用。朝廷家原有挂误的,倒也不算委屈了他。"_{连柳家的亦不放过,其刻毒之心可知矣。其能善后乎。}

平儿道:"何苦来操这心!'得放手时须放手',什么大不了的事,乐得不施恩呢。依我说,纵在这屋里操上一百分的心,终久咱们是那边屋里去的。_{平儿看得清,看得远而心慈。}没的结些小人仇恨,使人含怨。况且自己又三灾八难的,好容易怀了一个哥儿,到了六七个月还掉了,焉知不是素日操劳太过,气恼伤着的。_{说得婉转,亦可说焉知不是平时刻薄人的报应。}如今趁早儿见一半不见一半的,也倒罢了。"一席话,说的凤姐儿倒笑了,说道:"凭你这小蹄子发放去罢。_{总算听了一回。}我才精爽些了,没的淘气。"平儿笑道:"这不是正经!"说毕,转身出来,一一发放。要知端的,且听下回分解。

第六十一回　投鼠忌器宝玉瞒赃　判冤决狱平儿行权

【回后评】

因角门小厮向柳家的索要园中的杏子，带出大观园分项包管后，各自利益所在，护理周到，看管严密，竟是"瓜田不纳履，李下不整冠"的气氛。可见要调动积极性，必须与个人利益有关，探春在大观园里实行包管、包产到户制，竟早在二百多年前就实行了，可见此书之超前。

因司棋让小丫头莲花儿向厨房柳家的要炖鸡蛋，才引出柳家的细诉厨房应付之难，藉此拒绝司棋之索取。又说探春、宝钗要吃炒枸杞芽，竟送来五百钱等，实际上是要钱，拒绝白吃。一下惹恼了司棋，竟带了小丫头子来大闹厨房，一顿"乱翻乱掷"，柳家的反倒"只好摔碗丢盘自己咕嘟了一回，蒸了一碗鸡蛋令人送去"，司棋却将它"全泼了地下了"。这一段文字，是司棋的特笔，平时读者只看到这些丫头们都是女孩儿，都是闺阁千金小姐房中的丫鬟，应该是温文尔雅的，谁知司棋如此横蛮，芳官如此刁钻，由此可见贾府的那些男女奴才们将是如何仗势了！

柳五儿得了一些茯苓霜，趁夜间去送给芳官，为的是求芳官早将她弄进怡红院，不想又被林之孝家的查夜拿住，又恰巧碰上王夫人房中失窃玫瑰露，而莲花儿在跟司棋一起大闹厨房时，又在厨房里见到了玫瑰露瓶子，林之孝家的正为找不到窃贼发愁，得此线索，立即到厨房搜检，不仅拿到玫瑰露瓶，又抄出来一包茯苓霜，于是"人赃俱获"，不管是否确实，先拿柳五儿顶罪。在这一大段情节中，写出了下人之间的各家各派，各自搞颠覆倾轧活动。总之一切人情世故，皆在作者笔下原形毕露！

王夫人房中的玫瑰露，明明是赵姨娘唆使彩云偷的，却让柳五儿顶罪，于事不公。要揭出彩云，则必揭出赵姨娘，则又伤了探春。最后经平儿、宝玉、袭人商量，由宝玉出面说是宝玉从王夫人处拿的,这样就把真相掩过,事情摆妥,柳五儿的冤案亦得昭雪。宝玉背黑锅是为了探春,是做好事。平儿在处理此事时,既细心冷静,又公正,又面面俱到,实为难得。而宝玉从来是善心对人,于此更见其爱人之心,不独是为探春,亦是为柳五儿。

柳家的才遭冤枉,事情还未处理,林之孝家的立即安插私人,让秦显家的马上接替。其行动之迅速,实际上是抢班夺权。秦显家的一边忙着接班,一边又忙着送礼、请客,大破钱财。不想平儿处事公正,柳家的回归原职,秦显家的落得一场空,白费了一笔钱财。世间趁人之危者可以引以为戒!

依凤姐之见,要"把太太屋里的丫头都拿来,虽不便擅加拷打,只叫他们垫着磁瓦子跪在太阳地下,茶饭也别给吃。一日不说跪一日,便是铁打的,一日也管招了"。凤姐对柳家的,则是"'苍蝇不抱没缝的鸡蛋',虽然这柳家的没偷,到底有些影儿,人才说他。虽不加贼刑,也革出不用"。凤姐的一段话,充分暴露了她的刻毒狠辣。幸得平儿敢谏,免去多少人受刑受冤。平儿说:"没的结些小人仇恨,使人含怨。况且自己又三灾八难的,好容易怀了一个哥儿,到了六七个月还掉了。焉知不是素日操劳太过,气恼伤着的。如今趁早儿见一半不见一半的,也倒罢了。"平儿的话,说得婉转,实际是劝她多积德,少刻薄人。为了凤姐好接受,只说"焉知不是素日操劳太过"云云,其实是说:焉知不是平时刻薄人的报应也。凤姐竟接受了平儿的劝告,想凤姐亦略知其意矣!

【校记】

〔一〕本回回目,底本上联末两字作"情赃",下联末两字作"情权"。己卯本"情赃"旁改为"瞒赃","情权"旁改为"行权",与程甲本同。其他各本都有出入,兹据己卯本改文及程甲本改。

第六十二回　　憨湘云醉眠芍药裀
　　　　　　　　呆香菱情解石榴裙

话说平儿出来吩咐林之孝家的道："大事化为小事，小事化为没事，方是兴旺之家。若得不了一点子小事，便扬铃打鼓的乱折腾起来，不成道理。如今将他母女带回，照旧去当差。将秦显家的仍旧退回。再不必提此事。只是每日小心巡察要紧。"说毕，起身走了。柳家的母女忙向上磕头，林家的带回园中，回了李纨、探春，二人皆说："知道了，能可无事，很好。"司棋等人空兴头了一阵。_{司棋也不安分。}那秦显家的好容易等了这个空子钻了来，只兴头上半天。在厨房内正乱_{一个"乱"字，活画出秦显家的忙乱高兴之状。}着接收家伙米粮煤炭等物，又查出许多亏空来，说："粳米短了两石，常用米又多支了一个月的，炭也欠着额数。"一面又打点送林之孝家的礼，悄悄的备了一篓炭，五百斤木柴，一担粳米，在外边就遣了子侄送入林家去了；_{已经送出了，白搭。}又打点送账房的礼；又预备几样菜蔬请几位同事的人，说："我来了，

一阵响雷过后，却是阳光普照的晴天。

明明炭米俱亏空，却又用炭米送人，可见其不怀好意，将自己送人的也入亏空账矣。

秦显家的好兴头。

全仗列位扶持。自今以后都是一家人了。我有照顾不到的,好歹大家照顾些。" _{真是好兴头。}

正乱着,忽有人来说与他:"看过这早饭就出去罢。柳嫂儿原无事,如今还交与他管了。"秦显家的听了,轰去魂魄,垂头丧气,登时掩旗息鼓,卷包而出。_{好看之极。}送人之物白丢了许多,_{这是教训费。}自己倒要折变了赔补亏空。连司棋都气了个倒仰,无计挽回,只得罢了。

> 凡极意钻营者,皆来看此下场。

赵姨娘正因彩云私赠了许多东西,被玉钏儿吵出,生恐查诘出来,每日捏一把汗打听信儿。忽见彩云来告诉说:"都是宝玉应了,从此无事。"赵姨娘方把心放下来。_{这一头的心放下来,那一头的心又提起来了。}

> 赵姨娘心惊胆战。

谁知贾环听如此说,便起了疑心,_{贾环不识大体,总是个歪小子。}将彩云凡私赠之物都拿了出来,照着彩云的脸摔了去,说:"这两面三刀的东西!我不稀罕。你不和宝玉好,他如何肯替你应。你既有担当给了我,原该不与一个人知道。如今你既然告诉他,如今我再要这个,也没趣儿。"

彩云见如此,急的发身赌誓,至于哭了。百般解说,贾环执意不信,说:"不看你素日之情,去告诉二嫂子,就说你偷来给我,我不敢要。你细想去。"说毕,摔手出去了。急的赵姨娘骂:"没造化的种子,蛆心业障。"气的彩云哭个泪干肠断。赵姨娘百般的安慰他:

> 活画出贾环是一个无情无理无知的赖皮人物。

第六十二回　憨湘云醉眠芍药裀　呆香菱情解石榴裙

"好孩子，他辜负了你的心，我看的真。让我收起来，过两日他自然回转过来了。"说着，便要收东西。彩云赌气一顿包起来，乘人不见时，来至园中，都撇在河内，顺水沉的沉，漂的漂。_{水流花谢两无情。}自己气的夜间在被内暗哭。

当下又值宝玉生日已到，原来宝琴也是这日，二人相同。因王夫人不在家，也不曾像往年闹热。只有张道士送了四样礼，换的寄名符儿；还有几处僧尼庙的和尚姑子送了供尖儿，并寿星、纸马、疏头，并本命星官、值年太岁周年换的锁儿。家中常走的女先儿来上寿。王子腾那边，仍是一套衣服，一双鞋袜，一百寿桃，一百束上用银丝挂面。薛姨娘处减一等。其余家中人，尤氏仍是一双鞋袜；凤姐儿是一个宫制四面和合荷包，里面装一个金寿星，一件波斯国所制玩器。各庙中遣人去放堂舍钱。又另有宝琴之礼，不能备述。姊妹中皆随便，或有一扇的，或有一字的，或有一画的，或有一诗的，聊复应景而已。

这日宝玉清晨起来，梳洗已毕，冠带出来。至前厅院中，已有李贵等四五个人在那里设下天地香烛，宝玉炷了香。行毕礼，奠茶焚纸后，便至宁府中宗祠祖先堂两处行毕礼，出至站台上，又朝上遥拜过贾母、贾政、王夫人等。一顺到尤氏上房，行过礼，坐了一

> 宝玉与宝琴同生日。

> 先叙张道士送礼，并带及几处和尚姑子，然后是常走的女先儿。以上是外边人。

> 以下是王子腾、薛姨妈、凤姐、薛宝琴及诸姐妹等。

> 又是一件洋货。

> 宝玉生日礼节，先天地，次祖宗，次父母。次长辈（尤氏、薛姨妈、李纨），次奶妈，次序井然。

1151

回,方回荣府。先至薛姨妈处,薛姨妈再三拉着,然后又遇见薛蝌,让一回,方进园来。晴雯、麝月二人跟随,小丫头夹着毡子,从李氏起,一一挨着比自己长的房中到过。复出二门,至李、赵、张、王四个奶妈家让了一回,最后是四位奶妈,一丝不漏。方进来。虽众人要行礼,也不曾受。回至房中,袭人等只都来说一声就是了。王夫人有言,不令年轻人受礼,恐折了福寿,故皆不磕头。

歇一时,贾环、贾兰等来了,比自己小的一辈。袭人连忙拉住,坐了一坐,便去了。宝玉笑说走乏了,便歪在床上。方吃了半盏茶,只听外面咭咭呱呱,人尚未到,声音已先进来。一群丫头笑进来,原来是翠墨、小螺、翠缕、入画、邢岫烟的丫头篆儿,并奶子抱着巧姐儿,彩鸾、绣鸾八九个人,都抱着红毡笑着走来,说:"拜寿的挤破了门了,快拿面来我们吃。"刚进来时,探春、湘云、宝琴、岫烟、惜春也都来了。宝玉忙迎出来,笑说:"不敢起动,快预备好茶。"进入房中,不免推让一回,大家归坐。

写一群丫鬟来拜寿,又是一番热闹情景。

又写探春、湘云一起人。

特写平儿。
平儿之来与别人又不一样。

袭人等捧过茶来,才吃了一口,平儿也打扮的花枝招展的来了。特笔。宝玉忙迎出来,笑说:"我方才到凤姐姐门上,回了进去,不能见,我又打发人进去让姐姐的。"平儿笑道:"我正打发你姐姐梳头,不得出来回你。后来听见又说让我,我那里禁当的起,所以

第六十二回　憨湘云醉眠芍药裀　呆香菱情解石榴裙

特赶来磕头。"宝玉笑道："我也禁当不起。"袭人早在外间安了坐，让他坐。平儿便福下去，宝玉作揖不迭。平儿便跪下去，宝玉也忙还跪下，_{好看煞人。}袭人连忙搀起来。又下了一福，宝玉又还了一揖。〔两人对拜。〕

袭人笑推宝玉："你再作揖。"宝玉道："已经完了，怎么又作揖？"袭人笑道："这是他来给你拜寿。今儿也是他的生日，_{意外之事，意外之情。}你也该给他拜寿。"宝玉听了，喜的忙作下揖去，说："原来今儿也是姐姐的芳诞。"平儿还万福不迭。〔平儿生日从袭人谈话中带出。宝琴、岫烟的生日又用湘云说出，四个人同生日，增加不少热闹。〕

湘云拉宝琴、岫烟说："你们四个人对拜寿，直拜一天才是。"_{又是四个人的同寿。}探春忙问："原来邢妹妹也是今儿？我怎么就忘了。"_{把岫烟的生日忘了，孤寒之人，易遭冷淡。}忙命丫头："去告诉二奶奶，赶着补了一分礼，与琴姑娘的一样，送到二姑娘屋里去。"丫头答应着去了。岫烟见湘云直口说出来，少不得要到各房去让让。

探春笑道："倒有些意思。一年十二个月，月月有几个生日。人多了，便这等巧，也有三个一日、两个一日的。大年初一日也不白过，大姐姐占了去，怨不得他福大，生日比别人就占先。又是太祖太爷的生日。过了灯节，就是姨太太和宝姐姐，他们娘儿两个遇的巧。三月初一日是太太，初九日是琏二哥哥。二月没人。"〔借宝玉生日，将各人生日统叙一过。〕

袭人道："二月十二是林姑娘，怎么没人？就只不是咱家的人。"〔前面刚提宝姐姐，宝姐姐是咱家人吗？〕探春笑道："我这个记性是怎么了！"宝玉笑指袭人道："他和林妹妹是一日，所以他记的。"探春笑道："原来你两个倒是一日，每年连头也不给我们磕一个。平儿的生日，我们也不知道，这也是才知道。"

平儿笑道："我们是那牌儿名上的人，生日也没拜寿的福，又没受礼职分，可吵闹什么，可不悄悄的过去。今儿他又偏吵出来了，等姑娘们回房，我再行礼去罢。"探春笑道："也不敢惊动。只是今儿倒要替你过个生日，我心里才过得去。"宝玉、湘云等一齐都说："很是。"

〔探春理家，平儿多有襄助，故探春要为平儿过生日，而凤姐意即赞成，亦为理家事，望能多弥合也。〕

探春便吩咐了丫头："去告诉他奶奶，就说我们大家说了，今儿一日不放平儿出去，我们也大家凑了分子过生日呢。"丫头笑着去了，半日，回来说："二奶奶说了，多谢姑娘们给他脸。不知过生日给他些什么吃，只别忘了二奶奶，就不来絮聒他了。"众人都笑了。探春因说道："可巧今儿里头厨房不预备饭，一应下面弄菜都是外头收拾。咱们就凑了钱叫柳家的来揽了去，只在咱们里头收拾倒好。"众人都说是极。探春一面遣人去问李纨、宝钗、黛玉，一面遣人去传柳家的进来，吩咐他内厨房中快收拾两桌酒席。

〔因众人出面，凤姐亦不能不让平儿过生日。〕

柳家的不知何意，因说外厨房都预备了。探春笑道："你原来不知道，今儿是平姑娘的华诞。外头预

〔外厨房是大家庭的厨房，管全家，桌面摆在大厅上；内厨房是大观园内的厨房，专管园内诸人的饭食。〕

第六十二回　憨湘云醉眠芍药裀　呆香菱情解石榴裙

备的是上头的，这如今我们私下又凑了分子，单为平姑娘预备两桌请他。_{为平儿特设寿筵。}你只管拣新巧的菜蔬预备了来，开了账和我那里领钱。"柳家的笑道："原来今日也是平姑娘的千秋，我竟不知道。"说着，便向平儿磕下头去，_{柳家的原应叩谢平儿，非平儿岂能免去一场大祸。}慌的平儿拉起他来。柳家的忙去预备酒席。

这里，探春又邀了宝玉，同到厅上去吃面，等到李纨、宝钗一齐来全，又遣人去请薛姨妈与黛玉。因天气和暖，黛玉之疾渐愈，故也来了。花团锦簇，挤了一厅的人。_{厅上本应有贾母、王夫人等，今贾母、王夫人等均因送灵未回，故年长者只有薛姨妈。}

谁知薛蝌又送了巾扇香帛四色寿礼与宝玉，宝玉于是过去陪他吃面。两家皆治了寿酒，互相酬送，彼此同领。至午间，宝玉又陪薛蝌吃了两杯酒。宝钗带了宝琴过来与薛蝌行礼，把盏毕，宝钗因嘱薛蝌："家里的酒也不用送过那边去，这虚套竟可收了。你只请伙计们吃罢。我们和宝兄弟进去还要待人去呢，也不能陪你了。"薛蝌忙说："姐姐、兄弟只管请，只怕伙计们也就好来了。"宝玉忙又告过罪，方同他姊妹回来。

一进角门，宝钗便命婆子将门锁上，_{宝钗谨慎细密。}把钥匙要了自己拿着。宝玉忙说："这一道门何必关，又没多的人走。况且姨娘、姐姐、妹妹都在里头，倘或家去取什么，岂不费事。"宝钗笑道："小心没过逾的。你瞧你们那边，这几日七事八事，竟没有我们这边的<sub>因贾母、王夫人等都不在，故宝钗将角门锁断，防微杜渐，万一有事，则与己无关，宝钗精细至此。

锁断门者，是锁断是非之门也。</sub>

人,可知是这门关的有功效了。若是开着,保不住那起人图顺脚,抄近路从这里走,拦谁的是?不如锁了,连妈和我也禁着些,大家别走。纵有了事,就赖不着这边的人了。"

宝玉笑道:"原来姐姐也知道我们那边近日丢了东西?"[一]宝钗笑道:"你只知道玫瑰露和茯苓霜两件,乃因人而及物。若非因人,你连这两件还不知道呢。殊不知还有几件比这两件大的呢。若以后叨登不出来,是大家的造化;若叨注销来,不知里头连累多少人呢。_{反愿意叨登不出来,倒是大家造化,可见一事出来,祸及无辜。}你也是不管事的人,我才告诉你。平儿是个明白人,我前儿也告诉了他,皆因他奶奶不在外头,所以使他明白了。若不出来,大家乐得丢开手;若犯出来,他心里已有稿子,自有头绪,就冤屈不着平人了。_{可见平时常冤屈好人。}你只听我说,以后留神小心就是了,这话也不可对第二个人讲。"

说着,来到沁芳亭边,只见袭人、香菱、待书、素云、晴雯、麝月、芳官、蕊官、藕官等十来个人都在那里看鱼作耍。见他们来了,都说:"芍药栏里预备下了,快去上席罢。"宝钗等随携了他们,同到了芍药栏中红香圃三间小敞厅内。连尤氏已请过来了,诸人都在那里,只没平儿。

原来平儿出去,有赖、林诸家送了礼来,_{都是宝玉生日礼物。}连三接四,上中下三等家人来拜寿送礼的不少,平儿

旁注:
- 可见贾府内还包藏多少坏事。
- 筵设芍药栏红香圃,好场所。

第六十二回　憨湘云醉眠芍药裀　呆香菱情解石榴裙

忙着打发赏钱道谢。一面又色色的回明凤姐儿，不过留下几样，也有不收的，也有收下即刻赏与人的。忙了一回，又直待凤姐儿吃过面，方换了衣裳往园里来。

刚进了园，就有几个丫鬟来找他，一同到了红香圃中。只见筵开玳瑁，(内厨房所办。)褥设芙蓉。众人都笑："寿星全了。"上面四座定要让他四个人坐，四人皆不肯。

薛姨妈说："我老天拔地，又不合你们的群儿，我倒觉拘的慌，不如我到厅上(指大厅上。)随便躺躺去倒好。我又吃不下什么去，又不大吃酒，这里让他们倒便宜。"尤氏等执意不从。宝钗道："这也罢了，倒是让妈在厅上歪着自如些，有爱吃的送些过去，倒自在了。且前头没人在那里，又可照看了。"探春等笑道："既这样，恭敬不如从命。"因大家送了他到议事厅上，眼看着命丫头们铺了一个锦褥，并靠背、引枕之类，又嘱咐："好生给姨妈捶腿，要茶要水，别推三扯四的。回来送了东西来，姨妈吃了就赏你们吃。只别离了这里出去。"小丫头们都答应了。

探春等方回来。终久让宝琴、岫烟二人在上，平儿面西坐，宝玉面东坐。探春又接了鸳鸯来，二人并肩对面相陪。西边一桌，宝钗、黛玉、湘云、迎春、惜春，一面又拉了香菱、玉钏儿二人打横。三桌上，尤氏、李纨又拉了袭人、彩云陪坐。四桌上便是紫鹃、莺儿、晴雯、小螺、司棋等人围坐。当下探春等还要(座中有名者共二十二人、四桌。)

把盏,宝琴等四人都说:"这一闹,一日都坐不成了。"方才罢了。

两个女先儿要弹词上寿,众人都说:"我们没人要听那些野话,你厅上去说给姨太太解闷儿去罢。"一面又将各色吃食拣了,命人送与薛姨妈去。

宝玉便说:"雅坐无趣,须要行令才好。"众人有的说行这个令好,那个又说行那个令好。黛玉道:"依我说,拿了笔砚将各色全都写了,拈成阄儿,咱们抓出那个来,就是那个。"众人都道妙。即命拿了一副笔砚、花笺。_{又提出行酒令,黛玉又提出用抓阄法,更显热闹。}

香菱近日学了诗,又天天学写字,见了笔砚,便图不得,连忙起座说:"我写。"_{香菱自告奋勇。}

大家想了一回,共得了十来个,念着,香菱一一的写了,搓成阄儿,掷在一个瓶中间。探春便命平儿拣,平儿向内搅了一搅,用箸拈了一个出来,打开看,上写着"射覆"二字。宝钗笑道:"把个酒令的祖宗拈出来。'射覆'从古有的,如今失了传,_{李商隐诗:"分曹射覆蜡灯红。"可见唐时已盛行射覆。}_{独宝钗有考证,知现时所行射覆,已非古制。}这是后人纂的,比一切的令都难。这里头倒有一半是不会的,不如毁了,另拈一个雅俗共赏的。"

探春笑道:"既拈了出来,如何又毁。如今再拈一个,若是雅俗共赏的,便叫他们行去。咱们行这个。"说着,又着袭人拈了一个,却是"拇战"。

史湘云笑着说:"这个简断爽利,合了我的脾气。

第六十二回　憨湘云醉眠芍药裀　呆香菱情解石榴裙

我不行这个'射覆',没的垂头丧气闷人,我只划拳去了。"探春道:"惟有他乱令,宝姐姐快罚他一钟。"宝钗不容分说,便灌湘云一杯。

> 湘云豪爽,划拳正合她的脾气。

探春道:"我吃一杯,我是令官,也不用宣,只听我分派。"命取了令骰、令盆来,"从琴妹掷起,挨下掷去,对了点的二人射覆。"宝琴一掷,是个三,岫烟、宝玉等皆掷的不对,直到香菱方掷了个三。宝琴笑道:"只好室内生春,若说到外头去,可太没头绪了。"探春道:"自然。三次不中者罚一杯。你覆,他射。"

宝琴想了一想,说了个"老"字。香菱原生于这令,一时想不到,满室满席都不见有与"老"字相连的成语。湘云先听了,便也乱看,忽见门斗上贴着"红香圃"三个字,便知宝琴覆的是"吾不如老圃"的"圃"字。见香菱射不着,众人击鼓又催,便悄悄的拉香菱,教他说"药"字。黛玉偏看见了,说:"快罚他,又在那里私相传递呢。"哄的众人都知道了,忙又罚了一杯,恨的湘云拿筷子敲黛玉的手。于是罚了香菱一杯。

下则宝钗和探春对了点子。探春便覆了一个"人"字。宝钗笑道:"这个'人'字泛的很。"探春笑道:"添一字,两覆一射也不泛了。"说着,便又说了一个"窗"字。宝钗一想,因见席上有鸡,便射着他是用"鸡窗"、"鸡人"二典了,因射了一个"埘"字。探春知他射着,用了"鸡栖于塒"的典,二人一笑,各饮一口门杯。

> 还是划拳热闹,三对划拳,更是热闹非常。越出越奇。

湘云等不得,早和宝玉"三""五"乱叫,划起拳来。那边尤氏和鸳鸯隔着席也"七""八"乱叫划起拳来。平儿、袭人也作了一对划拳,叮叮当当只听得腕上的镯子响。_{呼拳声又加腕上镯子叮当声,于豪纵处又见妩媚。}一时湘云赢了宝玉,袭人赢了平儿,尤氏赢了鸳鸯,三个人限酒底、酒面,湘云便说:"酒面要一句古文,一句旧诗,一句骨牌名,一句曲牌名,还要一句时宪书上的话,共总凑成一句话。酒底要关人事的果菜名。"众人听了,都笑说:"惟有他的令也比人唠叨,倒也有意思。"便催宝玉快说。

> 《时宪书》原名《时宪历》,制定于明末,清顺治二年颁行。曹寅《十月朔后陶雪篷返棹戏呈》诗:"内府旧分时宪历,水曹新饯祭余羊。"此时尚称《时宪历》,至乾隆时避弘历讳改为《时宪书》。己卯、庚辰两本均作"时宪书",可知已是避讳后之改名。

宝玉笑道:"谁说过这个,也等想一想儿。"黛玉便道:"你多喝一钟,我替你说。"宝玉真个喝了酒,听黛玉说道:

落霞与孤鹜齐飞,_{唐王勃《滕王阁序》。}

风急江天过雁哀,_{宋陆游诗。}

却是一只折足雁,_{骨牌名。}

叫的人九回肠,_{曲牌名。}

这是鸿雁来宾。_{《礼记·月令》,历书引用此语。}

> 黛玉才思敏捷,一下把这些句子联缀成篇。然"落霞孤鹜""风急雁哀""折足""回肠",令人深思。

说得大家笑了,说:"这一串子倒有些意思。"黛玉又拈了一个榛穰,说酒底道:

榛子非关隔院砧,_{梁何逊有"砧杵鸣四邻"句。}

何来万户捣衣声。_{唐李白句。}

令完,鸳鸯、袭人等皆说的是一句俗语,都带一个"寿"

字的，不能多赘。

大家轮流乱划了一阵，这上面湘云又和宝琴对了手，李纨和岫烟对了点子。李纨便覆了一个"瓢"字，岫烟便射了一个"绿"字，二人会意，各饮一口。湘云的拳却输了，请酒面、酒底。宝琴笑道："请君入瓮。"大家笑起来，说："这个典用的当。"湘云便说道：

奔腾而砰湃，_{宋欧阳修《秋声赋》。}

江间波浪兼天涌，_{唐杜甫《秋兴八首》句。}

须要铁锁缆孤舟，_{骨牌名。}

既遇着一江风，_{曲牌名。}

不宜出行。_{历书上语。}

> "江间波涌""铁锁孤舟""不宜出行"，词意险恶，令人不安。

说的众人都笑了，说："好个诌断了肠子的。怪道他出这个令，故意惹人笑。"

又听他说酒底。湘云吃了酒，拣了一块鸭肉呷口，忽见碗内有半个鸭头，遂拣了出来吃脑子。众人催他："别只顾吃，到底快说了。"湘云便用箸子举着说道：

这鸭头不是那丫头，头上那讨桂花油？

众人越发笑起来，引的晴雯、小螺、莺儿等一干人都走过来说："云姑娘会开心儿，拿着我们取笑儿，快罚一杯才罢。怎见得我们就该擦桂花油的？倒得每人给一瓶子桂花油擦擦。"

> 湘云一句话，丫头们即来起哄，黛玉一句话，却刺了彩云。

黛玉笑道："他倒有心给你们一瓶子油，又怕挂误着打窃盗的官司。"_{语中有刺。}众人不理论，宝玉却明白，忙低了头。彩云有心病，不觉的红了脸。宝钗忙暗暗的瞅了黛玉一眼。黛玉自悔失言，原是趣宝玉的，就忘了趣着彩云。_{黛玉一时疏忽。}自悔不及，忙一顿行令划拳岔开了。

底下宝玉可巧和宝钗对了点子。宝钗覆了一个"宝"字，宝玉想了一想，便知是宝钗作戏指自己所佩通灵玉而言，_{宝钗之意又在通灵玉上。}便笑道："姐姐拿我作雅谑，我却射着了。说出来姐姐别恼，就是姐姐的讳，'钗'字就是了。"众人道："怎么解？"宝玉道："他说'宝'，底下自然是'玉'了。我射'钗'字，旧诗曾有'敲断玉钗红烛冷'，_{南宋郑会诗。宝玉以"钗断烛冷"对宝钗，令人深思。}岂不射着了。"湘云说道："这用时事却使不得，两个人都该罚。"香菱忙道："不止时事，这也有出处。"湘云道："'宝玉'二字并无出处。不过是春联上或有之，诗书纪载并无，算不得。"香菱道："前日我读岑嘉州五言律，现有一句说：'此乡多宝玉。'怎么你倒忘了？后来又读李义山七言绝句，又有一句'宝钗无日不生尘'，_{"宝钗生尘"亦可思。}我还笑说，他两个名字都原来在唐诗上呢。"众人笑说："这可问住了，快罚一杯。"湘云无语，只得饮了。

大家又该对点的对点，划拳的划拳。这些人因贾母、王夫人不在家，_{应送灵守制事。}没了管束，便任意取乐，呼三喝四，喊七叫八。满厅中红飞翠舞，玉动珠摇，_{八个字，写出厅中热闹之极。}真是十分热闹。顽了一回，大家方起席散了一散,倏然不见了湘云,只当他外头自便就来,谁知越等越没了影响,使人各处去找,那里找得着。

接着林之孝家的同着几个老婆子来,生恐有正事呼唤,二者恐丫鬟们年青,乘王夫人不在家,不服探春等约束,恣意痛饮,失了体统,故来请问有事无事。

探春见他们来了,便知其意,忙笑道:"你们又不放心,来查我们来了。我们没有多吃酒,不过是大家顽笑,将酒作个引子,妈妈们别耽心。"李纨、尤氏都也笑说:"你们歇着去罢,我们也不敢叫他们多吃了。"林之孝家的等人笑说:"我们知道,连老太太叫姑娘吃酒,姑娘们还不肯吃,何况太太们不在家,自然顽罢了。我们怕有事,来打听打听。二则天长了,姑娘们顽一回子还该点补些小食儿,素日又不大吃杂东西,如今吃一两杯酒,若不多吃些东西,怕受伤。"

探春笑道:"妈妈们说的是,我们也正要吃呢。"因回头命取点心来。两旁丫鬟们答应了,忙去传点心。探春又笑让:"你们歇着去罢,或是姨妈那里说话儿去。我们即刻打发人送酒你们吃去。"林之孝家的等人笑回:"不敢领了。"又站了一回,方退了出来。平儿摸着脸笑道:"我的脸都热了,也不好意思见他们。依我说竟收了罢,别惹他们再来,倒没意思了。"探春笑道:"不相干,横竖咱们不认真喝酒就罢了。"

正说着，只见一个小丫头笑嘻嘻的走来："姑娘们快瞧云姑娘去，吃醉了图凉快，在山子后头一块青板石凳上睡着了。"众人听说，都笑道："快别吵嚷。"说着都走来看时，果见湘云卧于山石僻处一个石凳子上，业经香梦沉酣，四面芍药花飞了一身，满头脸衣襟上皆是红香散乱，手中的扇子在地下，也半被落花埋了，一群蜂蝶闹穰穰的围着他，又用鲛帕包了一包芍药花瓣枕着。^{一段描写，淋漓尽致。}

> 是一幅睡美人图，是极乐世界。

> 吕启祥云："湘云之烧鹿赏雪、饮酒赋诗、划拳行令、衵花醉眠、种种情态，确具魏晋人风度，其潇洒脱俗，几可与《世说新语》里的逸士高人为伍。"

众人看了，又是爱，又是笑，忙上来推唤搀扶。湘云口内犹作睡语说酒令，唧唧嘟嘟说：

泉香而酒洌，^{欧阳修《醉翁亭记》。}

玉碗盛来琥珀光，^{李白句。}

直饮到梅梢月上，^{骨牌名。}

醉扶归，^{曲牌名。}

却为宜会亲友。^{时宪书。}

> 梦中呓喃，尤见沉酣。

众人笑推他，说道："快醒醒儿吃饭去，这潮凳上还睡出病来呢。"湘云慢启秋波，见了众人，低头看了一看自己，方知是醉了。原是来纳凉避静的，不觉的因多罚了两杯酒，娇袅不胜，便睡着了，心中反觉自愧。连忙起身扎挣着同人来至红香圃中，用过水，又吃了两盏酽茶。探春忙命将醒酒石拿来给他衔在口内，一时又命他喝了一些酸汤，方才觉得好了些。

当下又选了几样果菜与凤姐送去，凤姐儿也送了

第六十二回　憨湘云醉眠芍药裀　呆香菱情解石榴裙

几样来。宝钗等吃过点心，大家也有坐的，也有立的，也有在外观花的，也有扶栏观鱼的，各自取便说笑不一。探春便和宝琴下棋，宝钗、岫烟观局。林黛玉和宝玉在一簇花下唧唧哝哝不知说些什么。

> 又是一幅美人行乐图。

只见林之孝家的和一群女人带了一个媳妇进来。那媳妇愁眉苦脸，也不敢进厅，只到了阶下，便朝上跪下了，碰头有声。探春因一块棋受了敌，算来算去纵得了两个眼，便折了官着。两眼只瞅着棋枰，一只手却伸在盒内，只管抓弄棋子作想，林之孝家的站了半天，因回头要茶时才看见，问："什么事？"林之孝家的便指那媳妇说："这是四姑娘屋里的小丫头彩儿的娘，现是园内伺候的人。嘴很不好，才是我听见了问着他，他说的话也不敢回姑娘，竟要撵出去才是。"探春道："怎么不回大奶奶？"林之孝家的道："方才大奶奶都往厅上姨太太处去了，顶头看见，我已回明白了，叫回姑娘来。"探春道："怎么不回二奶奶？"平儿道："不回去也罢，我回去说一声就是了。"探春点点头，道："既这么着，就撵出他去，等太太来了，再回定夺。"说毕，仍又下棋。这林之孝家的带了那人去。不提。

> 又另出一事。

> 写探春下棋神态逼真。

> 嘴不好，他说的话也不敢回姑娘，则其话不堪，姑娘们不能听也。

> 探春管而不管。

黛玉和宝玉二人站在花下，遥遥知意。黛玉便说道："你家三丫头倒是个乖人。虽然叫他管些事，倒也一步儿不肯多走。差不多的人就早作起威福来了。"

宝玉道："你不知道呢。你病着时，他干了好几件事。这园子也分了人管，如今多掐一草也不能了。又蠲了几件事，单拿我和凤姐姐作筏子，禁别人。最是心里有算计的人，岂只乖而已。"_{用宝玉赞探春。}黛玉道："要这样才好，咱们家里也太花费了。我虽不管事，心里每常闲了，替你们一算计，出的多，进的少，如今若不省俭，必致后手不接。"_{黛玉亦已看出贾府出多入少，后手不接之危。}宝玉笑道："凭他怎么后手不接，也短不了咱们两个人的。"黛玉听了，转身就往厅上寻宝钗说笑去了。

> 黛玉已看出探春谨慎。

> 作者每于极富贵极欢乐处提出极可忧可虑之事。

宝玉正欲走时，只见袭人走来，手内捧着一个小连环洋漆茶盘，里面可式放着两钟新茶，因问："他往那去了？我见你两个半日没吃茶，巴巴的倒了两钟来，他又走了。"宝玉道："那不是他？你给他送去。"说着，自拿了一钟。袭人便送了那钟去，偏和宝钗在一处，只得一钟茶，便说："那位渴了那位先接了，我再倒去。"_{袭人随机应变，灵活得好。}宝钗笑道："我却不渴，只要一口漱一漱就够了。"说着先拿起来喝了一口，剩下半杯，递在黛玉手内。袭人笑说："我再倒去。"黛玉笑道："你知道我这病，大夫不许我多吃茶，这半钟尽够了，难为你想的到。"说毕，饮干，将杯放下。

> 黛玉不能多喝茶。

袭人又来接宝玉的。宝玉因问："这半日没见芳官，他在那里呢？"_{芳官亦惹人惦记。}袭人四顾一瞧说："才在这里几个人斗草的，这会子不见了。"

第六十二回　憨湘云醉眠芍药裀　呆香菱情解石榴裙

宝玉听说，便忙回至房中，果见芳官面向里睡在床上。宝玉推他说道："快别睡觉，咱们外头顽去，一回儿好吃饭的。"芳官道："你们吃酒不理我，教我闷了半日，又一个晴雯样子。可不来睡觉罢了。"宝玉拉了他起来，笑道："咱们晚上家里再吃，回来我叫袭人姐姐带了你桌上吃饭，何如？"芳官道："藕官、蕊官都不上去，单我在那里也不好。我也不惯吃那个面条子，早起也没好生吃。才刚饿了，我已告诉了柳嫂子，芳官与柳家的有特殊关系。先给我做一碗汤，盛半碗粳米饭送来，我这里吃了就完事。若是晚上吃酒，不许教人管着我，我要尽力吃够了才罢。我先在家里吃二三斤好惠泉酒呢。如今学了这劳什子，他们说怕坏嗓子，这几年也没闻见。趁今儿我是要开斋了。"宝玉道："这个容易。"

说着，只见柳家的果遭了人送了一个盒子来。小燕接着，揭开看时，里面是一碗虾丸鸡皮汤，白色。又是一碗黄酒清蒸鸭子，鹅黄色。一碟腌的胭脂鹅脯，胭脂色。还有一碟四个奶油松瓤卷酥，浅黄色。并一大碗热腾腾碧荧荧蒸的绿畦香稻粳米碧绿色。饭。几种菜肴并米饭，色彩调配极雅。小燕放在案上，走去拿了小菜并碗箸过来，拨了一碗饭。

芳官便说："油腻腻的，谁吃这些东西。"可见其平时娇惯之状。只将汤泡饭吃了一碗，拣了两块腌鹅就不吃了。宝玉闻着，倒觉比往常之味有胜些似的，遂吃了一个卷酥，又命小燕也拨了半碗饭，泡汤一吃，十分香甜可口。

芳官亦娇痴任性。

喝酒坏嗓子，亦因人而异。予与名演员关鹔鹴善，关随身口袋总装酒。有一次，予在兰州，住宾馆中，午时在餐厅恰遇鹔鹴，鹔鹴即从衣袋中取出白酒，邀予共饮。而鹔鹴唱旦角，并反串白门楼吕布，周瑜归天之周瑜，嗓音皆极佳。

柳家的极意奉承芳官。

芳官不屑吃，而宝玉却觉好吃。

小燕和芳官都笑了。

吃毕，小燕便将剩的要交回。宝玉道："你吃了罢，若不够，再要些来。"小燕道："不用要，这就够了。方才麝月姐姐拿了两盘子点心给我们吃了，我再吃了这个，尽不用再吃了。"说着，便站在桌旁一顿吃了，又留下两个卷酥，说："这个留着给我妈吃。晚上要吃酒，给我两碗酒吃就是了。"宝玉笑道："你也爱吃酒？等着咱们晚上痛喝一阵。你袭人姐姐和晴雯姐姐量也好，也要喝，只是每日不好意思。今儿大家开斋。还有一件事，想着嘱咐你，我竟忘了，此刻才想起来。以后芳官全要你照看他，[对芳官特意照顾。]他或有不到的去处，你提他，袭人照顾不过这些人来。"小燕道："我都知道，都不用操心。但只这五儿怎么样？"[特提柳五儿。]宝玉道："你和柳家的说去，明儿直叫他进来罢，等我告诉他们一声就完了。"芳官听了，笑道："这倒是正经。"小燕又叫两个小丫头进来，服侍洗手倒茶，自己收了家伙，交与婆子，也洗了手，便去找柳家的。不在话下。

宝玉便出来，仍往红香圃寻众姊妹，芳官在后拿着巾扇。刚出了院门，只见袭人、晴雯二人携手回来。宝玉问："你们做什么？"袭人道："摆下饭了，等你吃饭呢。"宝玉便笑着将方才吃饭的一节告诉了他两个。袭人笑道："我说你是猫儿食，闻见了香就好。

[袭人、晴雯、芳官、春燕俱能喝酒。]

[了却芳官一桩心事。]

第六十二回　憨湘云醉眠芍药裀　呆香菱情解石榴裙

隔锅饭儿香。虽然如此，也该上去陪他们多少应个景儿。"晴雯用手指戳在芳官额上，说道："你就是个狐媚子，<small>晴雯尖妒而性直，故当场发作。</small>什么空儿跑了去吃饭，两个人怎么就约下了，也不告诉我们一声儿。"袭人笑道："不过是误打误撞的遇见了，<small>袭人所说是事实。</small>说约下了，可是没有的事。"

晴雯道："既这么着，要我们无用。明儿我们都走了，让芳官一个人就够使了。"袭人笑道："我们都去了使得，你却去不得。"<small>又婉刺晴雯。</small>晴雯道："惟有我是第一个要去，又懒又笨，性子又不好，又没用。"<small>自贬实自赞也。</small>袭人笑道："倘或那孔雀褂子再烧个窟窿，你去了谁可会补呢？你倒别和我拿三撇四的，我烦你做个什么，把你懒的横针不拈，竖线不动。<small>倒算账。</small>一般也不是我的私活烦你，横竖都是他的，你就都不肯做。怎么我去了几天，<small>关键是"我去了"三个字。</small>你病的七死八活，一夜连命也不顾给他做了出来，这又是什么原故？<small>其中原故，你早明白，何必再问。</small>你到底说话，别只佯憨，和我笑，也当不了什么。"<small>晴雯以笑作回答，最好。是不答之答。</small>大家说着，来至厅上。薛姨妈也来了。大家依序坐下吃饭。宝玉只用茶泡了半碗饭，应景而已。一时吃毕，大家吃茶闲话，又随便顽笑。

外面小螺和香菱、芳官、蕊官、藕官、荳官等四五个人，都满园中顽了一回，大家采了些花草来兜

<small>晴雯恃娇而尖。</small>

<small>还算这笔旧账，事早过去，然袭人心里未忘也。</small>

<small>一群天真女孩作斗草游戏，显得春光烂漫，春意荡漾。</small>

着，坐在花草堆中斗草。这一个说："我有观音柳。"那一个说："我有罗汉松。"那一个又说："我有君子竹。"这一个又说："我有美人蕉。"这个又说："我有星星翠。"那个又说："我有月月红。"这个又说："我有《牡丹亭》上的牡丹花。"那个又说："我有《琵琶记》里的枇杷果。"荳官便说："我有姊妹花。"众人没了，香菱便说："我有夫妻蕙。"

> 一路对得巧妙，最后对到夫妻蕙上，再无可对，便别生枝节。

荳官说："从没听见有个夫妻蕙。"香菱道："一箭一花为兰，一箭数花为蕙。凡蕙有两枝，上下结花者为兄弟蕙，有并头结花者为夫妻蕙。我这枝并头的，怎么不是。"荳官没的说了，便起身笑道："依你说，若是这两枝一大一小，就是老子儿子蕙了。若两枝背面开的，就是仇人蕙了。你汉子去了大半年，你想夫妻了，便扯上蕙也有夫妻，好不害羞！"

香菱听了，红了脸，忙要起身拧他，笑骂道："我把你这个烂了嘴的小蹄子！满嘴里汗熜的胡说了。等我起来，打不死你这小蹄子！"〔二〕荳官见他要勾来，怎容他起来，便忙连身将他压倒。回头笑着央告蕊官等："你们来，帮着我拧他这诌嘴。"两个人滚在草地下。

> 原来是动嘴，现在是动手、动身子，不想却沾了水洼子，天真无邪耶，青春可喜耶！

众人拍手笑〔三〕说："了不得了，那是一洼子水，可惜污了他的新裙子了。"荳官回头看了一看，果见旁边有一汪积雨，香菱的半扇裙子都污湿了，自己不好意思，忙夺了手跑了。众人笑个不住，怕香菱拿他

第六十二回　憨湘云醉眠芍药裀　呆香菱情解石榴裙

们出气，也都哄笑一散。

香菱起身，低头一瞧，那裙上犹滴滴点点流下绿水来，正恨骂不绝。可巧宝玉见他们斗草，也寻了些花草来凑戏。忽见众人跑了，只剩了香菱一个低头弄裙，因问："怎么散了？"香菱便说："我有一枝夫妻蕙。他们不知道，反说我诌，因此闹起来，把我的新裙子也脏了。"宝玉笑道："你有夫妻蕙，我这里倒有一枝并蒂菱。"口内说，手内却真个拈着一枝并蒂菱花，又拈了那枝夫妻蕙在手内。〖宝玉却带来并蒂菱，又是好对。〗

香菱道："什么夫妻不夫妻，并蒂不并蒂，你瞧瞧这裙子。"宝玉方低头一瞧，便嗳呀了一声，说："怎么就拖在泥里了？可惜这石榴红绫最不经染。"香菱道："这是前儿琴姑娘带了来的。姑娘做了一条，我做了一条，今儿才上身。"

宝玉跌脚叹道："若你们家，一日遭蹋这一百件也不值什么。只是头一件既系琴姑娘带来的，你和宝姐姐每人才一件，他的尚好，你的先脏了，岂不辜负他的心。二则姨妈老人家嘴碎，〖指薛姨妈。〗饶这么样，我还听见常说你们不知过日子，只会遭蹋东西，不知惜福呢。这叫姨妈看见了，又说一个不清。"〖从宝玉所说，可见薛姨妈平时情景。〗〖真会替香菱着想。〗香菱听了这话，却碰在心坎儿上，反倒喜欢起来了，因笑道："就是这话了。我虽有几条新裙子，都不和这一样的；若有一样的，赶着换了，也就好了。过后再说。"

宝玉道:"你快休动,只站着方好,不然连小衣儿、膝裤、鞋面都要拖脏。^{想得真周到。}我有个主意:袭人上月做了一条和这个一模一样的,他因有孝,如今也不穿。竟送了你换下这个来,如何?"香菱笑着摇头说:"不好。他们倘或听见了倒不好。"宝玉道:"这怕什么。等他们孝满了,他爱什么,难道不许你送他别的不成?你若这样,还是你素日为人了!况且不是瞒人的事,^{此句重要。}只管告诉宝姐姐也可,只不过怕姨妈老人家生气罢了。"香菱想了一想有理,便点头笑道:"就是这样罢了,别辜负了你的心。^{已心感宝玉之真情矣。}我等着,你千万叫他亲自送来才好。"

旁批:用袭人的来换香菱的。

宝玉听了,喜欢非常,答应了忙忙的回来。一壁里低头心下暗算:"可惜这么一个人,没父母,连自己本姓都忘了,被人拐出来,偏又卖与了这个霸王。"^{怜惜香菱身世。}因又想起上日平儿也是意外想不到的,今日更是意外之意外的事了。一壁胡思乱想,来至房中,拉了袭人,细细的告诉了他原故。

旁批:能为香菱解难,觉得是意外幸事,宝玉真爱博而心劳也。

香菱之为人,无人不怜爱的。袭人又本是个手中撒漫的,况与香菱素相交好,一闻此信,忙就开箱取了出来折好,随了宝玉来寻着香菱,他还站在那里等呢。袭人笑道:"我说你太淘气了,足的淘出个故事来才罢。"香菱红了脸,笑说:"多谢姐姐了,谁知那起促狭鬼使黑心。"说着,接了裙子,展开一看,果

第六十二回　憨湘云醉眠芍药裀　呆香菱情解石榴裙

然同自己的一样。又命宝玉背过脸去，自己又手向内解下来，将这条系上。

袭人道："把这脏了的交与我拿回去，收拾了再给你送来。你若拿回去，看见了也是要问的。"〖细心〗香菱道："好姐姐，你拿去不拘给那个妹妹罢。我有了这个，不要他了。"袭人道："你倒大方的好。"香菱忙又万福道谢，袭人拿了脏裙便走。

香菱见宝玉蹲在地下，将方才的夫妻蕙与并蒂菱用树枝儿抠了一个坑，先抓些落花来铺垫了，将这菱蕙安放好，又将些落花来掩了，方撮土掩埋平服。〖又一次葬花。〗香菱拉他的手，笑道："这又叫做什么？怪道人人说你惯会鬼鬼祟祟使人肉麻的事。你瞧瞧，你这手弄的泥乌苔滑的，还不快洗去。"宝玉笑着，方起身走了去洗手，香菱也自走开。

二人已走远了数步，香菱复转身回来叫住宝玉。宝玉不知有何话，扎着两只泥手，〖形容尽致。〗笑嘻嘻的转来问："什么？"香菱只顾笑。因那边他的小丫头臻儿走来说："二姑娘等你说话呢。"香菱方向宝玉道："裙子的事可别向你哥哥说才好。"〖怕呆霸王乱疑心也。此句是从上面袭人所嘱来。〗说毕，即转身走了。宝玉笑道："可不我疯了，往虎口里探头儿去呢。"说着，也回去洗手去了。

不知端详，且听下回分解。

【回后评】

一桩柳家的冤案得以昭雪,此平儿之功也。此虽小案,却令人看到:一、贾府下人之间派别各异,林之孝家的专擅,安插亲信,抢班夺权,未经禀报,即先行定夺;二、秦显家的小人得志,暂一得手,即清仓报亏,然后又大肆送礼请客,以酬同伙,其报亏之物,即已送礼之物,则安知其所送不入前任之亏空乎?然正在兴头之际,梦想落空,一切还原,落得鸡飞蛋打,偃旗息鼓,卷包而出,雪芹生花之笔活画出小人之态;三、一桩冤案昭雪,却引来多种结果:柳家的感恩不尽,如同再造;林之孝家的专权无效,大损脸面;秦显家的小人得志又失志,昙花一现,只留下一副小人嘴脸。而赵姨娘处,竟是三种心态:赵姨娘一块石头落地,侥幸躲过一难;彩云则事虽掩过,而心中自愧自责;贾环则反起疑心,竟大责彩云两面三刀,将彩云所赠之物摔还彩云,终使彩云将东西撇在河内,任其浮沉。此外如柳家的走芳官门路为五儿谋事,司棋又与秦显家的有关。雪芹一枝笔,竟如万花筒,世态千变,尽在其观照之中。

宝玉生日,又是一件盛事,且正值贾母王夫人等不在府中,诸人得以尽情畅快,宛然一次青年人的青春节,而以湘云醉卧芍药裀为最高点。雪芹叙事,惯于乐中寓悲,盛中寓衰。在诸人行令中,宝玉的令案,却由黛玉代说,结果说出"落霞孤鹜""风急雁哀""折足""回肠"等衰瑟词句;湘云的令案则是"奔腾砰湃""波浪兼天""铁锁孤舟""不宜出行"凶险词句;宝玉射宝钗的覆时,竟"敲断玉钗红烛冷",香菱又给补出"宝钗无日不生尘"之句。总之于不知不觉间给读者衰败之感。尤其是竟让黛玉说出"咱们家里也太花费了,我虽不管事，心里每常闲了，替你们一算计，出的多，进的少，如今若不省俭，必致后手不接"的话来，简直是为贾府的衰败敲起了警钟。而湘云的"波浪兼天""铁锁孤舟"，也令人想到将有意外风浪。

"情解石榴裙"是特笔，写宝玉怜惜香菱身世遭遇之心，以前无由表达，此番却遇机会，得表心意，亦写出宝玉"情痴"之"痴"。"醉眠芍药裀"和"情解石榴裙"两节，为以往评家刻意求深之处，其实求深则过，过犹不及也，特失作者纯真之意矣，读红固难得其中也。

【校记】

〔一〕此处底本传抄错漏重复，从各本复原。

〔二〕"等我起来，打不死你这小蹄子"十二字，底本无，各本亦无，独杨本有，此据杨本补。

〔三〕"着央告蕊官等"至"众人拍手笑"共三十字，底本无，各本存，文字有差异。此据己卯本补。

第六十三回　寿怡红群芳开夜宴
　　　　　　　　死金丹独艳理亲丧

　　话说宝玉回至房中洗手，因与袭人商议："晚间吃酒，大家取乐，不可拘泥。如今吃什么，好早些说给他们备办去。"袭人笑道："你放心，我和晴雯、麝月、秋纹四个人，每人五钱银子，共是二两。芳官、碧痕、小燕、四儿四个人，每人三钱银子——他们有假的不算——共是三两二钱银子，早已交给了柳嫂子，预备四十碟果子。我和平儿说了，已经抬了一坛好绍兴酒藏在那边了。我们八个人单替你过生日。"

　　宝玉听了，喜的忙说："他们是那里的钱，不该叫他们出才是。"晴雯道："他们没钱，难道我们是有钱的！这原是各人的心。_{晴雯一句话说到了底。}那怕他偷的呢，只管领他们的情就是。"宝玉听了，笑说："你说的是。"袭人笑道："你一天不挨他两句硬话村你，你再过不去。"_{听袭人此种语气，可知其与宝玉之特殊亲密关系。}晴雯笑道："你如今也学坏了，专会架桥拨火儿。"说着大家都笑了。

第六十三回　寿怡红群芳开夜宴　死金丹独艳理亲丧

宝玉说："关院门罢。"〔只此四字，写出宝玉急不可待。〕袭人笑道："怪不得人说你是'无事忙'，这会子关了门，人倒疑惑，越性再等一等。"宝玉点头，因说："我出去走走，四儿舀水去，小燕一个跟我来罢。"说着，走至外边，因见无人，便问五儿之事。小燕道："我才告诉了柳嫂子，他倒喜欢的很。只是五儿那夜受了委屈烦恼，回家去又气病了，那里来得。只等好了罢。"〔好事多磨也。〕宝玉听了，不免后悔长叹，因又问："这事袭人知道不知道？"小燕道："我没告诉，不知芳官可说了不曾。"宝玉道："我却没告诉过他，也罢，等我告诉他就是了。"说毕，复走进来，故意洗手。〔出去是特意为问五儿之事。可见宝玉于五儿事时时在心。〕

已是掌灯时分，听得院门前有一群人进来。大家隔窗悄视，果见林之孝家的和几个管事的女人走来，前头一人提着大灯笼。晴雯悄笑道："他们查上夜的人来了。这一出去，咱们好关门了。"只见怡红院凡上夜的人都迎了出去，林之孝家的看了不少。林之孝家的盼咐："不要耍钱吃酒，放倒头睡到大天亮。我听见是不依的。"众人都笑说："那里有这样大胆子的人。"林之孝家的又问："宝二爷睡下了没有？"众人都回不知道。〔果然查夜的来了，可见园门迟关得妙。〕

袭人忙推宝玉。宝玉趿了鞋，便迎出来，笑道："我还没睡呢。妈妈进来歇歇。"又叫："袭人倒茶来。"林之孝家的忙进来，笑说："还没睡？如今天长夜短了,该早些睡,明儿起的方早。不然到了明日起迟了,人笑话说不是个读书上学的公子了,倒像那起挑脚汉了。"说毕,又笑。宝玉忙笑道:"妈妈说的是。我每日都睡的早,妈妈每日进来可都是我不知道的,已经睡了。今儿因吃了面,怕停住食,所以多顽一回。"

林之孝家的又向袭人等笑说:"该沏些普洱茶吃。"袭人、晴雯二人忙笑说:"沏了一杯子女儿茶,已经吃过两碗了。大娘也尝一碗,都是现成的。"说着,晴雯便倒了一碗来。

> 宝玉、袭人等于林之孝家的都甚敬谨,可见林之孝家的在贾家之资历、地位。

林之孝家的又笑道:"这些时我听见二爷嘴里都换了字眼,赶着这几位大姑娘们竟叫起名字来。虽然在这屋里,到底是老太太、太太的人,还该嘴里尊重些才是。若一时半刻偶然叫一声使得,若只管叫起来,怕以后兄弟侄儿照样,便惹人笑话,说这家子的人眼里没有长辈。"宝玉笑道:"妈妈说的是。我原不过是一时半刻的。"袭人、晴雯都笑说:"这可别委屈了他。直到如今,他可姐姐没离了口。不过顽的时候叫一声半声名字,若当着人却是和先一样。"

林之孝家的笑道:"这才好呢,这才是读书知礼的。越自己谦越尊重,别说是三五代的陈人,现从老太太、太太屋里拨过来的,便是老太太、太太屋里的猫儿狗儿,轻易也伤他不的。> 爱屋及乌也。这才是受过调教的公子行事。"说毕,吃了茶,便说:"请安歇罢,我们

第六十三回　寿怡红群芳开夜宴　死金丹独艳理亲丧

走了。"宝玉还说："再歇歇。"那林之孝家的已带了众人，又查别处去了。

这里，晴雯等忙命关了门，进来笑说："这位奶奶那里吃了一杯来了，唠三叨四的，又排场了我们一顿去了。"麝月笑道："他也不是好意的，少不得也要常提着些儿。也堤防着怕走了大褶儿的意思。"说着，一面摆上酒果。

> 此时方关园门。

> 他也是为走一趟官样文章也。

袭人道："不用高桌，咱们把那张花梨圆炕桌子放在炕上坐，又宽绰，又便宜。"说着，大家果然抬来。麝月和四儿那边去搬果子，用两个大茶盘做四五次方搬运了来。两个老婆子蹲在外面火盆上筛酒。

宝玉说："天热，咱们都脱了大衣裳才好。"众人笑道："你要脱你脱，我们还要轮流安席呢。"宝玉笑道："这一安就安到五更天了。知道我最怕这些俗套子，在外人跟前不得已的，这会子还怄我就不好了。"众人听了，都说："依你。"于是先不上坐，且忙着卸妆宽衣。

> 一切从简便，礼数已无用。

> 脂批："凡吃酒从未先如此者，此独怡红风俗。故王夫人云他行事总是与世人两样的，知子莫过母也。"

一时，将正装卸去，头上只随便挽着鬓儿，身上皆是长裙短袄。宝玉只穿着大红棉纱小袄子，下面绿绫弹墨袷裤，散着裤脚，倚着一个各色玫瑰芍药花瓣装的玉色袷纱新枕头，和芳官两个先划拳。

当时芳官满口嚷热，

> 脂批："余亦此时太热了，恨不得一冷。既冷时思此热，果然一梦矣。"

只穿着一件玉色红青酡绒三色缎子斗的水田小夹袄，束着

> 酡绒，己卯本作"酡绒"，列藏本同庚辰本作"酡绒"。王府本、戚本、杨本、甲辰本、程甲本均作"驼绒"。按"绒"字，即"织"字。《方言》："赵魏间呼经而未纬者曰'绒'。""酡绒"，义不可解。由此可见己卯本之"绒"当是"绒"字之误。"酡"，己卯、庚辰、列藏均同作"酡"，当不误，故此本作"酡绒"，当是。"酡"亦红色。以后各本均作"驼绒"，近俗而误也。

> 此段是芳官特写。
> 让宝玉从每人手里吃一口酒。戚蓼生云："写闺房则极其雍肃也而艳冶已满纸矣。"虽喝一口酒，亦已艳冶满纸矣。

> 此时方说请黛玉、宝钗，文章错落有致。

一条柳绿汗巾，底下是水红撒花夹裤，也散着裤腿。头上眉额编着一圈小辫，总归至顶心，结一根鹅卵粗细的总辫，拖在脑后。右耳眼内只塞着米粒大小的一个小玉塞子，左耳上单带着一个白果大小的硬红镶金大坠子，越显的面如满月犹白，眼如秋水还清。引的众人笑说："他两个倒像是双生的弟兄两个。"

袭人等一一的斟了酒来，说："且等等再划拳，虽不安席，每人在手里吃我们一口罢了。"于是袭人为先，端在唇上吃了一口，余依次下去，一一吃过，大家方团圆坐定。小燕、四儿因炕沿坐不下，便端了两张椅子，近炕放下。那四十个碟子，皆是一色白粉定窑的，> 定白是宋名窑，可见其信手拈来，皆是宝器。不过只有小茶碟大，里面不过是山南海北，中原外国，或干或鲜，或水或陆，天下所有的酒馔果菜。

宝玉因说："咱们也该行个令才好。"袭人道："斯文些的才好，别大呼小叫，惹人听见。二则我们不识字，可不要那些文的。"麝月笑道："拿骰子咱们抢红罢。"宝玉道："没趣，不好。咱们占花名儿好。"晴雯笑道："正是早已想弄这个顽意儿。"袭人道："这个顽意虽好，人少了没趣。"

小燕笑道："依我说，咱们竟悄悄的把宝姑娘、林姑娘请了来顽一回子，到二更天再睡不迟。"袭人道："又开门喝户的闹，倘或遇见巡夜的问呢？"宝

第六十三回　寿怡红群芳开夜宴　死金丹独艳理亲丧

玉道:"怕什么,咱们三姑娘也吃酒,再请他一声才好。还有琴姑娘。"众人都道:"琴姑娘罢了,他在大奶奶屋里,叨登的大发了。"宝玉道:"怕什么,你们就快请去。"小燕、四儿都得不了一声,二人忙命开了门,分头去请。　又带出探春、宝琴,更见参差。

晴雯、麝月、袭人三人又说:"他两个去请,只怕宝、林两个不肯来,须得我们请去,死活拉他来。"于是袭人、晴雯忙又命老婆子打个灯笼,二人又去。果然宝钗说夜深了,黛玉说身上不好。他二人再三央求说:"好歹给我们一点体面,略坐坐再来。"探春听了却也欢喜。因想:"不请李纨,倘或被他知道了倒不好。"便命翠墨同了小燕也再三的请了李纨和宝琴二人,会齐,先后都到了怡红院中。袭人又死活拉了香菱来。炕上又并了一张桌子,方坐开了。　再加李纨,文章更见波澜,如此错落有致,足见当时随想随议随请,皆生活真实。
又拉来香菱,真是令人如身经目睹。

宝玉忙说:"林妹妹怕冷,过这边靠板壁坐。"宝玉时时体贴林妹妹。又拿个靠背垫着些。袭人等都端了椅子在炕沿下一陪。黛玉却离桌远远的靠着靠背,因笑向宝钗、李纨、探春等道:"你们日日说人夜聚饮博,今儿我们自己也如此,以后怎么说人。"李纨笑道:"这有何妨。一年之中不过生日节间如此,并无夜夜如此,这倒也不怕。"　先由黛玉一问,然后由李纨一解,则自可放心畅怀矣。

说着,晴雯拿了一个竹雕的签筒来,里面装着象牙花名签子,摇了一摇,放在当中。又取过骰子来,盛在盒内，摇了一摇，揭开一看，里面是五点，数至宝钗。宝钗便笑道："我先抓，不知抓出个什么来。"说着将筒摇了一摇，伸手掣出一根。大家一看，只见签上画着一支牡丹，题着"艳冠群芳"四字；下面又有镌的小字一句唐诗，道是：

> 任是无情也动人。_{唐罗隐牡丹诗。}

> 第一个就是宝钗抓。

> 签题和诗句，皆是对宝钗之评，唯当深思，方能得其真意，不能即依字面浅解也。

又注着："在席共贺一杯，此为群芳之冠，随意命人，不拘诗词雅谑，道一则以侑酒。"众人看了，都笑说："巧得很，你也原配牡丹花。"_{众人评宝钗原配牡丹花，此是铁案。}说着，大家共贺了一杯。

宝钗吃过，_{宝钗亦认众人之说，未作谦让。}便笑说："芳官唱一支我们听罢。"芳官道："既这样，大家吃门杯好听的。"于是大家吃酒。芳官便唱：

> 寿筵开处风光好。

众人都道："快打回去。这会子很不用你来上寿，拣你极好的唱来。"芳官只得细细的唱了一支《赏花时》：

> 翠凤毛翎扎帚叉，闲踏天门扫落花。您看那风起玉尘沙。猛可的那一层云下，抵多少门外即天涯。您休再剑斩黄龙一线儿差，再休向东老贫穷卖酒家。您与俺高眼向云霞。洞宾呵，您得了人可便早些儿回话；若迟呵，错教人留恨碧桃花。〔一〕

> 此曲见明汤显祖《邯郸记·度世》中何仙姑至蓬莱山门外扫花时所唱，曲文有小异。

第六十三回　寿怡红群芳开夜宴　死金丹独艳理亲丧

才罢。宝玉却只管拿着那签，口内颠来倒去念"任是无情也动人"，听了这曲子，眼看着芳官不语。湘云忙一手夺了，掷与宝钗。宝钗又掷了一个十六点，数到探春。

> 宝玉"口内颠来倒去念'任是无情也动人'"句，作者特笔。予谓此句当作"任是动人也无情"解，方合宝钗。此亦反读之一例也。

探春笑道："我还不知得个什么呢。"伸手掣了一根出来，自己一瞧，便掷在地下，红了脸，笑道："这东西不好，不该行这令。这原是外头男人们行的令，许多混话在上头。"众人不解，袭人等忙拾了起来，众人看上面是一枝杏花，那红字写着"瑶池仙品"四字。诗云：

　　　日边红杏倚云栽。_{唐高蟾诗。}

注云："得此签者，必得贵婿。大家恭贺一杯，共同饮一杯。"众人笑道："我说是什么呢。这签原是闺阁中取戏的，除了这两三根有这话的，并无杂话，这有何妨。我们家已有了个王妃，难道你也是王妃不成。大喜，大喜！"说着，大家来敬。探春那里肯饮，却被史湘云、香菱、李纨等三四个人强死强活灌了下去。_{终于饮了。}探春只命蠲了这个，再行别的，众人断不肯依。湘云拿着他的手强掷了个十九点出来，便该李氏掣。

> 为后文伏笔。

李氏摇了一摇，掣出一根来一看，笑道："好极。你们瞧瞧，这劳什子竟有些意思。"众人瞧那签上，画着一枝老梅，是写着"霜晓寒姿"四字，那一面旧诗是：

1185

　　　　竹篱茅舍自甘心。_{宋王琪《梅》诗，为李纨写照。}

注云："自饮一杯，下家掷骰。"李纨笑道："真有趣，你们掷去罢。我只自吃一杯，不问你们的废与兴。"说着，便吃酒，将骰过与黛玉。黛玉一掷，是个十八点，便该湘云掣。

　　湘云笑着，揎拳掳袖的伸手掣了一根出来。大家看时，一面画着一枝海棠，题着"香梦沉酣"四字。那面诗道是：

　　　　只恐夜深花睡去。_{宋苏轼《海棠诗》。}

黛玉笑道："'夜深'两个字，改'石凉'两个字。"众人便知他趣白日间湘云醉卧的事，都笑了。湘云笑指那自行船与黛玉看，又说："快坐上那船家去罢，别多话了。"众人都笑了。因看注云："既云'香梦沉酣'，_{写湘云醉眠。}掣此签者不便饮酒，只令上下二家各饮一杯。"湘云拍手笑道："阿弥陀佛，真真好签！"恰好黛玉是上家，宝玉是下家。二人斟了两杯只得要饮。宝玉先饮了半杯，瞅人不见，递与芳官，端起来便一扬脖。黛玉只管和人说话，将酒全折在漱盂内了。湘云便绰起骰子来一掷个九点，数去该麝月。

　　麝月便掣了一根出来。大家看时，这面上一枝荼蘼花，题着"韶华胜极"四字。那边写着一句旧诗，道是：

　　　　开到荼蘼花事了。_{宋王琪诗，直注麝月后事。}

第六十三回　寿怡红群芳开夜宴　死金丹独艳理亲丧

注云："在席各饮三杯送春。"麝月问："怎么讲？"宝玉愁眉，忙将签藏了，说："咱们且喝酒。"说着，大家吃了三口，以充三杯之数。麝月一掷个十九点，该香菱。

香菱便掣了一根并蒂花，题着"联春绕瑞"。那面写着一句诗，道是：

连理枝头花正开。_{宋朱淑贞诗。}

注云："共贺掣者三杯，大家陪饮一杯。"香菱便又掷了个六点，该黛玉掣。

黛玉默默的想道："不知还有什么好的被我掣着方好。"一面伸手取了一根，只见上面画着一枝芙蓉，题着"风露清愁"四字。那面一句旧诗，道是：

莫怨东风当自嗟。_{宋欧阳修《明妃曲·再和王介甫》诗。}

注云："自饮一杯，牡丹陪饮一杯。"众人笑说："这个好极。除了他，别人不配作芙蓉。"黛玉也自笑了。于是饮了酒，便掷了个二十点，该着袭人。

袭人便伸手取了一支出来，却是一枝桃花，题着"武陵别景"四字。那一面旧诗写着道是：

桃红又是一年春。_{宋谢枋得诗。}

注云："杏花陪一盏，坐中同庚者陪一盏，同辰者陪一盏，同姓者陪一盏。"众人笑道："这一回热闹有趣。"

大家算来，香菱、晴雯、宝钗三人皆与他同庚，

> 按"芙蓉"，荷花别名。《楚辞·离骚》："制芰荷以为衣兮，集芙蓉以为裳。"洪兴祖补注："《本草》云：其叶名荷，其花未发为菡萏，已发为芙蓉。"又木莲称木芙蓉，灌木，秋季开花。此处所举之芙蓉，当指荷花。题"风露清愁"四字，则当已入秋，荷花亦将残，已非当令矣。李白诗："清水出芙蓉，天然去雕饰。"周敦颐《爱莲说》："莲，花之君子者也。""出淤泥而不染，濯清涟而不妖，中通外直，不蔓不枝，香远溢清，亭亭净植，可远观而不可亵玩焉。"皆称荷花之高格，以喻黛玉之一尘不染也。又七十八回之《芙蓉女儿诔》则当为木芙蓉，两者名同，节令相接，故两相影借，实非一事，世之读"红"者，往往以为前后一事，误矣。

1187

> 袭人得桃花,又题"武陵别景","桃红又是一年春",则弃旧图新,别寻好景,"轻薄桃花逐水流"矣。

黛玉与他同辰,只无同姓者。芳官忙道:"我也姓花,我也陪他一钟。"于是大家斟了酒,黛玉因向探春笑道:"命中该着招贵婿的,你是杏花,快喝了,我们好喝。"探春笑道:"这是个什么,大嫂子顺手给他一下子。"李纨笑道:"人家不得贵婿反挨打,我也不忍的。"说的众人都笑了。

袭人才要掷,只听有人叫门。老婆子忙出去问时,原来是薛姨妈打发人来了接黛玉的。众人因问几更了,人回:"二更以后了,钟打过十一下了。"宝玉犹不信,要过表来瞧了一瞧,已是子初初刻十分了。黛玉便起身说:"我可撑不住了,回去还要吃药呢。"众人说:"也都该散了。"袭人、宝玉等还要留着众人。李纨、宝钗等都说:"夜太深了不像,这已是破格了。"袭人道:"既如此,每位再吃一杯再走。"说着,晴雯等已都斟满了酒,每人吃了,都命点灯。

> 黛玉、李纨、宝钗等先退,为一顿挫,文章有曲折,以下为夜宴之又一新境。

袭人等直送过沁芳亭河那边方回来。关了门,大家复又行起令来。袭人等又用大钟斟了几钟,用盘攒了各样果菜与地下的老嬷嬷们吃。彼此有了三分酒,便猜拳赢唱小曲儿。那天已四更时分,老嬷嬷们一面明吃,一面暗偷,酒坛已罄,众人听了纳罕,方收拾盥漱睡觉。

> 此时已全无拘束,纵情欢畅矣。

芳官吃的两腮胭脂一般,眉梢眼角越添了许多丰韵,身子图不得,便睡在袭人身上,道:"好姐姐,心跳的很。"袭人笑道:"谁许你尽力灌起来。"小燕、四儿也图不得,早睡了。晴雯还只管叫。宝玉道:"不用叫了,咱们且胡乱歇一歇罢。"自己便枕了那红香枕,身子一歪,便也睡着了。袭人见芳官醉的很,恐闹他唾酒,只得轻轻起来,就将芳官扶在宝玉之侧,由他睡了。自己却在对面榻上倒下。大家黑酣一觉,不知所之。

及至天明,袭人睁眼一看,只见天色晶明,忙说:"可迟了。"向对面床上瞧了一瞧,只见芳官头枕着炕沿上,睡犹未醒,连忙起来叫他。宝玉已翻身醒了,笑道:"可迟了!"因又推芳官起身。那芳官坐起来,犹发怔揉眼睛。袭人笑道:"不害羞,你吃醉了,怎么也不拣地方儿乱挺下了。"芳官听了,瞧了一瞧,方知道和宝玉同榻,忙笑的下地来,说:"我怎么吃的不知道了。"宝玉笑道:"我竟也不知道了。若知道,给你脸上抹些黑墨。"

说着,丫头进来伺候梳洗。宝玉笑道:"昨儿有扰,今儿晚上我还席。"袭人笑道:"罢、罢、罢,今儿可别闹了。再闹,就有人说话了。"宝玉道:"怕什么,不过才两次罢了。咱们也算是会吃酒了,那一坛子酒,怎么就吃光了。正是有趣,偏又没了。"袭人笑道:"原要这样才有趣,必至兴尽了,反无后味了。昨儿都好上来了,晴雯连臊也忘了,我记得他还唱了一个。"四儿笑道:"姐姐忘了,连姐姐还唱了一个呢。

> 一片烂漫天真,兴会淋漓,入混沌之境矣。

> 痛饮狂醉,各各歌唱,醒后却又依稀忘却,确是醉后光景。

在席的谁没唱过！"众人听了，俱红了脸，用两手握着笑个不住。

忽见平儿笑嘻嘻的走来，说亲自来请昨日在席的人："今儿我还东，短一个也使不得。"众人忙让坐吃茶。晴雯笑道："可惜昨夜没他。"平儿忙问："你们夜里做什么来？"袭人便说："告诉不得你。昨儿夜里热闹非常，连往日老太太、太太带着众人顽，也不及昨儿这一顽。一坛酒我们都鼓捣光了，一个个吃的把臊都丢了，三不知的又都唱起来。四更多天，才横三竖四的打了一个盹儿。"

平儿笑道："好，白和我要了酒来，也不请我，还说着给我听，气我。"晴雯道："今儿他还席，必来请你的，等着罢。"平儿笑问道："他是谁，谁是他？"晴雯听了，赶着笑打，说道："偏你这耳朵尖，听得真。"平儿笑道："这会子有事，不和你说，我干事去了。一回再打发人来请。一个不到，我是打上门来的。"宝玉等忙留他，已经去了。

这里，宝玉梳洗了，正吃茶，忽然一眼看见砚台底下压着一张纸。因说道："你们这随便混压东西也不好。"袭人、晴雯等忙问："又怎么了，谁又有了不是了？"宝玉指道："砚台底下是什么？一定又是那位的样子忘记了收的。"晴雯忙启砚拿了出来，却是一张字帖儿，递与宝玉看时，原来是一张粉笺子，

补叙平儿。

一个"他"字活写晴雯。

赶着笑打而不答，更妙。

非答而答，神态逼真。

意外之事。

怡红院里诸人把妙玉忘了，妙玉却未忘宝玉生日，而且用粉笺，称槛外人，实心在槛内也。

第六十三回　寿怡红群芳开夜宴　死金丹独艳理亲丧

上面写着"槛外人妙玉恭肃遥叩芳辰"。

宝玉看毕，直跳了起来，脂批："帖文亦蹈俗套之外。"忙问："这是谁接了来的？也不告诉。"袭人、晴雯等见了这般，不知当是那个要紧的人来的帖子，忙一齐问："昨儿谁接下了一个帖子？"四儿忙飞跑进来，笑说："昨儿妙玉并没亲来，只打发个妈妈送来。我就搁在那里，谁知一顿酒就忘了。"众人听了道："我当谁的，这样大惊小怪。这也不值的。"

宝玉忙命："快拿纸来。"当时拿了纸，研了墨，看他下着"槛外人"三字，自己竟不知回帖上回个什么字样才相敌。只管提笔出神，半天仍没主意。因又想："若问宝钗去，他必又批评怪诞，不如问黛玉去。"想罢，袖了帖儿，径来寻黛玉。

刚过了沁芳亭，忽见岫烟颤颤巍巍的迎面走来。宝玉忙问："姐姐那里去？"岫烟笑道："我找妙玉说话。"宝玉听了诧异，说道："他为人孤癖，不合时宜，万人不入他目。原来他推重姐姐，竟知姐姐不是我们一流的俗人。"岫烟笑道："他也未必真心重我，但我和他做过十年的邻居，只一墙之隔。他在蟠香寺修炼，补叙一段往事。我家原寒素，赁的是他庙里的房子，住了十年，无事到他庙里去作伴。我所认的字都是承他所授。我和他又是贫贱之交，又有半师之分。因我们投亲去了，闻得他因不合时宜，权势不容，竟投到这里来。如今又天缘凑合，我们得遇，旧情竟未易。承他青目，更胜当日。"

宝玉听了，恍如听了焦雷一般，喜的笑道："怪道姐姐举止言谈，超然如野鹤闲云，原来有本而来。正因他的一件事我为难，要请教别人去。如今遇见姐姐，真是天缘巧合，求姐姐指教。"说着，便将拜帖取与岫烟看。岫烟笑道："他这脾气竟不能改，竟是生成这等放诞诡僻了。从来没见拜帖上下别号的，这可是俗语说的'僧不僧，俗不俗，女不女，男不男'，成个什么道理。"宝玉听说，忙笑道："姐姐不知道，他原不在这些人中，算他原是世人意外之人。因取我是个些微有知识的，知识，佛教用语，精通佛学谓之大知识。宝玉此处是说自己稍微懂点佛教知识。方给我这帖子。我因不知回什么字样才好，竟没了主意，正要去问林妹妹，可巧遇见了姐姐。"

四句评语，恰写出一个孤傲矫情之妙玉。

岫烟听了宝玉这话，且只顾用眼上下细细打量了半日，方笑道："怪道俗语说的'闻名不如见面'，又怪不得妙玉竟下这帖子给你，又怪不得上年竟给你那些梅花。既连他这样，少不得我告诉你原故。他常说：'古人中自汉、晋、五代、唐、宋以来，皆无好诗，只有两句好，说道："纵有千年铁门槛，终须一个土馒头。"'所以他自称'槛外之人'。又常赞文是庄子的好，故又或称为'畸人'。他若帖子上是自称'畸人'的，你就还他个'世人'。畸人者，他自称是畸零之人；

如此评诗，亦见其矫情至甚。

第六十三回　寿怡红群芳开夜宴　死金丹独艳理亲丧

你谦自己乃世中扰扰之人，他便喜了。如今他自称'槛外之人'，是自谓蹈于铁槛之外了，故你如今只下'槛内人'，便合了他的心了。"宝玉听了，如醍醐灌顶，嗳哟了一声，方笑道："怪道我们家庙说是'铁槛寺'呢，原来有这一说。姐姐就请，让我去写回帖。"岫烟听了，便自往栊翠庵来。宝玉回房写了帖子，上面只写"槛内人宝玉熏沐谨拜"几字，亲自拿了到栊翠庵，只隔门缝儿投进去便回来了。

因又见芳官梳了头，挽起纂来，带了些花翠，忙命他改妆，又命将周围的短发剃了去，露出碧青头皮来，当中分大顶，又说："冬天作大貂鼠卧兔儿带，脚上穿虎头盘云五彩小战靴，或散着裤腿，只用净袜厚底镶鞋。"又说："芳官之名不好，竟改了男名才别致。"因又改作"雄奴"。芳官十分称心，又说："既如此，你出门也带我出去。有人问，只说我和茗烟一样的小厮就是了。"宝玉笑道："到底人看的出来。"芳官笑道："我说你是无才的。脂批："用芳官一骂有趣。"咱家现有几家土番，你就说我是个小土番儿，况且人人说我打联垂好看，你想这话可妙？"

又翻新花样。

宝玉听了，喜出意外，忙笑道："这却很好。我亦常见官员人等多有跟从外国献俘之种，图其不畏风霜，鞍马便捷。既这等，再起个番名，叫作'耶律雄奴'。'雄奴'二音，又与匈奴相通，都是犬戎名姓。况且这两种人自尧舜时便为中华之患，晋唐诸朝，深受其害。幸得咱们有福，生在当今之世，大舜之正裔，圣虞之功德仁孝，赫赫格天，同天地日月亿兆不朽，所以凡历朝中跳梁猖獗之小丑，到了如今竟不用一干一戈，皆天使其拱手俛头缘远来降。我们正该作践他们，为君父生色。"

芳官笑道："既这样着，你该去操习弓马，学些武艺，挺身出去拿几个反叛来，岂不尽忠效力了。何必借我们，你鼓唇摇舌的，自己开心作戏，却说是称功颂德呢。"宝玉笑道："所以你不明白。如今四海宾服，八方宁静，千载百载，不用武备。咱们虽一戏一笑，也该称颂，方不负坐享升平了。"芳官听了有理，二人自为妥贴甚宜。宝玉便叫他"耶律雄奴"。

一段奇趣妙文。按清初以来，中国西部边境常有扰乱，直至乾隆二十年，始告平定，是年建格登山纪功碑，立于格登山顶，至今仍雄峙山巅。山在新疆昭苏，古乌孙国地也。一九九八年予曾至山顶观此碑。雪芹此段所述，或与西部之事有关。

究竟贾府二宅皆有先人当年所获之囚赐为奴隶，只不过令其饲养马匹，皆不堪大用。湘云素习憨戏异常，他也最喜武扮的，每每自己束銮带，穿折袖。近见宝玉将芳官扮成男子，他便将葵官也扮了个小子。那葵官本是常刮剔短发，好便于面上粉墨油彩，手脚又伶便，打扮了又省一层手。李纨、探春见了也爱，便将宝琴的荳官也就命他打扮了一个小童，头上两个丫髻，短袄红鞋，只差了涂脸，便俨是戏上的一个琴童。湘云将葵官改了，换作"大英"。因他姓韦，便叫他作韦大英，方合自己的意思，暗有"惟大英雄能本色"

第六十三回　寿怡红群芳开夜宴　死金丹独艳理亲丧

之语，何必涂朱抹粉，才是男子。荳官身量年纪皆极小，又极鬼灵，故曰荳官。园中人也有唤他作"阿荳"的，也有唤作"炒豆子"的。宝琴反说琴童、书童等名太熟了，竟是荳字别致，便换作"荳童"。 _{一段无拘无束、胡天胡帝的快意文字。}

因饭后平儿还席，说红香圃太热，便在榆荫堂中摆了几席新酒佳肴。可喜尤氏又带了佩凤、偕鸳二妾过来游玩。这二妾亦是青年姣憨女子，不常过来的，今既入了这园，再遇见湘云、香菱、芳、蕊一干女子，所谓"方以类聚，物以群分"二语不错，只见他们说笑不了，也不管尤氏在那里，只凭丫鬟们去服侍，且同众人一一的游玩。

一时到了怡红院，忽听宝玉叫"耶律雄奴"，把佩凤、偕鸳、香菱三个人笑在一处，问是什么话。大家也学着叫这名字，又叫错了音韵，或忘了字眼，甚至于叫出"野驴子"来，引的合园中人凡听见者无不笑倒。宝玉又见人人取笑，恐作践了他，忙又说："海西福朗思牙_{法兰西，今之法国。}闻有金星玻璃宝石，他本国番语以金星玻璃名为'温都里纳'。如今将你比作他，就改名唤叫'温都里纳'可好？"芳官听了更喜，说："就是这样罢。"因此又唤了这名。众人嫌拗口，仍翻汉名，就唤"玻璃"。 _{奇状百出，绝世妙文。}

闲言少述，且说当下众人都在榆荫堂中以酒为名，大家顽笑，命女先儿击鼓。平儿采了一枝芍药，大家

> 又提甄家。

约二十来人传花为令，热闹了一回。因人回说："甄家有两个女人送东西来了。"探春和李纨、尤氏三人出去议事厅相见，这里众人且出来散一散。佩凤、偕鸳两个去打秋千顽耍，〖脂批："大家千金，不令作此戏。故写不及探春等人也。"〗宝玉便说："你两个上去，让我送。"慌的佩凤说："罢了，别替我们闹乱子，倒是叫'野驴子'来送送使得。"宝玉忙笑说："好姐姐们，别顽了，没的叫人跟着你们学着骂他。"偕鸳又说："笑软了，怎么打呢。掉下来栽出你的黄子来。"佩凤便赶着他打。

> 正在极欢尽乐之际，忽来凶讯。

正顽笑不绝，忽见东府中几个人慌慌张张跑来说："老爷宾天了。"众人听了，唬了一大跳，忙都说："好好的并无疾病，怎么就没了？"家下人说："老爷天天修炼，定是功行圆满，升仙去了。"

尤氏一闻此言，又见贾珍父子并贾琏等皆不在家，一时竟没个着己的男子来，未免忙了。只得忙卸了妆饰，命人先到玄真观，将所有的道士都锁了起来，〖因死得突然也。〗等大爷来家审问。一面忙忙坐车带了赖升一干老家人媳妇出城。又请太医看视到底系何病。

大夫们见人已死，何处诊脉来，素知贾敬导气之术总属虚诞，更至参星礼斗，守庚申，服灵砂，妄作虚为，过于劳神费力，反因此伤了性命的。如今虽死，肚中坚硬似铁，面皮嘴唇烧的紫绛皱裂。便向媳妇回

第六十三回　寿怡红群芳开夜宴　死金丹独艳理亲丧

说："系玄教中吞金服砂，烧胀而殁。"众道士慌的回说："原是老爷秘法新制的丹砂吃坏事，小道们也曾劝说'功行未到且服不得'，不承望老爷于今夜守庚申时悄悄的服了下去，便升仙了。这恐是虔心得道，已出苦海，脱去皮囊，自了去也。"

> 写道士一笔。道家升仙原来如此。

尤氏也不听，只命锁着，等贾珍来发放，且命人去飞马报信。一面看视这里窄狭，不能停放，横竖也不能进城的，忙装裹好了，用软轿抬至铁槛寺来停放。掐指算来，至早也得半月的工夫，贾珍方能来到。目今天气炎热，实不得相待，遂自行主持，命天文生择了日期入殓。寿木已系早年备下寄在此庙的，甚是便宜。三日后便开丧破孝。一面且做起道场来等贾珍。

荣府中凤姐儿出不来，李纨又照顾姊妹，宝玉不识事体，只得将外头之事暂托了几个家中二等管事人。贾琏、贾琮、贾珩、贾㻞、贾菖、贾菱等各有执事。尤氏不能回家，便将他继母接来在宁府看家。他这继母只得将两个未出嫁的小女带来，一并起居才放心。

> 初提尤二姐、尤三姐。

> 脂批："原为放心而来，终是放心而去。妙甚。"

且说贾珍闻了此信，即忙告假，并贾蓉是有职之员。礼部见当今隆敦孝弟，不敢自专，具本请旨。原来天子极是仁孝过天的，且更隆重功臣之裔，一见此本，便诏问贾敬何职。礼部代奏："系进士出身，祖职已荫其子贾珍。贾敬因年迈多疾，常养静于都城之外玄真观。今因疾殁于寺中,其子珍、其孙蓉,现因国丧随驾在此,故乞假归殓。"

天子听了,忙下额外恩旨曰:"贾敬虽白衣无功于国,念彼祖父之功,追赐五品之职。令其子孙扶柩由北下之门进都,入彼私第殡殓。任子孙尽丧礼毕扶柩回籍外,着光禄寺按上例赐祭。朝中由王公以下准其祭吊。钦此。"此旨一下,不但贾府中人谢恩,连朝中所有大臣皆嵩呼称颂不绝。

贾珍父子星夜驰回,半路中又见贾琏、贾珖二人领家丁飞骑而来,看见贾珍,一齐滚鞍下马请安。贾珍忙问:"作什么?"贾琏回说:"嫂子恐哥哥和侄儿来了,老太太路上无人,叫我们两个来护送老太太的。"贾珍听了,赞称不绝,又问家中如何料理。贾琏等便将如何拿了道士,如何挪至家庙,怕家内无人,接了亲家母和两个姨娘在上房住着。贾蓉当下也下了马,听见两个姨娘来了,便和贾珍一笑。^{会意。}贾珍忙说了几声"妥当",加鞭便走,店也不投,连夜换马飞驰。

一日到了都门,先奔入铁槛寺。那天已是四更天气,坐更的闻知,忙喝起众人来。贾珍下了马,和贾蓉放声大哭,从大门外便跪爬进来,至棺前稽颡泣血,直哭到天亮喉咙都哑了方住。尤氏等都一齐见过。贾珍父子忙按礼换了凶服,在棺前俯伏,无奈自要理事,竟不能目不视物,耳不闻声,少不得减些悲戚,好指

^{稽颡泣血,尽"礼"而已。}

第六十三回　寿怡红群芳开夜宴　死金丹独艳理亲丧

挥众人。因将恩旨备述与众亲友听了。一面先打发贾蓉家中料理停灵之事。贾蓉巴不得一声儿，〔正中心意。〕先骑马飞来至家，忙命前厅收桌椅，下槅扇，挂孝幔子，门前起鼓手棚牌楼等事。又忙着进来看外祖母、两个姨娘。

原来尤老安人年高喜睡，常歪着。他二姨娘三姨娘都和丫头们作活计，他来了都道烦恼。贾蓉且嘻嘻的望他二姨娘笑说："二姨娘，你又来了，我们父亲正想你呢。"〔才泣血稽颡，此处又嘻皮笑脸。〕尤二姐便红了脸，〔可见非止一次矣。〕骂道："蓉小子，我过两日不骂你几句，你就过不得了。越发连个体统都没了。还亏你是大家公子哥儿，每日念书学礼的，〔直刺学礼。〕越发连那小家子瓢坎的也跟不上。"说着顺手拿起一个熨斗来，搂头就打，〔所谓打情骂俏也。二姐举止可见。〕吓的贾蓉抱着头滚到怀里告饶。〔奇极怪极，如此告饶。〕

尤三姐便上来撕嘴，〔又加一个尤三姐。〕又说："等姐姐来家，咱们告诉他。"贾蓉忙笑着跪在炕上求饶，他两个又笑了。贾蓉又和二姨抢砂仁吃，尤二姐嚼了一嘴渣子，吐了他一脸。〔不堪至甚。〕贾蓉用舌头都舔着吃了。〔活画。〕

众丫头看不过，都笑说："热孝在身上，老娘才睡了觉，他两个虽小，到底是姨娘家，你太眼里没有奶奶了。回来告诉爷，你吃不了兜着走。"贾蓉撇下他姨娘，便抱着丫头们亲嘴："我的心肝，你说的是，咱们馋他两个。"丫头们忙推他，恨的骂："短命鬼儿，〔连丫头都看不过，可见放纵到何等程度。〕

你一般有老婆丫头,只和我们闹。知道的说是顽;_{脂批"妙极之顽,天下有是之顽,亦有趣甚,此语余亦亲闻者,非编有也。"}不知道的人,再遇见那脏心烂肺的爱多管闲事嚼舌头的人,吵嚷的那府里谁不知道,谁不背地里嚼舌说咱们这边乱帐。"_{实点一笔。}贾蓉笑道:"各门另户,谁管谁的事。都够使的了。从古至今,连汉朝和唐朝,人还说脏唐臭汉,何况咱们这宗人家,谁家没风流事,别讨我说出来。连那边大老爷这么利害,琏叔还和那小姨娘不干净呢。_{点贾琏。}凤姑娘那样刚强,瑞叔还想他的帐。_{点凤姐。}那一件瞒了我!"

贾蓉只管信口开合胡言乱道之间,只见他老娘醒了,请安问好,又说:"难为老祖宗劳心,又难为两位姨娘受委屈,我们爷儿们感戴不尽。惟有等事完了,我们合家大小,登门去磕头。"尤老人点头道:"我的儿,倒是你们会说话。亲戚们原是该的。"又问:"你父亲好?几时得了信赶到的?"贾蓉笑道:"才刚赶到的,先打发我瞧你老人家来了。好歹求你老人家事完了再去。"说着,又和他二姨挤眼,那尤二姐便悄悄咬牙含笑骂:请听二姐声口。"很会嚼舌头的猴儿崽子,留下我们给你爹作娘不成!"贾蓉又戏他老娘道:脏极丑极,活画贾蓉。"放心罢,我父亲每日为两位姨娘操心,要寻两个又有根基、又富贵、又年青、又俏皮的两位姨爹,好聘嫁这二位姨娘的。这几年总没拣得,可巧前日路上才相准了一个。"尤老只当真话,忙问是谁家的。二姊妹丢了活计,一头笑，一头赶着打，说："妈别信这雷打的。"连丫头们都说："天老爷有眼，仔细雷要紧！"又值人来回话："事已完了，请哥儿出去看了，回爷的话去。"那贾蓉方笑嘻嘻的去了。不知如何，且听下回分解。

【回后评】

本回群芳开夜宴是继上回为宝玉祝寿的展延，也是大观园春意烂漫欢极乐极的继续，大观园诸艳过此欢乐节日后，再也无此极乐世界的高潮了。在怡红院内所以能出现这样的自由天地、极乐世界是因为没有了管束：第一是贾政不在，离得很远，根本管不着；第二是贾母、王夫人等都因送灵守制，贾府才出现这样一个管理真空，出现了无政府状态。所以诸钗、丫鬟、宝玉可以大自由，可以痛饮高歌，可以相互枕藉，而皆天真自然，绝无世俗龌龊情孽。雪芹着力写此自由天地、天真世界，是暗示封建礼法之束缚个性，令人失去自由也。

夜宴行令，宝钗抓的是牡丹，题"艳冠群芳"，唐诗是"任是无情也动人"。"艳冠群芳"是对宝钗的评语，因其体丰而美也，且牡丹是花中之王，则宝钗之美为诸钗之首矣。唐诗"任是无情也动人"，从字面看似说宝钗之动人，是褒意。但《红楼梦》有些情节字句，常要读者从反面看或从另一角度看，则此句亦可反解为"任是动人也无情"，突出宝钗之"无情"，宝钗待人之"冷"，如从此一角度看，则切合宝钗其人，故知作者之意当在此而不在彼也。探春抓的是一枝杏花，题"瑶台仙品"，诗句是"日边红杏倚云栽"。杏花，"红杏枝头春意闹"。瑶池，西王母所居处也，"日边红杏"高处也，皆喻探春后来远嫁为王妃。湘云抓的是一枝海棠，题"香梦沉酣"，诗句是"只恐夜深花睡去"。海棠又名断肠花，传昔有女子，怀人不至，洒泪而生海棠。"香梦沉酣"，"夜深花睡"，既切其醉眠芍药，亦暗示其结局之断肠，或即"白首双星"之意也。麝月抓的是一枝荼蘼花，题"韶华胜极"，诗句是"开到荼蘼花事了"。故荼蘼是春尽之花。按贾府后来败落，袭人改嫁，最后唯麝月跟随宝玉。此签亦寓此意。黛玉抓的是一枝芙蓉,题"风露清愁",诗句是"莫怨东风当自嗟"。芙蓉,即莲花。李白诗:"清水出芙蓉,天然去雕饰。"周敦颐《爱莲说》:莲为花中君子,出淤泥而不染。皆切合黛玉。题句和诗,当是指黛玉的结局。《红楼梦》四十回黛玉说:"我最不喜欢李义山的诗,只喜他这一句'留得残荷听雨声'。"这正是"风露清愁"的境界。黛玉得此签后,"众人说:'这个好极,除了他,别人不配作芙蓉。'黛玉也自笑了。"可见拿黛玉比芙蓉,黛玉也自认可。但还要强调一句,这里的"芙蓉",是指荷花,即莲花,而不是木芙蓉,以往评者常有误解。下面袭人抓的是一枝桃花,题"武陵别景",诗"桃红又是一年春"。题字显然用"桃花源"的典,故事说有渔人为避乱而找到了桃花源。这恰好是说,贾府败后袭人避乱而去。诗句正是说袭人改嫁后又是一番春色,语含讥刺。

妙玉贺帖,粉笺而署槛外人,已极别致,作者特借邢岫烟评论说她"僧不僧,俗不俗,女不女,男不男",这是对妙玉矫情的评论。宝玉生辰,并未提到通知妙玉,乃妙玉忽来粉笺贺帖而自署"槛外人",实则恰好说她心在槛内也。邢岫烟说:她说:"自汉、晋、五代、唐、宋以来,皆无好诗,只有两句好,说道:'纵有千年铁门槛,终须一个土馒头。'"这是矫情至极。

贾敬因信奉道教,至"吞金服砂,烧胀而殁"。道士说:"原是老爷秘法新制的丹砂吃坏事,小道们也曾劝说'功行未到且服不得',不承望老爷于今夜守庚申时悄悄的服了下去,便升仙了。这恐是虔心得道,已出苦海,脱出皮囊,自了去也。"这是作者对道教的辛辣讽刺。因贾敬之丧,尤二姐、尤三姐得入贾府,遂开以下贾珍、贾蓉聚麀之丑。贾珍、贾蓉"先奔入铁槛寺。那天已是四更天气,坐更的闻知,忙喝起众人来。贾珍下了马,和贾蓉放声大哭,从大门外便跪爬进来,至棺前稽颡泣血,直哭到天亮喉咙都哑了方住"。看起来好像哀痛欲绝,但一转眼,贾蓉到了家里,"且嘻嘻的望他二姨娘笑说:'二姨娘,你又来了。我们父亲正想你呢。'尤二姐红了脸,骂道:'蓉小子,我过两日不骂你几句,你就过不得了。越发连个体统都没了。还亏你是大家公子哥儿,每日念书学礼的,越发连那小家子瓢坎的也跟不上。'说着顺手拿起一个熨斗来,搂头就打,吓的贾蓉抱着头滚到怀里告饶。尤三姐便上来撕嘴,又说:'等姐姐来家,咱们告诉他。'贾蓉忙笑着跪在炕上求饶,他两个又笑了。贾蓉又和二姨抢砂仁吃,尤二姐嚼了一嘴渣子,吐了他一脸。贾蓉用舌头都舔着吃了。"以上这大段描写,以及后来二尤故事的发展,是作者对贾府这个封建大家庭,尤其是对封建礼法的尖锐揭露,是雪芹反程、朱理学的重要一笔。

【校记】

〔一〕《赏花时》曲,列藏、甲辰、杨本、程甲各本仅录首两句,己卯、庚辰、戚序、蒙府各本皆录全曲带〔幺篇〕。曲文词句,系据天启元年朱墨刊本《邯郸记》第一折。曲文全同。唯首句脱"扎"字,第二句作"踏天门"。"你与俺高眼向云霞"句,底本及己卯、蒙府、戚序各本皆漏"高"字,此据天启本补。

第六十四回　　幽淑女悲题五美吟
　　　　　　　　浪荡子情遗九龙佩[一]

题曰：

　　深闺有奇女，绝世空珠翠。
　　情痴苦泪多，未惜颜憔悴。
　　哀哉千秋魂，薄命无二致。
　　嗟彼桑间人，好丑非其类。

此一回紧接贾敬灵柩进城，原当铺叙宁府丧仪之盛。但上回秦氏病故，凤姐理丧，已描写殆尽，若仍极力写去，不过加倍热闹而已。故书中于迎灵送殡极忙乱处，却只闲闲数笔带过。忽插入钗、玉评诗，琏、尤赠佩一段闲雅风流文字来，正所谓急脉缓受也。

话说贾蓉见家中诸事已妥，连忙赶至寺中，回明贾珍。于是连夜分派各项执事人役，并预备一切应用旛杠等物。择于初四日卯时请灵柩进城，一面使人知会诸位亲友。

是日，丧仪焜耀，宾客如云，自铁槛寺至宁府，夹路看的何止数万人。内中有嗟叹的，也有羡慕的，又有一等半瓶醋的读书人，说是"丧礼与其奢易，莫若俭戚"的，一路纷纷议论不一。至未申时方到，将灵柩停放正堂之内。供奠举哀已毕，亲友渐次散回，只剩族中人分理迎宾送客等事。近亲只有邢大舅相伴未去。

　　贾珍、贾蓉此时为礼法所拘，写得何等勉强，封建礼法已成形式，心中早无此礼法矣。不免在灵旁藉草枕块，恨苦居丧。人散后，仍乘空寻他小姨子厮混。宝玉亦每日在宁府穿孝，至晚人散，方回园里。凤姐身体未愈，虽不能时常在此，或遇开坛诵经、亲友上祭之日，亦扎挣过来，相帮尤氏料理。凤姐仍在病中。

　　一日，供毕早饭，因此时天气尚长，贾珍等连日劳倦，不免在灵旁假寐。宝玉见无客至，遂欲回家看视黛玉，因先回至怡红院中。进入门来，只见园中寂静无人，有几个老婆子与小丫头们在回廊下取便乘凉，也有睡卧的，也有坐着打盹的。宝玉也不去惊动。只有四儿看见，连忙上前来打帘子。将掀起时，只见芳官自内带笑跑出，几乎与宝玉撞个满怀。一见宝玉，方含笑站住，说道："你怎么来了？你快与我拦住晴雯，他要打我呢。"

　　一语未了，只听得屋内嘻嗾哗喇的乱响，不知是

第六十四回　幽淑女悲题五美吟　浪荡子情遗九龙佩

何物撒了一地。随后晴雯赶来骂道:"我看你这小蹄子往那里去,输了不叫打。宝玉不在家,我看你有谁来救你。"宝玉连忙带笑拦住,说道:"你妹子小,不知怎么得罪了你,看我的分上,饶他罢。"晴雯也不想宝玉此时回来,乍一见,不觉好笑,遂笑说道:"芳官竟是个狐狸精变的,竟是会拘神遣将的,符咒也没有这么快。"又笑道:"就是你真请了神来,我也不怕。"遂夺手仍要捉拿芳官。芳官早已藏在宝玉身后。

宝玉遂一手拉了晴雯,一手携了芳官,进入屋内。看时,只见西边炕上麝月、秋纹、碧痕、紫绡等正在那里抓子儿赢瓜子儿呢。却是芳官输与晴雯,芳官不肯叫打,跑了出去。晴雯因赶芳官,将怀内的子儿撒了一地。宝玉欢喜道:"如此长天,我不在家,正恐你们寂寞,吃了饭睡觉睡出病来,大家寻件事顽笑消遣甚好。"痴公子总是为诸婢着想。因不见袭人,又问道:"你袭人姐姐呢?"晴雯道:"袭人么,越发道学了,逼真晴雯声口。独自个在屋里面壁呢。这好一会我们没进去,不知他作什么呢,一些声气也听不见。你快瞧瞧去罢,或者此时参悟了,也未可定。"

宝玉听说,一面笑,一面走至里间。只见袭人坐在近窗床上,手中拿着一根灰色绦子,正在那里打结子呢。见宝玉进来,连忙站起,笑道:"晴雯这东西编派我什么呢?我因要赶着打完了这结子,没工夫和袭人,怡红院里当家人的身份。

他们瞎闹，因哄他道：'你们顽去罢，趁着二爷不在家，我要在这里静坐一坐，养一养神。'他就编派了我这些混话，什么'面壁'了'参禅'了的，等一会我不撕他那嘴。"

宝玉笑着挨近袭人坐下，瞧他打结子，问道："这么长天，你也该歇息歇息，或和他们顽笑，要不瞧瞧林妹妹也好。怪热的，打这个那里使？"袭人道："我见你带的扇套还是那年东府里蓉大奶奶的事情上作的。那个青东西除族中或亲友家夏天有丧事方带得着，一年遇着带一两遭，平常又不犯做。如今那府里有事，这是要过去天天带的，所以我赶着另作一个。等打完了结子，给你换下那旧的来。你虽不讲究这个，若叫老太太回来看见，又该说我们躲懒，连你的穿带之物都不经心了。"宝玉笑道："这真难为你想的到。只是也不可过于赶，热着了倒是大事。"

说着，芳官早托了一杯凉水内新湃的茶来。因宝玉素昔秉赋柔脆，虽暑月不敢用冰，只以新汲井水将茶连壶浸在盆内，不时更换，取其凉意而已。宝玉就芳官手内吃了半盏，遂向袭人道："我来时已吩咐了茗烟，若珍大哥那边有要紧的客来时，叫他即刻送信；若无要紧的事，我就不过去了。"说毕，遂出了房门，又回头向碧痕等道："如有事，往林姑娘处找我。"于是一径往潇湘馆来看黛玉。

第六十四回　幽淑女悲题五美吟　浪荡子情遗九龙佩

将过了沁芳桥，只见雪雁领着两个老婆子，手中都拿着菱藕瓜果之类。宝玉忙问雪雁道："你们姑娘从来不吃这些凉东西的，拿这些瓜果何用？不是要请那位姑娘、奶奶么？"雪雁笑道："我告诉你，可不许你对姑娘说去。"宝玉点头应允。雪雁便命两个婆子："先将瓜果送去交与紫鹃姐姐。他要问我，你就说我做什么呢，就来。"那婆子答应着去了。

雪雁方说道："我们姑娘这两日方觉身上好些了。今日饭后，三姑娘来会着要瞧二奶奶去，姑娘也没去。又不知想起了甚么来，自己哭了一回，提笔写了好些，不知是诗是词。叫我传瓜果去时，又听叫紫鹃将屋内摆着的小琴桌上的陈设搬下来，将桌子挪在外间当地，又叫将那龙文鼐放在桌上，等瓜果来听用。若说是请人呢，不犯先忙着把个炉摆出来。若说点香呢，我们姑娘素日屋内除摆新鲜花果木瓜之类，又不大喜熏衣服；就是点香，亦当点在常坐卧之处。难道是老婆子们把屋子熏臭了，要拿香熏熏不成？究竟连我也不知何故。"说毕，便连忙的去了。

> 借雪雁先写黛玉情况。

宝玉这里不由的低头心内细想道："据雪雁说来，必有原故。若是同那一位姊妹们闲坐，亦不必如此先设馔具。或者是姑爹姑妈的忌辰，但我记得，每年到此日期，老太太都吩咐另外整理肴馔，送去与林妹妹私祭，此时已过。大约必是七月因为瓜果之节，家家都上秋祭的坟,林妹妹有感于心,所以在私室自己奠祭,取《礼记》'春秋荐其时食'之意,也未可定。顺笔点出节令,已入秋季。但我此刻走去,见他伤感,必极力劝解,又怕他烦恼郁结于心;若竟不去,又恐他过于伤感,无人劝止。两件皆足致疾。莫若先到凤姐姐处一看,在彼稍坐即回。如若见林妹妹伤感,再设法开解,既不至使其过悲,哀痛稍申,亦不至抑郁致病。"宝玉想得细。想毕,遂出了园门,一径到凤姐处来。

正有许多执事婆子们回事毕,纷纷散出。凤姐儿正倚着门和平儿说话呢。一见了宝玉,笑道:"你回来了么。我才吩咐了林之孝家的,叫他使人告诉跟你的小厮,若没什么事,趁便请你回来歇息歇息。再者,那里人多,你那里禁得住那些气味。不想恰好你倒来了。"宝玉笑道:"多谢姐姐记挂。我也因今日没事,又见姐姐这两日没往那府里去,不知身上可大愈否,所以回来看视看视。"

凤姐道:"左右也不过是这样,三日好、两日不好的。老太太、太太不在家,这些大娘们,嗳,那一个是安分的,每日不是打架,就拌嘴,连赌博偷盗的事情,都闹出来了两三件了。虽说有三姑娘帮着办理,他又是个没出阁的姑娘。也有叫他知道得的,也有往他说不得的事,也只好强扎挣着罢了。总不得心静一会儿。别说想病好,求其不添,也就罢了。"偌大一个贾府,总不得安宁之时。宝玉道:

第六十四回　幽淑女悲题五美吟　浪荡子情遗九龙佩

"虽如此说，姐姐还要保重身体，少操些心才是。"说毕，又说了些闲话，别了凤姐，一直往园中走来。

进了潇湘馆院门看时，只见炉袅残烟，奠余玉醴。紫鹃正看着人往里收桌子，搬陈设呢。宝玉便知已经祭奠完了，走入屋内，只见黛玉面向里歪着，病体恹恹，大有不胜之态。_{是悲伤之后也。}紫鹃连忙说道："宝二爷来了。"黛玉方慢慢的起来，含笑让坐。宝玉道："妹妹这两天可大好些了？气色倒觉静些，只是为何又伤心了？"黛玉道："可是你没的说了，好好的我多早晚又伤心了？"宝玉笑道："妹妹脸上现有泪痕，如何还哄我呢。只是我想妹妹素日本来多病，凡事当各自宽解，不可过作无益之悲。若作践坏了身子，使我——"说到这里，觉得以下的话有些难说，连忙咽住。只因他虽说和黛玉一处长大，情投意合，又愿同生死，却只是心中领会，从来未曾当面说出。_{此是实情，难就难在不能当面说也。}况兼黛玉心多，每每说话造次，得罪了他。今日原为的是来劝解，不想把话又说造次了，接不下去，心中一急，又怕黛玉恼他。又想一想自己的心实在的是为好，因而转急为悲，早已滚下泪来。_{情动于衷也，是见黛玉后之真情也。}黛玉起先原恼宝玉说话不论轻重，如今见此光景，心有所感，本来素昔爱哭，此时亦不免无言对泣。_{报之以泪耳。}

却说紫鹃端了茶来，打谅二人又为何事角口，_{可见平时常有角口。}因说道："姑娘身上才好些，宝二爷又来怄气

旁注：
- 已经祭奠过了。
- 黛玉之祭与前贾珍、贾蓉之祭恰成对照。
- 情投意合，愿同生死，此处又实写一句。木石情深，不可破也。

了,到底是怎么样?"宝玉一面拭泪笑道:"谁敢怄妹妹了。"一面搭讪着起来闲步。只见砚台底下微露一纸角,不禁伸手拿起。黛玉忙要起身来夺,已被宝玉揣在怀内,笑央道:"好妹妹,赏我看看罢。"黛玉道:"不管什么,来了就混翻。"

一语未了,只见宝钗走来,笑道:"宝兄弟要看什么?"宝玉因未见上面是何言词,又不知黛玉心中如何,未敢造次回答,却望着黛玉笑。<u>好神态。</u>黛玉一面让宝钗坐,一面笑说道:"我曾见古史中有才色的女子,终身遭际,令人可欣可羡,可悲可叹者甚多。今日饭后无事,因欲择出数人,胡乱凑几首诗以寄感慨,可巧探丫头来会我瞧凤姐姐去,我也身上懒懒的没同他去。才将做了五首,一时困倦起来,撂在那里,不想二爷来了就瞧见了,其实给他看也倒没有什么,但只我嫌他是不是的写给人看去。"<u>由黛玉自己说出,方不突兀。</u>

宝玉忙道:"我多早晚给人看来呢。昨日那把扇子,原是我爱那几首白海棠的诗,所以我自己用小楷写了,不过为的是拿在手中看着便易。我岂不知闺阁中诗词字迹是轻易往外传诵不得的。自从你说了,我总没拿出园子去。"<u>补出昨日之事。</u>

宝钗道:"林妹妹这虑的也是。你既写在扇子上,偶然忘记了,拿在书房里去被相公们看见了,岂有不问是谁做的呢。倘或传扬开了,反为不美。自古道'女

第六十四回　幽淑女悲题五美吟　浪荡子情遗九龙佩

子无才便是德',总以贞静为主,女工还是第二件。其余诗词,不过是闺中游戏,原可以会,可以不会。咱们这样人家的姑娘,倒不要这些才华的名誉。"

> 宝钗总是女夫子,是从封建女教中出来的人,一切恪守闺范。

_{黛玉的几首诗,又引出宝钗一番教训。}因又笑向黛玉道:"拿出来给我看看无妨,只不叫宝兄弟拿出去就是了。"黛玉笑道:"既如此说,连你也可以不必看了。"_{回答得好。}又指着宝玉笑道:"他早已抢了去了。"宝玉听了,方自怀内取出,凑在宝钗身旁,一同细看。只见写道:

西　施

一代倾城逐浪花。吴宫空自忆儿家。
效颦莫笑东村女,头白溪边尚浣纱。

> 富贵不如贫贱。西施亦不得其终。

虞　姬

肠断乌骓夜啸风。虞兮幽恨对重瞳。
黥彭甘受他年醢,饮剑何如楚帐中。

> 功高不及情重。黥彭不及虞姬。

明　妃

绝艳惊人出汉宫。红颜命薄古今同。
君王纵使轻颜色,予夺权何畀画工。

> 红颜命薄,非画工之罪,罪在君王之不识人耳。明妃终未得善果。

绿　珠

瓦砾明珠一例抛。何曾石尉重娇娆。
都缘顽福前生造。更有同归慰寂寥。

> 绿珠死情,不得其人。亦红颜之命薄也。

红　拂

长揖雄谈态自殊。美人具眼识穷途。
尸居余气杨公幕,岂得羁縻女丈夫。

> 前四美皆薄命不得其终。唯红拂巨眼,能自择人。故命运还须自己掌握。

> 黛玉《五美吟》亦如嗣宗《咏怀》，意旨遥深，难得真解，以上所拟，亦不过字面之意耳！

宝玉看了，赞不绝口，又说道："妹妹这诗恰好只做了五首，何不就命曰《五美吟》。"于是不容分说，便提笔写在后面。

> 宝钗真是女夫子，开口便喜教人，然终是官样文章耳。

宝钗亦说道："做诗不论何题，只要善翻古人之意。若要随人脚踪走去，纵使字句精工，已落第二义，究竟算不得好诗。即如前人所咏昭君之诗甚多，有悲挽昭君的，有怨恨延寿的，又有讥汉帝不能使画工图貌贤臣而画美人的，纷纷不一。后来王荆公复有'意态由来画不成，当时枉杀毛延寿'，永叔有'耳目所见尚如此，万瑞安能制夷狄'。二诗俱能各出己见，不与人同。今日林妹妹这五首诗，亦可谓命意新奇，别开生面了。"

仍欲往下说时，只见有人回道："琏二爷回来了。适才外间传说，往东府里去了好一会了，想必就回来的。"宝玉听了，连忙起身，迎至大门以内等待。恰好贾琏自外下马进来。于是宝玉先迎着贾琏跪下，口中给贾母、王夫人等请了安，又给贾琏请了安。

> 一段写当时封建礼节。

二人携手走了进来。

只见李纨、凤姐、宝钗、黛玉、迎、探、惜等早在中堂等候，一一相见已毕。因听贾琏说道："老太太明日一早到家，一路身体甚好。今日先打发了我来回家看视，明日五更，仍要出城迎接。"说毕，众人又问了些路途的景况。因贾琏是远归，遂大家别过，

第六十四回　幽淑女悲题五美吟　浪荡子情遗九龙佩

让贾琏回房歇息。一宿晚景，不必细述。

至次日饭时前后，果见贾母、王夫人等到来。众人接见已毕，略坐了一坐，吃了一杯茶，便领了王夫人等人过宁府中来。只听见里面哭声震天，却是贾赦、贾琏送贾母到家即过这边来了。当下贾母进入里面，早有贾赦、贾琏率领族中人哭着迎了出来。他父子一边一个挽了贾母，走至灵前，又有贾珍、贾蓉跪着扑入贾母怀中痛哭。贾母暮年人，见此光景，亦搂了珍、蓉等痛哭不已。贾赦、贾琏在旁苦劝，方略略止住。又转至灵右，见了尤氏婆媳，不免又相持大痛一场。哭毕，众人方上前一一请安问好。

贾珍因贾母才回家来，未得歇息，坐在此间，看着未免要伤心，遂再三的求贾母回家。王夫人等亦再三相〔二〕劝，贾母不得已，方回来了。果然年迈的人禁不住风霜伤感，至夜间便觉头闷身酸，鼻塞声重。连忙请了医生来诊脉下药，足足的忙乱了半夜一日。幸而发散的快，未曾传经，至三更天，些须发了点汗，脉静身凉，大家方放了心。至次日仍服药调理。

又过了数日，乃贾敬送殡之期，贾母犹未大愈，遂留宝玉在家侍奉。凤姐因未曾甚好，亦未去。其余贾赦、贾琏、邢夫人、王夫人等率领家人仆妇，都送至铁槛寺，至晚方回。贾珍、尤氏并贾蓉仍在寺中守灵，等过了百日后，方扶柩回籍。家中仍托尤老娘并二姐、

> 结束贾母入朝守制祭奠之事。

> 因贾敬死，自当实时过来。

> 哭也是丧礼。

> 结束贾敬丧事。

三姐照管。

却说贾琏素日既闻尤氏姐妹之名,恨无缘得见。近因贾敬停灵在家,每日与二姐、三姐相认已熟,不禁动了垂涎之意。况知与贾珍、贾蓉等素有聚麀之诮,可见早已丑事远扬矣。因而乘机百般撩拨,眉目传神。那三姐儿却只是淡淡相对,只有二姐儿也十分有意。但只是眼目众多,无从下手。贾琏又怕贾珍吃醋,不敢轻动,只好二人心领神会而已。已经心意俱通矣。

接写贾琏垂涎二尤之事。

此时出殡以后,贾珍家下人少,除尤老娘带领二姐、三姐并几个粗使的丫鬟老婆子在正室居住外,其余婢妾,都随在寺中。外面仆妇,不过晚间巡更,日间看守门户。白日无事,亦不进里面去。所以贾琏便欲趁此时下手。遂托相伴贾珍为名,亦在寺中住宿,又时常借着替贾珍料理家务,不时至宁府中来勾搭二姐。

瞅准了机会。

一日,有小管家俞禄来回贾珍道:"前者所用棚杠孝布并请杠人青衣,共使银一千一百十两,除给银五百两外,仍欠六百零十两。昨日两处买卖人俱来催讨,小的特来讨爷的示下。"贾珍道:"你且向库上领去就是了,这又何必来回我。"

俞禄道:"昨日已曾上库上去领,但只是老爷宾天以后,各处支领甚多,所剩还要预备百日道场及庙

第六十四回　幽淑女悲题五美吟　浪荡子情遗九龙佩

中用度，此时竟不能发给。所以小的今日特来回爷，或者爷内库里暂且发给，或者挪借何项，吩咐了小的好办。"贾珍笑道："你还当是先呢，有银子放着不使。_{一笔带出贾府窘况。}你无论那里借了给他罢。"俞禄笑回道："若说一二百，小的还可以挪借；这五六百，小的一时那里办得来。"

贾珍想了一回，向贾蓉道："你问你娘去，昨日出殡以后，有江南甄家送来打祭银五百两，未曾交到库上去，你先要了来，〔三〕给他去罢。"贾蓉答应了，连忙过这边来回了尤氏，复转来回他父亲道："昨日那项银子已使了二百两，下剩的三百两，令人送至家中，交与老娘收了。"贾珍道："既然如此，你就带了他去，_{贾蓉机会来了。}向你老娘要了出来交给他。再也瞧瞧家中有事无事，问你两个姨娘好。下剩的，俞禄先借了添上罢。"

贾蓉与俞禄答应了，方欲退出，只见贾琏走了进来。俞禄忙上前请了安，贾琏便问何事，贾珍一一告诉了。贾琏心中想道："趁此机会，正可至宁府寻二姐儿。"一面遂说道："这有多大事，何必向人借去。昨日我方得了一项银子还没有使呢，莫若给他添上，岂不省事。"贾珍道："如此甚好。你就吩咐了蓉儿，一并令他取去。"贾琏忙道："这必得我亲身取去。_{这是关键，若无此亲身机会，亦无此银子矣。}再我这几日没回家了，还要给老太太、老爷、太太们请请安去。到大哥那边查查家人们有无生事,再也给亲家太太请请安。"_{要去的事实在太多,非去不可也。}贾珍笑道:"只是又劳动你,我心里倒不安。"贾琏也笑道:"自家兄弟,这有何妨呢。"贾珍又吩咐贾蓉道:"你跟了你叔叔去,也到那边给老太太、老爷、太太们请安,说我和你娘都请安,打听打听老太太身上可大安了,还服药呢没有。"贾蓉一一答应了,跟随贾琏出来,带了几个小厮,骑上马一同进城。_{竟是奉命同行矣。}

在路,叔侄闲话。贾琏有心,便提到尤二姐,因夸说如何标致,如何做人好,举止大方,言语温柔,无一处不令人可敬可爱,"人人都说你婶子好,据我看,那里及你二姨儿一零儿呢。"_{贾琏先说,欲测知对方之意。}贾蓉揣知其意,便笑道:"叔叔既这么爱他,我给叔叔作媒,说了做二房,何如?"_{单刀直入,正中下怀。}贾琏笑道:"你这是顽话还是正经话?"贾蓉道:"我说的是当真的话。"贾琏又笑道:"敢自好呢。只是怕你婶子不依,再也怕你老娘不愿意。况且我听见说你二姨儿已有了人家了。"_{贾琏原有顾虑,贾蓉为之打消。}

贾蓉道:"这都无妨。我二姨儿、三姨儿都不是我老爷养的,原是我老娘带了来的。听见说,我老娘在那一家时,就把我二姨儿许给皇粮庄头张家,指腹为婚。_{为后来张华告状事张本。}后来张家遭了官司败落了,我老娘又自那家嫁了出来,如今这十数年,两家音信不通。我老娘时常抱怨,要与他家退婚,我父亲也要将二姨儿_{然则尤老娘原夫未必姓尤,则二姐、三姐实是随继父之姓。}

第六十四回　幽淑女悲题五美吟　浪荡子情遗九龙佩

转聘。只等有了好人家，不过令人找着张家，给他十几两银子，写上一张退婚的字儿。想张家穷极了的人，见了银子，有什么不依的。再他也知道咱们这样的人家，也不怕他不依。_{依是能依，只怕经不起挑拨利用。}又是叔叔这样人说了做二房，我管保我老娘和我父亲都愿意。倒只是婶子那里却难。"_{这是真难。}贾琏听到这里，心花都开了，那里还有什么话说，只是一味呆笑而已。_{形容毕肖。}

贾蓉又想了一想，笑道："叔叔若有胆量，依我的主意管保无妨，不过多花几个钱。"贾琏忙道："好孩子，你有什么主意，快些说来，我没有不依的。"〔四〕贾蓉道："叔叔回家，一点声色也别露，等我回明了我父亲，向我老娘说妥，然后在咱们府后方近左右，买上一所房子及应用家伙，再拨两窝子家人过去服侍。择了日子，人不知鬼不觉娶了过去，嘱咐家人不许走漏风声。婶子在里面住着，深宅大院，那里就得知道了。_{一厢情愿，想得真美。}叔叔两下里住着，过个一年半载，即或闹出来，不过挨上老爷一顿骂。叔叔只说婶子总不生育，原是为子嗣起见，所以私自在外面作成此事。就是婶子，见生米做成熟饭，也只得罢了。再求一求老太太，没有不完的事。"

自古道"欲令智昏"，贾琏只顾贪图二姐美色，听了贾蓉一篇话，遂为计出万全，将现今身上有服，并停妻再娶，严父妒妻，种种不妥之处，皆置之度外_{再写封建礼法，只是形式，表面文章而已。}

了。却不知贾蓉亦非好意，贾蓉自然要从中渔利。素日因同他姨娘有情，只因贾珍在内，不能畅意。如今若是贾琏娶了，少不得在外居住，趁贾琏不在时，好去鬼混之意。贾琏那里思想及此，遂向贾蓉致谢道："好侄儿，你果然能够说成了，我买两个绝色的丫头谢你。"

先让贾琏去。说着，已至宁府门首。贾蓉说道："叔叔进去，向我老娘要出银子来，就交给俞禄罢。我先给老太太请安去。"贾琏含笑点头道："老太太跟前别说我和你一同来的。"贾蓉道："知道。"又附耳向贾琏道："今儿要遇见二姨儿，可别性急了，闹出事来，往后倒难办了。"贾琏笑道："少胡说，你快去罢。我在这里等你。"于是贾蓉自去给贾母请安。

贾琏进入宁府，早有家人头儿率领家人等请安，一路围随至厅上。贾琏一一的问了些话，不过塞责而已，便命家人散去，独自往里面走来。原来贾琏、贾珍素日亲密，又是弟兄，本无可避忌之人，自来是不等通报的。于是走至上房，早有廊下伺候的老婆子打起帘子，让贾琏进去。

贾琏进入房中一看，只见南边炕上只有尤二姐带着两个丫鬟一处做活，却不见尤老娘与三姐儿。正是空子。贾琏忙上前问好相见。尤二姐含笑让坐，便靠东边排插儿坐下，贾琏仍将上首让与二姐儿，说了几句见面情儿，便笑问道："亲家太太和三妹妹那里去了，

第六十四回　幽淑女悲题五美吟　浪荡子情遗九龙佩

怎么不见？"尤二姐笑道："才有事，往后头去了，也就来的。"此时伺候的丫鬟因倒茶去，无人在跟前，贾琏不住的拿眼瞟着二姐儿。二姐儿低了头，只含笑不理。〔心里明白。〕

贾琏又不敢造次动手动脚，因见二姐儿手中拿着一条拴着荷包的绢子摆弄，便搭讪着往腰里摸了摸，说道："槟榔荷包也忘记了带了来，妹妹有槟榔，赏我一口吃。"二姐道："槟榔倒有，就只是我的槟榔从来不给人吃。"贾琏便笑着欲近身来拿。二姐儿怕有人来看见不雅，便连忙一笑，撂了过来。贾琏接在手中，都倒了出来，拣了半块吃剩下的撂在口中吃了，〔偏要吃剩的。〕又将剩下的都揣了起来。刚要把荷包亲身送过去，只见两个丫鬟倒了茶来。

贾琏一面接了茶吃茶，一面暗将自己带的一个汉玉九龙佩解了下来，〔投之以琼瑶。〕拴在手绢上，趁丫鬟回头时，仍撂了过去。二姐儿亦不去拿，〔二姐亦是情场惯家。〕只装看不见，坐着吃茶。只听后面一阵帘子响，〔吓煞。〕却是尤老娘、三姐儿带着两个小丫头自后面走来。贾琏送目与二姐，〔贾琏着急。〕令其拾取，这尤二姐亦只是不理。〔二姐偏稳得住。〕贾琏不知二姐儿何意，甚是着急，只得迎上来与尤老娘、三姐儿相见。一面又回头看二姐儿时，只见二姐儿笑着，没事人似的；再又看一看绢子，已不知那里去了，贾琏方放了心。〔神奇，方知二姐实是惯家。〕

〔写投佩一段，何等神化，可见二人均是情场惯家。〕

于是大家归坐后,叙了些闲话。贾琏说道:"大嫂子说,前日有一包银子交给亲家太太收起来了,今日因要还人,大哥令我来取,再也看看家里有事无事。"尤老娘听了,连忙使二姐儿拿钥匙去取银子。

这里,贾琏又说道:"我也要给亲家太太请请安,瞧瞧二位妹妹。亲家太太脸面倒好,只是二位妹妹在我们家里受委屈。"尤老娘笑道:"咱们都是至亲骨肉,说那里的话。在家里也是住着,在这里也是住着。不瞒二爷说,我们家里自从先夫去世,家计也着实艰难了,全亏了这里姑爷帮助。如今姑爷家里有了这样大事,我们不能别的出力,白看一看家,还有什么委屈了的呢?"正说着,二姐儿已取了银子来,交与尤老娘。尤老娘便递与贾琏。贾琏叫一个小丫头叫了一个老婆子来,吩咐他道:"你把这个交给俞禄,叫他拿过那边去等我。"老婆子答应了出去。

贾蓉自然赶紧要来。

只听得院内是贾蓉的声音说话。须臾进来,给他老娘姨娘请了安,又向贾琏笑道:"才刚老爷还问叔叔呢,说是有什么事情要使唤。原要使人到庙里去叫,我回老爷说叔叔就来。老爷还吩咐我,路上遇着叔叔叫快去呢。"

贾琏听了,忙要起身,又听贾蓉和他老娘说道:"那一次我和老太太说的,我父亲要给二姨儿说的姨父,就和我这叔叔的面貌身量差不多儿。老太太说好

第六十四回　幽淑女悲题五美吟　浪荡子情遗九龙佩

不好？"〖先下信息。〗一面说着，又悄悄的用手指着贾琏和他二姨儿努嘴。二姐儿倒不好意思说什么，〖二姐已明白。〗只见三姐儿似笑非笑、似恼非恼的骂道："坏透了的小猴儿崽子！没了你娘的说了！多早晚我才撕他那嘴呢！"一面说着，便赶了过来。〔五〕〖三姐亦略知其意。〗贾蓉早笑着跑了出去，贾琏也笑着辞了出来。走至厅上，又吩咐了家人们不可耍钱吃酒等话。又悄悄的央贾蓉，回去急速和他父亲说。一面便带了俞禄过来，将银子添足，交给他拿去。一面给贾赦请安，又给贾母去请安。不提。

却说贾蓉见俞禄跟了贾琏去取银子，自己无事，便仍回至里面，和他两个姨娘嘲戏一回，方起身。至晚到寺，见了贾珍回道："银子已经交给俞禄了。老太太已大愈了，如今已经不服药了。"说毕，又趁便将路上贾琏要娶尤二姐做二房之意说了。〖贾珍正是一路货色，亦欲从中渔利，故可明说，且得其助也，看父子二人，贾珍前有天香楼之事，此又有父子聚麀之丑，其封建礼法可知矣。〗又说如何在外面置房子住，不使凤姐知道，"此时总不过为的是子嗣艰难起见。为的是二姨儿是见过的，亲上做亲，比别处不知道的人家说了来的好。所以二叔再三央我对父亲说。"只不说是他自己的主意。

贾珍想了想，笑道："其实倒也罢了。只不知你二姨儿心中愿意不愿意。明日你先去和你老娘商量，叫你老娘问准了你二姨娘，再作定夺。"〖贾珍亦早有自己打算矣。〗于是又教了贾蓉一篇话，便走过来将此事告诉了尤氏。尤

〖一段风月文字，作者笔墨亦随之而变。〗

氏却知此事不妥,因而极力劝止。_{尤氏反倒能劝阻,因知凤姐不可惹也。}无奈贾珍主意已定,素日又是顺从惯了的,况且他与二姐儿本非一母,不便深管,因而也只得由他们闹去了。

至次日一早,果然贾蓉复进城来见他老娘,将他父亲之意说了。又添上许多话,说贾琏做人如何好,目今凤姐身子有病,已是不能好的了,暂且买了房子在外面住着,过个一年半载,只等凤姐一死,_{只等凤姐一死,蓉、琏之心可知。}便接了二姨儿进去做正室。又说他父亲此时如何聘,贾琏那边如何娶,如何接了你老人家养老,往后三姨儿也是那边应了替聘,说得天花乱坠,不由得尤老娘不肯。况且素日全亏贾珍周济,此时又是贾珍作主替聘,而且妆奁不用自己置买,贾琏又是青年公子,比张华胜强十倍,遂连忙过来与二姐儿商议。二姐儿又是水性人儿,在先已和姐夫不妥,又常怨恨当时错许张华,致使后来终身失所,今见贾琏有情,况是姐夫将他聘嫁,有何不肯,也便点头依允。当下回复了贾蓉,贾蓉回了他父亲。

贾蓉之花言,老娘之贪利,贾珍之做主,贾琏之年轻有财,二姐之水性,诸事凑合,才成其谋。

次日命人请了贾琏到寺中来,贾珍当面告诉他尤老娘应允之事。贾琏自是喜出望外,感谢贾珍、贾蓉父子不尽。于是二人商量着,使人看房子,打首饰,给二姐儿置买妆奁及新房中应用床帐等物,不过几日,早将诸事办妥。已于宁荣街后二里远近小花枝巷内买定一所房子,共二十余间。又买了两个小丫鬟。只是

第六十四回　幽淑女悲题五美吟　浪荡子情遗九龙佩

府里家人不敢擅动，外头买人，又怕不知心腹，走漏了风声。忽然想起家人鲍二来，当初因和他女人偷情，被凤姐儿打闹了一阵，含羞吊死了。贾琏给了二百银子，叫他另娶一个。那鲍二向来却就和厨子多浑虫的媳妇多姑娘有一手儿，后来多浑虫酒痨死了，这多姑娘儿见鲍二手里从容了，便嫁了鲍二。况且这多姑娘原也和贾琏好的，此时都搬出外头住着，贾琏一时想起来，便叫了他两口儿到新房子里来，预备二姐儿过来时服侍。那鲍二两口子，听见这个巧宗儿，如何不来呢。补叙鲍二家的前情。又带出多姑娘。鲍二，多姑娘，又是同流人物，真同流合污矣。

再说张华之祖，原当皇粮庄头，后来死去。至张华父亲时，仍充此役，因与尤老娘前夫相好，所以将张华与尤二姐指腹为婚。后来不料遭了官司，败落了家产，弄得衣食不周，那里还娶得起媳妇呢。尤老娘又自那家嫁了出来，两家有十数年音信不通。今被贾府家人唤至，逼他与二姐儿退婚，心中虽不愿意，无奈惧怕贾珍等势焰，不敢不依，只得写了一张退婚文约。尤老娘与了二十两银子，两家退亲不提。

这里贾琏等见诸事已妥，遂择了初三黄道吉日，以便迎娶二姐儿过门。下回分解。正是：

　　只为同枝贪色欲，致使连理起戈矛。〔六〕

【回后评】

黛玉《五美吟》前后突然，《五美吟》之前是黛玉私祭，私祭深合黛玉思路，且时值新秋，瓜果初登，祭其时也。由私祭而入《五美吟》，其间思路，当因祭父母而伤及自身孤零，因而想及古来红颜多薄命。依人无靠，唯在自决，故最后赞红拂巨眼也。黛玉自己当已识定宝玉，唯伤父母已死，无人做主耳。

贾敬之死，只是简笔结束，一是前已有可卿大丧，再写此丧事排场，已嫌重复，无此必要也。二是贾府此时渐入困境，用简笔写此丧事，亦示人以贾府衰微之渐。

贾敬之死，是作者对道教的讽刺批判。作者于僧道虽一开始即写到，后来失玉又由僧道来解救，然此皆是虚无中人物，雪芹对现实中真正之僧道尼姑（妙玉还只是带发修行，只在贾府私庵，未入尼姑庵，与真正尼姑尚有区别）都无好笔墨，如铁槛寺的老尼净虚、清虚观的张道士、天齐庙卖春药的王老道王一贴等，都是江湖骗子。第三十六回宝玉还在梦中"喊骂说：'和尚道士的话如何信得？'"可见作者对僧道的态度。此处写贾敬服丹砂而死，更是对道教荒诞迷信的批判。

因贾敬之丧，引出尤二姐、尤三姐，然后引出贾琏偷娶；贾珍、贾蓉父子的丑事，更是对宁府的无情揭露。贾珍前已有天香楼之事，此处又有父子聚麀乱伦丑事。雪芹此处揭露批判之笔，实不减天香楼事之尖锐深刻，归根到底，这都是作者对封建社会、封建官僚世家，特别是封建礼法的大批判。

第六十四回　幽淑女悲题五美吟　浪荡子情遗九龙佩

【校记】

〔一〕此回庚辰、己卯本缺。己卯本有抄补，抄补文字同程甲本，予曾有考，认为此回文字是雪芹原文，见拙著《论庚辰本》。此回程甲、杨本、蒙府、戚序、列藏各本均有。列本文字基本同程甲本，其余各本，文字多有出入。本回以程甲本为底本，校以列本及以上各本。列藏本回前诗及回前评，当系脂本旧文，一并校入。

〔二〕"求贾母回家"以下共十三字，程甲本无，据各本增。

〔三〕"你先要了来"，底本作"家里再找找，凑齐了"，从各本改。

〔四〕"快些说来，我没有不依的"，底本作"只管说给我听听"，此据列藏、戚序诸本改。

〔五〕"一面说着，便赶了过来"，底本无，从各本补。

〔六〕以上回末对，据列藏本补。

第六十五回　　贾二舍偷娶尤二姨
尤三姐思嫁柳二郎

话说贾琏、贾珍、贾蓉等三人商议，事事妥贴，至初二日，先将尤老和三姐送入新房。尤老一看，虽不似贾蓉口内之言，也十分齐备，母女二人已称了心。鲍二夫妇见了如一盆火，赶着尤老一口一声唤老娘，又或是老太太；赶着三姐唤三姨，或是姨娘。至次日五更天，一乘素轿，将二姐抬来。各色香烛纸马，并铺盖以及酒饭，早已备得十分妥当。一时，贾琏素服坐了小轿而来，拜过天地，焚了纸马。那尤老见二姐身上头上焕然一新，不是在家模样，十分得意。搀入洞房，是夜贾琏同他颠鸾倒凤，百般恩爱，不消细说。

那贾琏越看越爱，越瞧越喜，不知怎生奉承这二姐，（只此一句便写出无限奉承之意。趣极妙极!）乃命鲍二等人不许提三说二的，直以奶奶称之，自己也称奶奶，（更妙，亏作者写得出。）竟将凤姐一笔勾倒。有时回家中，只说在东府有事羁绊，凤姐辈因知他和贾珍相得，自然是或有事商议，也不疑

第六十五回　贾二舍偷娶尤二姨　尤三姐思嫁柳二郎

心。^{初时自不会生疑。}再家下人虽多，都不管这些事。便有那游手好闲专打听小事的人，也都去奉承贾琏，乘机讨些便宜，谁肯去露风。于是贾琏深感贾珍不尽。

贾琏一月出五两银子做天天的供给。若不来时，他母女三人一处吃饭；若贾琏来了，他夫妻二人一处吃，他母女便回房自吃。贾琏又将自己积年所有的梯己，一并搬了与二姐收着，又将凤姐素日之为人行事，枕边衾内尽情告诉了他，只等一死，便接他进去。^{琏凤夫妻于此可见。}二姐听了，自是愿意。当下十来个人，倒也过起日子来，十分丰足。

眼见已是两个月光景。这日贾珍在铁槛寺作完佛事，晚间回家时，因与他姊妹久别，竟要去探望探望。先命小厮去打听贾琏在与不在，小厮回来说不在。贾珍欢喜，^{贼心。}将左右一概先遣回去，只留两个心腹小童牵马。一时，到了新房，已是掌灯时分，悄悄入去。^{贼手贼脚。}两个小厮将马拴在圈内，自往下房去听候。

贾珍进来，屋内才点灯，先看过了尤氏母女，然后二姐出见，贾珍仍唤二姨。大家吃茶，说了一回闲话。贾珍因笑说："我作的这保山如何？若错过了，打着灯笼还没处寻，过日你姐姐还备了礼来瞧你们呢。"说话之间，尤二姐已命人预备下酒馔，关起门来，都是一家人，原无避讳。^{原是旧交，无须避讳。}

1229

那鲍二来请安，贾珍便说："你还是个有良心的小子，所以叫你来服侍。日后自有大用你之处，不可在外头吃酒生事，我自然赏你。倘或这里短了什么，你琏二爷事多，那里人杂，你只管去回我。我们弟兄不比别人。"_{现在更是非比寻常。}鲍二答应道："是，小的知道。若小的不尽心，除非不要这脑袋了。"贾珍点头说："要你知道。"

当下四人一处吃酒。尤二姐知局，便邀他母亲说："我怪怕的，妈同我到那边走走来。"尤老也会意，便真个同他出来，只剩小丫头们。故意避开，让贾珍放纵，亦见尤氏母女非本分之人。贾珍便和三姐挨肩擦脸，百般轻薄起来。小丫头子们看不过，也都躲了出去，凭他两个自在取乐，不知作些什么勾当。

跟的两个小厮都在厨下和鲍二饮酒，鲍二女人上灶。忽见两个丫头也走了来嘲笑，要吃酒。鲍二因说："姐儿们不在上头服侍，也偷来了。一时叫起来没人，又是事。"他女人骂道："糊涂浑呛了的忘八！鲍二不识相，挨多姑娘一顿臭骂。你撞丧那黄汤罢。撞丧醉了，夹着你那膫子挺你的尸去。叫不叫，与你屁相干！一应有我承当，风雨横竖洒不着你头上来。"这鲍二原因妻子发迹的，近日越发亏他。自己除赚钱吃酒之外，一概不管，贾琏等也不肯责备他，故他视妻如母，_{奇极。}百依百随，且吃够了便去睡觉。这里鲍二家的陪着这些丫鬟小厮吃酒，讨他们的好，准备在贾珍前上好。

第六十五回　贾二舍偷娶尤二姨　尤三姐思嫁柳二郎

四人正吃的高兴，忽听扣门之声，鲍二家的忙出来开门，看见是贾琏下马，问有事无事。鲍二女人便悄悄告他说：（多姑娘与贾琏本是相好。）"大爷在这里西院里呢。"贾琏听了，便回至卧房。只见尤二姐和他母亲都在房中，见他来了，二人面上便有些讪讪的。贾琏反推不知，只命："快拿酒来，咱们吃两杯好睡觉。我今日很乏了。"尤二姐忙上来陪笑接衣奉茶，问长问短。贾琏喜的心痒难受。一时鲍二家的端上酒来，二人对饮。他丈母不吃，自回房中睡去了。两个小丫头分了一个过来服侍。

贾琏的心腹小童隆儿拴马去，见已有了一匹马，细瞧一瞧，知是贾珍的，心下会意，（下人们都明白。）也来厨下。只见喜儿、寿儿两个正在那里坐着吃酒，见他来了，也都会意，故笑道："你这会子来的巧。我们因赶不上爷的马，恐怕犯夜，往这里来借宿一宵的。"隆儿便笑道："有的是炕，只管睡。我是二爷使我送月银的，交给了奶奶，我也不回去了。"喜儿便说："我们吃多了，你来吃一钟。"隆儿才坐下，端起杯来，忽听马棚内闹将起来。原来二马同槽，不能兼容，互相蹶踢起来。隆儿等慌的忙放下酒杯，出来喝马，好容易喝住，另拴好了，方进来。鲍二家的笑说："你三人就在这里罢，茶也现成了，我可去了。"说着，带门出去。

这里，喜儿喝了几杯，已是楞子眼了。隆儿、寿儿关了门，回头见喜儿直挺挺的仰卧炕上，二人便推他说："好兄弟，起来好生睡，只顾你一个人，我们就苦了。"那喜儿便说道："咱们今儿可要公公道道的贴一炉子烧饼，要有一个充正经的人，我痛把你妈一齐。"隆儿、寿儿见他醉了，也不必多说，只得吹了灯，将就睡下。

二姐此时自然耽心。

尤二姐听见骂闹，心下便不自安，只管用言语混乱贾琏。那贾琏吃了几杯，春兴发作，便命收了酒果，掩门宽衣。尤二姐只穿着大红小袄，散挽乌云，满脸春色，比白日更增了颜色。贾琏搂他笑道："人人都说我们那夜叉婆齐整，如今我看来，给你拾鞋也不要。"尤二姐道："我虽标致，却无品行。自知无行。看来到底是不标致的好。"贾琏忙问道："这话如何说？我却不解。"尤二姐滴泪说道："你们拿我作愚人待，什么事我不知。我如今和你作了两个月夫妻，日子虽浅，我也知你不是愚人。我生是你的人，死是你的鬼，如今既作了夫妻，我终身靠你，岂敢瞒藏一字。我算是有

贾琏越不说，二姐越不安。

二姐满以为从此可以安居了。

靠，将来我妹子却如何结果？据我看来，这个形景恐非长策，要作长久之计方可。"贾琏听了，笑道："你且放心，我不是拈酸吃醋之辈。前事我已尽知，你也不必惊慌。你因妹夫倒是作兄的，自然不好意思，不如我去破了这例。"无耻至极。说着走了，便至西院中来，只见窗内灯烛辉煌，二人正吃酒取乐。

二姐原以为贾珍与三姐之事不妥，不想贾琏更无忌惮。可知珍、琏辈之无耻也。

第六十五回　贾二舍偷娶尤二姨　尤三姐思嫁柳二郎

贾琏便推门进去，笑说："大爷在这里，兄弟来请安。"贾珍羞的无话，_{贾珍还知羞耻。}只得起身让坐。贾琏忙笑道："何必又作如此景象，咱们弟兄从前是如何样来！大哥为我操心，我今日粉身碎骨，感激不尽。大哥若多心，我意何安。从此以后，还求大哥如昔方好；_{从此以后，就想如此下去。}不然，兄弟能可绝后，再不敢到此处来了。"说着，便要跪下。_{无耻至极。}

慌的贾珍连忙挽起，只说："兄弟怎么说，我无不领命。"贾琏忙命人："看酒来，我和大哥吃两杯。"又拉尤三姐说："你过来，陪小叔子一杯。"_{竟然说得出，做得出。}贾珍笑着说："老二，到底是你，_{自叹不如贾琏更无耻也。}哥哥必要吃干这钟。"说着，一扬脖。

尤三姐站在炕上，指贾琏笑道："你不用和我花马吊嘴的，清水下杂面，你吃我看见。提着影戏人子上场，好歹别戳破这层纸儿。你别油蒙了心，打谅我们不知道你府上的事。这会子花了几个臭钱，你们哥儿俩拿着我们姐儿两个权当粉头来取乐儿，_{确是如此。}你们就打错了算盘了。我也知道你那老婆太难缠，如今把我姐姐拐了来做二房，偷的锣儿敲不得。我也要会会那凤奶奶去，看他是几个脑袋几只手。若大家好取和便罢；倘若有一点叫人过不去，我有本事先把你两个的牛黄狗宝掏了出来，再和那泼妇拼了这命，也不算是尤三姑奶奶！喝酒怕什么！咱们就喝！"说着，自_{如此不顾廉耻，三姐忍无可忍，不得不发作矣。}

己绰起壶来斟了一杯,自己先喝了半杯,搂过贾琏的脖子来就灌,说:"我和你哥哥已经吃过了,咱们来亲香亲香。"_{大刀阔斧,贾琏反招架不住。}唬的贾琏酒都醒了。_{做梦也没有想到三姐如此泼辣。}

贾珍也不承望尤三姐这等无耻老辣。弟兄两个本是风月场中耍惯的,不想今日反被这闺女一席话说住。尤三姐一叠声又叫:"将姐姐请来,要乐咱们四个一处同乐。俗语说'便宜不过当家',他们是弟兄,咱们是姊妹,又不是外人,只管上来。"尤二姐反不好意思起来。贾珍得便就要一溜,尤三姐那里肯放。贾珍此时方后悔,不承望他是这种为人,与贾琏反不好轻薄起来。

这尤三姐松松挽着头发,大红袄子半掩半开,露着葱绿抹胸,一痕雪脯。底下绿裤红鞋,一对金莲,或敲或并,没半刻斯文。两个坠子却似打秋千一般,灯光之下,越显得柳眉笼翠雾,檀口点丹砂。本是一双秋水眼,再吃了酒,又添了饧涩淫浪,不独将他二姊压倒,据珍琏评去,所见过的上下贵贱若干女子,皆未有此绰约风流者。二人已酥麻如醉,不禁去招他一招,他那淫态风情,反将二人禁住。那尤三姐放出手眼来略试了一试,他弟兄两个竟全然无一点别识别见,连口中一句响亮话都没了,不过是酒色二字而已。自己高谈阔论,任意挥霍洒落一阵,拿他弟兄二人嘲笑取乐,竟真是他嫖了男人,并非男人淫了他。一时

_{一对金莲,明写小脚,论者以为《红楼梦》里未写小脚,不确。程甲本改为"底下绿裤红鞋",则不见小脚矣。}

_{极写尤三姐放纵风姿,为《红楼梦》中特有人物,与以往诸钗俱各不同。}

_{痛快淋漓,意想不到之文。其兴也,如浪卷波涌,山摇海立;其发也,如怒浪排空,天地变色;其止也,如海潮夜退,戛然而息。}

第六十五回　贾二舍偷娶尤二姨　尤三姐思嫁柳二郎

他的酒足兴尽，也不容他弟兄多坐，撵了出去，自己关门睡去了。_{文章忽起忽落，写得尤三姐凛然如生。}

自此后，或略有丫鬟、婆娘不到之处，便将贾琏、贾珍、贾蓉三个泼声厉言痛骂，说他爷儿三个诓骗了他寡妇孤女。贾珍回去之后，以后亦不敢轻易再来，有时尤三姐自己高了兴悄命小厮来请，方敢去一会，到了这里，也只好随他的便。谁知这尤三姐天生脾气不堪，仗着自己风流标致，偏要打扮的出色，另式作出许多万人不及的淫情浪态来，哄的男子们垂涎落魄，欲近不能，欲远不舍，迷离颠倒，他以为乐。_{再补尤三姐风流情态，更非别人所能同。}

他母姊二人也十分相劝，他反说："姐姐糊涂。咱们金玉一般的人，白叫这两个现世宝沾污了去，也算无能。而且他家有一个极利害的女人，如今瞒着他不知，咱们方安。倘或一日他知道了，岂有干休之理，势必有一场大闹，不知谁生谁死。趁如今我不拿他们取乐作践准折，到那时白落个臭名，后悔不及。"因此一说，他母女见不听劝，也只得罢了。_{可见三姐自知必有大患在后，无从摆脱，故作此报复发泄也。}

那尤三姐天天挑拣穿吃：打了银的，又要金的；有了珠子，又要宝石；吃的肥鹅，又宰肥鸭。或不趁心，连桌一推；衣裳不如意，不论绫缎新整，便用剪刀剪碎，撕一条，骂一句。究竟贾珍等何曾随意了一日，反花了许多昧心钱。_{肆意作践贾珍，稍作报复于万一。}

贾琏来了，只在二姐房内，心中也悔上来。无奈

> 二姐以为贾琏是终身所托，故一切改过从新矣。

二姐倒是个多情人，以为贾琏是终身之主了，凡事倒还知疼着痒。若论起温柔和顺，凡事必商必议，不敢恃才自专，实较凤姐高十倍；若论标致，言谈行事，也胜五分。虽然如今改过，但已经失了脚，有了一个"淫"字，凭他有甚好处也不算了。_{世情如此，故一失足成千古恨也。}偏这贾琏又说："谁人无错，知过必改就好。"故不提已往之淫，只取现今之善，便如胶投漆，似水如鱼，一心一计，誓同生死，那里还有凤、平二人在意了！

> 贾琏得二姐，自己亦如再生矣。

二姐在枕边衾内，也常劝贾琏说："你和珍大哥商议商议，拣个熟的人，把三丫头聘了罢。留着他不是长法子，终久要生出事来，怎么处？"_{二姐心中时时以此为忧。}贾琏道："前日我曾回过大哥的，他只是舍不得。我说：'是块肥羊肉，只是烫的慌；玫瑰花儿可爱，刺太扎手。咱们未必降的住，正经拣个人聘了罢。'他只意意思思的，就丢开手了。你叫我有何法？"二姐道："你放心。咱们明日先劝三丫头，他肯了，让他自己闹去。闹的无法，少不得聘他。"_{二姐所见甚切，若非三姐自立主意，则不能改弦更张也。}贾琏听了说："这话极是。"

至次日，二姐另备了酒，贾琏也不出门，至午间，特请他小妹过来，与他母亲上坐。尤三姐便知其意，_{脂批："全用醍醐灌顶，全是大翻身大解悟法。"}酒过三巡，不用姐姐开口，先便滴泪泣道：_{脂批："全用如是等语一洗孽障。"}"姐姐今日请我，自有一番大理要说。但妹子不是那愚人，也不用絮絮叨叨提那从前丑

第六十五回　贾二舍偷娶尤二姨　尤三姐思嫁柳二郎

事，我已尽知，说也无益。既如今姐姐也得了好处安身，妈也有了安身之处，我也要自寻归结去，方是正理。但终身大事，一生至一死，非同儿戏。我如今改过守分，只要我拣一个素日可心如意的人，方跟他去。若凭你们拣择，虽是富比石崇，才过子建，貌比潘安的，我心里进不去，也白过了一世。"

贾琏笑道："这也容易。凭你说是谁就是谁，一应彩礼都有我们置办，母亲也不用操心。"尤三姐泣道："姐姐知道，不用我说。"贾琏笑问二姐是谁，二姐一时也想不起来。大家想来，贾琏便道："定是此人无疑了！"便拍手笑道："我知道了。这人原不差，果然好眼力。"二姐笑问是谁，贾琏笑道："别人他如何进得去，一定是宝玉。"二姐与尤老听了，亦以为然。

尤三姐便啐了一口，道：_{脂批："奇，不知何为。"}"我们有姊妹十个，也嫁你弟兄十个不成。_{脂批："有理之极。"}难道除了你家，天下就没了好男子了不成！"_{脂批："一骂反有理。"}众人听了都诧异："除了他，还有那一个？"_{脂批："余亦如此想。"}尤三姐笑道："别只在眼前想，姐姐，只在五年前想就是了。"_{话到嘴边，忽然截止。脂批："奇甚。"}

> 人人视宝玉如凤凰，三姐却全不及此。

正说着，忽见贾琏的心腹小厮兴儿走来请贾琏说："老爷那边紧等着叫爷呢。小的答应往舅老爷那边去了，小的连忙来请。"贾琏又忙问："昨日家里没人问？"兴儿道："小的回奶奶说，爷在家庙里同珍大爷商议作百日的事，只怕不能来家。"贾琏忙命拉马，隆儿跟随去了，留下兴儿答应人来事务。

　　尤二姐拿了两碟菜，命拿大杯斟了酒，就命兴儿在炕沿下蹲着吃，一长一短向他说话儿。问他家里奶奶多大年纪，怎么个利害的样子，老太太多大年纪，太太多大年纪，姑娘几个，各样家常等语。兴儿笑嘻嘻的在炕沿下一头吃，一头将荣府之事备细告诉他母女。又说："我是二门上该班的人。我们共是两班，一班四个，共是八个。这八个人有几个是奶奶的心腹，借兴儿之口，细说荣府情景。可见下人之中亦各有派也。有几个是爷的心腹。奶奶的心腹我们不敢惹，爷的心腹奶奶的人就敢惹。可见凤姐威势。提起我们奶奶来，心里歹毒，口里尖快。我们二爷也算是个好的，那里见得他。倒是跟前的平姑娘为人很好，特写凤姐一笔。平儿为人自有定评。虽然和奶奶一气，他倒背着奶奶常作些个好事。小的们凡有了不是，奶奶是容不过的，只求求他去就完了。如今合家大小除了老太太、太太两个人，没有不恨他的，只不过面子情儿怕他。皆因他一时看的人都不及他，此话是凤姐要害。只一味哄着老太太、太太两个人喜欢。他说一是一，说二是二，没人敢拦他。又恨不得把旁观者清，凤姐作为，下人们看得清清楚楚。银子钱省下来堆成山，好叫老太太、太太说他会过日子，殊不知苦了下人，他讨好儿。估着有好事，他就不等别人去说，他先抓尖儿；或有了不好事，或他自己错了，他便一缩头，推到别人身上来，他还在旁边拨火儿。如今连他正经婆婆大太太都嫌了他，

第六十五回　贾二舍偷娶尤二姨　尤三姐思嫁柳二郎

说他'雀儿拣着旺处飞，黑母鸡一窝儿，自家的事不管，倒替人家去瞎张罗'。若不是老太太在头里，早叫过他去了。"_{原来为此。}

尤二姐笑道："你背着他这等说他，将来你又不知怎么说我呢。我又差他一层儿，越发有的说了。"

兴儿忙跪下说道："奶奶要这样说，小的不怕雷打！但凡小的们有造化起来，起先娶奶奶时若得了奶奶这样的人，小的们也少挨些打骂，也少提心吊胆的。如今跟爷的这几个人，谁不背前背后称扬奶奶圣德怜下。我们商量着叫二爷要出来，情愿来答应奶奶呢。"_{故意一顿挫，文章便生波澜。}尤二姐笑道："猴儿崽的，还不起来呢。说句顽话，就唬的那样起来。你们作什么来，我还要找了你奶奶去呢。"兴儿连忙摇手说："奶奶千万不要去。我告诉奶奶，一辈子别见他才好。嘴甜心苦，两面三刀；上头一脸笑，脚下使绊子；明是一盆火，暗是一把刀，都占全了。只怕三姨的这张嘴还说他不过。好，奶奶这样斯文良善人，那里是他的对手！"尤氏笑道："我只以礼待他，_{岂是"礼"所能限者。}他敢怎么样！"

兴儿道："不是小的吃了酒放肆胡说，奶奶便有礼，让他看见奶奶比他标致，又比他得人心，他怎肯善罢干休？人家是醋罐子，他是醋缸醋瓮。凡丫头们二爷多看一眼，他有本事当着二爷打个烂羊头。虽然平姑娘在屋里，大约一年二年之间两个有一次到一处，

_{兴儿一段话，确是忠告，奈二姐如何能对付凤姐。}

_{兴儿之评，为熙凤作定论。}

他还要口里掂十个过子呢。_{写凤姐之妒。}气的平姑娘性子发了,哭闹一阵,说:'又不是我自己寻来的,你又浪着劝我,我原不依,你反说我反了,这会子又这样。'_{略申平儿之怨之苦。}他一般的也罢了,倒央告平姑娘。"

尤二姐笑道:"可是扯谎?这样一个夜叉,怎么反怕屋里的人呢?"兴儿道:"这就是俗语说的'天下逃不过一个理字去'了。_{细写平儿来历。}这平儿是他自幼的丫头,陪了过来一共四个,嫁人的嫁人,死的死了,只剩了这个心腹。他原为收了屋里,一则显他贤良名儿,二则又叫拴爷的心,好不外头走邪的。又还有一段因果:我们家的规矩,凡爷们大了,未娶亲之先都先放两个人服侍的。二爷原有两个,谁知他来了没半年,都寻出不是来,都打发出去了。别人虽不好说,自己脸上过不去,所以强逼着平姑娘作了房里人。那平姑娘又是个正经人,从不把这一件事放在心上,也不会挑妻窝夫的,倒一味忠心赤胆服侍他,才容下了。"

尤二姐笑道:"原来如此。但我听见,你们家还有一位寡妇奶奶和几位姑娘。他这样利害,这些人如何依得?"兴儿拍手笑道:"原来奶奶〔一〕不知道。_{借兴儿之口,再评李纨。}我们家这位寡妇奶奶,他的浑名叫作'大菩萨',第一个善德人。我们家的规矩又大,寡妇奶奶们不管事,只宜清净守节。妙在姑娘又多,只把姑娘们交给他,

第六十五回　贾二舍偷娶尤二姨　尤三姐思嫁柳二郎

看书写字，学针线，学道理，这是他的责任。除此，问事不知，说事不管。只因这一向他病了，事多，这大奶奶暂管几日。究竟也无可管，不过是按例而行，不像他多事逞才。我们大姑娘不用说，但凡不好也没这段大福了。二姑娘的浑名是'二木头'，戳一针也不知嗳哟一声。^{形象}三姑娘的浑名是'玫瑰花'。^{评探春}尤氏姊妹忙笑问何意。^{再评迎春。}

兴儿笑道："玫瑰花又红又香，无人不爱的，只是刺扎手。也是一位神道，可惜不是太太养的，'老鸹窝里出凤凰'。四姑娘小，他正经是珍大爷亲妹子，因自幼无母，老太太命太太抱过来养了这么大，也是一位不管事的。奶奶不知道，我们家的姑娘不算，另外有两个姑娘，真是天上少有，地下无双。一个是咱们姑太太的女儿，姓林，小名儿叫什么黛玉，面庞身段和三姨不差什么，一肚子文章，只是一身多病，这样的天，还穿夹的，出来风儿一吹就倒了。^{形象}我们这起没王法的嘴都悄悄的叫他'多病西施'。还有一位姨太太的女儿，姓薛，叫什么宝钗，竟是雪堆出来的。每常出门或上车，或一时院子里瞥见一眼，我们鬼使神差，见了他两个，不敢出气儿。"^{奇怪。}^{评探春。}^{评惜春。}^{评黛玉。}

尤二姐笑道："你们大家规矩，虽然你们小孩子进的去，然遇见小姐们，原该远远藏开。"兴儿摇手道："不是，不是。那正经大礼，自然远远的藏开，自不必说。就藏开了，自己不敢出气。是生怕这气大了，吹倒了姓林的；气暖了，吹化了姓薛的。"_{两句绝妙之评。亏作者想得出。}说的满屋里都笑起来了。不知端详，且听下回分解。

第六十五回　　贾二舍偷娶尤二姨　　尤三姐思嫁柳二郎

【回后评】

此回是上回下半回故事之继续，上回写贾琏偷娶尤二姐。偷娶之类的事，在封建社会司空见惯，算不得什么。但此回写偷娶以后，贾琏、贾珍各占一尤，贾琏竟然要与贾珍同室各拥一尤取乐，实同倡寮，书中写"二马同槽，不能兼容，互相蹶踢起来"，而二贾却能同室取乐，实为作者讽刺之笔，刺其不如禽兽也。特别是珍、蓉父子聚麀事，作者用暗笔，只于上回说"况知与贾珍、贾蓉等素有聚麀之诮"，此回并未明写，但六十三回贾蓉与二尤调情打闹，至于滚到（二姐）怀里告饶，将二姐唾在他脸上的砂仁，"贾蓉用舌头都舔着吃了"，"三姐便上来撕嘴"等，亦已不写自明。按此处将贾珍、贾蓉、贾琏合写，实是对封建官僚家庭、封建礼教之大揭露、大讽刺、大批判，是《红楼梦》中所说"皮肤滥淫之蠢物"。

因贾琏、贾珍之无耻，各拥一尤同室淫乐，终于激发三姐郁积已久的愤怒，一如火山爆发，不可抑制。三姐已忍无可忍，索性打开天窗说亮话，破罐破摔，毫无顾忌，以恶制恶，以邪制邪，竟使二贾收敛服贴，不敢轻犯。从文章来说，这是一段别开生面的文章，是《红楼梦》中风雷激荡的文章，它的思想震撼作用，它的反压迫、反侮辱、反奴役的思想火花，照耀着全书。从人物塑造来说，红楼二尤遂与其他诸钗截然有别。即二尤中，二姐与三姐亦各各有别，性格除曾同受蹂躏外，别无其他相同之处。红楼二尤，实为曹雪芹所塑造的别具思想意义的一对不朽形象。

三姐"终身大事"以下一段话，极关重要，"一生至一死，非同儿戏"，"只要我拣一个可心如意的人，方跟他去，若凭你们拣择，虽是富比石崇，才过子建，貌比潘安的，我心里进不去，也白过了一世"。这是极为重要的一段话，一是它反映了人的自我觉醒，对自我价值的认识和重视，对人的一生的重视；二是在婚姻问题上，突出个人的自主权、个人的自我选择，不接受别人的支配，更不承认"父母之命，媒妁之言"的封建婚姻思想和制度。这些思想，从曹雪芹的时代来看，正是明清之际社会转型期的一种人本主义思想。这种思想，实际上也即是宝玉和黛玉的思想，但宝、黛的身份教养不同，不能如尤三姐那样直白痛快说出，只有尤三姐才能毫无顾忌地直口说出，故研红者于此段话不能忽视。

兴儿与尤二姐讲贾府凤姐、平儿、李纨、薛、林诸人，是用侧笔，从下层的角度对诸人所作的评论，极具客观性、公正性、认识性。尤其是对凤姐的评论，正好补以前叙凤姐之不足。用兴儿评述，既不损凤姐之形象，又补足了凤姐未叙的重要一面。此雪芹惯用之叙事互补法，此种写法，实是从太史公《史记》中来。兴儿叙薛、林二人，语极少而极精，形象逼真，具见作者为叙事高手。

【校记】

〔一〕"和几位姑娘"至"原来奶奶"二十七字，底本无，各本存，文字小有差异，今从己卯、列藏、杨本、甲辰各本补。

第六十六回　　情小妹耻情归地府
　　　　　　　　冷二郎一冷入空门

　　话说鲍二家的打他一下子,笑道:"原有些真的,叫你又编了这些混话,越发没了捆儿了。你倒不像跟二爷的人,这些混话倒像是宝玉那边的了。"脂批:"好极之文,将茗烟等已全写出,可谓一击两鸣法,不写之写也。"尤二姐才要又问,忽见尤三姐笑问道:"可是你们家那宝玉,除了上学,他作些什么?"脂批:"拍案叫绝,此处方问,是何文情。"

　　兴儿笑道:"姨娘别问他,说起来姨娘也未必信。他长了这么大,独他没有上过正经学堂。我们家从祖宗直到二爷,谁不是寒窗十载,偏他不喜读书。老太太的宝贝,老爷先还管,如今也不敢管了。成天家疯疯癫癫的,说的话人也不懂,干的事人也不知。举世皆醉我独醒也。外头人人看着好清俊模样儿,心里自然是聪明的,谁知是外清而内浊,世人不解宝玉,以为是傻,以为是浊。见了人,一句话也没有。有什么好说呢。所有的好处,虽没上过学,倒难为他认得几个字。每日也不习文,也不学武,又怕见人,

宝玉不喜读书,再从兴儿嘴里说出。

宝玉情况再从兴儿嘴里描述。

> 一个没刚柔、没上下，与众人一样的宝玉。

只爱在丫头群里闹。再者也没刚柔：有时见了我们，喜欢时没上没下，大家乱顽一阵；不喜欢各自走了，他也不理人。我们坐着卧着，见了他，也不理他，他也不责备。因此没人怕他，只管随便，都过的去。"

尤三姐笑道："主子宽了，你们又这样；严了，又报怨。可知难缠。"〖脂批："情语，情文至语。"〗尤二姐道："我们看他倒好，原来这样。可惜了一个好胎子。"〖尤二姐怎能识宝玉。〗

> 借往事再论宝玉，说宝玉关心人之至。

尤三姐道："姐姐信他胡说，咱们也不是见一面两面的，行事言谈吃喝，原有些女儿气，那是只在里头惯了的。若说糊涂，那些儿糊涂？姐姐记得，穿孝时咱们同在一处，那日正是和尚们进来绕棺，咱们都在那里站着，他只站在头里挡着人。人说他不知礼，又没眼色。过后他没悄悄的告诉咱们说：'姐姐不知道，我并不是没眼色。想和尚们脏，恐怕气味熏了姐姐们。'接着他吃茶，姐姐又要茶，那个老婆子就拿了他的碗倒。他赶忙说：'我吃脏了的，另洗了再拿来。'这两件上，我冷眼看去，原来他在女孩子们前不管怎样都过的去，只不大合外人的式，所以他们不知道。"〖三姐略知宝玉，所以三姐亦不同常人也。〗

尤二姐听说，笑道："依你说，你两个已是情投意合了。竟把你许了他，岂不好？"三姐见有兴儿，不便说话，只低头磕瓜子。兴儿笑道："若论模样儿行事为人，倒是一对好的。只是他已有了，只未露形。

第六十六回　情小妹耻情归地府　冷二郎一冷入空门

将来准是林姑娘定了的。从兴儿眼中看出。因林姑娘多病，二则都还小，故尚未及此。再过三二年，老太太便一开言，那是再无不准的了。"大家正说话，只见隆儿又来了，说："老爷有事，是件机密大事，要遣二爷往平安州去。贾琏去平安州，此处就不平安了。不过三五日就起身，来回也得半月工夫。今日不能来了。请老奶奶早和二姨定了那事，明日爷来，好作定夺。"说着，带了兴儿回去了。

这里尤二姐命掩了门早睡，盘问他妹子一夜。至次日午后，贾琏方来了。尤二姐因劝他说："既有正事，何必忙忙又来，千万别为我误事。"贾琏道："也没甚事，只是偏偏的又出来了一件远差。出了月就起身，得半月工夫才来。"尤二姐道："既如此，你只管放心前去，这里一应不用你记挂。三妹子他从不会朝更暮改。他已说了改悔，必是改悔的。他已择定了人，你只要依他就是了。"贾琏问是谁，尤二姐笑道："这人此刻不在这里，不知多早才来，也难为他眼力。自己说了，这人一年不来，他等一年；十年不来，等十年；若这人死了，再不来了，他情愿剃了头当姑子去，吃长斋念佛，以了今生。"未说出人来，已先说出决心，则可见此人绝非一般。

贾琏问："到底是谁，这样动他的心？"二姐笑道："说来话长。五年前我们老娘家里做生日，妈和我们到那里与老娘拜寿。他家请了一起串客，里头有个作小生的叫作柳湘莲，脂批："千奇百怪之文，何至于此。"他看上了，如今要是他才嫁。旧年我们闻得柳湘莲惹了一个祸逃走了,不知可回来了不曾。"贾琏听了道:"怪道呢!我说是个什么样人,原来是他!果然眼力不错。你不知道这柳二郎,那样一个标致人,最是冷面冷心的,差不多的人,都无情无义。他最和宝玉合的来。去年因打了薛呆子,_{补叙往事。}他不好意思见我们的,不知那里去了一向。后来听见有人说来了,不知是真是假。一问宝玉的小子们就知道了。倘或不来,他萍踪浪迹,知道几年才来,岂不白耽搁了?"尤二姐道:"我们这三丫头说的出来,干的出来,他怎样说,只依他便了。"

二人正说之间,只见尤三姐走来说道:"姐夫,你只放心。我们不是那心口两样的人,说什么是什么。若有了姓柳的来,我便嫁他。从今日起,我吃斋念佛,只服侍母亲。等他来了,嫁了他去;若一百年不来,我自己修行去了。"_{参透红尘,非入我心者不嫁,前已言之矣。}说着,将一根玉簪,击作两段,说:"一句不真,就如这簪子一样!"说着,回房去了,_{岂料后来竟如此簪。}真个竟非礼不动,非礼不言起来。贾琏无了法,只得和二姐商议了一回家务,复回家与凤姐商议起身之事。一面着人问茗烟,茗烟说:"竟不知道。大约未来,若来了,必是我知道的。"一面又问他的街坊,也说未来。贾琏只得回复了二姐。至起身之日已近,前两天便说起身,却先往二姐这边来住两夜,从这里再悄悄长行。果见小妹竟又换了一个

先说出柳湘莲的冷来。

第六十六回　情小妹耻情归地府　冷二郎一冷入空门

人，又见二姐持家勤慎，自是不消记挂。

是日一早出城，就奔平安州大道，晓行夜住，渴饮饥餐。方走了三日，那日正走之间，顶头来了一群驮子，内中一伙，主仆十来骑马。走的近来一看，不是别人，竟是薛蟠和柳湘莲来了。_{意外之遇。薛蟠竟与柳湘莲在一起，笔子坑之怨已解。}贾琏深为奇怪，忙伸马迎了上来，大家一齐相见，说些别后寒温，大家便入酒店歇下，叙谈叙谈。

贾琏因笑说："闹过之后，我们忙着请你两个和解，谁知柳兄踪迹全无。怎么你两个今日倒在一处了？"薛蟠笑道："天下竟有这样奇事。我同伙计贩了货物，自春天起身，往回里走，一路平安。谁知前日到了平安州界，遇一伙强盗，已将东西劫去。不想柳二弟从那边来了，方把贼人赶散，夺回货物，还救了我们的性命。我谢他又不受，所以我们结拜了生死弟兄，_{昔日饱打一顿，今日竟为生死兄弟。世情变幻，不能逆料。}如今一路进京。从此后我们是亲弟亲兄一般。到前面岔口上分路，他就分路，往南二百里，有他一个姑妈，_{为后文伏笔。}他去望候望候。我先进京去安置了我的事，然后给他寻一所宅子，寻一门好亲事，大家过起来。"_{先由薛蟠说出亲事，更见自然天成。}

贾琏听了道："原来如此，倒教我们悬了几日心。"因又听道寻亲，又忙说道："我正有一门好亲事，堪配二弟。"说着，便将自己娶尤氏，如今又要发嫁小姨一节说了出来，只不说尤三姐自择之语。又嘱薛蟠_{不说三姐自择之语，为后来湘莲变卦之一因。}

且不可告诉家里，等生了儿子，自然是知道的。薛蟠听了大喜，说："早该如此，这都是舍表妹之过。"湘莲忙笑说："你又忘情了，还不住口。"薛蟠忙止住不语，便说："既是这等，这门亲事定要做的。"〖薛蟠先为说定。〗

湘莲道："我本有愿，定要一个绝色的女子。〖只是重色。〗如今既是贵昆仲高谊，顾不得许多了，任凭裁夺，我无不从命。"〖说得那么爽快。〗贾琏笑道："如今口说无凭，等柳兄一见，便知我这内娣的品貌，是古今有一无二的了。"〖应"绝色"二字。〗

湘莲听了大喜，说："既如此说，等弟探过姑娘，不过月中就进京的，那时再定如何？"贾琏笑道："你我一言为定，只是我信不过柳兄。〖不幸先就说着。〗你乃是萍踪浪迹，倘然淹滞不归，岂不误了人家。须得留一定礼。"湘莲道："大丈夫岂有失信之理。〖后来偏偏失信。〗小弟素系寒贫，况且客中，何能有定礼。"薛蟠道："我这里现成，就备一分二哥带去。"

贾琏笑道："也不用金帛之礼，须是柳兄亲身自有之物，不论物之贵贱，不过我带去取信耳。"湘莲道："既如此说，弟无别物，此剑防身，不能解下。囊中尚有一把鸳鸯剑，乃吾家传代之宝，弟也不敢擅用，只随身收藏而已。贾兄请拿去为定。弟纵系水流花落之性，然亦断不舍此剑者。"〖何重剑而不重人也。〗说毕，解囊出剑，捧与贾琏，贾琏命人收了。〔一〕大家又饮了几杯，方

〖剑名鸳鸯，偏偏割断鸳鸯。〗

第六十六回　情小妹耻情归地府　冷二郎一冷入空门

各自上马，作别起程。正是：

　　将军不下马，各自奔前程。

且说贾琏一日到了平安州，见了节度，完了公事。因又嘱他十月前后务要还来一次，贾琏领命。次日，连忙取路回家，先到尤二姐处探望。

谁知贾琏出门之后，尤二姐操持家务十分谨肃，每日关门合户，一点外事不闻。他小妹子果是个斩钉截铁之人，每日侍奉母姊之余，只安分守己，随分过活。虽是夜晚间孤衾独枕，不惯寂寞，奈一心丢了众人，只念柳湘莲早早回来，完了终身大事。

这日贾琏进门，见了这般景况，喜之不尽，深念二姐之德。大家叙些寒温之后，贾琏便将路上相遇湘莲一事说了出来，又将鸳鸯剑取出，递与三姐。三姐看时，上面龙吞夔护，珠宝晶荧，将靶一掣，里面却是两把合体的。一把上面錾着一"鸳"字，一把上面錾着一"鸯"字，冷飕飕，明亮亮，如两痕秋水一般。三姐喜出望外，连忙收了，挂在自己绣房床上，每日望着剑，自笑终身有靠。贾琏住了两天，回去复了父命，回家合宅相见。那时凤姐已大愈，出来理事行走了。贾琏又将此事告诉了贾珍。贾珍因近日又遇了新友，将这事丢过，不在心上，任凭贾琏裁夺。只怕贾琏独力不加，少不得又给了他三十两银

特写鸳鸯剑之利。

凤姐至此始愈。

奇极，贾珍不断换新友，可见其人之劣。

子。贾琏拿来交与二姐预备妆奁。

谁知八月内湘莲方进了京,先来拜见薛姨妈,又遇见薛蝌,方知薛蟠不惯风霜,不服水土,一进京时便病倒,在家请医调治。听见湘莲来了,请入卧室相见。薛姨妈也不念旧事,只感救命之恩,母子们十分称谢。又说起亲事一节,凡一应东西皆已妥当,只等择日。柳湘莲也感激不尽。次日又来见宝玉,二人相会,如鱼得水。湘莲因问贾琏偷娶二房之事,宝玉笑道:"我听茗烟一干人说,我却未见,我也不敢多管。我又听见茗烟说,琏二哥哥着实问你,不知有何话说。"湘莲就将路上所有之事一概告诉宝玉,宝玉笑道:"大喜,大喜!难得这个标致人,果然是个古今绝色,堪配你之为人。"湘莲道:"既是这样,他那里少了人物,如何只想到我?况且我又素日不甚和他厚,他关切不至此。路上工夫忙忙的,就那样再三要来定礼,难道女家反赶着男家不成?我自己疑惑起来,后悔不该留下这剑作定。_{出口爽利,转身反悔,冷郎君真是无情者。}所以后来想起你来,可以细细问个底里才好。"宝玉道:"你原是个精细人,如何既许了定礼又疑惑起来?_{说得是。}你原说只要一个绝色的,如今既得了个绝色〔二〕便罢了,何必再疑?"_{说得是。}湘莲道:"你既不知他偷娶,如何又知是绝色?"宝玉道:"他是珍大嫂子的继母带来的两位小姨。我在那里和他们混了一个月,怎么不知?真真一对尤物,

> 冷郎君何疑心之甚也。

> 坏在珍大嫂子的继母带来的小姨上,关键是贾珍,既经贾珍,岂能干净?

第六十六回　情小妹耻情归地府　冷二郎一冷入空门

他又姓尤。"

湘莲听了，跌足道："这事不好，断乎做不得了。你们东府里除了那两个石头狮子干净，只怕连猫儿狗儿都不干净。贾珍丑名远扬，人人皆知，致使湘莲反悔也。我不做这剩忘八。"脂批："奇极之文，极趣之文。《金瓶梅》中有云：'把忘八的脸打绿了'，已奇之至，此云'剩忘八'，岂不更奇。"宝玉听说，红了脸。

湘莲自惭失言，连忙作揖说："我该死，胡说。脂批："忽用湘莲提东府之事，骂及宝玉，可是人想得到的，所谓一个人不曾放过。"你好歹告诉我，他品行如何？"宝玉笑道："你既深知，又来问我作甚么？连我也未必干净了。"湘莲笑道："原是我自己一时忘情，好歹别多心。"宝玉笑道："何必再提，这倒是有心了。"湘莲作揖告辞出来，若去找薛蟠，一则他现卧病，二则他又浮躁，不如去索回定礼。主意已定，便一径来找贾琏。

贾琏正在新房中，闻得湘莲来了，喜之不禁，忙迎了出来，让到内室与尤老相见。湘莲只作揖称老伯母，自称晚生，贾琏听了诧异。已觉有变。

吃茶之间，湘莲便说："客中偶然忙促，谁知家姑母于四月间订了弟妇，使弟无言可回。若从了老兄，背了姑母，似非合理。若系金帛之订，弟不敢索取，但此剑系祖父所遗，请仍赐回为幸。"贾琏听了，便不自在，还说："定者，定也。原怕反悔，所以为定。岂有婚姻之事，出入随意的？还要斟酌。"湘莲笑道："虽如此说，弟愿领责领罚，然此事断不敢从命。"

"剩忘八"一词，是针对贾珍而来。造语新，意谓早是贾珍弃剩之人，自己娶了，反成为别人剩下给自己当的"王八"也。

贾琏还要饶舌，湘莲便起身说："请兄外坐一叙，此处不便。"_{已然决定，不可改矣。}

那尤三姐在房明明听见。好容易等了他来，今忽见反悔，便知他在贾府中得了消息，自然是嫌自己淫奔无耻之流，不屑为妻。今若容他出去和贾琏说退亲，料那贾琏必定无法可处，自己岂不无趣。一听贾琏要同他出去，连忙摘下剑来，将一股雌锋隐在肘内，出来便说："你们不必出去再议，还你的定礼。"一面泪如雨下，左手将剑并鞘送与湘莲，右手回肘只往项上一横。可怜：

<small>三姐灵慧，已知全局，无可挽回矣。</small>

揉碎桃花红满地，玉山倾倒再难扶。

芳灵蕙性，渺渺冥冥，不知那边去了。当下唬的众人急救不迭。尤老一面嚎哭，一面又骂湘莲。贾琏忙揪住湘莲，命人捆了送官。

尤二姐忙止泪反劝贾琏："你太多事，人家并没威逼他死，是他自寻短见。你便送他到官，又有何益，反觉生事出丑。不如放他去罢，_{二姐见识清明。}岂不省事。"贾琏此时也没了主意，便放了手，命湘莲快去。湘莲反不动身，泣道："我并不知是这等刚烈贤妻，可敬，可敬。"湘莲反扶尸大哭一场。等买了棺木，眼见入殓，又俯棺大哭一场，方告辞而去。_{冷郎君此时已后悔无及矣。}

<small>三姐之死，罪在贾珍，亦罪在封建礼教，戴震所谓"后儒以理杀人"也。三姐虽失身，而实豪门之财权使之也，今欲自新立志，而封建礼教又不容自新，人言可畏，一入陷阱，已不可拔，此雪芹批世之笔。乃后来程本反改为贞节烈女，失雪芹之意矣。</small>

出门无所之，昏昏默默，自想方才之事。原来尤三姐这样标致，又这等刚烈，自悔不及。正走之间，

第六十六回　情小妹耻情归地府　冷二郎一冷入空门

只见薛蟠的小厮寻他家去，那湘莲只管出神。那小厮带他到新房之中，十分齐整。忽听环佩叮当，尤三姐从外而入，一手捧着鸳鸯剑，一手捧着一卷册子，向柳湘莲泣道："妾痴情待君五年矣。不期君果冷心冷面，妾以死报此痴情。妾今奉警幻之命，前往太虚幻境修注案中所有一干情鬼。妾不忍一别，故来一会，从此再不能相见矣。"说毕便走。湘莲不舍，忙欲上来拉住问时，那尤三姐便说："来自情天，去由情地，前生误被情惑，今既耻情而觉，与君两无干涉。"说毕，一阵香风，无踪无影去了。

> 幻笔，飘忽灵动，回应太虚幻境。了此一事。

湘莲警觉，似梦非梦，睁眼看时，那里有薛家小童，也非新室，竟是一座破庙，旁边坐着一个跏腿道士捕虱。湘莲便起身稽首相问："此系何方，仙师仙名法号？"道士笑道："连我也不知道此系何方，我系何人，不过暂来歇足而已。"柳湘莲听了，不觉冷然如寒冰侵骨，掣出那股雄剑，将万根烦恼丝一挥而尽，便随那道士，不知往那里去了。后回便见——

> 又是一个甄士隐。

【回后评】

此回重点是写尤三姐情烈之死,三姐之死既死于豪门权势之糟踏,更死于封建礼教之舆论压力,戴震所谓"后儒以理杀人",此即是也。封建社会,固一大陷阱也,区区一弱女子,一入此陷阱,虽欲自拔,已不可矣。三姐之悲剧,实当时现实之一例,非夸饰之词也。

冷郎君之反悔,固因得知与贾珍有关,贾珍固天下之至臭至脏者也,故湘莲一闻此信,即断然反悔也。然此仅一端也。其更重要之一端,是湘莲实非性情中人,亦不知情,择爱求偶,贵在其心其情,而冷郎君乃曰"只要一个绝色的",是其只重色不重情也。且雪芹所写之爱情婚姻,重在真心真情,更重在亲知亲闻,相互知音,得以心契。今冷郎君既不重情重心,更无亲接亲闻亲知亲契,故一闻异言,立即动摇变卦矣。及至见三姐竟引刃自绝,其心之真,其情之诚,皆可鉴矣,然已追悔莫及矣!雪芹写此,固欲证其婚姻必须自择,两心必须相契之论也。

兴儿与二姐论宝玉一段文字,亦为宝玉之重要补笔。一是说他"不喜读书",二是说他"说的话人也不懂,干的事人也不知",三是说他"外清内浊,见了人一句话也没有",四是说他"没刚柔","没上没下","没人怕他,只管随便,都过得去"等。不喜读书,是不愿仕途经济,反对科举考试也;别人不懂其话,不解其行事,实写其行出于众也;见了人无话说,是写浊世无可语之人也;"没刚柔,没上下,没人怕他,只管随便"是写一平等之宝玉,非高人一等之宝玉也。凡此数点,皆论宝玉者之不可忽也。

第六十六回　　情小妹耻情归地府　冷二郎一冷入空门

【校记】

〔一〕"解囊出剑"至"命人收了",共十四字,底本无,从列藏本补。

〔二〕"的,如今既得了绝色"八字,底本、己卯本均无。各本均有,文字小有差异。此据列藏、杨本、甲辰诸本补。

第六十七回　　见土仪颦卿思故里
　　　　　　　　闻秘事凤姐讯家童[一]

话说尤三姐自尽之后，尤老娘和二姐儿、贾珍、贾琏等俱不胜悲恸，自不必说，忙命人盛殓，送往城外埋葬。柳湘莲见三姐身亡，痴情眷恋，却被道人数句冷言打破迷关，竟自截发出家，跟随这疯道人飘然而去，不知何往。暂且不表。

且说薛姨妈闻知湘莲已说定了尤三姐为妻，心中甚喜，正是高高兴兴要打算替他买房子，治家伙，择吉迎娶，以报他救命之恩。忽有家中小厮吵嚷"三姐儿自尽了"，被小丫头们听见，告知薛姨妈。薛姨妈不知为何，心甚叹息。正在猜疑，宝钗从园里过来，薛姨妈便对宝钗说道："我的儿，你听见了没有？你珍大嫂子的妹妹三姑娘，他不是已经许定给你哥哥的义弟柳湘莲了么，不知为什么自刎了。那湘莲也不知往那里去了。真正奇怪的事，叫人意想不到的。"

宝钗听了，并不在意，便说道："俗语说的好，'天

第六十七回　见土仪颦卿思故里　闻秘事凤姐讯家童

有不测风云，人有旦夕祸福'。这也是他们前生命定。前儿妈妈说为他救了哥哥，商量着替他料理，如今已经死的死了，走的走了，依我说，也只好由他罢了。妈妈也不必为他们伤感了，倒是自从哥哥打江南回来了一二十日，贩了来的货物，想来也该发完了。那同伴去的伙计们辛辛苦苦的，回来几个月了，妈妈和哥哥商议商议，也该请一请，酬谢酬谢才是。别叫人家看着无理似的。"

  母女正说话间，见薛蟠自外而入，眼中尚有泪痕。一进门来，便向他母亲拍手说道："妈妈可知道柳二哥、尤三姐的事么？"薛姨妈说："我才听见说，正在这里和你妹妹说这件公案呢。"薛蟠道："妈妈可听见说，湘莲跟着一个道士出了家了么？"薛姨妈道："这越发奇了。怎么柳相公那样一个年轻的聪明人，一时糊涂，就跟着道士去了呢？我想你们好了一场，他又无父母兄弟，只身一人在此，你该各处找找他才是。靠那道士能往那里远去，左不过是在这方近左右的庙里寺里罢了。"薛蟠说："何尝不是呢。我一听见这个信儿，就连忙带了小厮们在各处寻找，连一个影儿也没有。又去问人，都说没看见。"

  薛姨妈说："你既找寻过没有，也算把你做朋友的心尽了。焉知他这一出家，不是得了好处去呢。只是你如今也该张罗张罗买卖，二则把你自己娶媳妇应

湘莲是薛蟠义弟，救命恩人，则三姐亦弟妇也，乃三姐惨死，湘莲失踪，而宝钗竟无动于衷，"并不在意"，并说"是他们前生命定"，"只好由他罢了"，"不必为他们伤感"云云，则宝钗之冷，超乎人情，冷至极矣。

可见薛蟠尚不能忍情。

薛蟠竟已找过。

办的事情，倒早些料理料理。咱们家没人，俗语说的'夯雀儿先飞'，省得临时丢三落四的不齐全，令人笑话。再者，你妹妹才说，你也回家半个多月了，想货物也该发完了，同你去的伙计们，也该摆桌酒给他们道道乏才是。人家陪着你走了二三千里的路程，受了四五个月的辛苦，而且在路上又替你担了多少的惊怕沉重。"薛蟠听说，便道："妈妈说的很是。倒是妹妹想的周到。我也这样想着，只因这些日子为各处发货闹的脑袋都大了，又为柳二哥的事忙了这几日，反倒落了一个空，白张罗了一会子，倒把正经事都误了。要不然定了明儿、后儿，下帖儿请罢？"薛姨妈道："由你办去罢。"

　　话犹未了，外面小厮进来回说："管总的张大爷差人送了两箱子东西来，说这是爷各自买的，不在货账里面。本要早送来，因货物箱子压着，没得拿；昨儿货物发完了，所以今日才送来了。"一面说，一面又见两个小厮搬进了两个夹板夹的大棕箱。薛蟠一见，说："嗳哟，可是我怎么就糊涂到这步田地了！特特的给妈和妹妹带来的东西，都忘了，没拿了家里来。还是伙计送了来了。"宝钗说："亏你说，还是特特的带来的，才放了一二十天；若不是特特的带来，大约要放到年底下才送来呢。我看你也诸事太不留心了。"薛蟠笑道："想是在路上叫人把魂吓掉了，还没归窍

第六十七回　见土仪颦卿思故里　闻秘事凤姐讯家童

呢。"说着，大家笑了一回，便向小丫头说："出去告诉小厮们，东西收下，叫他们回去罢。"

薛姨妈同宝钗因问："到底是什么东西，这样捆着绑着的？"薛蟠便命叫两个小厮进来，解了绳子，去了夹板，开了锁看时，这一箱都是绸缎绫锦洋货等家常应用之物。薛蟠笑道："那一箱是给妹妹带的。"亲自来开。母女二人看时，却是些笔、墨、纸、砚、各色笺纸、香袋、香珠、扇子、扇坠、花粉、胭脂等物；外有虎丘带来的自行人，酒令儿，水银灌的打筋斗小小子，沙子灯，一出一出的泥人儿的戏，用青纱罩的匣子装着；又有在虎丘山上泥捏的薛蟠的小像，与薛蟠毫无相差。宝钗见了，别的都不理论，倒是薛蟠的小像，拿着细细看了一看，又看看他哥哥，不禁笑起来了。因叫莺儿带着几个老婆子，将这些东西连箱子送到园子里去，又和母亲、哥哥说了一回闲话儿，才回园里去了。这里薛姨妈将箱子里的东西取出，一分一分的打点清楚，叫同喜送给贾母并王夫人等处不题。

> 明清之际，苏州虎丘擅捏泥人，可当面写生，形象逼真，今南京博物院尚存顾亭林一捏像，予曾亲见并照相，又虎丘又擅捏戏文，今博物院亦存有多出，此处所记，确是当时社会实情。

且说宝钗到了自己房中，将那些顽意儿一件一件的过了目，除了自己留用之外，一分一分配合妥当，也有送笔、墨、纸、砚的，也有送香袋、扇子、香坠的，也有送脂粉、头油的，有单送顽意儿的。只有黛玉的比别人不同，且又加厚一倍。_{于黛玉特加重一笔。}一一打点完毕，使莺儿同着一个老婆子，跟着送往各处。

> 黛玉多感,自然触物伤情,孤零之人,别有怀抱,不是此中人何能会此!

这边,姐妹诸人都收了东西,赏赐来使,说见面再谢。惟有林黛玉看见他家乡之物,反自触物伤情,想起"父母双亡,又无兄弟,寄居亲戚家中,那里有人也给我带些土物来。"想到这里,不觉的又伤起心来了。

> 紫鹃可谓知情善劝矣。

紫鹃深知黛玉心肠,但也不敢说破,只在一旁劝道:"姑娘的身子多病,早晚服药,这两日看着比那些日子略好些。虽说精神长了一点儿,还算不得十分大好。今儿宝姑娘送来的这些东西,可见宝姑娘素日看着姑娘很重,姑娘看着该喜欢才是,为什么反倒伤起心来。这不是宝姑娘送东西来,倒叫姑娘烦恼了不成?就是宝姑娘听见,反觉脸上不好看。再者,这里老太太们为姑娘的病体,千方百计请好大夫配药诊治,也为是姑娘的病好。这如今才好些,又这样哭哭啼啼,岂不是自己遭蹋了自己身子,叫老太太看着添了愁烦了么?况且姑娘这病,原是素日忧虑过度,伤了血气。姑娘的千金贵体,也别要自己看轻了。"

紫鹃正在这里劝解,只听见小丫头子在院内说:"宝二爷来了。"紫鹃忙说:"请二爷进来罢。"只见宝玉进房来了,黛玉让坐毕,宝玉见黛玉泪痕满面,便问:"妹妹,又是谁气着你了?"黛玉勉强笑道:"谁生什么气。"旁边紫鹃将嘴向床后桌上一努,宝玉会意,往那里一瞧,见堆着许多东西,就知道是宝钗送来的,

第六十七回　见土仪颦卿思故里　闻秘事凤姐讯家童

便取笑说道："那里这些东西，不是妹妹要开杂货铺啊？"黛玉也不答言，紫鹃笑着道："二爷还提东西呢。因宝姑娘送了些东西来，姑娘一看，就伤起心来了。我正在这里劝解，恰好二爷来的很巧，替我们劝劝。"

宝玉明知黛玉是这个缘故，却也不敢提头儿，只得笑说道："你们姑娘的缘故，想来不为别的，必是宝姑娘送来的东西少，所以生气伤心。妹妹，你放心，等我明年叫人往江南去，给你多多的带两船来，省得你淌眼抹泪的。"黛玉听了这些话，也知宝玉是为自己开心，也不好推，也不好任，因说道："我任凭怎么没见过世面，也到不了这步田地，因送的东西少，就生气伤心。我又不是两三岁的孩子，你也忒把人看得小气了。我有我的缘故，你那里知道。"说着，眼泪又流下来了。 故意欲用话岔开。

宝玉忙走到床前，挨着黛玉坐下，将那些东西一件一件拿起来，摆弄着细瞧，故意问：这是什么，叫什么名字；那是什么，做的这样齐整；这是什么，要他做什么使用。又说这一件可以摆在面前，又说那一件可以放在条桌上，当古董儿倒好呢。一味的将些没要紧的话来厮混。

黛玉见宝玉如此，自己心里倒过不去，便说："你不用在这里混搅了。咱们到宝姐姐那边去罢。"宝玉巴不得黛玉出去散散闷，解了悲痛，便道："宝姐姐送咱们东西,咱们原该谢谢去。"黛玉道:"自家姊妹,这倒不必。只是到他那边,薛大哥回来了,必然告诉他些南边的古迹儿,我去听听,只当回了家乡一趟的。"说着,眼圈儿又红了。宝玉便站着等他。黛玉只得同他出来,往宝钗那里去了。

依旧是乡思难忘。

且说薛蟠听了母亲之言,急下了请帖,办了酒席。次日,请了四位伙计,俱已到齐,不免说些贩卖账目发货之事。不一时,上席让坐,薛蟠挨次斟了酒。薛姨妈又使人出来致意。大家喝着酒说闲话儿。内中一个道:"今儿这席上短两个好朋友。"众人齐问是谁,那人道:"还有谁,就是贾府上的琏二爷和大爷的盟弟柳二爷。"大家果然都想起来,问着薛蟠道:"怎么不请琏二爷和柳二爷来?"薛蟠闻言,把眉一皱,叹口气道:"琏二爷又往平安州去了,头两天就起了身了。那柳二爷竟别提起,真是天下头一件奇事。什么是柳二爷,如今不知那里作柳道爷去了。"

顺便交代贾琏去平安州事,为下文凤姐诓尤二姐入园张本。

众人都诧异道:"这是怎么说?"薛蟠便把湘莲前后事体说了一遍,众人听了,越发骇异,因说道:"怪不的前儿我们在店里仿仿佛佛也听见人吵嚷说,有一个道士,三言两语,把一个人度了去了。又说一阵风刮了去了。只不知是谁。我们正发货,那里有工夫打听这个事去,到如今还似信不信的,谁知就是柳二爷呢! 早知是他,我们大家也该劝劝他才是。任他怎么

第六十七回　见土仪颦卿思故里　闻秘事凤姐讯家童

着,也不叫他去。"内中一个道:"别是这么着罢?"众人问怎么样,那人道:"柳二爷那样个伶俐人,未必是真跟了道士去罢。他原会些武艺,又有力量,或看破那道士的妖术邪法,特意跟他去,在背地里摆布他,也未可知。"薛蟠道:"果然如此倒也罢了。世上这些妖言惑众的人,怎么没人治他一下子。"众人道:"那时难道你知道了也没找寻他去?"薛蟠说:"城里城外,那里没有找到!不怕你们笑话,我找不着他,还哭了一场呢。"言毕,只是长吁短叹,无精打彩的,不像往日高兴。众伙计见他这样光景,自然不便久坐,不过随便喝了几杯酒,吃了饭,大家散了。借众人闲谈瞎猜,以了柳湘莲公案。

且说宝玉同着黛玉到宝钗处来。宝玉见了宝钗,便说道:"大哥哥辛辛苦苦的带了东西来,姐姐留着使罢,又送我们。"宝钗笑道:"原不是什么好东西,不过是远路带来的土物儿,大家看着新鲜些就是了。"黛玉道:"这些东西,我们小时候倒不理会,如今看见,真是新鲜物儿了。"宝钗因笑道:"妹妹知道,这就是俗语说的'物离乡贵',其实可算什么呢。"宝玉听了这话,正对了黛玉方才的心事,连忙拿话岔道:"明年好歹大哥哥再去时,替我们多带些来。"黛玉瞅了他一眼,便道:"你要你只管说,不必拉扯上人。姐姐你瞧,宝哥哥不是给姐姐来道谢,竟又要定下明年的东西来了。"说的宝钗、宝玉都笑了。

三个人又闲话了一回,因提起黛玉的病来。宝钗劝了一回,因说道:"妹妹若觉着身子不爽快,倒要自己勉强扎挣着出来各处走走逛逛,散散心,比在屋里闷坐着到底好些。我那两日不是觉着发懒,浑身发热,只是要歪着,也因为时气不好,怕病,因此寻些事情自己混着。这两日才觉着好些了。"黛玉道:"姐姐说的何尝不是。我也是这么想着呢。"大家又坐了一会子方散。宝玉仍把黛玉送至潇湘馆门首,才各自回去了。

　　且说赵姨娘因见宝钗送了贾环些东西,心中甚是喜欢,想道:"怨不得别人都说那宝丫头好,会做人,很大方,如今看起来,果然不错。他哥哥能带了多少东西来,他挨门儿送到,并不遗漏一处,也不露出谁薄谁厚,连我们这样没时运的,他都想到了。若是那林丫头,他把我们娘儿们正眼也不瞧,那里还肯送我们东西?"一面想,一面把那些东西翻来覆去的摆弄,瞧看一回。忽然想到宝钗系王夫人的亲戚,为何不到王夫人跟前卖个好儿呢。自己便蝎蝎螫螫的拿着东西,走至王夫人房中,站在旁边,陪笑说道:"这是宝姑娘才刚给环哥儿的。难为宝姑娘这么年轻的人,想的这么周到,真是大户人家的姑娘,又展样,又大方,怎么叫人不敬服呢。怪不得老太太和太太成日家都夸他疼他。我也不敢自专就收起来,

> 宝钗连赵姨娘都不略过,可知其处事之周密、人情之练达,难怪赵姨娘如此称赞也。

> 又侧笔写黛玉,可见在赵姨娘眼中薛林之不同。

> 写赵姨娘如生,以前只见她怨怨狠毒阴贼一面,未见她趋奉讨好一面。

第六十七回　见土仪颦卿思故里　闻秘事凤姐讯家童

特拿来给太太瞧瞧，太太也喜欢喜欢。"

王夫人听了，早知道来意了，又见他说的不伦不类，_{四字的评。}也不便不理他，说道："你只管收了去给环哥顽罢。"赵姨娘来时兴兴头头，谁知抹了一鼻子灰，满心生气，又不敢露出来，只得讪讪的出来了。到了自己房中，将东西丢在一边，嘴里咕咕哝哝自言自语道："这个又算了个什么儿呢？"一面坐着，各自生了一回闷气。

却说莺儿带着老婆子们送东西回来，回复了宝钗，将众人道谢的话并赏赐的银钱都回完了，那老婆子便出去了。莺儿走近前来一步，挨着宝钗悄悄的说道："刚才我到琏二奶奶那边，看见二奶奶一脸的怒气。我送下东西出来时，悄悄的问小红，说刚才二奶奶从老太太屋里回来，不似往日欢天喜地的，叫了平儿去，咕咕唧唧的不知说了些什么。看那个光景，倒像有什么大事的似的。_{确是有大事。}姑娘没听见那边老太太有什么事？"宝钗听了，也自己纳闷，想不出凤姐是为什么有气，便道："各人家有各人的事，咱们那里管得。你去倒茶去罢。"莺儿于是出来，自去倒茶不提。　　偷娶之事发作，贾琏去平安州，此地不平安了。雪芹全用侧笔突入，如同读者亲见。

且说宝玉送了黛玉回来，想着黛玉的孤苦，不免也替他伤感起来。因要将这话告诉袭人，进来时却只有麝月、秋纹在屋里。因问："你袭人姐姐那里去了？"麝月道："左不过在这几个院里，那里就丢了他。一　　宝玉刻刻以黛玉为念。

时不见，就这样找。"宝玉笑着道："不是怕丢了他。因我方才到林姑娘那边，见林姑娘又正伤心呢。问起来，却是为宝姐姐送了他东西，他看见是他家乡的土物，不免对景伤情。我要告诉你袭人姐姐，叫他闲时过去劝劝。"正说着，晴雯进来了，因问宝玉道："你回来了，你又要叫劝谁？"宝玉将方才的话说了一遍。晴雯道："袭人姐姐才出去，听见他说要到琏二奶奶那边去。保不住还到林姑娘那里去呢。"宝玉听了，便不言语，秋纹倒了茶来，宝玉漱了一口，递给小丫头子，心中着实不自在，_{因未能去慰黛玉也。}就随便歪在床上。

却说袭人因宝玉出门，自己作了回活计，忽想起凤姐身上不好，这几日也没有过去看看，况闻贾琏出门，正好大家说说话儿。便告诉晴雯："好生在屋里，别都出去了，叫宝玉回来抓不着人。"晴雯道："嗳哟，这屋里单你一个人记挂着他，我们都是白闲着混饭吃的。"_{是晴雯的口气。}

袭人笑着，也不答言，就走了。刚来到沁芳桥畔，那时正是夏末秋初，池中莲叶新残相间，红绿离披。_{数笔写出新秋景象。}袭人走着，沿堤看玩了一回。猛抬头，看见那边葡萄架底下，有人拿着掸子在那里掸什么呢，走到跟前，却是老祝妈。

那老婆子见了袭人，便笑嘻嘻的迎上来，说道：

第六十七回　见土仪颦卿思故里　闻秘事凤姐讯家童

"姑娘怎么今日得工夫出来逛逛？"袭人道："可不是！我要到琏二奶奶家瞧瞧去。你在这里做什么呢？"那婆子道："我在这里赶蜜蜂儿。今年三伏里雨水少，这果子树上都有虫子，把果子吃的疤瘌流星的掉了好些下来。姑娘还不知道呢，这马蜂最可恶的，一嘟噜上只咬破两三个儿，那破的水滴到好的上头，连这一嘟噜都是要烂的。姑娘你瞧，咱们说话的空儿没赶，就落上许多了。"袭人道："你就是不住手的赶，也赶不了许多。你倒是告诉买办，叫他多多做些小冷布口袋儿，一嘟噜套上一个，又透气，又不遭蹋。"婆子笑道："倒是姑娘说的是。我今年才管上，那里知道这个巧法儿呢。"因又笑着说道："今年果子虽遭蹋了些，味儿倒好，不信摘一个姑娘尝尝。"袭人正色道："这那里使得。不但没熟吃不得，就是熟了，上头还没有供鲜，咱们倒先吃了。你是府里使老了的，难道连这个规矩都不懂了。"老祝忙笑道："姑娘说的是。我见姑娘很喜欢，我才敢这么说，可就把规矩错了，我可是老糊涂了。"袭人道："这也没有什么。只是你们有年纪的老奶奶们，别先领着头儿这么着就好了。"说着，遂一径出了园门，来到凤姐这边。

一到院里，只听凤姐说道："天理良心，我在这屋里熬的越发成了贼了。"袭人听见这话，知道有原故了，又不好回来，又不好进去，遂把脚步放重些，

> 因分管，利之所在，自然要赶蜜蜂，蜂儿也不得白咬一口也。

> 袭人倒有办法，有经验。

> 袭人是又一个宝钗。

<small>写得细，如直白进去，成何体统。</small>隔着窗子问道："平姐姐在家里呢么？"平儿忙答应着迎出来。袭人便问："二奶奶也在家里呢么，身上可大安了？"说着，已走进来。

凤姐装着在床上歪着呢，见袭人进来，也笑着站起来，说："好些了，叫你惦着。怎么这几日不过我们这边坐坐？"袭人道："奶奶身上欠安，本该天天过来请安才是。但只怕奶奶身上不爽快，倒要静静儿的歇歇儿，我们来了，倒吵的奶奶烦。"凤姐笑道："烦是没的话。倒是宝兄弟屋里虽然人多，也就靠着你一个照看他，也实在的离不开。我常听见平儿告诉我，说你背地里还惦着我，常常问我。这就是你尽心了。"一面说着，叫平儿挪了张杌子放在床旁边，让袭人坐下。丰儿端进茶来，袭人欠身道："妹妹坐着罢。"一面说闲话儿。

<small>原来已去传旺儿了。</small>只见一个小丫头子在外间屋里悄悄的和平儿说："旺儿来了。在二门上伺候着呢。"又听见平儿也悄悄的道："知道了。叫他先去，回来再来，别在门口儿站着。"袭人知他们有事，又说了两句话，便起身要走。凤姐道："闲来坐坐，说说话儿，我倒开心。"因命平儿："送送你妹妹。"平儿答应着送出来。只见两三个小丫头子，都在那里屏声息气齐齐的伺候着。<small>两句已是山雨欲来气象。</small>袭人不知何事，便自去了。

却说平儿送出袭人，进来回道："旺儿才来了，

因袭人在这里,我叫他先到外头等等儿,这会子还是立刻叫他呢,还是等着?请奶奶的示下。"凤姐道:"叫他来。"_{听之有声。}平儿忙叫小丫头去传旺儿进来。

这里凤姐又问平儿:"你到底是怎么听见说的?"平儿道:"就是头里那小丫头子的话。他说他在二门里头,听见外头两个小厮说:'这个新二奶奶比咱们旧二奶奶还俊呢,脾气儿也好。'不知是旺儿是谁,吆喝了两个一顿,说:'什么新奶奶旧奶奶的,还不快悄悄儿的呢,叫里头知道了,把你的舌头还割了呢。'"平儿正说着,只见一个小丫头进来回说:"旺儿在外头伺候着呢。"凤姐听了,冷笑了一声_{传神之笔,先响轻雷。}说"叫他进来。"那小丫头出来说:"奶奶叫呢。"旺儿连忙答应着进来。

_{补问一笔,好让读者知其端的。}

_{原来是平儿先听说的。}

旺儿请了安,在外间门口垂手侍立。凤姐儿道:"你过来,我问你话。"旺儿才走到里间门旁站着。凤姐儿道:"你二爷在外头弄了人,你知道不知道?"_{单刀直入,看你如何回答。}旺儿又打着千儿回道:"奴才天天在二门上听差事,如何能知道二爷外头的事呢。"_{还要装傻。}凤姐冷笑道:"你自然不知道,你要知道,你怎么拦人呢。"旺儿见这话,知道刚才的话已经走了风了,料着瞒不过,便又跪回道:"奴才实在不知。就是头里兴儿和喜儿两个人在那里混说,奴才吆喝了他们两句。_{还想模糊过去。}内中深情底里,奴才不知道,不敢妄回。求奶

奶问兴儿，_{想推托了事。}他是长跟二爷出门的。"

凤姐听了，下死劲啐了一口，骂道："你们这一起没良心的混账忘八崽子！都是一条藤儿，打量我不知道呢。先去给我把兴儿那个忘八崽子叫了来，_{轻雷过后，响雷将至。}你也不许走。问明白了他，回来再问你。好，好，好，_{连加三个"好"字，闪电至矣。}这才是我使出来的好人呢！"那旺儿只得连声答应几个"是"，磕了个头，爬起来出去。去叫兴儿。

却说兴儿正在账房儿里和小厮们顽呢，听见说二奶奶叫，先唬了一跳，却也想不到是这件事发作了，_{还未想到。}连忙跟着旺儿进来。旺儿先进去，回说："兴儿来了。"

凤姐儿厉声道："叫他！"那兴儿听见这个声音儿，早已没了主意了，_{如闻虎吼，已夺其魂。}只得乍着胆子进来。凤姐儿一见，便说："好小子啊！你和你爷办的好事啊！_{几乎一口要吞了。}你只实说罢！"_{一字不提，只令实说，真是断案老吏。}兴儿一闻此言，又看见凤姐儿气色及两边丫头们的光景，早唬软了，不觉跪下，只是磕头。

凤姐儿道："论起这事来，我也听见说不与你相干。但只你不早来回我知道，这就是你的不是了。_{略加缓和，令其喘息实供。}你要实说了，我还饶你；再有一字虚言，你先摸摸你腔子上几个脑袋瓜子！"_{一句重击。}兴儿战兢兢的朝上磕头道："奶奶问的是什么事，_{还要装傻，岂非找死。}奴才同爷

第六十七回　见土仪颦卿思故里　闻秘事凤姐讯家童

办坏了？"凤姐听了，一腔火都发作起来，喝命："打嘴巴！"〖怒火中烧，不可止矣。〗旺儿过来才要打时，凤姐儿骂道："什么糊涂忘八崽子！叫他自己打，用你打吗？一会子你再各人打你那嘴巴子还不迟呢。"〖先要自打，再要互打。〗那兴儿真个自己左右开弓，打了自己十几个嘴巴。

凤姐儿喝声"站住"，问道："你二爷外头娶了什么新奶奶旧奶奶的事，你大概不知道啊！"兴儿见说出这件事来，越发着了慌，连忙把帽子抓下来，在砖地上咕咚咕咚碰的头山响，〖写活了。〗口里说道："只求奶奶超生，奴才再不敢撒一个字儿的谎。"凤姐道："快说！"兴儿直蹶蹶的〖形象〗跪起来回道："这事头里奴才也不知道。就是这一天，东府里大老爷送了殡，〖至此已无可逃避矣。〗俞禄往珍大爷庙里去领银子。二爷同着蓉哥儿到了东府里，道儿上爷儿两个说起珍大奶奶那边的二位姨奶奶来。二爷夸他好，蓉哥儿哄着二爷，〖供出贾蓉。〗说把二姨奶奶说给二爷。"凤姐听到这里，使劲啐道："呸，没脸的忘八蛋！他是你那一门子的姨奶奶？"兴儿忙又磕头，说："奴才该死！"往上瞅着，不敢言语，凤姐儿道："完了吗？怎么不说了？"〖有顿挫。〗兴儿方才又回道："奶奶恕奴才，奴才才敢回。"凤姐啐道："放你妈的屁，〖骂得有气势，有压力，事到如今，还要先讨价！〗这还什么恕不恕了。你好生给我往下说，好多着呢。"

兴儿又回道："二爷听见这个话，就喜欢了。后来奴才也不知道怎么就弄真了。"凤姐微微冷笑道："这个自然么，你可那里知道呢？你知道的，只怕都烦了呢。是了，说底下的罢！"兴儿回道："后来就是蓉哥儿给二爷找了房子。"〖又是贾蓉。〗凤姐忙问道："如今房子在那里？"兴儿道："就在府后头。"凤姐儿道："哦！"回头瞅着平儿道："咱们都是死人哪。你听听。"〖文情荡漾，有紧有松。〗平儿也不敢作声。

兴儿又回道："珍大爷那边给了张家不知多少银子，那张家就不问了。"〖又提一事。〗凤姐道："这里头怎么又拉扯上张家、李家咧呢？"兴儿回道："奶奶不知道，这二奶奶——"刚说到这里，又自己打了个嘴巴，〖生动逼真。〗把凤姐儿倒怄笑了。两边的丫头也都抿嘴儿笑。〖于紧张处忽出笑声。〗兴儿想了想，说道："那珍大奶奶的妹子——"凤姐儿接着道："怎么样？快说呀。"兴儿道："那珍大奶奶的妹子，〖又扯到尤氏。〗原来从小儿有人家的，姓张，叫什么张华，如今穷的待好讨饭。珍大爷许了他银子，他就退了亲了。"

凤姐儿听到这里，点了点头儿，回头便望丫头们说道："你们都听见了？小忘八崽子，头里他还说他不知道呢！"兴儿又回道："后来二爷才叫人裱糊了房子，娶过来了。"凤姐道："打那里娶过来的？"兴儿回道："就在他老娘家抬过来的。"〖是老娘家。〗凤姐道："好罢咧。"又问："没人送亲么？"兴儿道："就是蓉哥儿。

第六十七回　见土仪颦卿思故里　闻秘事凤姐讯家童

还有几个丫头老婆子们,没别人。"_{有贾蓉送亲。}凤姐道:"你大奶奶没来吗?"兴儿道:"过了两天,大奶奶才拿了些东西来瞧的。"_{尤氏也来了。}

凤姐儿笑了一笑,_{不是好笑,是心中已有主意。}回头向平儿道:"怪道那两天二爷称赞大奶奶不离嘴呢。"掉过脸来又问兴儿,"谁服侍呢?自然是你了。"兴儿赶着碰头不言语。凤姐又问:"前头那些日子说给那府里办事,想来办的就是这个了。"_{回应前事。}兴儿回道:"也有办事的时候,也有往新房子里去的时候。"

凤姐又问道:"谁和他住着呢?"兴儿道:"他母亲和他妹子。昨儿他妹子自己抹了脖子了。"_{又提三姐之事。}凤姐道:"这又为什么?"兴儿随将柳湘莲的事说了一遍。凤姐道:"这个人还算造化高,省了当那出名儿的忘八。"因又问道:"没了别的事了么?"兴儿道:"别的事奴才不知道。奴才刚才说的字字是实话,没一字虚假,奶奶问出来,只管打死奴才,奴才也无怨的。"凤姐低了一回头,便又指着兴儿说道:"你这个猴儿崽子,就该打死。这有什么瞒着我的?_{语气已略缓。}你想着瞒了我,就在你那糊涂爷跟前讨了好儿了,你新奶奶好疼你。我不看你刚才还有点怕惧儿,不敢撒谎,我把你的腿不给你砸折了呢。"说着,喝声"起去!"兴儿磕了个头,才爬起来,退到外间门口,不敢就走。

凤姐道:"过来,我还有话呢。"兴儿赶忙垂手敬听。凤姐道:"你忙什么?新奶奶等着赏你什么呢?"兴儿也不敢抬头。凤姐道:"你从今日不许过去,我什么时候叫你,你什么时候到。迟一步儿,你试试!出去罢。"〖令出如山,谁敢玩忽。〗兴儿忙答应几个"是",退出门来。凤姐又叫道:"兴儿!"兴儿赶忙答应回来。凤姐道:"快出去告诉你二爷去,是不是啊?"〖倒说一句,令其知惧。〗兴儿回道:"奴才不敢。"凤姐道:"你出去提一个字儿,堤防你的皮!"兴儿连忙答应着,才出去了。

凤姐又叫:"旺儿呢?"旺儿连忙答应着过来。凤姐把眼直瞪瞪的瞅了两三句话的工夫,〖有气势。〗才说道:"好旺儿,很好,去罢!〖蓄势已极,然后放行,则不令而自威矣!〗外头有人提一个字儿,全在你身上!"旺儿答应着,也慢慢的退出去了。

凤姐便叫倒茶。小丫头子们会意,都出去了。这里凤姐才和平儿说:"你都听见了?这才好呢。"平儿也不敢答应,只好陪笑儿。凤姐越想越气,歪在枕上只是出神,〖有神情。〗忽然眉头一皱,计上心来,便叫:"平儿来。"〖凤姐多谋,才一思忖,便已有计划。〗平儿连忙答应过来。凤姐道:"我想这件事竟该这么着才好。也不必等你二爷回来再商量了。"未知凤姐如何办理,且听下回分解。

第六十七回　见土仪颦卿思故里　闻秘事凤姐讯家童

【回后评】

尤三姐之死，柳湘莲之走，闻者莫不动容，薛蟠不仅堕泪，还派人寻找，乃宝钗闻之，竟以为是"前生命定""不必为他们伤感"云云。昔金钏之死，宝钗竟以自己不慎失足落水解释，丝毫无动于衷。然金钏婢也，事情前后与己略无关系，宝钗之冷漠，犹有借口。此次柳湘莲是其兄救命恩人，结义兄弟，三姐则是未过门之弟媳，一惨死，一出走，宝钗竟无动于衷，冷若冰霜，则其人不仅无人情，甚且无人性矣。此虽一段小侧笔，然于宝钗性格之补充，为极重要之笔。

黛玉因见土仪而伤感，孤零之人，别有怀抱，且年岁渐大，终身未有人为之主持，故益思父母之不可失，见土仪而增悲也。故紫鹃虽劝之而不可解，宝玉再劝之而亦不可解，非不可解也，因无可解也。黛玉感于宝玉深情，乃提出去宝钗处道谢，藉此听薛蟠讲故乡情景而欲止宝玉之劝也，无奈一提故乡，悲从中来，泪又潸然下矣！更证其悲之无可解也。

此回重点是凤姐讯家童，凤姐之审家童，俨如酷吏之断案，其声色之老辣，其言辞之峻严，忽施之以威，忽宽之以情，言辞句句狠辣，虽老吏亦无以过矣。难怪旺儿、兴儿在其声势威慑之下，节节脱卸，终至和盘供出，而凤姐刚一知情，即计上心来，已胸有网罗，二姐已入其彀中矣。《红楼梦》中前有雨村断案，糊涂了之；此处凤姐断案，远胜酷吏多多矣。如此精悍文笔，在《红楼梦》中亦是奇峰突起，乃竟有人以为是后人补作，其负雪芹深矣！

【校记】

〔一〕此回己卯、庚辰本均缺,其余各本存,但文字差异甚大。此据程甲本并校以别本,又己卯本此回有钞补,回末有题记云"石头记第六十七回终,按乾隆年间抄本,武裕庵补抄"。按此武裕庵抄补本,即程乙本。予曾有考,认为此回虽抄补,实是石头记原文。见拙著《论庚辰本》。

第六十八回　　苦尤娘赚入大观园
　　　　　　　酸凤姐大闹宁国府[一]

　　话说贾琏起身去后，偏值平安节度巡边在外，约一个月方回。贾琏未得确信，只得住在下处等候。及至回来相见，将事办妥，回程已是将两个月的限了。

　　谁知凤姐心下早已算定，只待贾琏前脚走了，回来便传各色匠役，收拾东厢房三间，照依自己正室一样装饰陈设。至十四日，便回明贾母、王夫人，说十五日一早要到姑子庙进香去。只带了平儿、丰儿、周瑞媳妇、旺儿媳妇四人，未曾上车，便将原故告诉了众人。又吩咐众男人，素衣素盖，一径前来。

凤姐一场大谋划开始。

　　兴儿引路，一直到了二姐门前叩门。鲍二家的开了门。兴儿笑说："快回二奶奶去，大奶奶来了。"鲍二家的听了这句话，顶梁骨走了真魂，_{如五雷轰顶}忙飞进去报与尤二姐。

　　尤二姐虽也一惊，但已来了，只得以礼相见，于是忙整衣迎了出来。至门前，凤姐方下车进来。尤二

二姐尚不知凤姐厉害，故虽惊而犹不至无措也。

姐一看，只见头上皆是素白银器，^{特意强调贾敬丧事期间。}身上月白缎袄，青缎披风，白绫素裙。眉弯柳叶，高吊两梢；目横丹凤，神凝三角。俏丽若三春之桃，清素若九秋之菊。周瑞、旺儿二女人搀入院来。尤二姐陪笑忙迎上来万福，张口便叫："姐姐下降，不曾远接，望恕仓促之罪。"说着便福了下来。凤姐忙陪笑还礼不迭。

凤姐之来。如虎入羊窝也。

二人携手同入室中。凤姐上座，尤二姐命丫鬟拿褥子来便行礼，说："奴家年轻，一从到了这里，诸事皆系家母和家姐商议主张。还说出尤氏，不打自招，可怜二姐真不知深浅也。今日有幸相会，若姐姐不弃奴家寒微，凡事求姐姐的指示教训。奴亦倾心吐胆，只服侍姐姐。"说着便行下礼去。

凤姐儿忙下座，以礼相还，口内忙说："皆因奴家妇人之见，一味劝夫慎重，不可在外眠花卧柳，恐惹父母担忧。此皆是你我之痴心，怎奈二爷错会奴意。眠花宿柳之事瞒奴或可；今娶姐姐二房之大事，亦人家大礼，亦不曾对奴说。奴亦曾劝二爷早行此礼，以备生育。不想二爷反以奴为那等嫉妒之妇，私自行此大事，并不说知。使奴有冤难诉，惟天地可表。前于十日之先，奴已风闻，恐二爷不乐，遂不敢先说。今可巧远行在外，故奴家亲自拜见过，还求姐姐下体奴心，起动大驾，挪至家中。你我姊妹同居同处，彼此合心谏劝二爷，慎重世务，保养身体，方是大礼。若姐姐在外，奴在内，虽愚贱不堪相伴，奴心又何安。

一片花言巧语，二姐如何能不上当。

第六十八回　苦尤娘赚入大观园　酸凤姐大闹宁国府

再者，使外人闻知，亦甚不雅观。二爷之名也要紧，倒是谈论奴家，奴亦不怨。所以今生今世奴之名节全在姐姐身上。说得何等可怜。那起下人小人之言，未免见我素日持家太严，背后加减些言语，自是常情。姐姐乃何等样人物，岂可信真。若我实有不好之处，上头三层公婆，中有无数姊妹、妯娌，况贾府世代名家，岂容我到今日。今日二爷私娶姐姐在外，若别人则怒，我则以为幸。正是天地神佛不忍我被小人们诽谤，故生此事。我今来求姐姐进去，和我一样同居同处，同分同例，同侍公婆，同谏丈夫。喜则同喜，悲则同悲，情似亲妹，和比骨肉。不但那起小人见了，自悔从前错认了我；就是二爷来家一见，他作丈夫之人，心中也未免暗悔。所以姐姐竟是我的大恩人，使我从前之名一洗无余了。其言如蜜。若姐姐不随奴去，奴亦情愿在此相陪。奴愿作妹子，每日服侍姐姐梳头洗脸，只求姐姐在二爷跟前替我好言，方便方便，容我一席之地安身，奴死也愿意。"说着，便呜呜咽咽哭将起来。说得再无比这更好了。一番做作，比演戏还真。尤二姐见了这般，也不免滴下泪来。

二人对见了礼，分序坐下。平儿忙也上来要见礼。尤二姐见他打扮不凡，举止品貌不俗，料定是平儿，连忙亲身挽住，只叫："妹子快休如此，你我是一样的人。"凤姐忙也起身笑说："折死他了！妹子只管受礼，他原是咱们的丫头。以后快别如此。"说着，又命周瑞家的从包袱里取出四匹上色尺头，四对金珠簪环为拜礼。尤二姐忙拜受了。

二人吃茶，对诉已往之事。凤姐口内全是自怨自错，"怨不得别人，如今只求姐姐疼我"等语。尤二姐见了这般，便认作他是个极好的人，_{二姐未见过世面，自然信以为真。}小人不遂心诽谤主子亦是常理，故倾心吐胆，叙了一回，竟把凤姐认为知己。又见周瑞等媳妇在旁边称扬凤姐素日许多善政，只是吃亏心太痴了，惹人怨；又说"已经预备了房屋，奶奶进去一看便知。"尤氏心中早已要进去同住方好，今又见如此，岂有不允之理，便说："原该跟了姐姐去，_{三言两语，便中圈套。}只是这里怎么样？"

凤姐儿道："这有何难，姐姐的箱笼细软只管着小厮搬了进去。这些粗笨货要他无用，还叫人看着。姐姐说谁妥当就叫谁在这里。"尤二姐忙说："今日既遇见姐姐，这一进去，凡事只凭姐姐料理。我也来的日子浅，也不曾当过家，世事不明白，如何敢作主。这几件箱笼拿进去罢。我也没有什么东西，那也不过是二爷的。"凤姐听了，便命周瑞家的记清，好生看管着抬到东厢房去。

于是催着尤二姐穿戴了，二人携手上车，又同坐一处，又悄悄的告诉他："我们家的规矩大。这事老太太一概不知，倘或知二爷孝中娶你，管把他打死了。如今且别见老太太、太太。我们有一个花园子极大，

_{刚入圈套，便将孝中娶妾之事提出。}

第六十八回　苦尤娘赚入大观园　酸凤姐大闹宁国府

姊妹住着，容易没人去的。你这一去且在园里住两天，等我设个法子回明白了，那时再见方妥。"尤二姐道："任凭姐姐裁处。"

那些跟车的小厮们皆是预先说明的，如今不去大门，只奔后门而来。下了车，赶散众人。凤姐便带尤氏进了大观园的后门，来到李纨处相见了。彼时大观园中十停人已有九停人知道了，今忽见凤姐带了进来，引动多人来看问。尤二姐一一见过。众人见他标致和悦，无不称扬。凤姐一一的吩咐了众人："都不许在外走了风声，若老太太、太太知道，我先叫你们死。"园中婆子丫鬟都素惧凤姐的，又系贾琏国孝家孝中所行之事，知道关系非常，都不管这事。凤姐悄悄的求李纨收养几日，"等回明了，我们自然过去的。"李纨见凤姐那边已收拾房屋，况在服中，不好倡扬，自是正理，只得收下权住。凤姐又变法将他的丫头一概退出，又将自己的一个丫头送他使唤。暗暗吩咐园中媳妇们："好生照看着他。若有走失逃亡，一概和你们算账。"自己又去暗中行事。李纨亦还不知其意。

已入牢笼，无可逃矣。

合家之人都暗暗纳罕的说："看他如何这等贤惠起来了。"那尤二姐得了这个所在，又见园中姊妹各各相好，倒也安心乐业的，自为得其所矣。谁知三日之后，丫头善姐便有些不服使唤起来，尤二姐因说："没了头油了，你去回声大奶奶拿些来。"

着一句家中之人纳罕，可见凤姐行事之反常也。

二姐以祸为福，可怜可叹。

开始变脸了。

善姐便道:"二奶奶,你怎么不知好歹没眼色。我们奶奶天天承应了老太太,又要承应这边太太那边太太,这些妯娌姊妹,上下几百男女,天天起来,都等他的话。一日少说,大事也有一二十件,小事还有三五十件。外头的从娘娘算起,以及王公侯伯家多少人情客礼,家里又有这些亲友的调度。银子上千钱上万,一日都从他一个手、一个心、一个口里调度,那里为这点子小事去烦琐他。我劝你能着些儿罢。咱们又不是明媒正娶来的,_{话中已带芒刺。}这是他亘古少有一个贤良人才这样待你。若差些儿的人,听见了这话,吵嚷起来,把你丢在外,死不死,生不生,_{也离此不远了。}你又敢怎么样呢!"

一席话,说的尤氏垂了头,自为有这一说,少不得将就些罢了。那善姐渐渐连饭也怕端来与他吃,或早一顿,或晚一顿,所拿来之物,皆是剩的。尤二姐说过两次,他反先乱叫起来。尤二姐又怕人笑他不安分,少不得忍着。隔上五日八日见凤姐一面,那凤姐却是和容悦色,满嘴里"姐姐"不离口。_{其言如蜜,其心是毒。}又说:"倘有下人不到之处,你降不住他们,只管告诉我,我打他们。"又骂丫头媳妇说:"我深知你们,软的欺、硬的怕,背开我的眼,还怕谁!倘或二奶奶告诉我一个'不'字,我要你们的命。"

尤氏见他这般的好心,想道:"既有他,何必我

<small>名为善姐而实恶也。</small>

第六十八回　苦尤娘赚入大观园　酸凤姐大闹宁国府

又多事。下人不知好歹，也是常情。我若告了，他们受了委屈，反叫人说我不贤良。"因此反替他们遮掩。

凤姐一面使旺儿在外打听细事，这尤二姐之事皆已深知。原来已有了婆家的，女婿现在才十九岁，成日在外嫖赌，不理生业，家私花尽，父亲撵他出来，现在赌钱厂存身。父亲得了尤婆十两银子退了亲的，这女婿尚不知道。原来这小伙子名叫张华。

已摸清底里，好从此下手。

凤姐都一一尽知原委，便封了二十两银子与旺儿，悄悄命他将张华勾来养活，着他写一张状子，只管往有司衙门中告去，就告琏二爷"国孝家孝之中，背旨瞒亲，仗财依势，强逼退亲，停妻再娶"等语。凤姐所告，恶极毒极，可见其心狠手辣也。这张华也深知利害，先不敢造次。旺儿回了凤姐，凤姐气的骂："癞狗，扶不上墙的种子。你细细的说给他，便告我们家谋反也没事的。不过是借他一闹，大家没脸。若告大了，我这里自然能够平息的。"旺儿领命，只得细说与张华。

此着极是要害。

凤姐作恶之胆，于此可见。

凤姐又吩咐旺儿："他若告了你，你就和他对词去。"如此如此，这般这般，"我自有道理。"旺儿听了有他做主，便又命张华状子上添上自己，说："你只告我来往过付，一应调唆二爷做的。"张华便得了主意，和旺儿商议定了，写了一纸状子，次日便往都察院处喊了冤。凤姐之老辣，胜于恶吏。

察院坐堂看状，见是告贾琏的事，上面有家人旺儿一人，只得遣人去贾府传旺儿来对词。青衣不敢擅入，只命人带信。那旺儿正等着此事，_{等着来拘人，奇事。}不用人带信，早在这条街上等候。见了青衣，反迎上去笑道："起动众位兄弟，必是兄弟的事犯了。说不得，快来套上。"众青衣不敢，只说："你老去罢，别闹了。"于是来至堂前跪了。

察院命将状子与他看。旺儿故意看了一遍，碰头说道："这事小的尽知，小的主人实有此事。但这张华素与小的有仇，故意攀扯小的在内，其中还有别人，求老爷再问。"_{又添枝节，皆凤姐谋划。}张华碰头说："虽还有人，小的不敢告他，_{故意如此。}所以只告他下人。"旺儿故意急的说："糊涂东西，还不快说出来！这是朝廷公堂之上，凭是主子，也要说出来。"张华便说出贾蓉来。_{当堂供出贾蓉。}察院听了无法，只得去传贾蓉。

> 由旺儿牵出贾蓉，愈转愈深，愈转愈狠。

凤姐又差了庆儿暗中打听告了起来，便忙将王信唤来，告诉他此事，_{如牵线木偶，凤姐精心提调。}命他托察院只虚张声势，警唬而已，_{察院竟听凤姐指挥，可见封建司法。}又拿了三百银子与他去打点。是夜王信到了察院私第，安了根子。那察院深知原委，收了赃银。_{此是关键。}次日回堂，只说张华无赖，因拖欠了贾府银两，枉捏虚词，诬赖良人。都察院又素与王子腾相好，王信也只到家说了一声，况是贾府之人，巴不得了事，便也不提此事，且都收下，只传贾蓉对词。

> 封建衙门，全听凤姐指挥。

且说贾蓉等正忙着贾珍之事，忽有人来报信，说

第六十八回　苦尤娘赚入大观园　酸凤姐大闹宁国府

有人告你们如此如此，这般这般，快作道理。贾蓉慌了，_{贾蓉哪曾想到此。}忙来回贾珍。贾珍说："我防了这一着，只亏他好大胆子。"_{贾珍亦未想到竟是凤姐操作也。}即刻封了二百银子着人去打点察院，又命家人去对词。

正商议之间，人报："西府二奶奶来了。"贾珍听了这个，倒吃了一惊，_{至此方感吃惊。}忙要同贾蓉藏躲。不想凤姐进来了，说："好大哥哥，带着兄弟们干的好事！"贾蓉忙请安，凤姐拉了他就进来。_{此时凤姐亲自出马。}

贾珍还笑说："好生伺候你姑娘，吩咐他们杀牲口备饭。"说了，忙命备马，躲往别处去了。

这里，凤姐儿带着贾蓉走至上房，尤氏正迎了出来，见凤姐气色不善，忙笑说："什么事情这等忙？"凤姐照脸一口吐沫唾道：_{毫不客气，当面发作。}"你尤家的丫头没人要了，偷着只往贾家送！难道贾家的人都是好的，普天下死绝了男人了？你就愿意给，也要三媒六证，大家说明，成个体统才是。你痰迷了心，脂油蒙了窍，国孝家孝两重在身，_{其罪难逃。}就把个人送来了。_{"送来了"三字有分量，凤姐用词赛过讼师。}这会子被人家告我们，_{其实是凤姐赖你们。}我又是个没脚蟹，连官场中都知道我利害吃醋，如今指名提我，要休我。我来了你家，干错了什么不是，你这等害我？_{既赖且许，凤姐一应手段都有。}或是老太太、太太有了话在你心里，_{连老太太、太太也牵扯在内，实欲以作吓诈也。}使你们做这圈套，要挤我出去。如今咱们两个一同去见官，分证明白。回来咱们公同请了合族中人，大家觑

_{实是凤姐告贾珍、尤氏、贾蓉，却说是人家告"我们"，"我们"两字，连凤姐也算在被告之内，凤姐真狡猾之极。}

面说个明白。给我休书，真是天大的耍赖本领，如此赖诈，实未想到。我就走路。"一面说，一面大哭，拉着尤氏，只要去见官。

急的贾蓉跪在地下碰头，只求"婶娘息怒"。凤姐儿一面又骂贾蓉："天雷劈脑子，五鬼分尸的没良心的种子！不知天有多高，地有多厚，成日家调三窝四，干出这些没脸面、没王法、败家破业的营生。你死了的娘阴灵也不容你，祖宗也不容你，还敢来劝我！"确实如此，骂得是。哭骂着扬手就打。贾蓉忙磕头有声，说："婶子别动气，仔细手，让我自己打。婶子别生气。"说着，自己举手，左右开弓，自己打了一顿嘴巴子，活现世，好看煞人。又自己问着自己说："以后可再顾三不顾四的混管闲事了？以后还单听叔叔的话，不听婶子的话了？"众人又是劝，又要笑，又不敢笑。劝是装样子，笑是真笑，只笑在肚里。

凤姐儿滚到尤氏怀里，滚到尤氏怀里，妙极。凤姐使出泼妇手段，放手大闹一场，尤氏岂是对手，何况尤氏输了理。嚎天动地，大放悲声。只说："给你兄弟娶亲，我不恼。为什么使他违旨背亲，将混账名儿给我背着？咱们只去见官，省得捕快皂隶来拿。再者，咱们只过去见了老太太、太太和众族人，大家公议了，我既不贤良，又不容丈夫娶亲买妾，只给我一纸休书，我即刻就走。你妹妹我也亲身接了来家，生怕老太太、太太生气，也不敢回，现在三茶六饭、金奴银婢的住在园里。我这里赶着收拾房子，和我一样的道理，只等老太太知道了。原说接过来大家安分守己的，我也不提旧事了。

凤姐骂贾蓉，句句是实，并未冤枉贾蓉。

打得好，问得好，好看煞人，亏作者写得出。

见官、见老太太、太太，是两重大山，压将下去，贾珍一家无可逃避，凤姐虽泼，但已占了理，贾珍等毫无招架之力。

把二姐事先接来，又占了理，又抓了耗子，亏凤姐干得出。

第六十八回　苦尤娘赚入大观园　酸凤姐大闹宁国府

谁知又是有了人家的。不知你们干的什么事，_{又提张华一层，罪上加罪。}我一概又不知道。如今告我，我昨日急了，纵然我出去见官，也丢的是你贾家的脸，少不得偷着把太太的五百两银子去打点。_{先诈五百两。}如今把我的人还锁在那里。"

说了又哭，哭了又骂，后来又放声大哭起祖宗爹妈来，又要寻死撞头。把个尤氏揉搓成一个面团，_{好形容，尤氏已成面团矣。}衣服上全是眼泪鼻涕，并无别话，只骂贾蓉："孽障种子！和你老子作的好事！_{再由尤氏骂贾蓉，四面激射。}我当初就说使不得。"

凤姐儿听说，哭着两手搬着尤氏的脸，_{凤姐紧抓不放，真放得开，做得出。}紧对着问道："你发昏了？你的嘴里难道有茄子塞着？不然，他们给你嚼子衔上了？为什么你不告诉我去？_{问得有理。}你若告诉了我，这会子不平安了？怎得经官动府，闹到这步田地，你这会子还怨他们。_{你自己有责，推卸不了。}自古说：'妻贤夫祸少，表壮不如里壮。'你但凡是个好的，他们怎得闹出这些事来？你又没才干，又没口齿，锯了嘴子的葫芦，就只会一味瞎小心图贤良的名儿。总是他也不怕你，也不听你。"说着，啐了几口。

尤氏也哭道："何曾不是这样。你不信问问跟的人，我何曾不劝的，也得他们听。叫我怎么样呢，怨不得妹妹生气，我只好听着罢了。"_{事已至此，只好听他骂了。}

众姬妾、丫鬟、媳妇已是乌压压跪了一地，陪笑_{满屋的人都在看戏。}

1291

求说:"二奶奶最圣明的。虽是我们奶奶的不是,奶奶也作践的够了。_{别人已看出来了。}当着奴才们,奶奶们素日何等的好来,如今还求奶奶给留脸。"说着,捧上茶来。凤姐也摔了,一面止了哭,挽头发,又哭骂贾蓉:"出去请大哥哥来。我对面问他,亲大爷的孝才五七,侄儿娶亲,这个礼我竟不知道。我问问,也好学着日后教导子侄的。"

> 要问贾珍,问到底了!

贾蓉只跪着磕头,说:"这事原不与父母相干,都是儿子一时吃了屎,调唆叔叔作的。我父亲也并不知道。如今我父亲正要商量接太爷出殡,婶子若闹起来,儿子也是个死。只求婶子责罚儿子,儿子谨领。这官司还求婶子料理,儿子竟不能干这大事。婶子是何等样人,岂不知俗语说的'胳膊只折在袖子里'。儿子糊涂死了,既作了不肖的事,就同那猫儿狗儿一般。婶子既教训,就不和儿子一般见识的。少不得还要婶子费心费力,将外头的压住了才好。原是婶子有这个不肖的儿子,既惹了祸,少不得委屈,还要疼儿子。"说着又磕头不绝。

> 原要你来哀求。

凤姐见他母子这般,也再难往前施展了,只得又转过了一副形容言谈来,与尤氏反陪礼说:"我是年轻不知事的人,一听见有人告诉了,把我吓昏了,不知方才怎样得罪了嫂子。可是蓉儿说的'胳膊折了往袖子里藏',少不得嫂子要体谅我。还要嫂子转替哥

> 一阵风,一阵雨,竟立时能转,比演员还能。

第六十八回　苦尤娘赚入大观园　酸凤姐大闹宁国府

哥说了，先把这官司按下去才好。"尤氏、贾蓉一齐都说："婶子放心，横竖一点儿连累不着叔叔。婶子方才说用过了五百两银子，少不得我娘儿们打点五百两银子与婶子送过去，好补上的，不然岂有反教婶子又添上亏空之名，越发我们该死了。但还有一件，老太太、太太们跟前，婶子还要周全方便，别提这些话方好。"

> 再提到官司上，亦即提到银子上也。
> 五百两已落实。

凤姐儿又冷笑道："你们饶压着我的头干了事，这会子反哄着我替你们周全。我虽然是个呆子，也呆不到如此。嫂子的兄弟是我的丈夫，嫂子既怕他绝后，我岂不更比嫂子更怕绝后。嫂子的令妹就是我的妹子一样。我一听见这话，连夜喜欢的连觉也睡不成，赶着传人收拾了屋子，就要接进来同住。倒是奴才小人的见识，他们倒说：'奶奶太好性了。若是我们的主意，先回了老太太、太太，看是怎样，再收拾房子去接他不迟。'我听了这话，教我要打要骂的，才不言语了。〔二〕谁知偏不称我的意，偏打我的嘴，半空里又跑出个张华来告了一状。我听见了，吓的两夜没合眼儿，又不敢声张，只得求人去打听这张华是什么人，这样大胆。打听了两日，谁知是个无赖的花子。我年轻不知事，反笑了，说：'他告什么？'倒是小子们说：'原是二奶奶许了他的。他如今正是急了，冻死饿死也是个死；现在有这个理他抓着，纵然死了，死的倒比冻

> 凤姐之嘴，利如干将、莫邪，无不可断者。
> 再提张华之事。

死饿死还值些。怎么怨的他告呢？这事原是爷作的太急了。国孝一层罪，家孝一层罪，背着父母私娶一层罪，停妻再娶一层罪。俗语说："拼着一身剐，敢把皇帝拉下马。"他穷疯了的人，什么事作不出来，况且他又拿着这满理，不告等请不成？'嫂子说，我便是个韩信、张良，听了这话，也把智谋吓回去了。你兄弟又不在家，又没个商议，少不得拿钱去垫补，谁知越使钱越被人拿住了刀靶，越发来讹。我是耗子尾上长疮——多少脓血儿。所以又急又气，少不得来找嫂子。"

历数罪状，共有四重，实无生路矣！

又是钱，转弯抹角，说到钱上，一点不勉强。

尤氏、贾蓉不等说完，都说："不必操心，自然要料理的。"贾蓉又道："那张华不过是穷急，故舍了命才告咱们。如今想了一个法儿，竟许他些银子，只叫他应了妄告不实之罪，咱们替他打点完了官司。他出来时，再给他些个银子就完了。"

凤姐儿笑道："好孩子，<aside>又叫"好孩子"了，请看凤姐之嘴，世上还有其匹否？</aside>怨不得你顾一不顾二的作这些事出来，原来你竟糊涂。若照你说的这话，他暂且依了，且打出官司来，又得了银子，眼前自然了事。这些人既是无赖之徒，银子到手，一旦光了，他又来寻事故讹诈。倘又叨登起来这事，咱们虽不怕，也终担心。搁不住他说，既没毛病，为什么反给他银子？终久是不了之局。"

"这些人既是无赖之徒"，然无赖之尤者，是凤姐也。

贾蓉原是个明白人，听如此一说，便笑道："我

第六十八回　苦尤娘赚入大观园　酸凤姐大闹宁国府

还有个主意,'来是是非人,去是是非者',这事还得我了才好。_{事事都在凤姐算中。}如今我竟去问张华个主意,或是他定要人,或是他愿意了事,得钱再娶。他若说一定要人,少不得我去劝我二姨,叫他出来仍嫁他去;若说要钱,我们这里少不得给他。"_{哪怕你不给。}凤姐儿忙道:"虽如此说,我断舍不得你姨娘出去,_{好做作。}我也断不肯使他去。_{我要他死,岂肯放他生。}好侄儿,你若疼我,_{其言如蜜。}只能可多给他钱为是。"贾蓉深知凤姐口虽如此,心却是巴不得只要本人出来,他却做贤良人。如今怎说怎依。凤姐儿欢喜了,又说:"外头好处了,家里终久怎么样?你也同我过去回明才是。"_{一点也不放松。}尤氏又慌了,拉凤姐讨主意,如何撒谎才好。

凤姐冷笑道:"既没这本事,谁叫你干这事了。这会子这个腔儿,我又看不上。待要不出个主意,我又是个心慈面软的人。_{又扮出一副慈善面孔。}凭人撮弄我,我还是一片痴心。说不得让我应起来。如今你们只别露面,我只领了你妹妹去与老太太、太太们磕头,只说原系你妹妹,我看上了很好。_{真会演戏。}正因我不大生长,原说买两个人放在屋里的,今既见你妹妹很好,而且又是亲上做亲的,_{原本是罪上加罪,现在又变成亲上做亲了。}我愿意娶来做二房。皆因家中父母姊妹新近一概死了,日子又艰难,不能度日,若等百日之后,无奈无家无业,实难等得。我的主意接了进来,已经厢房收拾了出来,暂且住着,等

1295

满了服再圆房。^{先除热孝娶亲一项罪。}仗着我不怕臊的脸,死活赖去,有了不是,也寻不着你们了。你们母子想想,可使得?"

^{你竟是我们的大恩人。}

尤氏、贾蓉一齐笑说:"到底是婶子宽洪大量,足智多谋。等事妥了,少不得我们娘儿们过去拜谢。"尤氏忙命丫鬟们服侍凤姐梳妆洗脸,又摆酒饭,亲自递酒拣菜。

凤姐也不多坐,执意就走了。进园中,将此事告诉与尤二姐,又说我怎么操心打听,又怎么设法子,须得如此如此,方救下众人无罪,少不得我去拆开这鱼头,大家才好。^{又是另编一套。}

^{一场大戏,总算演完,世间无此精彩之戏,更无此精彩之文。雪芹之才直是与世同量。}

要知端详,且听下回分解。

第六十八回　苦尤娘赚入大观园　酸凤姐大闹宁国府

【回后评】

贾琏偷娶，对凤姐是一个根本性的威胁，如不打破这个局面、铲除这个祸根，凤姐便无立足之地。只要稍一拖延，等到二姐生了孩子，再要论理就不可能了。所以贾琏外出是一个绝好的机会，如贾琏不外出，则二姐不可能入园，则其他一切就无从说起。恰好贾琏外出，时间又过长，足够凤姐施展，此天赐良机，故凤姐立即行动，毫不迟缓，机不可失，时不再来也。

凤姐要彻底根除自己的后患，并非轻而易举之事，第一是有贾琏当事人，贾琏是自己的丈夫，在男权社会里，轻易与丈夫闹起来，这是必然要吃亏的，所以如何对付好贾琏这是第一难题。第二贾琏偷娶的背后还有贾珍、贾蓉、尤氏的靠山，如何对付这个靠山，也是一大难题。第三是事情闹开后如何收场，是承认现实，让二姐做二房吗？这等于是凤姐彻底失败。那么拆散这对夫妻，仍让二姐去嫁张华吗？凤姐绝不甘心，且有后患，所以这也是凤姐之所绝不能取的。那么，到头来只有斩草除根，才能永不发芽滋长。这是凤姐所必取的，这也是凤姐狠毒远过别人之处。

要对付贾琏，手里必须有王牌，这张王牌就是尤二姐。谁控制尤二姐，谁就会取得成功。贾琏不在是最好的机会，但如何控制法，是强制执行，用权力和强力把她扣起来吗？这会把事情闹炸，使人以为自己妒忌，到时有理说不清。所以不能强夺，只能软取，于是一场诓骗尤二姐入大观园的阴谋便在光天化日之下堂而皇之地进行了。所以上半回的重点，就是一个"赚"字，甜言蜜语，千方百计把尤二姐骗得欢天喜地，心服口服，求之不得，甘心情愿地进入了大观园。读者看凤姐之表演，何止淋漓尽致，简直已入化境，一切全是假的。但在尤二姐眼里，却一切全是真的，相信自己确是找到了好归宿了。这一段凤姐诓骗尤二姐的文字，可算得是精光四射的文字，令人百读不厌。

如何对付贾珍、贾蓉、尤氏，也不能掉以轻心。如果说对付尤二姐是用骗、用软、用甜的话，则对付贾珍等便要用泼、用辣、用刁。如何用这三招，手里没有硬把柄就压不倒对方，对此凤姐成竹在胸，预先就安排了官司，然后告他国孝、家孝、私娶、再娶四重罪，从国法来说，已上了官司，从家法来说，立即可告到老太太、太太那里。凤姐手中有此硬牌，于是便演出了"大闹宁国府"的一出全武行。这又是《红楼梦》极为精彩的文字。所以这后半回，便是大写特写一个"闹"，直闹到贾蓉跪下来求饶，直闹到"把个尤氏揉搓成一个面团"，直闹到下人们劝说"奶奶也作践的够了"，直闹到五百两银子落实，直闹到贾珍、贾蓉、尤氏件件依顺。在这"赚"和"闹"的两段文字中，王熙凤的性格也得到了大大的发展丰富。

在这一场大闹中，封建官府竟然完全听从凤姐指挥，简直这个衙门是为凤姐设的。

于此可见，作者之笔锋，又一次直刺入封建司法和封建官场。

【校记】

〔一〕"酸凤姐"，庚辰本作"俊凤姐"，己卯本及其余各本均作"酸"，当是庚辰本抄误，此从各本改。

〔二〕"不言语了"以下直至下页"或是他愿意了事"一大段文字，庚辰本缺，据己卯本补，并参用各本校订。

第六十九回　　弄小巧用借剑杀人
　　　　　　　　觉大限吞生金自逝

话说尤二姐听了，又感谢不尽，只得跟了他来。尤氏那边怎好不过来的，少不得也过来跟着凤姐去回，方是大礼。凤姐笑说："你只别说话，等我去说。"尤氏道："这个自然。但一有个不是，是往你身上推的。"说着，大家先来至贾母房中。　　一切全由凤姐摆布。

正值贾母和园中姊妹们说笑解闷，忽见凤姐带了一个标致小媳妇进来，忙觑着眼看，说："这是谁家的孩子！好可怜见的。"凤姐上来笑道："老祖宗倒细细的看看，好不好？"说着，忙拉二姐说："这是太婆婆，快磕头。"二姐忙行了大礼，展拜起来。又指着众姊妹说：这是某人某人，你先认了。太太瞧过了再见礼。二姐听了，一一又从新故意的问过，垂头站在旁边。贾母上下瞧了一遍，因又笑问："你姓什么？今年十几了？"凤姐忙又笑说："老祖宗且别问，只说比我俊不俊。"贾母又带了眼镜，命鸳鸯、琥珀："把那孩子拉过来，我瞧瞧肉皮儿。"众人都抿嘴儿笑着，只得推他上去。贾母细瞧了一遍，又命琥珀："拿出手来我瞧瞧。"鸳鸯又揭起裙子来。贾母瞧毕，摘下眼镜来，笑说道："竟是个齐全孩子，我看比你俊些。"的评。

凤姐听说，笑着忙跪下，将尤氏那边所编之话，一五一十，细细的说了一遍，"少不得老祖宗发慈心，先许他进来，住一年后再圆房。"贾母听了道："这有什么不是。你既这样贤良，很好。只是一年后方可圆得房。"又博得贤良好名。凤姐听了，叩头起来，又求贾母着两个女人一同带去见太太们，说是老祖宗的主意，贾母依允，遂使二人带去见了邢夫人等。王夫人正因他风声不雅，是说凤姐忌妒，风声不雅也。深为忧虑，见他今行此事，岂有不乐之理。王夫人以为凤姐真是一番好意。于是尤二姐自此见了天日，挪到厢房居住。到此地步，有谁能看清凤姐真面。风之可怕也如此。

凤姐一面使人暗暗调唆张华，以上是明里，以下是暗里。只叫他要原妻，这里还有许多赔送外，还给他银子安家过活。张华原无胆无心告贾家的，后来又见贾蓉打发人来对词，那人原说的："张华先退了亲。我们皆是亲戚。接到家里住着是真，并无婚娶之说。皆因张华拖欠了我们的债务，追索不与，方诬赖小的主人那些个。"察院都和贾、王两处有瓜葛，况又受了贿，只说张华无赖，以穷讹诈，状子也不收，打了一顿赶出来。察院原听凤姐指挥，封建官场于此可见。

庆儿在外替他打点，也没打重。又调唆张华："亲原是你家定的，你只要亲事，官必还断给你。"于是又告。王信那边又透了消息与察院，_{再加指挥。}察院便批："张华所欠贾宅之银，令其限内按数交还；其所定之亲，仍令其有力时娶回。"又传了他父亲来当堂批准。他父亲亦系庆儿说明，乐得人财两进，便去贾家领人。

_{察院直一牵线木偶，凤姐如何牵，察院如何动。}

凤姐儿一面吓的来回贾母，_{喜的是真，吓的是假。}说如此这般，都是珍大嫂子干事不明，_{把尤氏推出来。}并没和那家退准，惹人告了，如此官断。贾母听了，忙唤了尤氏过来，说他作事不妥，"既是你妹子从小曾与人指腹为婚，又没退断，使人混告了。"尤氏听了，只得说："他连银子都收了，怎么没准。"凤姐在旁又说："张华的口供上现说不曾见银子，也没见人去。他老子说：'原是亲家母说过一次，并没应准。亲家母死了，你们就接进去作二房。'如此没有对证，只好由他去混说。幸而琏二爷不在家，没曾圆房，这还无妨。只是人已来了，怎好送回去，岂不伤脸。"

_{又是一番提调。}

贾母道："又没圆房，没的强占人家有夫之人，名声也不好，不如送给他去。那里寻不出好人来。"尤二姐听了，又回贾母说："我母亲实于某年月日给了他十两银子退准的。他因穷急了告，又翻了口。我姐姐原没错办。"贾母听了，便说："可见刁民难惹。既这样，凤丫头去料理料理。"凤姐听了无法，只得应着，回来只命人去找贾蓉。

贾蓉深知凤姐之意，若要使张华领回，成何体统，便回了贾珍，暗暗遣人去说张华："你如今既有许多银子，何必定要原人。若只管执定主意，岂不怕爷们一怒，寻出个由头，你死无葬身之地。你有了银子，回家去什么好人寻不出来。你若走时，还赏你些路费。"张华听了，心中想了一想，这倒是好主意，和父亲商议已定，约共也得了有百金，父子次日起个五更，回原籍去了。

<small>到了手中岂肯放还。</small>

<small>再使提调，再作安排。</small>

贾蓉打听得真了，来回了贾母、凤姐，说："张华父子妄告不实，惧罪逃走，官府亦知此情，也不追究，大事完毕。"凤姐听了，心中一想：若必定着张华带回二姐去，未免贾琏回来再花几个钱包占住，不怕张华不依。还是二姐不去，自己相伴着还妥当，且再作道理。只是张华此去不知何往。他倘或再将此事告诉了别人，或日后再寻出这由头来翻案，岂不是自己害了自己。原先不该如此将刀靶付与外人去的，因此悔之不迭。复又想了一条主意出来，悄命旺儿遣人寻着了他，或说他作贼，和他打官司将他治死，或暗中使人算计，务将张华治死，方剪草除根，保住自己的名誉。

<small>"妄告不实"，又是一套说法。随机变化，世情可畏。</small>

<small>确是原原本本，张华尽知，若张华出来揭发，则一切都真相大白，故凤姐不得不忧也，亏作者写得到。</small>

<small>凤姐实在想得太深太狠太毒。</small>

<small>有此后顾之忧。</small>

<small>确是一大漏洞，然非凤姐何能想得如此周到。</small>

<small>凤姐狠毒，至此已极，实非常人之所能比也，宜其不得善果。</small>

旺儿领命出来，回家细想：人已走了完事，何必如此大作，人命关天，非同儿戏，我且哄过他去，再

第六十九回　弄小巧用借剑杀人　觉大限吞生金自逝

作道理。_{旺儿还有良心。}因此在外躲了几日，回来告诉凤姐，只说张华是有了几两银子在身上，逃去第三日在京口地界，五更天已被截路人打闷棍打死了。他老子唬死在店房，在那里验尸掩埋。凤姐听了不信，说："你要扯谎，我再使人打听出来敲你的牙！"自此方丢过不究。_{了却张华一事。}凤姐和尤二姐和美非常，_{将欲取之，必先与之。}更比亲姊亲妹还胜十倍。_{凤姐固不易骗过，然她一时何处去查，也只好罢了。}

那贾琏一日事毕回来，先到了新房中，已竟悄悄的封锁，只有一个看房子的老头儿，贾琏问他原故，老头子细说原委，贾琏只在镫中跌足。_{贾琏了然明白。}少不得来见贾赦与邢夫人，将所完之事回明。贾赦十分欢喜，说他中用，赏了他一百两银子，又将房中一个十七岁的丫鬟名唤秋桐者，赏他为妾。贾琏叩头领去，喜之不尽。_{贾琏见色即喜。}见了贾母和家中人，回来见凤姐，未免脸上有些愧色。谁知凤姐儿他反不似往日容颜，_{还要先做戏。}同尤二姐一同出迎，叙了寒温。贾琏将秋桐之事说了，未免脸上有些得意之色，骄矜之容。凤姐听了，忙命两个媳妇坐车到那边接了来，心中一刺未除，_{写尽凤姐嫉妒之心。}又平空添了一刺，说不得且吞声忍气，将好颜面换出来遮掩。一面又命摆酒接风，一面带了秋桐来见贾母与王夫人等。贾琏心中也暗暗的纳罕。_{一反以往常态，令贾琏也纳罕，真看不透。}

那日已是腊月十二日，贾珍起身，先拜了宗祠，然后过来辞拜贾母等人。合族中人直送到洒泪亭方回。

独贾琏、贾蓉二人送出三日三夜方回。一路上贾珍命他好生收心治家等语，二人口内答应，也说些大礼套话，不必烦叙。

且说凤姐在家，外面待尤二姐自不必说得，只是心中又怀别意。无人处只和尤二姐说："妹妹的声名很不好听，连老太太、太太们都知道了，说妹妹在家做女孩儿就不干净，又和姐夫有些首尾，'没人要的了你拣了来，还不休了再寻好的。'我听见这话，气得倒仰，查是谁说的，又查不出来。这日久天长，这些个奴才们跟前，怎样说嘴？我反弄了个鱼头来拆。"又另编一套。说了两遍，自己又气病了，茶饭也不吃，装得像，欲使别人看也。除了平儿，众丫头媳妇无不言三语四，指桑说槐，暗相讥刺。凤姐故意欲令众人非议之也。

秋桐自为系贾赦之赐，无人僭他的，连凤姐、平儿皆不放在眼里，岂肯容他。张口是："先奸后娶，没汉子要的娼妇，也来要我的强。"秋桐又是一刺，是天丧二姐也。凤姐听了暗乐，尤二姐听了，暗愧暗怒暗气。何堪经此暗中消蚀。

凤姐既装病，便不和尤二姐吃饭了。每日只命人端了菜饭到他房中去吃，那茶饭都系不堪之物。一步紧似一步。平儿善心，难得难得。平儿看不过，自拿了钱出来弄菜与他吃，或是有时只说和他园中去顽，在园中厨内另做了汤水与他吃，也无人敢回凤姐。只有秋桐一时撞见了，便去说舌告诉

第六十九回　弄小巧用借剑杀人　觉大限吞生金自逝

凤姐，说："奶奶的名声，生是平儿弄坏了的。这样好菜好饭浪着不吃，却往园里去偷吃。"凤姐听了，骂平儿说："人家养猫拿耗子，我的猫只倒咬鸡。"平儿不敢多说，自此也要远着了。又暗恨秋桐，难以出口。

园中姊妹如李纨、迎春、惜春等人，皆为凤姐是好意，然宝、黛一干人暗为二姐担心。虽都不便多事，惟见二姐可怜，常来了，倒还都悯恤他。每日常无人处说起话来，尤二姐便淌眼抹泪，_{眼泪只能往肚里咽也。}又不敢抱怨。凤姐儿又并无露出一点坏形来。

_{旁观者清，虽不明凤姐底细，但其日常为人，能有善心乎？此时二姐已渐受煎熬矣。}

贾琏来家时，见了凤姐贤良，也便不留心。况素习以来因贾赦姬妾丫鬟最多，贾琏每怀不轨之心，只未敢下手。如这秋桐辈等人，皆是恨老爷年迈昏愦，贪多嚼不烂，_{绝妙好词。}没的留下这些人作什么，因此除了几个知礼有耻的，余者或有与二门上小幺儿们嘲戏的。甚至于与贾琏眉来眼去私相偷期的，_{再写一笔贾琏。}只惧贾赦之威，未曾到手。这秋桐便和贾琏有旧，从未来过一次。今日天缘凑巧，竟赏了他，真是一对烈火干柴，如胶投漆，燕尔新婚，连日那里拆的开。那贾琏在二姐身上之心也渐渐淡了，只有秋桐一人是命。_{写贾琏入骨。}

凤姐虽恨秋桐，且喜借他先可发脱二姐，自己且抽头，用"借剑杀人"之法，"坐山观虎斗"。等秋桐杀了尤二姐，自己再杀秋桐。主意已定，没人处常又

_{凤姐恶极狠极，借刀杀人，最见险毒。}

私劝秋桐说:"你年轻不知事。他现是二房奶奶,你爷心坎儿上的人,我还让他三分,你去硬碰他,岂不是自寻其死?"_{故意煽风点火。}那秋桐听了这话,越发恼了,天天大口乱骂说:"奶奶是软弱人,那等贤惠,我却做不来。奶奶把素日的威风怎都没了?奶奶宽洪大量,我却眼里揉不下沙子去。让我和他这淫妇做一回,他才知道呢。"凤姐儿在屋里,只装不敢出声儿。恶妇泼妇相联相接,二姐不得活矣。气的尤二姐在房里哭泣,饭也不吃,又不敢告诉贾琏。_{刁极毒极,是洞里毒蛇也。}_{活活将被折磨死矣。}次日贾母见他眼红红的肿了,问他,又不敢说。

秋桐正是抓乖卖俏之时,他便悄悄的告诉贾母、王夫人等说:"专会作死,好好的成天家号丧,背地里咒二奶奶和我早死了,他好和二爷一心一计的过。"贾母听了便说:"人太生娇俏了,可知心就嫉妒。凤丫头倒好意待他,他倒这样争风吃醋的,可是个贱骨头!"因此渐次便不大欢喜。可怜二姐任人宰割。贾母糊涂,何能察此机矣。

众人见贾母不喜,不免又往下踏践起来,弄得这尤二姐要死不能,要生不得。还是亏了平儿,时常背着凤姐,看他这般,与他排解排解。_{平儿积德。}

那尤二姐原是个花为肠肚雪作肌肤的人,如何经得这般磨折,不过受了一个月的暗气,便恹恹得了一病,四肢懒动,茶饭不进,渐次黄瘦下去。夜来合上眼,只见他小妹子手捧鸳鸯宝剑前来说:"姐姐,你一段幻笔,实二姐心中所思也。

第六十九回　弄小巧用借剑杀人　觉大限吞生金自逝

一生为人心痴意软，终久吃了这亏。休信那妒妇花言巧语，外作贤良，内藏奸狡，他发恨定要弄你一死方罢。若妹子在世，断不肯令你进来；即进来时，亦不容他这样。此亦系理数应然，你我生前淫奔不才，使人家丧伦败行，故有此报。你依我将此剑斩了那妒妇，一同归至警幻案下，听其发落。不然，你则白白的丧命，且无人怜惜。"

尤二姐泣道："妹妹，我一生品行既亏，今日之报，既系当然，何必又生杀戮之冤？随我去忍耐。若天见怜，使我好了，岂不两全。"小妹笑道："姐姐，你终是个痴人。自古'天网恢恢，疏而不漏'，天道好还。你虽悔过自新，然已将人父子兄弟致于麀聚之乱，天怎容你安生？"此处再点聚麀，却归过于二姐，岂二姐一人之过乎。尤二姐泣道："既不得安生，亦是理之当然，奴亦无怨。"自己认命，不敢有怨，此被压迫者之心理也。小妹听了，长叹而去。

尤二姐惊醒，却是一梦。等贾琏来看时，因无人在侧，便泣说："我这病便不能好了。我来了半年，腹中也有身孕，但不能预知男女。倘天见怜，生了下来还可；若不然，我这命就不保，何况于他。"贾琏亦泣说："你只放心，我请明人来医治。"于是出去，即刻请医生。

谁知王太医亦谋干了军前效力，回来好讨荫封的。小厮们走去，便请了个姓胡的太医，名叫君荣，进来

> 想不到又请了庸医,二姐更无望矣。

诊脉。看了,说是经水不调,全要大补。贾琏便说:"已是三月庚信不行,又常作呕酸,恐是胎气。"胡君荣听了,复又命老婆子们请出手来再看看。尤二姐少不得又从帐内伸出手来。胡君荣又诊了半日,说:"若论胎气,肝脉自应洪大。然木盛则生火,经水不调,亦皆因由肝木所致。医生要大胆,须得请奶奶将金面略露露,医生观观气色,方敢下药。"贾琏无法,只得命将帐子掀起一缝,尤二姐露出脸来。胡君荣一见,魂魄如飞上九天,通身麻木,一无所知。

> 从未见过如此美人,一无所知,于是乱下药矣。

一时掩了帐子,贾琏就陪他出来,问是如何。胡太医道:"不是胎气,只是淤血凝结。如今只以下淤血通经脉要紧。"于是写了一方,作辞而去。

贾琏命人送了药礼,抓了药来,调服下去。只半夜,尤二姐腹痛不止,谁知竟将一个已成形的男胎打了下来。

> 一切希望全部断绝。

于是血行不止,二姐就昏迷过去。贾琏闻知,大骂胡君荣。一面再遣人去请医调治,一面命人去打告胡君荣。胡君荣听了,早已卷包逃走。

这里,太医院便说:"本来气血生成亏弱,受胎以来,想是着了些气恼,郁结于中。这位先生擅用虎狼之剂,如今大人元气十分伤其八九,一时难保就愈。煎丸二药并行,还要一些闲言闲事不闻,庶可望好。"说毕而去。急的贾琏查是谁请了姓胡的来的,一时查

第六十九回　弄小巧用借剑杀人　觉大限吞生金自逝

了出来，便打了半死。

凤姐比贾琏更急十倍，_{装得好，越装越像。}只说："咱们命中无子，好容易有了一个，又遇见这样没本事的大夫。"于是天地前烧香礼拜，_{天天演戏也。}自己通陈祷告说："我或有病，只求尤氏妹子身体大愈，再得怀胎，生一男子，我愿吃长斋念佛。"贾琏众人见了，无不称赞。贾琏与秋桐在一处时，凤姐又做汤做水的着人送与二姐。又骂平儿不是个有福的，"也和我一样。我因多病了，你却无病，也不见怀胎。如今二奶奶这样，都因咱们无福，或犯了什么，冲的他这样。"因又叫人出去算命打卦。偏算命的回来又说："系属兔的阴人冲犯。"大家算将起来，只有秋桐一人属兔，说他冲的。_{又出花招，挑拨秋桐，更加折磨二姐。}

秋桐近见贾琏请医治药，打人骂狗，为尤二姐十分尽心，他心中早浸了一缸醋在内了。今又听见如此说他冲了，凤姐儿又劝他说："你暂且别处去躲几个月再来。"秋桐便气的哭骂道："理那起瞎肏的混咬舌根！我和他'井水不犯河水'，怎么就冲了他！好个爱八哥儿，在外头什么人不见，偏来了就有人冲了，白眉赤脸，那里来的孩子？他不过指着哄我们那个棉花耳朵的爷罢了。纵有孩子，也不知姓张姓王。_{恶毒至极。}奶奶希罕那杂种羔子，_{骂得恶。}我不喜欢！老了谁不成？谁不会养！一年半载养一个，倒还是一点搀杂没有的呢！"_{泼妇刁妇声口。}骂的众人又要笑，又不敢笑。_{秋桐哭骂，凤姐欢笑也。}

可巧邢夫人过来请安，秋桐便哭告邢夫人说："二爷、奶奶要撵我回去，我没了安身之处，太太好歹开恩。"邢夫人听说，慌的数落凤姐儿一阵，又骂贾琏道："不知好歹的种子，凭他怎么不好，是你父亲给的。为个外头来的撵他，连老子都没了。你要撵他，你不如还你父亲去倒好。"说着，赌气去了。秋桐更又得意，越性走到他窗户根底下大哭大骂起来。正是要你如此。

尤二姐听了，不免更添烦恼。晚间，贾琏在秋桐房中歇了，凤姐已睡，平儿过来瞧他，又悄悄劝他："好生养病，不要理那畜生。"难得平儿真善心。尤二姐拉他哭道："姐姐，我从到了这里，多亏姐姐照应。为我，姐姐也不知受了多少闲气。我若逃的出命来，我必答报姐姐的恩德；只怕我逃不出命来，也只好等来生罢。"二姐心中之话。人之将死，其言也善。

平儿也不禁滴泪说道："想来都是我坑了你。我原是一片痴心，从没瞒他的话。既听见你在外头，岂有不告诉他的。回应前平儿告凤姐之事。谁知生出这些个事来。"尤二姐忙道："姐姐这话错了。若姐姐便不告诉他，他岂有打听不出来的，确是如此。不过是姐姐说的在先。况且我也要一心进来，方成个体统，与姐姐何干。"也是事实。二人哭了一回，平儿又嘱咐了几句，夜已深了，方去安息。

这里，尤二姐心下自思："病已成势，日无所养，反有所伤，料定必不能好。况胎已打下，无可悬心，

第六十九回　弄小巧用借剑杀人　觉大限吞生金自逝

何必受这些零气，不如一死，倒还干净。常听见人说，生金子可以坠死，岂不比上吊自刎又干净。"想毕，扎挣起来，打开箱子，找出一块生金，也不知多重，恨命含泪便吞入口中，几次狠命直脖，方咽了下去。于是赶忙将衣服、首饰穿戴齐整，上炕躺下了。当下人不知，鬼不觉。

如此折磨，已无生路矣！

到第二日早晨，丫鬟、媳妇们见他不叫人，乐得且自己去梳洗。凤姐便和秋桐都上去了。平儿看不过，说丫头们："你们就只配没人心的打着骂着使也罢了，一个病人，也不知可怜可怜。他虽好性儿，你们也该拿出个样儿来，别太过逾了，墙倒众人推。"丫鬟听了，急推房门进来看时，却穿戴的齐齐整整，死在炕上。于是方吓慌了，喊叫起来。平儿进来看了，不禁大哭。众人虽素习惧怕凤姐，然想尤二姐实在温和怜下，比凤姐原强，可见人自心中有秤也。如今死去，谁不伤心落泪，只不敢与凤姐看见。

还是平儿关心，才能发现。

当下合宅皆知。贾琏进来，搂尸大哭不止。凤姐也假意哭："狠心的妹妹！实实是你狠心也。你怎么丢下我去了，辜负了我的心！"尤氏、贾蓉等也来哭了一场，劝住贾琏。

贾琏便回了王夫人，讨了梨香院停放五日，挪到铁槛寺去，王夫人依允。贾琏忙命人去开了梨香院的门，收拾出正房来停灵。贾琏嫌后门出灵不像，便对着梨香院的正墙上通街现开了一个大门。两边搭棚,安坛场做佛事。用软榻铺了锦缎衾褥,将二姐抬上榻去,用衾单盖了。八个小厮和几个媳妇围随,从内子墙一带抬往梨香院来。

那里已请下天文生预备,揭起衾单一看,只见这尤二姐面色如生,比活着还美貌。_{再写一笔二姐之美。}贾琏又搂着大哭,只叫"奶奶,你死的不明,都是我坑了你!"贾蓉忙上来劝:"叔叔解着些儿,我这个姨娘自己没福。"说着,又向南指大观园的界墙,贾琏会意,_{怕凤姐一至于此。}只悄悄跌脚说:"我忽略了,终久对出来,我替你报仇。"

天文生回说:"奶奶卒于今日正卯时,五日出不得,或是三日,或是七日方可。明日寅时入殓大吉。"贾琏道:"三日断乎使不得,竟是七日。因家叔、家兄皆在外,小丧不敢多停,等到外头,还放五七,做大道场才掩灵。明年往南去下葬。"天文生应诺,写了殃榜而去。宝玉已早过来陪哭一场。众族中人也都来了。

贾琏忙进去找凤姐要银子,治办棺椁丧礼。凤姐见抬了出去,推有病,回:"老太太、太太说我病着,忌三房,不许我去。"_{恶极。}因此也不出来穿孝,且往大观园中来。绕过群山,至北界墙根下往外听,隐隐绰绰听了一言半语,_{只是隐隐绰绰耳,实未听见,实是自己心中腹中所说也。}回来又回贾母说

第六十九回　弄小巧用借剑杀人　觉大限吞生金自逝

如此这般。贾母道："信他胡说，谁家瘆病死的孩子不烧了一撒，也认真的开丧破土起来。既是二房一场，也是夫妻之分，停五七日抬出来，或一烧，或乱葬地上埋了完事。"凤姐笑道："可是这话。我又不敢劝他。"

<small>刁极毒极，世间恶妇之毒皆集于此矣。</small>

<small>凤姐之所要说，却让贾母说出，恶毒之甚。</small>

正说着，丫鬟来请凤姐，说："二爷等着奶奶拿银子呢。"凤姐只得来了，便问他："什么银子？家里近来艰难，你还不知道？咱们的月例，一月赶不上一月，鸡儿吃了过年粮。昨儿我把两个金项圈当了三百银子，你还做梦呢。这里还有二三十两银子，你要就拿去。"说着，命平儿拿了出来，递与贾琏，指着贾母有话，又去了。

恨的贾琏没话可说，只得开了尤氏箱柜，去拿自己的梯己。及开了箱柜，一滴无存，<small>早已全部没收矣。</small>只有些折簪烂花并几件半新不旧的绸绢衣裳，都是尤二姐素习所穿的，不禁又伤心哭了起来。自己用个包袱一齐包了，也不命小厮丫鬟来拿，便自己提着来烧。

平儿又是伤心，又是好笑，忙将二百两一包的碎银子偷了出来，到厢房拉住贾琏，悄递与他，说："你只别作声才好，<small>平儿多少善心，一笔难尽。</small>你要哭，外头多少哭不得，又跑了这里来点眼。"贾琏听说，便说："你说的是。"接了银子，又将一条裙子递与平儿，说："这是他家常穿的，你好生替我收着，作个念心儿。"平儿只得

<small>有泪不敢哭，凤姐之威如此。宜其死后人亦无泪矣。</small>

掩了，自己收去。贾琏拿了银子与衣服，走来命人先去买板。好的又贵，中的又不要。贾琏骑马自去要瞧，至晚间，果抬了一副好板进来，价银五百两赊着，连夜赶造。一面分派了人口穿孝守灵，晚来也不进去，只在这里伴宿。正是——

第六十九回　弄小巧用借剑杀人　觉大限吞生金自逝

【回后评】

贾琏偷娶尤二姐的故事，自六十四回至此，已历五回半的篇幅，这是一个结构完整精彩纷呈的故事。这个故事给读者以多方面的认识：一、它充分揭露了贾府这个封建官僚大家庭，诗礼之家的腐朽、荒淫和丑恶。贾珍、贾蓉父子聚麀，贾琏除私通多姑娘、鲍二家的，和贾珍各拥尤三姐、尤二姐同室淫乐、私娶尤二姐等外，还打父亲贾赦小妾的主意，贾赦则将自己的名义上是丫鬟、实际是小妾的秋桐（秋桐怨贾赦贪多嚼不烂可证）赐给了贾琏等，这就彻底揭露批判了这个诗礼之家的封建大家庭的金玉其外、败絮其中的真相，也是曹雪芹批判程、朱理学重要的一笔。二、偷娶尤二姐的故事，充分丰富和深化了王熙凤奸诈、虚伪、狠毒、残忍等种种恶德，直到她最后把尤二姐折磨至死还不罢手，还要叫旺儿去追杀张华，以图斩草除根。至此在我们面前的王熙凤，已经不再是协理宁国府及以后的王熙凤了，已经是残忍、狠毒、灭绝人性的王熙凤了。这样王熙凤这个形象，在中国文学史上就成为独一无二、光彩四射的典型，同时也揭示了人性之恶的极度。

这个故事，还揭露了封建官场完全依附于豪门贵族。封建法律，完全是封建统治者的意志的体现，在这个故事里则完全是王熙凤的意志和权力的体现。这不仅描写了王熙凤能量之大，更反映了封建法律之虚伪，反映了它实质上是贵族统治阶级压迫人民的工具。

红楼二尤，当然并不是完美者，她们有自己的严重的弱点，这是读者们共知，而且她们自己也深知的，甚至这恰好是她们不能抬起头来做人的一个内在原因。但是，就整体来看，她们仍然是被迫害者，她们受尽了凌辱却无力反抗，以至于不思反抗（尤二姐），酿成一幕静待屠宰的悲惨场面。这也是当时妇女命运的一个重要侧面，是雪芹的春秋之笔。有的研究者竟然以为程乙本里未被凌辱的尤三姐好，这是对雪芹的深意完全没有理解的原故，也是雪芹"谁解其中味"的叹息内容之一。还有的评论家竟以为这个故事是后人续作，第六十九回是强弩之末，已是败笔。这样的赏鉴，只能令人废书浩叹了。昔荆人有得和氏璧而泣者，伤世无识者也，面对此论，余亦不免荆人之泣矣！

第七十回　　林黛玉重建桃花社
　　　　　　　史湘云偶填柳絮词

　　话说贾琏自在梨香院伴宿七日夜，天天僧道不断做佛事。贾母唤了他去，吩咐不许送往家庙中。贾琏无法，只得又和时觉说了，就在尤三姐之上点了一个穴，破土埋葬。那日送殡，只不过族中人与王信夫妇，尤氏婆媳而已。凤姐一应不管，只凭他自去办理。

　　因又年近岁逼，诸务猬集不算外，又有林之孝开了一个人名单子来，共有八个二十五岁的单身小厮应该娶妻成房，等里面有该放的丫头们好求指配。凤姐看了，先来问贾母和王夫人。大家商议，虽有几个应该发配的，奈各人皆有原故：第一个鸳鸯发誓不去。自那日之后，一向未和宝玉说话，也不盛妆浓饰。众人见他志坚，也不好相强。第二个琥珀，现又有病，这次不能了。彩云因近日和贾环分崩，也染了无医之症。只有凤姐儿和李纨房中粗使的大丫鬟出去了。其余年纪未足，令他们外头自娶去了。

> 这是奴才们的婚姻方式。

> 虽然春色依旧而人事全非。

原来这一向因凤姐病了，李纨、探春料理家务，不得闲暇，接着过年过节，出来许多杂事，竟将诗社搁起。如今仲春天气，虽得了工夫，争奈宝玉因冷遁了柳湘莲，剑刎了尤小妹，金逝了尤二姐，气病了柳五儿，连连接接，闲愁胡恨，一重不了一重添，弄得情色若痴，语言常乱，似染怔忡之疾，慌的袭人等又不敢回贾母，只百般逗他顽笑。

> 前写二姐吞金，三姐饮剑，湘莲遁走，五儿气病，种种不如意事；此却写晴雯、麝月、芳官诸婢，娇憨相缠，互相膈肢打逗取乐，宝玉亦来助阵，正"少年不识愁滋味"也。两相对照，益见人在夕阳中，虽已落日衔山，犹觉绮霞满天耳！

这日清晨方醒，只听外间房内咭咭呱呱笑声不断。袭人因笑说："你快出去解救，晴雯和麝月两个人按住温都里那膈肢呢。"宝玉听了，忙披上灰鼠袄子出来一瞧，只见他三人被褥尚未叠起，大衣也未穿。那晴雯只穿葱绿院绸小袄，红小衣，红睡鞋，披着头发，骑在雄奴身上。麝月是红绫抹胸，披着一身旧衣，在那里抓雄奴的肋肢。雄奴却仰在炕上，穿着撒花紧身儿，红裤绿袜，两脚乱蹬，笑的喘不过气来。宝玉忙上前笑说："两个大的欺负一个小的，等我助力。"说着，也上床来膈肢晴雯。晴雯触痒，笑的忙丢下雄奴，和宝玉对抓。雄奴趁势又将晴雯按倒，向他肋下抓动。袭人笑说："仔细冻着了。"看他四人裹在一处倒好笑。

忽有李纨打发碧月来说："昨儿晚上奶奶在这里把块手帕子忘了，不知可在这里？"小燕说："有，有，有，我在地下拾了起来，不知是那一位的，才洗了出

第七十回　林黛玉重建桃花社　史湘云偶填柳絮词

来晾着，还未干呢。"碧月见他四人乱滚，因笑道："倒是这里热闹，大清早起就咭咭呱呱的顽到一处。"宝玉笑道："你们那里人也不少，怎么不顽？"碧月道："我们奶奶不顽，把两个姨娘和琴姑娘也宾住了。如今琴姑娘又跟了老太太前头去了，更寂寞了。两个姨娘今年过了，到明年冬天都去了，又更寂寞呢。你瞧宝姑娘那里，出去了一个香菱，就冷清了多少，把个云姑娘落了单。"

正说着，只见湘云又打发了翠缕来说："请二爷快出去瞧好诗。"宝玉听了，忙问："那里的好诗？"翠缕道："姑娘们都在沁芳亭上，你去了便知。"

> 湘云是诗痴，故由湘云来邀赏诗。

宝玉听了，忙梳洗了出来，果见黛玉、宝钗、湘云、宝琴、探春都在那里，手里拿着一篇诗看。见他来时，都笑说："这会子还不起来，咱们的诗社散了一年，也没有人作兴。如今正是初春时节，万物更新，正该鼓舞另立起来才好。"

> 重提诗社，转眼一年矣。

湘云笑道："一起诗社时是秋天，就不应发达。如今却好万物逢春，皆主生盛。况这首桃花诗又好，就把海棠社改作桃花社。"脂批："起时是后有名，此是先有名。" 宝玉听着，点头说："很好。"且忙着要诗看。众人都又说："咱们此时就访稻香老农去，大家议定好起的。"说着，一齐起来，都往稻香村来。宝玉一壁走，一壁看那纸上写着《桃花行》一篇，曰：

> 因诗好，故诗社名称即以诗为定。

批注	正文
四句花与人并提。	桃花帘外东风软，桃花帘内晨妆懒。
	帘外桃花帘内人，人与桃花隔不远。
李清照"帘卷西风，人比黄花瘦"是以人比花，此是花欲窥人，故知花肥人瘦也。	东风有意揭帘栊，花欲窥人帘不卷。
	桃花帘外开仍旧，帘中人比桃花瘦。
"花解怜人"四句，是花人一体，花亦知人矣。	花解怜人花也愁，隔帘消息风吹透。
	风透湘帘花满庭，庭前春色倍伤情。
"闲苔院落"四句写人，人倚桃花，泪洒东风。	闲苔院落门空掩，斜日栏杆人自凭。
	凭栏人向东风泣，茜裙偷傍桃花立。
	桃花桃叶乱纷纷，花绽新红叶凝碧。
"雾里烟封"四句，写桃花红雾一片，春色阑珊矣。	雾里烟封一万株，烘楼照壁红模糊。
	天机烧破鸳鸯锦，春酣欲醒移珊枕。
"侍女金盆"句因胭脂而及红泪，是泪滴胭脂也。	侍女金盆进水来，香泉影蘸胭脂冷。
	胭脂鲜艳何相类，花之颜色人之泪。
"若将人泪比桃花"以下八句，亦李后主"胭脂泪，相留醉，几时重，自是人生长恨水长东"之意。	若将人泪比桃花，泪自长流花自媚。
	泪眼观花泪易干，泪干春尽花憔悴。
	憔悴花遮憔悴人，花飞人倦易黄昏。
诗是初唐体而婉转悲凉，啜其泣矣。此黛之心声也！	一声杜宇春归尽，寂寞帘栊空月痕！

宝玉看了，并不称赞，却滚下泪来。*宝玉情动于衷，故不语而泣。*便知出自黛玉，因此落下泪来，又怕众人看见，又忙自己擦了。因问："你们怎么得来？"宝琴笑道："你猜是谁作的？"宝玉笑道："自然是潇湘子稿。"宝琴笑道："现是我作的呢。"宝玉笑道："我不信。这声调口气，迥乎不像蘅芜之体，所以不信。"

第七十回　林黛玉重建桃花社　史湘云偶填柳絮词

宝钗笑道："所以你不通。难道杜工部首首只作'丛菊两开他日泪'之句不成！一般的也有'红绽雨肥梅''水荇牵风翠带长'之媚语。"宝玉笑道："固然如此说，但我知道姐姐断不许妹妹有此伤悼语句，妹妹虽有此才，是断不肯作的。比不得林妹妹曾经离丧，作此哀音。"_{黛玉之音已是哀音，令人惘然！}众人听说，都笑了。_{众人都笑，不知其言之悲也。}

说着，已至稻香村中，将诗与李纨看了，自不必说称赏不已。说起诗社，大家议定：明日乃三月初二日，就起社，便改"海棠社"为"桃花社"，林黛玉就为社主。_{黛玉因此诗而为社主。}明日饭后，齐集潇湘馆。_{社址就设潇湘馆。}因又大家拟题。黛玉便说："大家就要桃花诗一百韵。"宝钗道："使不得，从来桃花诗最多，纵作了必落套，比不得你这一首古风。须得再拟。"

正说着，人回："舅太太来了。姑娘们出去请安。"因此大家都往前头来见王子腾的夫人，陪着说话。吃饭毕，又陪入园中来，各处游玩一遍。至晚饭后掌灯方去。

次日，乃是探春的寿日，元春早打发了两个小太监送了几件玩器。合家皆有寿仪，自不必说。饭后，探春换了礼服，各处去行礼。黛玉笑向众人道："我这一社开的又不巧了，偏忘了这两日是他的生日。虽不摆酒唱戏的，少不得都要陪他在老太太、太太跟前

宝玉说"迥乎不像蘅芜之体"一句，别本有将"蘅芜"两字改成"琴妹妹"者，亦有将下文"宝钗笑道"改为"宝琴笑道"者，庚本原抄作"宝玉"，后又改为"宝琴"皆误。今依戚序、蒙府、列藏本校改为"宝钗"。此处宝玉说"不像蘅芜之体"，是指宝琴诗学宝钗之体，故说"不像蘅芜之体"。下文"宝钗笑道，所以你不通"云云，为什么不是"宝琴"而是"宝钗"呢？因下文宝玉说"我知道姐姐断不许妹妹有此伤悼语句"，宝玉说的"姐姐"就是紧接着"宝钗笑道"的话而说的，故上文必是宝钗而不能是宝琴，否则上下对答不贯。后世各本，都不能细味文意，遂忽此语言曲折之神理，遂亦不能悟其妙矣！

玩笑一日，如何能得闲空儿。"因此改至初五。

这日，众姊妹皆在房中侍早膳毕，便有贾政书信到了。_{贾政久无消息矣。}宝玉请安，将请贾母的安禀拆开念与贾母听，上面不过是请安的话，说六月中准进京等语。其余家信事务之帖，自有贾琏和王夫人开读。众人听说六七月回京，都喜之不尽。

偏生近日王子腾之女许与保宁侯之子为妻，择日于五月初十日过门，凤姐儿又忙着张罗，常三五日不在家。这日王子腾的夫人又来接凤姐儿，一并请众甥男甥女闲乐一日。贾母和王夫人命宝玉、探春、林黛玉、宝钗四人同凤姐去。众人不敢违拗，只得回房去另妆饰了起来。五人作辞，去了一日，掌灯方回。

宝玉进入怡红院，歇了半刻，袭人便乘机见景劝他收一收心，闲时把书理一理预备着。_{贾政要回来，又要考查了。}宝玉屈指算一算说："还早呢。"袭人道："书是第一件，字是第二件。到那时你纵有了书，你的字写的在那里呢？"宝玉笑道："我时常也有写的好些，难道都没收着？"

袭人道："何曾没收着。你昨儿不在家，我就拿出来，共算数了一数，才有五六十篇。这三四年的工夫，难道只有这几张字不成。依我说，从明日起，把别的心全收了起来，天天快临几张字补上。虽不能按日都有，也要大概看得过去。"宝玉听了，忙的自己又亲

_{三四年只写五六十篇，实在太少。}

_{可见宝玉之读书写字都是应付差使，不同于求取功名也。}

第七十回　林黛玉重建桃花社　史湘云偶填柳絮词

检了一遍，实在搪塞不去，便说："明日为始，一天写一百字才好。"说话时，大家安下。

至次日起来梳洗了，便在窗下研墨，恭楷临帖。贾母因不见他，只当病了，忙使人来问。宝玉方去请安，便说写字之故，先将早起清晨的工夫尽了出来，再作别的，因此出来迟了。贾母听了，便十分欢喜，吩咐他："以后只管写字念书，不用出来也使得。你去回你太太知道。"宝玉听说，便往王夫人房中来说明。王夫人便说："临阵磨枪，也不中用，有这会子着急，天天写写念念，有多少完不了的。这一赶，又赶出病来才罢。"宝玉回说不妨事。 _{王夫人反而怕他赶出病来，爱子之心可见。}

这里，贾母也说怕急出病来。探春、宝钗等都笑说："老太太不用急，书虽替他不得，字却替得的。我们每人每日临一篇给他，搪塞过这一步就完了。一则老爷到家不生气，二则他也急不出病来。"贾母听说，喜之不尽。_{贾母反而高兴，奇事。} _{公然替代书写，以瞒贾政。}

原来林黛玉闻得贾政回家，必问宝玉的功课，宝玉肯分心，恐临期吃了亏。因此自己只装作不耐烦，把诗社便不起，也不以外事去勾引他。探春、宝钗二人每日也临一篇楷书字与宝玉，宝玉自己每日也加工，或写二百三百不拘。至三月下旬，便将字又集凑出许多来。_{为了宝玉，黛玉把诗社也停了。}

这日正算，再得五十篇，也就混的过了。_{只想混过而已。}

谁知紫鹃走来，送了一卷东西与宝玉，拆开看时，却是一色老油竹纸_{乾隆时抄书写字皆用竹纸，今所传甲戌、己卯、庚辰各本皆用竹纸抄写，可以为证。}上临的钟王蝇头小楷，字迹且与自己十分相似。喜的宝玉和紫鹃作了一个揖，又亲自来道谢。接着，史湘云、宝琴二人亦皆临了几篇相送。凑成虽不足功课，亦足搪塞了。宝玉放了心，于是将所有应读之书又温理过几遍，正是天天用功。

<u>黛玉有意模仿宝玉字体，看其细心至此！</u>

可巧近海一带海啸，又遭蹋了几处生民。地方官题本奏闻，奉旨就着贾政顺路查看赈济回来。如此算去，至冬底方回。宝玉听了，便把书字又搁过一边，仍是照旧游荡。

<u>又延迟数月，于宝玉是好消息。</u>

时值暮春之际，史湘云无聊，因见柳花飘舞，便偶成一小令，调寄《如梦令》，其词曰：

> 岂是绣绒残吐，卷起半帘香雾。纤手自拈来，空使鹃啼燕妒。且住，且住，莫使春光别去。

<u>春事阑珊，春光将尽，不独物候，实亦人事。</u>

自己作了，心中得意，便用一条纸儿写好，与宝钗看了，又来找黛玉。黛玉看毕，笑道："好，也新鲜有趣。我却不能。"

<u>将诗社改为词坛。</u>

湘云笑道："咱们这几社总没有填词。你明日何不起社填词，改个样儿，岂不新鲜些。"黛玉听了，偶然兴动，便说："这话说的极是。我如今便请他们去。"说着，一面吩咐预备了几色果点之类，一面就

第七十回　林黛玉重建桃花社　史湘云偶填柳絮词

打发人分头去请众人。这里，他二人便拟了柳絮之题，又限出几个调来，写了绾在壁上。

众人来看时，以柳絮为题，限名色小调。又都看了史湘云的，称赏了一回。宝玉笑道："这词上我倒平常，少不得也要胡诌起来。"于是大家拈阄，宝钗便拈得了《临江仙》，宝琴拈得了《西江月》，探春拈得了《南柯子》，黛玉拈得了《唐多令》，宝玉拈得了《蝶恋花》。紫鹃炷了一支梦甜香。脂批："重建故又写香。"大家思索起来。

一时黛玉有了，写完。接着宝琴、宝钗都有了。他三人写完，互相看时，宝钗便笑道："我先瞧完了你们的，再看我的。"探春笑道："嗳呀，今儿这香怎么这样快，已剩了三分了。我才有了半首。"因又问宝玉可有了。宝玉虽作了些，只是自己嫌不好，又都抹了，要另作，回头看香，已将烬了。

李纨笑道："这算输了。蕉丫头的半首且写出来。"探春听说，忙写了出来。众人看时，脂批："却是先看没作完的，总是又变一格也。"上面却只半首《南柯子》，写道是：

空挂纤纤缕，徒垂络络丝。也难绾系也

难羁，一任东西南北各分离。

李纨笑道："这也却好作，何不续上？"宝玉见香没了，情愿认负，不肯勉强塞责，将笔搁下，来瞧这半首。见没完时，反倒动了兴，开了机，乃提笔续道是：

> 落去君休惜，飞来我自知。莺愁蝶倦晚芳时，纵是明春再见来年期。

> [旁批：“东西南北各分离”，"蝶倦晚芳"，"再见来年"总是衰瑟之语。]

众人笑道："正经你分内的又不能，这却偏有了。纵然好，也不算得。"

说着，看黛玉的《唐多令》：

> 粉堕百花洲，香残燕子楼。一团团逐对成球。飘泊亦如人命薄，空缱绻，说风流。
>
> 草木也知愁，韶华竟白头。叹今生谁拾谁收？嫁与东风春不管，凭尔去，忍淹留。

[旁批：黛玉一首，直是自写，飘泊命薄，谁拾谁收，非自叙而何！]

众人看了，俱点头感叹，说："太作悲了，[夹批：众人也看出太悲了。]好是固然好的。"因又看宝琴的是《西江月》：

> 汉苑零星有限，隋堤点缀无穷。三春事业付东风，明月梅花一梦。 几处落红庭院，谁家香雪帘栊？江南江北一般同，偏是离人恨重！

[旁批：梅花一梦，离人恨重，总非欢词。]

众人都笑说："到底是他的这声调悲壮。'几处''谁家'两句最妙。"

宝钗笑道："终不免过于丧败。我想，柳絮原是一件轻薄无根无绊的东西，然依我的主意，偏要把他说好了，才不落套。所以我诌了一首来，未必合你们的意思。"众人笑道："不要太谦。我们且赏鉴，自然是好的。"因看这一首《临江仙》，道是：

[旁批：过于衰败，确评，作者有意点醒。]

第七十回　林黛玉重建桃花社　史湘云偶填柳絮词

　　白玉堂前春解舞，东风卷得均匀。　　两句正春风得意。

湘云先笑道："好一个'东风卷得均匀'！这一句就出人之上了。"又看底下道：

　　蜂团蝶阵乱纷纷，几曾随逝水，岂必委芳尘。　万缕千丝终不改，任他随聚随分。韶华休笑本无根。好风频借力，送我上青云！

蜂蝶纷乱，却能随聚随分，应付裕如。

末两句直是自道，毫无遮掩。

众人拍案叫绝，都说："果然翻得好气力，自然是这首为尊。缠绵悲戚，让潇湘妃子；情致妩媚，却是枕霞。小薛与蕉客今日落第，要受罚的。"宝琴笑道："我们自然受罚，但不知付白卷子的又怎么罚？"李纨道："不要忙，这定要重重罚他。下次为例。"

　　一语未了，只听窗外竹子上一声响，恰似窗屉子倒了一般，众人唬了一跳。丫鬟们出去瞧时，帘外丫鬟嚷道："一个大蝴蝶风筝挂在竹梢上了。"众丫鬟笑道："好一个齐整风筝！不知是谁家放断了绳，拿下他来。"宝玉等听了，也都出来看时，宝玉笑道："我认得这风筝。这是大老爷那院里娇红〔一〕姑娘放的，拿下来给他送过去罢。"紫鹃笑道："难道天下没有一样的风筝，单他有这个不成？我不管，我且拿起来。"探春道："紫鹃也学小气了。你们一般的也有，这会子拾人走了的，也不怕忌讳。"黛玉笑道："可是呢，知道是谁放晦气的，快掉出去罢。把咱们的拿出来，咱们也放晦气。"紫鹃听了，赶忙命小丫头们将这风等送出与园门上值日的婆子去了,倘有人来找,好与他们去的。

这里,小丫头们听见放风筝,巴不得一声儿,七手八脚,都忙着拿出个美人风筝来。也有搬高凳去的,也有捆剪子股的,也有拨籰子的。宝钗等都立在院门前,命丫头们在院外敞地下放去。宝琴笑道:"你这个不大好看,不如三姐姐的那一个软翅子大凤凰好。"宝钗笑道:"果然。"因回头向翠墨笑道:"你去把你们的拿来也放放。"翠墨笑嘻嘻的果然也取去了。

宝玉又兴头起来,也打发个小丫头子家去,说:"把昨儿赖大娘送我的那个大鱼取来。"小丫头子去了半天,空手回来,笑道:"晴姑娘昨儿放走了。"宝玉道:"我还没放一遭儿呢。"探春笑道:"横竖是给你放晦气罢了。"宝玉道:"也罢。再把那个大螃蟹拿来罢。"丫头去了,同了几个人扛了一个美人并籰子来,说道:"袭姑娘说,昨儿把螃蟹给了三爷了。这一个是林大娘才送来的,放这一个罢。"宝玉细看了一回,只见这美人做的十分精致,心中欢喜,便命叫放起来。

此时探春的也取了来,翠墨带着几个小丫头子们,在那边山坡上已放了起来。宝琴也命人将自己的一个大红蝙蝠也取来。宝钗也高兴,也取了一个来,却是一连七个大雁的,都放起来了。

独有宝玉的美人再放不起来。宝玉说丫头们不会

<blockquote>放风筝是京中一大奇观,且样式各异。故老传闻,雪芹擅制风筝,至今尚传其技云,此事固不可究。然至今京中放风筝之风仍盛,风筝式样亦各异,予每至春日皆能见到。</blockquote>

第七十回　林黛玉重建桃花社　史湘云偶填柳絮词

放，自己放了半天，只起房高便落下来了，急的宝玉头上出汗，众人又笑。宝玉恨的掷在地下，指着风筝道："若不是个美人，我一顿脚跺个稀烂。"黛玉笑道："那是顶线不好，拿出去，另使人打了顶线就好了。"宝玉一面使人拿去打顶线，一面又取一个来放。大家都仰面而看，天上这几个风筝都起在半空中去了。

一时丫鬟们又拿了许多各式各样的送饭的来，顽了一回。

紫鹃笑道："这一回的劲大，姑娘来放罢。"黛玉听说，用手帕垫着手，顿了一顿，果然风紧力大，接过籰子来，随着风筝的势将籰子一松，只听一阵豁剌剌响，登时籰子线尽。黛玉因让众人来放。众人都笑道："各人都有，你先请罢。"黛玉笑道："这一放虽有趣，只是不忍。"李纨道："放风筝图的是这一乐，所以又说放晦气，你更该多放些，把你这病根儿都带了去就好了。"紫鹃笑道："我们姑娘越发小气了，那一年不放几个子，今忽然又心疼了。姑娘不放，等我放。"说着，便向雪雁手中接过一把西洋小银剪子来，齐籰子根下寸丝不留，咯噔一声铰断，笑道："这一去把病根儿可都带了去了。"那风筝飘飘飖飖，只管往后退了去，一时只有鸡蛋大小，展眼只剩了一点黑星，再展眼便不见了。

众人皆仰面睃眼说："有趣，有趣。"宝玉道："可惜不知落在那里去了。若落在有人烟处，被小孩子得了还好；若落在荒郊野外无人烟处，我替他寂寞。想起来把我这个放去，教他两个作伴儿罢。"于是也用剪子剪断，照先放去。

<small style="color:orange">偏是宝玉能傻想。</small>

探春正要剪自己的凤凰，见天上也有一个凤凰，因道："这也不知是谁家的。"众人皆笑说："且别剪你的，看他倒像要来绞的样儿。"说着，只见那凤凰渐逼近来，遂与这凤凰绞在一处。众人方要往下收线，那一家也要收线，正不开交，又见一个门扇大的玲珑喜字带响鞭，在半天如钟鸣一般，也逼近来。众人笑道："这一个也来绞了。且别收，让他三个绞在一处倒有趣呢。"说着，那喜字果然与这两个凤凰绞在一处，三下齐收乱顿，谁知线都断了，那三个风筝飘飘飖飖都去了。

<small style="color:orange">一段描写放风筝，却是暮春风光，飘零景色，加上风筝一放，即撒手四散，正如宝钗所说："且等我们放了去，大家好散。"令人深思。</small>

众人拍手哄然一笑，说："倒有趣，可不知那喜字是谁家的，忒促狭了些。"黛玉说："我的风筝也放去了，我也乏了，我也要歇歇去了。"宝钗说："且等我们放了去，大家好散。"说着，看姊妹们都放去了，大家方散。黛玉回房歪着养乏。要知端的，下回便见。

第七十回　林黛玉重建桃花社　史湘云偶填柳絮词

【回后评】

因黛玉写桃花诗而建桃花社，又终未建成而改作柳絮词，桃花柳絮皆春尽飘零之物。黛玉桃花诗，自是身世飘零之叹，而宝钗柳絮词，却是好风借力，直上青云，完全是两种命运。

闻贾政归来，宝玉即赶写作业，诸钗则纷纷帮忙代作，黛玉特用宝玉字体代写一卷，足见黛玉深情逾于他人。更见宝玉功课，直是掩耳盗铃，贾政查课，不过官样文章，实皆讽世之笔，不仅是写宝玉也。

一段放风筝故事，虽如风俗画，实寓飘泊离散之意，黛玉云："我也乏了，我也要歇歇去了。"宝钗云："且等我们放了去，大家好散。"闻此言，令人深思，令人心惊！

【校记】

〔一〕"娇红"，己卯、庚辰本同。其余各本均作"嫣红"。此仍底本。

第七十一回　嫌隙人有心生嫌隙　　鸳鸯女无意遇鸳鸯

话说贾政回京之后，诸事完毕，赐假一月，在家歇息。因年景渐老，事重身衰，又近因在外几年，骨肉离异，今得晏然复聚于庭室，自觉喜幸不尽。一应大小事务，一概益发付于度外，只是看书，闷了便与清客们下棋吃酒，或日间在里面，母子、夫妻共叙天伦庭闱之乐。

因今岁八月初三日，乃贾母八旬之庆，又因亲友全来，恐筵宴排设不开，便早同贾赦及贾珍、贾琏等商议，议定于七月二十八日起，至八月初五日止，荣、宁两处齐开筵宴。宁国府中单请官客，荣国府中单请堂客，大观园中，收拾出缀锦阁并嘉荫堂等几处大地方来作退居。二十八日，请皇亲、驸马、王公、诸公主、郡主、王妃、国君、太君、夫人等。二十九日，便是阁下、都府、督镇及诰命等。三十日，便是诸官长及诰命，并远近亲友及堂客。初一日，是贾赦的家

> 寿宴进行八天，可见其场面之大。

> 先皇亲驸马王公等并诸贵官诰命，次远近亲友堂客，复次是荣府长房、二房，又次是宁府贾珍，再次是合族长幼，更次是赖大、林之孝等家人，写得秩序井然。

第七十一回　嫌隙人有心生嫌隙　鸳鸯女无意遇鸳鸯

宴。初二日，是贾政。初三日，是贾珍、贾琏。初四日，是贾府中合族长幼大小共凑的家宴。初五日，是赖大、林之孝等家下管事人等共凑一日。

自七月上旬，送寿礼者便络绎不绝。礼部奉旨：钦赐金玉如意一柄，彩缎四端，金玉环四个，帑银五百两。元春又命太监送出金寿星一尊，沉香拐一只，伽南珠一串，福寿香一盒，金锭一对，银锭四对，彩缎十二匹，玉杯四只。余者，自亲王、驸马以及大小文武官员之家，凡素有来往者，莫不有礼，不能胜记。

堂屋内设下大桌案，铺了红毡，将凡所有精细之物都摆上，请贾母过目。贾母先一二日还高兴过来瞧瞧，后来烦了，也不过目，只说："叫凤丫头收了，改日闷了再瞧。"

至二十八日，两府中俱悬灯结彩，屏开鸾凤，褥设芙蓉，笙箫鼓乐之音，通衢越巷。宁府中本日只有北静王、南安郡王、永昌驸马、乐善郡王并几个世交公侯应袭，荣府中南安王太妃、北静王妃并几位世交公侯诰命。贾母等俱是按品大妆迎接。大家厮见，先请入大观园内嘉荫堂，茶毕更衣后，方出至荣庆堂上拜寿入席。大家谦逊半日，方才入席。

上面两席是南、北王妃，下面依序便是众公侯诰命。左边下手一席，陪客是锦乡侯诰命与临昌伯诰命。右边下手一席，方是贾母主位。邢夫人、王夫人带领尤氏、凤姐，并族中几个媳妇，两溜雁翅，站在贾母身后侍立。林之孝、赖大家的带领众媳妇，都在竹帘外面，伺候上菜上酒。周瑞家的带领几个丫鬟，在围屏后伺候呼唤。凡跟来的人，早又有人别处管待去了。

一时台上参了场，^{开幕致贺词也。}台下一色十二个未留发的小厮伺候。须臾，一小厮捧了戏单至阶下，先递与回事的媳妇。这媳妇接了，才递与林之孝家的，用一小茶盘托上，挨身入帘来递与尤氏的侍妾佩凤。佩凤接了才奉与尤氏。尤氏托着走至上席，南安太妃谦让了一回，点了一出喜庆戏文，然后又谦让了一回，北静王妃也点了一出。众人又让了一回，命随便拣好的唱罢了。（以上按程序描写，官样文章，官场气派。）

少时，菜已四献，汤始一道，跟来各家的放了赏。大家便更衣复入园来，另献好茶。

南安太妃因问宝玉，贾母笑道："今日几处庙里念'保安延寿经'，他跪经去了。"又问众小姐们，贾母笑道："他们姊妹们病的病，弱的弱，见人腼腆，所以叫他们给我看屋子去了。有的是小戏子，传了一班，在那边厅上陪着他姨娘家姊妹们也看戏呢。"南安太妃笑道："既这样，叫人请来。"

贾母回头命凤姐儿去把史、薛、林带来，"再只叫你三妹妹陪着来罢。"凤姐答应了，来至贾母这边，只见他姊妹们正吃果子看戏呢。宝玉也才从庙里跪经

第七十一回　嫌隙人有心生嫌隙　鸳鸯女无意遇鸳鸯

回来。凤姐儿说了话，宝钗姊妹与黛玉、探春、湘云五人来至园中，大家见了，不过请安、问好、让坐等事。

众人中也有见过的，还有一两家不曾见过的，都齐声夸赞不绝。其中湘云最熟，南安太妃因笑道："你在这里，听见我来了还不出来，还只等请去。我明儿和你叔叔算账。"因一手拉着探春，一手拉着宝钗，问几岁了，又连声夸赞。因又松了他两个，又拉着黛玉、宝琴，也着实细看，极夸一回。又笑道："都是好的，你不知叫我夸那一个的是。"

早有人将备用礼物打点出五分来，金玉戒指各五个，腕香珠五串。南安太妃笑道："你姊妹们别笑话，留着赏丫头们罢。"五人忙拜谢过。北静王妃也有五样礼物，余者不必细说。

吃了茶，园中略逛了一逛，贾母等因又让入席。南安太妃便告辞，说身上不快，"今日若不来，实在使不得。因此，恕我竟先要告别了。"贾母等听说，也不便强留，大家又让了一回，送至园门，坐轿而去。接着，北静王妃略坐了一坐，也就告辞了。余者也有终席的，也有不终席的。

贾母劳乏了一日，次日便不会人，一应都是邢夫人、王夫人管待。有那些世家子弟拜寿的，只到厅上行礼，贾赦、贾政、贾珍等还礼管待，至宁府坐席。不在话下。

这几日,尤氏晚间也不回那府里去,白日间待客,晚间陪贾母顽笑,又帮着凤姐料理出入大小器皿,以及收放赏礼事务。晚间〔一〕在园内李氏房中歇宿。这日晚间,服侍过贾母晚饭后,贾母因说:"你们也乏了,我也乏了,早些寻一点子吃的歇歇去。明儿还要起早闹呢。"尤氏答应着退了出来,到凤姐儿房里来吃饭。

令人想起当日凤姐大闹宁国府时,尤氏被扭成面团之状。

凤姐儿在楼上看着人收送礼的新围屏,只有平儿在房里与凤姐儿叠衣服。尤氏因问:"你们奶奶吃了饭了没有?"平儿笑道:"吃饭岂有不请奶奶去了?"尤氏笑道:"既这样,我别处找吃的去。饿的我受不得了。"说着就走。平儿忙笑道:"奶奶请回来。这里有点心,且点补一点儿,回来再吃饭。"尤氏笑道:"你们忙的这样,我园子里和他姊妹们闹去。"一面说,一面就走。平儿留不住,只得罢了。

且说尤氏一径来至园中,只见园中正门与各处角门^{脂批:"伏下文。"}仍未关,犹吊着各色彩灯,因回头命小丫头叫该班的女人。那丫鬟走入班房中,竟没一个人影儿,回来回了尤氏。尤氏便命传管家的女人。

可见门户松散,家人不听使唤情景。

这丫头应了便出去,到二门外鹿顶内,乃是管事的女人议事取齐之所。到了这里,只有两个婆子分菜果呢。因问:"那一位奶奶在这里?东府奶奶立等一位奶奶,有话吩咐。"这两个婆子只顾分菜果,〔二〕又听见是东府里的奶奶,不大在心上,因就回说:"管

第七十一回　嫌隙人有心生嫌隙　鸳鸯女无意遇鸳鸯

家奶奶们才散了。"小丫头道:"散了,你们家里传他去。"婆子道:"我们只管看屋子,不管传人。姑娘要传人,再派传人的去。"小丫头听了道:"嗳呀,嗳呀,这可反了!怎么你们不传去?你哄那新来了的,怎么哄起我来了!素日你们不传谁传去!这会子打听了梯己信儿,或是赏了那位管家奶奶的东西,你们争着狗颠儿似的传去的,不知谁是谁呢。琏二奶奶要传,你们可也这么回?"

_{可见下人们只怕凤姐,别人使唤不灵,如此下情,作者笔笔俱到。}

这两个婆子一则吃了酒,二则被这丫头揭挑着弊病,便羞激怒了,因回口道:"扯你的臊!我们的事,传不传不与你相干!你不用揭挑我们,你想想,你那老子娘在那边管家爷们跟前比我们还更会溜呢。什么'清水下杂面,你吃我也见'的事,各家门,另家户,你有本事,排场你们那边人去。我们这边,你们还早些呢!"丫头听了,气白了脸,因说道:"好,好,这话说的好!"一面转身进来回话。

_{真实、传神。}

尤氏已早入园来,因遇见袭人、宝琴、湘云三人同着地藏庵的两个姑子正说故事顽笑,尤氏因说饿了,先到怡红院,袭人装了几样荤素点心出来与尤氏吃。两个姑子、宝琴、湘云等都吃茶,仍说故事。

那小丫头子一径找了来,气狠狠的把方才的话都说了出来。尤氏听了,冷笑道:"这是两个什么人?"

1337

两个姑子并宝琴、湘云等听了,生怕尤氏生气,忙劝说:"没有的事,必是这一个听错了。"两个姑子〔三〕笑推这丫头道:"你这孩子好性气,那糊涂老嬷嬷们的话,你也不该来回才是。咱们奶奶万金之躯,劳乏了几日,黄汤辣水没吃,咱们哄他欢喜一会还不得一半儿,说这些话做什么。"袭人也忙笑拉出他去,说:"好妹子,你且出去歇歇,我打发人叫他们去。"

<small style="color:orange">尤氏欲借此发作,以出以前恶气。</small>

尤氏道:"你不要叫人,你去就叫这两个婆子来,到那边把他们家的凤儿叫来。"袭人笑道:"我请去。"尤氏道:"偏不要你去。"两个姑子忙立起身来,笑说:"奶奶素日宽洪大量,今日老祖宗千秋,奶奶生气,岂不惹人谈论。"宝琴、湘云二人也都笑劝。尤氏道:"不为老太太的千秋,我断不依。且放着就是了。"

<small style="color:orange">但终被老太太的喜事压下去了。</small>

说话之间,袭人早又遣了一个丫头去到园门外找人,可巧遇见周瑞家的,这小丫头子就把这话告诉周瑞家的。周瑞家的虽不管事,因他素日仗着是王夫人的陪房,原有些体面,心性乖滑,专管各处献勤讨好,所以各处房里的主人都喜欢他。他今日听了这话,忙的便跑入怡红院来,一面飞走,一面口内说:"气坏了奶奶了,可了不得!我们家里,如今惯的太不堪了。偏生我不在跟前,若在跟前,且打给他们几个耳刮子,再等过了这几日算账。"

<small style="color:orange">写周瑞家的一笔,亦见下人各色各样。</small>

尤氏见了他,也便笑道:"周姐姐你来,有个理

第七十一回　嫌隙人有心生嫌隙　鸳鸯女无意遇鸳鸯

你说说。这早晚，园门还大开着，明灯蜡烛，出入的人又杂，倘有不防的事，如何使得？因此叫该班的人吹灯关门。谁知一个人芽儿也没有。"周瑞家的道："这还了得！前儿二奶奶还吩咐了他们，说这几日事多人杂，一晚就关门吹灯，不是园里人不许放进去。今儿就没了人。_{可见门禁松散。}这事过了这几日，必要打几个才好。"

尤氏又说小丫头子的话。周瑞家的道："奶奶不要生气，等过了事儿，我告诉管事的，打他个臭死。只问他们，谁叫他们说这'各家门各家户'的话！我已经叫他们吹了灯，关上正门和角门子。"正乱着，只见凤姐儿打发人来请吃饭。尤氏道："我也不饿了，才吃了几个饽饽，请你奶奶自吃罢。"

一时周瑞家的得便出去，便把方才的事回了凤姐，又说："这两个婆子就是管家奶奶，时常我们和他说话，都似狠虫一般。奶奶若不戒饬，大奶奶脸上过不去。"凤姐道："既这么着，记上两个人的名字，等过了这几日，捆了送到那府里，凭大嫂子开发，或是打几下子，或是他开恩饶了他们，随他去就是了。什么大事。"

周瑞家的听了，巴不得一声儿，素日因与这几个人不睦，出来了便命一个小厮到林之孝家传凤姐的话，立刻叫林之孝家的进来见大奶奶；一面又传人立刻捆起这两个婆子来，交到马圈里派人看守。

周瑞家的趁机煽风。

凤姐原是等过了寿日再行处理。

周瑞家的呼风唤雨，借此泄愤。

林之孝家的不知有什么事，此时已经点灯，忙坐车进来，先见凤姐。至二门上传进话去，丫头们出来说："奶奶才歇了。大奶奶在园里，叫大娘见了大奶奶就是了。"林之孝家的只得进园来到稻香村，丫鬟们回进去，尤氏听了反过意不去，忙唤进他来，因笑向他道："我不过为找人找不着因问你，你既去了，也不是什么大事，谁又把你叫进来，倒要你白跑一遭。不大的事，已经撒开手了。"林之孝家的也笑道："二奶奶打发人传我，说奶奶有话吩咐。"尤氏笑道："这是那里的话，只当你没去，白问你。这是谁又多事告诉了凤丫头？大约周姐姐说的。你家去歇着罢，没有什么大事。"李纨又要说原故，尤氏反拦住了。

　　林之孝家的见如此，只得回身出园去。可巧遇见赵姨娘，姨娘因笑道："嗳哟哟，我的嫂子！这会子还不家去歇歇，还跑些什么？"林之孝家的便笑说："何曾不家去的，如此这般进来了，又是个齐头故事。"

　　赵姨娘原是好察听这些事的，且素日又与管事的女人们扳厚，互相连络，好作首尾。方才之事，已竟闻得八九，听林之孝家的如此说，便怎般如此告诉了林之孝家的一遍。林之孝家的听了，笑道："原来是这事，也值一个屁！开恩呢，就不理论；心窄些儿，也不过打几下子就完了。"赵姨娘道："我的嫂子，事虽不大，可见他们太张狂了些。巴巴的传进你来，明

尤氏并不想如此大做。

又碰着一个多事的。

第七十一回　嫌隙人有心生嫌隙　鸳鸯女无意遇鸳鸯

明戏弄你，_{趁机挑拨。}顽算你。快歇歇去，明儿还有事呢，也不留你吃茶去。"

说毕，林之孝家的出来，到了侧门前，就有方才两个婆子的女儿上来哭着求情。林之孝家的笑道："你这孩子好糊涂，谁叫你娘吃酒混说了，惹出事来，连我也不知道。二奶奶打发人捆他，连我还有不是呢。我替谁讨情去。"这两个小丫头子才七八岁，原不识事，只管哭啼求告。缠的林之孝家的没法，因说道："糊涂东西！你放着门路不去，却缠我来。你姐姐现给了那边太太作陪房费大娘的儿子，你走过去告诉你姐姐，叫亲家娘和太太一说，什么完不了的事！"一语提醒了这一个，那一个还求。林之孝家的啐道："糊涂攮的！他过去一说，自然都完了。没有个单放了他妈，又只打你妈的理。"说毕，上车去了。

这一个小丫头果然过来告诉了他姐姐，和费婆子说了。这费婆子原是邢夫人的陪房，起先也曾兴过时，只因贾母近来不大作兴邢夫人，所以连这边的人也减了威势。凡贾政这边有些体面的人，那边各各皆虎视眈眈。这费婆子常倚老卖老，仗着邢夫人，常吃些酒，嘴里胡骂乱怨的出气。如今贾母庆寿这样大事，干看着人家逞才卖技办事，呼幺喝六弄手脚，心中早已不自在，指鸡骂狗，闲言闲语的乱闹。这边的人也不和他较量。

> 只几句话，人已捆起来了。

> 事情琐琐细细，曲曲折折，却见作者之笔，深入幽微。

> 写出两府之间的矛盾。

1341

如今听了周瑞家的捆了他亲家，越发火上浇油，仗着酒兴，指着隔断的墙 脂批："细致之甚。" 大骂了一阵， 形象。 便走上来求邢夫人，说他亲家并没什么不是，"不过和那府里的大奶奶的小丫头白斗了两句话，周瑞家的便调唆了咱家二奶奶捆到马圈里，等过了这两日还要打。求太太——我那亲家娘也是七八十岁的老婆子——和二奶奶说声，饶他这一次罢。"

邢夫人自为要鸳鸯之后讨了没意思，后来见贾母越发冷淡了他，凤姐的体面反胜自己；且前日南安太妃来了，要见他姊妹，贾母又只令探春出来，迎春竟似有如无，自己心内早已怨忿不乐，只是使不出来。又值这一干小人在侧，他们心内嫉妒挟怨之事不敢施展，便背地里造言生事，调拨主人。先不过是告那边的奴才，后来渐次告到凤姐，说凤姐"只哄着老太太喜欢了，他好就中作威作福，辖治着琏二爷，调唆二太太，把这边的正经太太倒不放在心上"。后来又告到王夫人，说："老太太不喜欢太太，都是二太太和琏二奶奶调唆的。"邢夫人纵是铁心铜胆的人，妇女家终不免生些嫌隙之心，近日因此着实厌恶凤姐。今听了如此一篇话，也不说长短。

> 本来邢夫人一肚子积怨，经此挑拨，借此发作矣。

至次日一早，见过贾母，众族中人到齐，坐席开戏。贾母高兴，又见今日无远亲，都是自己族中子侄辈，只便衣常妆出来，堂上受礼。当中独设一榻，引

第七十一回 嫌隙人有心生嫌隙 鸳鸯女无意遇鸳鸯

枕、靠背、脚踏俱全,自己歪在榻上。榻之前后左右,皆是一色的小矮凳,宝钗、宝琴、黛玉、湘云、迎春、探春、惜春姊妹等围绕。因贾瑞之母也带了女儿喜鸾,贾琼之母也带了女儿四姐儿,还有几房的孙女儿,大小共有二十来个。贾母独见喜鸾和四姐儿生得又好,说话行事与众不同,心中喜欢,便命他两个也过来榻前同坐。宝玉却在榻上脚下与贾母捶腿。首席便是薛姨妈,下边两溜皆顺着房头辈数下去。帘外两廊都是族中男客,也依次而坐。 _{写得整整齐齐、欢欢喜喜。}

先是那女客一起一起行礼,后方是男客行礼。贾母歪在榻上,只命人说"免了罢",早已都行完了。然后赖大等带领众人,从仪门直跪至大厅上,磕头礼毕,又是众家下媳妇,然后各房的丫鬟,足闹了两三顿饭时。然后又抬了许多雀笼来,在当院中放了生。贾赦等焚过了天地寿星纸,方开戏饮酒。直到歇了中台,贾母方进来歇息,命他们取便,因命凤姐儿留下喜鸾、四姐儿顽两日再去。凤姐儿出来便和他母亲说,他两个母亲素日都承凤姐的照顾,也巴不得一声儿。他两个也愿意在园内顽耍,至晚便不回家了。

邢夫人直至晚间散时,当着许多人陪笑和凤姐求情_{这一着就很狠。}说:"我听见昨儿晚上二奶奶生气,打发周管家的娘子捆了两个老婆子,可也不知犯了什么罪。论理我不该讨情,我想老太太的好日子,发狠的还 _{邢夫人看准了机会。}

1343

舍钱舍米，周贫济老，咱们家先倒折磨起老人家来了。不看我的脸，权且看老太太，_{这一着更狠。}竟放了他们罢。"说毕，上车去了。_{这一着叫凤姐有话无处说。}

_{给凤姐打了一闷棍。}　　凤姐听了这话，又当着许多人，又羞又气，一时抓寻不着头脑，憋得脸紫涨，回头向赖大家的等笑道：_{脂批："又写笑，妙。凡凤真怒处，必曰笑。"}"这是那里的话。昨儿因为这里的人得罪了那府里的大嫂子，我怕大嫂子多心，所以尽让他发放，并不为得罪了我。这又是谁的耳报神这么快。"王夫人因问："为什么事？"凤姐儿笑将昨日的事说了。

　　尤氏也笑道："连我并不知道，你原也太多事了。"凤姐儿道："我为你脸上过不去，所以等你开发，不过是个礼。就如我在你那里有人得罪了我，你自然送了来尽我开发。凭他是什么好奴才，到底错不过这个礼去。这又不知谁过去没的献勤儿，这也当作一件事情去说。"王夫人道："你太太说的是。就是珍哥儿媳妇也不是外人，也不用这些虚礼。_{王夫人反倒说凤姐，凤姐落得两面不是。其实邢夫人之来，明是为给凤姐难堪，其真意并不在老太太寿日也。}老太太的千秋要紧，放了他们为是。"说着，回头便命人去放了那两个婆子。

_{王夫人如此一着，更教凤姐难堪。}

　　凤姐由不得越想越气越愧，不觉的灰心转悲，滚下泪来。因赌气回房哭泣，又不使人知觉。偏是贾母打发了琥珀来叫，立等说话。琥珀见了，诧异道："好好的，这是什么原故？那里立等你呢。"凤姐听了，忙擦干了泪，洗了洗脸，另施了脂粉，方同琥珀过来。

第七十一回　嫌隙人有心生嫌隙　鸳鸯女无意遇鸳鸯

贾母因问道:"前儿这些人家送礼来的共有几家有围屏?"凤姐儿道:"共有十六家有围屏,十二架大的,四架小的炕屏。内中只有江南甄家脂批:"好一提甄事。盖真事欲显,假事将尽。"一架大屏十二扇,大红缎子缂丝'满床笏',一面是泥金'百寿图'的,是头等的。还有粤海将军邬家一架玻璃的还罢了。"贾母道:"既这样,这两架别动,好生搁着,我要送人的。"凤姐儿答应了。

鸳鸯忽过来向凤姐儿面上只管瞧,引的贾母问说:"你不认得他?只管瞧什么?"鸳鸯笑道:"怎么他的眼肿肿的,所以我诧异,只管看。"贾母听说,便叫进前来,也觑着眼看。凤姐笑道:"才觉的一阵痒痒,揉肿了些。"鸳鸯笑道:"别又是受了谁的气了不成?"凤姐道:"谁敢给我气受。便受了气,老太太好日子,我也不敢哭的。"贾母道:"正是呢。我正要吃晚饭,你在这里打发我吃,剩下的你就和珍儿媳妇吃了。你两个在这里帮着两个师傅替我拣佛豆儿,你们也积积寿,前儿你姊妹们和宝玉都拣了,如今也叫你们拣拣,别说我偏心。"

鸳鸯看出来了。

真是哑巴吃黄连,有苦说不得。

说话时,先摆上一桌素的来,两个姑子吃了。然后才摆上荤的,贾母吃毕,抬出外间。尤氏、凤姐儿二人正吃,贾母又叫把喜鸾、四姐儿二人也叫来,跟他二人吃毕,洗了手,点上香,捧过一升豆子来。两个姑子先念了佛偈,然后一个一个的拣在一个笸箩内,

1345

每拣一个,念一声佛。明日煮熟了,令人在十字街结寿缘。贾母歪着,听两个姑子又说些佛家的因果善事。

鸳鸯早已听见琥珀说凤姐哭之事,又和平儿前打听得原故。晚间人散时,便回说:"二奶奶还是哭的,那边大太太当着人给二奶奶没脸。"贾母因问为什么原故,鸳鸯便将原故说了。贾母道:"这才是凤丫头知礼处,难道为我的生日由着奴才们把一族中的主子都得罪了也不管罢。这是大太太素日没好气,不敢发作,所以今儿拿着这个作法子,一听就明白,贾母不糊涂。明是当着众人给凤儿没脸罢了。"正说着,只见宝琴等进来,也就不说了。

鸳鸯抱不平,贾母主持公道。

贾母因问:"你在那里来?"宝琴道:"在园里林姐姐屋里大家说话的。"贾母忽想起一事来,忙唤一个老婆子来,盼咐他:"到园里各处女人们跟前嘱咐嘱咐,留下的喜姐儿和四姐儿,虽然穷,也和家里的姑娘们是一样,大家照看经心些。我知道咱们家的男男女女都是'一个富贵心,两只体面眼',贾母也明白。未必把他两个放在眼里。有人小看了他们,我听见可不依。"婆子应了方要走时,鸳鸯道:"我说去罢。他们那里听他的话。"贾母怜贫。说着,便一径往园子来。

先到稻香村中,李纨与尤氏都不在这里。问丫鬟们,说:"都在三姑娘那里呢。"鸳鸯回身又来至晓翠堂,果见那园中人都在那里说笑。见他来了,都笑说:

第七十一回　嫌隙人有心生嫌隙　鸳鸯女无意遇鸳鸯

"你这会子又跑来做什么？"又让他坐。鸳鸯笑道："不许我也逛逛么？"于是把方才的话说了一遍。李纨忙起身听了，就叫人把各处的头儿唤了一个来，令他们传与诸人知道。不在话下。

这里，尤氏笑道：〔四〕"老太太也太想的到，实在我们年轻力壮的人捆上十个也赶不上。"李纨道："凤丫头仗着鬼聪明儿，还离脚踪儿不远。咱们是不能的了。"

鸳鸯道："罢哟，还提凤丫头、虎丫头呢，他也可怜见儿的。虽然这几年没有在老太太、太太跟前有个错缝儿，暗里也不知得罪了多少人。鸳鸯最清楚。总而言之，为人是难作的：若太老实了没有个机变，公婆又嫌太老实了，家里人也不怕；若有些机变，未免又治一经损一经。如今咱们家里更好，新出来的这些底下奴字号的奶奶们，一个个心满意足，都不知要怎么样才好，稍有不得意，不是背地里咬舌根，就是挑三窝四的。鸳鸯倒能体谅凤姐难处。我怕老太太生气，一点儿也不肯说，不然，我告诉出来，大家别过太平日子。这不是我当着三姑娘说，老太太偏疼宝玉，有人背地里怨言，还罢了，算是偏心；如今老太太偏疼你，我听着也是不好。这可笑不可笑？"可见贾府内部也是矛盾重重。

探春笑道："糊涂人多，那里较量得许多。我说，倒不如小人家人少的好，虽然寒素些，倒是欢天喜地，

1347

> 借探春之口,说出贾府内部种种不和。

大家快乐。我们这样人家人多,外头看着我们,不知千金万金小姐,何等快乐,殊不知我们这里说不出来的烦难,更厉害。"宝玉道:"谁都像三妹妹好多心,事事我常劝你,总别听那些俗语,想那些俗事,只管安富尊荣才是。_{宝玉只是享福的公子。}比不得我们没这清福,该应浊闹的。"尤氏道:"谁都像你,真是一心无挂碍,只知道和姊妹们顽笑,饿了吃,困了睡,再过几年,不过还是这样,一点后事也不虑。"宝玉笑道:"我能够和姊妹们过一日是一日,死了就完了。什么后事不后事。"

> 不知不觉闲话中,却提到了后事。

> 不是不虑后事,是后事不堪虑也。

李纨等都笑道:"这可又是胡说。你算你是个没出息的,终老在这里,难道他姊妹们都不出阁的?"尤氏笑道:"怨不得人都说他是假长了一个胎子,究竟是个又傻又呆的。"宝玉笑道:"人事莫定,知道谁死谁活。倘或我在今日明日,今年明年死了,也算是遂心一辈子了。"众人不等他说完,便说:"可是又疯了,别和他说话才好。若和他说话,不是呆话,就是疯话。"喜鸾因笑道:"二哥哥,你别这样说,等这里姐姐们果然都出了阁,横竖老太太、太太也寂寞,我来和你作伴儿。"李纨、尤氏等都笑道:"姑娘也别说呆话,难道你是不出阁的?你这话哄谁。"说的喜鸾低了头。当下已是起更时分,大家各自归房安歇,众人都且不提。

第七十一回　嫌隙人有心生嫌隙　鸳鸯女无意遇鸳鸯

且说鸳鸯一径回来，刚到园门前，只见角门虚掩，犹未上闩。此时园内无人来往，只有该班的房内，灯光掩映，微月半天。_{脂批："是月初旬，起更时也。"}鸳鸯又不曾有个作伴的，也不曾提灯笼，独自一个，脚步又轻，所以该班的人皆不理会。偏生又要小解，因下了甬路，寻微草处，行至一湖山石后，大桂树阴下来。_{脂批："是八月。随笔点景。"}

刚转过石后，只听一阵衣衫响，吓了一惊不小。定睛一看，只见是两个人在那里，见他来了，便想往石后树丛藏躲。鸳鸯眼尖，趁月色见准一个穿红裙子、梳鬅头、高大丰壮身材，_{脂批："是月下所见之像，故不写至容貌也。"}的是迎春房里的司棋。_{早已看清。}鸳鸯只当他和别的女孩子也在此方便，见自己来了，故意藏躲恐吓着耍，_{脂批："此见是女儿们常事，观书者自亦为如此。"}因便笑叫道："司棋，你不快出来，吓着我，我就喊起来当贼拿了。这么大丫头了，没个黑家白日的，只是顽不够。"

这本是鸳鸯的戏语，叫他出来。谁知他贼人胆虚，_{脂批："更奇，不知后为何事。"}只当鸳鸯已看见他的首尾了，生恐叫喊起来，使众人知觉更不好，且素日鸳鸯又和自己亲厚，不比别人，便从树后跑出来，一把拉住鸳鸯，便双膝跪下，只说："好姐姐，千万别嚷！"_{脂批："奇甚。"}鸳鸯反不知因何，忙拉他起来，笑问道："这是怎么说？"司棋满脸红胀，又流下泪来。

鸳鸯再一回想，那一个人影恍惚像个小厮，心下

> 鸳鸯实是无心，喊他也只是寻常一喊，岂知贼人心虚乎？

1349

便猜疑了八九，_{脂批："是聪敏女儿，妙。"}自己反羞的面红耳赤，又怕起来。_{脂批："是娇贵女儿，笔笔皆到。"}因定了一会，忙悄问："那个是谁？"司棋复跪下道："是我姑舅兄弟。"鸳鸯啐了一口，道："要死，要死。"_{脂批："如见其面，如闻其声。"}司棋又回头悄道："你不用藏着，姐姐已看见了，快出来磕头。"那小厮听了，只得也从树后爬出来，磕头如捣蒜。 至此方明白。

鸳鸯忙要回身，司棋拉住苦求，哭道："我们的性命，都在姐姐身上，只求姐姐超生要紧！"鸳鸯道："你放心，我横竖不告诉一个人就是了。" 鸳鸯是善心。

一语未了，只听角门上有人说道："金姑娘已出去了，角门上锁罢。"鸳鸯正被司棋拉住，不得脱身，听见如此说，便接声道："我在这里有事，且略住手，我出来了。"司棋听了，只得松手，让他去了——

第七十一回　嫌隙人有心生嫌隙　鸳鸯女无意遇鸳鸯

【回后评】

贾母八十大寿，自是贾家宁、荣两府的头等大事，"人生七十古来稀"，何况是八十，更何况是贾府最高一辈老祖宗贾母的生日，自然是隆重无比。从作者的描写来说，确是隆重无比，比以前凤姐、宝钗、宝玉的生日都隆重得多，光是庆寿的日期就安排了八天，而且宁、荣两府都开宴。从来宾来说，凡皇亲、驸马、王公、公主、郡主、王妃、国君、太君、夫人以及阁下、都府、督镇及诰命等诸多王公贵戚统统来贺；从送礼的情况来说，"礼部奉旨：钦赐金玉如意一柄，彩缎四端，金玉环四个，帑银五百两。元春又命太监送出金寿星一尊，沉香拐一只，伽南珠一串，福寿香一盒，金锭一对，银锭四对，彩缎十二匹，玉杯四只。余者自亲王、驸马以及大小文武官员之家，凡素有来往者，莫不有礼"，后文王熙凤还有专门向贾母报告寿礼的情况，不必一一细述。从寿仪的安排来说，除所有亲朋好友外，合府上下俱按序与贾母拜寿敬酒，真是宴设玳瑁，乐陈霓裳，其场面之大，规格之重之高，是以往所没有的。但奥妙的是作者的这些描写，都是官样文章，堂而皇之地走过场，却无以往庆生日的那种浓重的欢乐景象和生活气息，相反，却使读者感到这个太妃说"身上不快""先要告别"，那个王妃"略坐了一坐，也就告辞了"。贾母自己也说"你们也乏了，我也乏了，早些寻点子吃的歇歇去"。这样一场隆重的喜庆大事，却人人都是有气无力，无精打采，使人感到事事勉强，费力硬撑。

更进一层的是，贾母八旬大庆，上下人等都应该兴高采烈、齐心效力才是，却想不到值班的先溜号，"班房中竟没一个人影儿"，找到二门议事之所，也只有二个婆子，回答说"管家奶奶们才散了","我们只管看屋子,不管传人,姑娘要传人,再派传人的去"。甚至说"你那老子娘在那边管家爷们跟前比我们还更会溜呢"。一场大喜事,却到处都是溜号的,吹凉风的,以至于尤氏的丫鬟与荣府的婆子们发生争吵。凤姐命先记下这两个人,等庆典以后再处分,不想又碰上周瑞家的借机报复,立即将两人捆起来,这又引起邢夫人起来当着众人之面挖苦凤姐,说:"老太太的好日子,发狠的还舍钱舍米,周贫济老,咱们家先倒折磨起人家来了。不看我的脸,权且看老太太,竟放了他们罢。"表面上是为下人说情,实际上是向凤姐报复,给凤姐难堪。邢夫人是凤姐的婆婆。婆婆向媳妇求情,已经够凤姐难受的了,更何况抬出老太太来,好像凤姐故意冲着老太太的喜事来捆人,制造不祥和不喜庆。这使凤姐更是有嘴说不清。表面看来好像只是邢夫人与凤姐婆媳之间的矛盾,其实质却是荣府长房和二房的矛盾,当权派与非当权派的矛盾,邢夫人与凤姐婆媳之间的矛盾,还夹着邢夫人与王夫人的矛盾,通过这件事,一齐公开化了。总之这一场泼天大喜事,却引来了原本就潜伏着的种种内部矛盾的公开爆发。

鸳鸯说:凤姐"暗里也不知得罪了多少人。总而言之,为人是难作的:若太老实了没有个机变,公婆又嫌太老实了,家里人也不怕;若有些机变,未免又治一经损一经。如今咱们家里更好,新出来的这些底下奴字号的奶奶们,一个个心满意足,都不知要怎么样才好,稍有不得意,不是背地里咬舌根,就是挑三窝四的。我怕老太太生气,一点儿也不肯说。不然,我告诉出来,大家别过太平日子"。探春说:"我说,倒不如小人家人少的好,虽然寒素些,倒是欢天喜地,大家快乐。我们这样人家人多,外头看着我们,不知千金万金小姐,何等快乐,殊不知我们这里说不出来的烦难,更利害。"宝玉

第七十一回　嫌隙人有心生嫌隙　鸳鸯女无意遇鸳鸯

则说："人事莫定，知道谁死谁活。倘或我在今日明日，今年明年死了，也算是遂心一辈子了。"请看看鸳鸯、探春、宝玉这三个人在贾母八旬大寿的喜庆日子里讲的这些话，这说明喜事是表面的，而贾府的衰落，贾府内部的重重矛盾，已是日益表面化了。

鸳鸯无意中撞破了司棋与他"姑舅兄弟"潘又安的幽会，按当时的规矩，如果传扬出来，司棋、潘又安可能真有性命的危险。鸳鸯是一个心地十分善良的人，所以立即斩钉截铁地说："你放心，我横竖不告诉一个人就是了。"这件事，既写出鸳鸯的善良，又写出贾府下人的怠惰、门禁的松弛，更为后来抄检大观园隐隐留下了伏笔。

【校记】

〔一〕"陪着贾母"至"晚间"一段文字，底本缺，据列藏本等各本补。

〔二〕从"呢，因问"至"分菜果"共三十五字，底本无，各本均有，文字有差异，此从蒙府、杨本增。

〔三〕"并宝琴、湘云"至"两个姑子"一段文字，底本无，蒙府、戚序、列藏、杨本等均有，兹据各本校补。

〔四〕"传与诸人知道，不在话下。这里尤氏笑道：'老太太也太想的到，实在我们年轻力壮的人捆上十个"一大段文字，底本错乱特甚，其中"老太太也太想的到"等又是底本旁添文字。此从列藏、蒙府、戚序、杨藏诸本增补。

第七十二回　　王熙凤恃强羞说病
　　　　　　　　来旺妇倚势霸成亲

  且说鸳鸯出了角门，脸上犹红，心内突突的，真是意外之事。因想这事非常，若说出来，奸盗相连，关系人命，还保不住带累了旁人。_{确是实情。}横竖与自己无干，且藏在心内，不说与一人知道。回房复了贾母的命，大家安息。从此凡晚间便不大往园中来。_{余悸犹在，写得真实。}因思园中尚有这样奇事，何况别处，因此连别处也不大轻走动了。_{想得细，也想得是。}

  原来，那司棋因从小儿和他姑表兄弟在一处顽笑起住时，小儿戏言，便都订下将来不娶不嫁。近年大了，彼此又出落的品貌风流。常时司棋回家时，二人眉来眼去，旧情不忘，只不能入手。又彼此生怕父母不从，二人便设法彼此里外买嘱园内老婆子们留门看道，_{可见门禁松懈，可以收买。}今日趁乱，方初次入港。虽未成双，却也海誓山盟，私传表记，已有无限风情了。_{一句包括尽情。}忽被鸳鸯惊散，那小厮早穿花度柳，从角门出去了。_{落荒而逃。}

侧批：鸳鸯从未经历过此类事，自然心惊不已。

侧批：补叙司棋以前一段情节。

第七十二回　王熙凤恃强羞说病　来旺妇倚势霸成亲

司棋一夜不曾睡着，又后悔不来。至次日，见了鸳鸯，自是脸上一红一白，百般过不去。心内怀着鬼胎，茶饭无心，起坐恍惚。写司棋如见。挨了两日，竟不听见有动静，方略放下了心。

这日晚间，忽有个婆子来悄告诉他道："你兄弟竟逃走了，三四天没归家。如今打发人四处找他呢。"司棋听了，气个倒仰，真是万万想不到。因思道："纵是闹了出来，也该死在一处。他自为是男人，先就走了，可见是个没情意的。"因此又添了一层气。次日便觉心内不快，百般支持不住，一头睡倒，恹恹的成了大病。此病实是潘又安造成。

鸳鸯闻知那边无故走了一个小厮，园内司棋病重，要往外挪，心下料定是二人惧罪之故，"生怕我说出来，方吓到这样。"因此自己反过意不去，鸳鸯之心真而又纯。指着来望候司棋，支出人去，反自己立身发誓，与司棋说："我告诉一个人，立刻现死现报！发此重誓，令其放心也。鸳鸯是菩萨心肠。你只管放心养病，别白遭蹋了小命儿。"司棋一把拉住，哭道："我的姐姐，咱们从小儿耳鬓厮磨，你不曾拿我当外人待，我也不敢待慢了你。如今我虽一着走错，你若果然不告诉一个人，你就是我的亲娘一样。从此后我活一日是你给我一日，我的病好之后，把你立个长生牌位，我天天焚香礼拜，保佑你一生福寿双全。我若死了时，变驴变狗报答你。再俗语说，'千里搭长棚，没有不散的筵席。'再过三二年，咱们都是要离这里的。

鸳鸯心里明白。

鸳鸯善心，令人感动。

司棋一片真诚感激之心，语语出于肺腑，可见此事如被上面知道，其后果不堪设想也。亦可见封建礼法之"以理杀人"也。

俗语又说，'浮萍尚有相逢日，人岂全无见面时'。倘或日后咱们遇见了，那时我又怎么报你的德行。"一面说，一面哭。

这一席话，反把鸳鸯说的心酸，也哭起来了。_{逼真。}因点头道："正是这话。我又不是管事的人，何苦我坏你的声名，我白去献勤。_{鸳鸯不肯趁人之危，讨好主子，正是鸳鸯最可贵最纯洁之处。}况且这事我自己也不便开口向人说。_{一个女孩儿家，如何开口向人说这话呢，确是不好说。}你（鸳鸯此来，无异救司棋一命。）只放心。从此养好了，可要安分守己，再不许胡行乱作了。"司棋在枕上点首不绝。

鸳鸯又安慰了他一番，方出来。因知贾琏不在家中，又因这两日凤姐儿声色怠惰了些，不似往日一样，（凤姐一来受邢夫人之挫，二来旧病又犯。）因顺路也来望候。因进入凤姐院门，二门上的人见是他来，便立身待他进去。

鸳鸯刚至堂屋中，只见平儿从里间出来，见了他来，忙上来悄声笑道："才吃了一口饭歇了午睡，你且这屋里略坐坐。"鸳鸯听了，只得同平儿到东边房里来。小丫头倒了茶来。鸳鸯因悄问："你奶奶这两日是怎么了？我看他懒懒的。"平儿见问，因房内无人，便叹道："他这懒懒的也不止今日了，这有一月之前便是这样。又兼这几日忙乱了几天，又受了些闲气，_{指邢夫人之气。}从新又勾起来。_{气出病来了。}这两日比先又添了些病，所以支持不住，便露出马脚来了。"

鸳鸯忙道："既这样，怎么不早请大夫来治？"平

第七十二回　王熙凤恃强羞说病　来旺妇倚势霸成亲

儿叹道："我的姐姐，你还不知道他的脾气的。别说请大夫来吃药。我看不过，白问了一声身上觉怎么样，他就动了气，反说我咒他病了。饶这样，天天还是察三访四，自己再不肯看破些，且养身子。"<small>写凤姐秉性。</small>

> 虽然重病在身，但老脾气仍不能改，还要察三访四，可见其刻薄之心不肯改也。

鸳鸯道："虽然如此，到底该请大夫来瞧瞧是什么病，也都好放心。"平儿道："我的姐姐，说起病来，据我看也不是什么小症候。"<small>病也不轻。</small>

鸳鸯忙道："是什么病呢？"平儿见问，又往前凑了一凑，向耳边说道："只从上月行了经之后，这一个月竟沥沥淅淅的没有止住。这可是大病不是？"鸳鸯听了，忙答道："嗳哟！依你这话，这可不成了血山崩了。"

> 竟是大病，竟不能说。

平儿忙啐了一口，又悄笑道："你女孩儿家，这是怎么说的，倒会咒人呢。"鸳鸯见说，不禁红了脸，又悄笑道："究竟我也不知什么是崩不崩的，你倒忘了不成，先我姐姐不是害这病死了。我也不知是什么病，因无心听见妈和亲家妈说，我还纳闷，后来也是听见妈细说原故，才明白了一二分。"平儿笑道："你该知道的，我竟也忘了。"

> 原来有先例，故而可怕。

二人正说着，只见小丫头进来向平儿道："方才朱大娘又来了。我们回了他奶奶才歇午觉，他往太太上头去了。"平儿听了点头。鸳鸯问："那一个朱大娘？"平儿道："就是官媒婆那朱嫂子。因有什么孙

> 又添一件事。

1357

大人家来和咱们求亲,所以他这两日天天弄个帖子来赖死赖活。"

一语未了,小丫头跑来说:"二爷进来了。"说话之间,贾琏已走至堂屋门,口内唤平儿。平儿答应着才迎出去,贾琏已找至这间房内来。至门前,忽见鸳鸯坐在炕上,便煞住脚,笑道:"鸳鸯姐姐,今儿贵脚踏贱地。"鸳鸯只坐着,笑道:"来请爷、奶奶的安,偏又不在家的不在家,睡觉的睡觉。"贾琏笑道:"姐姐一年到头辛苦服侍老太太,我还没看你去,那里还敢劳动来看我们。正是巧的很,我才要找姐姐去。因为穿着棉袍子热,先来换了夹袍子,再过去找姐姐。不想天可怜,省我走这一趟,姐姐先在这里等我了。"一面说,一面在椅上坐下。

> 贾琏对鸳鸯如此谦恭,是因她在贾母身边,更是有求于她也,说"才要找姐姐去"是顺口话,藉以启下文耳。

鸳鸯因问:"又有什么说的?"贾琏未语先笑道:"因有一件事,我竟忘了,只怕姐姐还记得。上年老太太生日,曾有一个外路和尚,来孝敬一个腊油冻的佛手,因老太太爱,就即刻拿过来摆着了。因前日老太太生日,我看古董账上还有这一笔,却不知此时这件东西着落何方。古董房里的人也回过我两次,等我问准了好注上一笔。所以我问姐姐,如今还是老太太摆着呢,还是交到谁手里去了呢?"

> 明明已经给了凤姐,贾琏却还去查账,幸亏鸳鸯记性好,平儿又能作证,此事才明。

鸳鸯听说,便道:"老太太摆了几日,厌烦了,就给了你们奶奶。你这会子又问我来!我连日子还记

第七十二回　王熙凤恃强羞说病　来旺妇倚势霸成亲

得,还是我打发了老王家的送来的,你忘了,或是问你们奶奶和平儿。"平儿正拿衣服,听见如此说,忙出来回说:"交过来了,现在楼上放着呢。奶奶已经打发过人出去说过给了这屋里了。他们发昏,没记上,又来叨登这些没要紧的事。"

贾琏听说,笑道:"既然给了你奶奶,我怎么不知道,你们就昧下了。"平儿道:"奶奶告诉二爷,二爷还要送人,奶奶不肯,好容易留下的。这会子自己忘了,倒说我们昧下。那是什么好东西,什么没有的物儿!比那强十倍的东西,也没昧下一遭,这会子爱上那不值钱的!"

贾琏垂头含笑想了一想,拍手道:"我如今竟糊涂了!丢三忘四,惹人抱怨,竟大不像先了。"鸳鸯笑道:"也怨不得。事情又多,口舌又杂,你再吃两杯酒,那里清楚的许多。"鸳鸯给他圆场。一面说,一面就起身要去。

贾琏忙也立身说道:"好姐姐,再坐一坐。兄弟还有一事相求。"说着便骂小丫头:"怎么不沏好茶来!快拿干净盖碗,把昨儿进上的新茶沏一碗来。"说着向鸳鸯道:"这两日,因前日老太太的千秋,所有的几千两银子都使了。几处房租、地税通在九月才得,这会子竟接不上。明儿还要送南安府里的礼,又要预备娘娘的重阳节礼,还有几家红白大礼,至少还得

要求的事还未说出呢,怎好就去。

三二千两银子用,一时难去支借。俗语说,'求人不如求己'。说不得,姐姐担个不是,暂且把老太太查不着的金银家伙,偷着运出一箱子来,暂押千数两银子,支腾过去。不上半年的光景,银子来了,我就赎了交还,断不能叫姐姐落不是。"

> 可见贾府衰败之象,已是入不敷出,要借典当。此亦上回八旬大寿之余文,因大寿勉力支撑,才尔不支也。

鸳鸯听了,笑道:"你倒会变法儿,亏你怎么想来!"贾琏笑道:"不是我扯谎,若论除了姐姐,也还有人手里管的起千数两银子的,只是他们的为人,都不如你明白、有胆量。我和他们一说,反吓住了他们。所以我'宁撞金钟一下,不打破鼓三千'。"

> "宁撞金钟一下,不打破鼓三千"。贾琏真会戴高帽子。

一语未了,忽有贾母那边的小丫头子忙忙走来找鸳鸯,说:"老太太找姐姐,这半日我们那里没找到,却在这里。"鸳鸯听说,忙的且去见贾母。

贾琏见他去了,只得回来瞧凤姐。谁知凤姐已醒了,听他和鸳鸯借当,自己不便答话,只躺在榻上。听见鸳鸯去了,贾琏进来,凤姐因问道:"他可应准了?"贾琏笑道:"虽然未应准,却有几分成手,须得你晚上再和他一说,就十成了。"凤姐笑道:"我不管这事。倘或说准了,这会子说得好听,到有了钱的时节,你就丢在脖子后头了,谁和你打饥荒去。倘或老太太知道了,倒把我这几年的脸面都丢了。"

贾琏笑道:"好人,你若说定了,我谢你,如何?"凤姐笑道:"你说,谢我什么?"贾琏笑道:"你说要

第七十二回　王熙凤恃强羞说病　来旺妇倚势霸成亲

什么，就有什么。"平儿一旁笑道："奶奶倒不要谢的。昨儿正说，要作一件什么事，恰少一二百银子使。不如借了来，奶奶拿一二百银子，岂不两全其美？"凤姐笑道："幸亏提起我来，就是这样也罢了。"贾琏笑道："你们太也狠了。你们这会子别说一千两的当头，就是现银子要三五千，只怕也难不倒。_{点出凤姐手里有钱。}我不和你们借就罢了。这会子烦你说一句话，还要个利钱，真真了不得！"_{可见琏凤之间的关系。}凤姐听了，翻身起来，说："我有三千五万，不是赚的你的。_{一句话，就落实了。}如今里里外外，上上下下，背着我嚼说我的不少，_{可见外面有人说她是实。}就差你来说了，可知没家亲引不出外鬼来。我们王家可那里来的钱，都是你们贾家赚的！别叫我恶心了。你们看着你家什么石崇、邓通的，把我王家的地缝子扫一扫，就够你们过一辈子呢。说出来的话，也不怕臊！现有对证：把太太和我的嫁妆细看看，_{上面说三千五万银子，可不是说嫁妆，此处用嫁妆来搪塞，全然对不上。}比一比你们的，那一样是配不上你们的。"

贾琏笑道："说句顽话就急了。这有什么就这样的，要使一二百两银子值什么，多的没有，这还有。先拿进来，你使了再说，如何？"凤姐道："我又不等着衔口垫背，忙什么。"贾琏道："何苦来，不犯着这样肝火盛。"

凤姐听了，又自笑起来，"不是我着急，你说的话戳人的心。我因为我想着，后日是尤二姐的周年，

> 贾琏钱还未借到手，凤姐先要掰去几成。

> 可见凤姐手里确是有钱，为荣府管家，自己倒富起来。刚刚说完因庆寿周转不了，此处却说凤姐自己有钱，则其钱之来可思。

> 贾琏只得让步。

> 竟说与尤二姐"好了一场",凤姐也太欺人了。

我们好了一场,虽不能别的,到底给他上个坟,烧张纸,也是姊妹一场。他虽没留下个男女,也要'前人撒土迷了后人的眼'才是。" >凤姐还要做虚情假意给人看。 一语倒把贾琏说没了话,低头打算了半晌,方道:"难为你想的周全,我竟忘了。既是后日才用,若明日得了这个,你随便使多少就是了。"

一语未了,只见旺儿媳妇走进来,凤姐便问:"可成了没有?"旺儿媳妇道:"竟不中用。我说须得奶奶作主就成了。"〔一〕贾琏便问:"又是什么事?"凤姐儿见问,便说道:"不是什么大事。旺儿有个小子,今年十七岁了,还没得女人,因要求太太房里的彩霞,不知太太心里怎么样,就没有计较得。前日太太见彩霞大了,二则又多病多灾的,因此开恩打发他出去了,给他老子娘随便自己拣女婿去罢。因此旺儿媳妇来求我。我想,他两家也就算门当户对的,一说去自然成的。谁知他这会子来了,说不中用。"

> 凤姐又要仗势欺人。

贾琏道:"这是什么大事,比彩霞好的多着呢。"旺儿家的陪笑道:"爷虽如此说,连他家还看不起我们,别人越发看不起我们了。好容易相看准一个媳妇,我只说求爷、奶奶的恩典,替作成了。奶奶又说,他必肯的。我就烦了人,走过去试一试,谁知白讨了没趣。若论那孩子倒好,据我素日私意儿试他,他心里倒没有甚么说的,只是他老子、娘两个老东西太心高了些。"

第七十二回　王熙凤恃强羞说病　来旺妇倚势霸成亲

一语戳动了凤姐和贾琏，凤姐因见贾琏在此，且不作一声，只看贾琏的光景。贾琏心中有事，那里把这点子事放在心里，待要不管，只是看着他是凤姐儿的陪房，且又素日出过力的，脸上实在过不去，因说道："什么大事，只管咕咕唧唧的，你放心且去，我明儿作媒，打发两个有体面的人，一面说，一面带着定礼去，就说我的主意。他十分不依，叫他来见我。" 此处又是一种婚姻。

旺儿家的看着凤姐，凤姐便扭嘴儿。旺儿家的会意，忙爬下就给贾琏磕头谢恩。贾琏忙道："你只给你姑娘磕头。我虽如此说了这样行，到底也得你姑娘打发个人去叫他女人上来，和他好说，更好些。虽然他们必依，然这事也不可霸道了。" 已经霸道了，还说"不可霸道"，不知如何才算霸道。

凤姐忙道："连你还这样开恩操心呢，我倒反袖手旁观不成？旺儿家的，你听见了，说了这事，你也忙忙的给我完了事来。说给你男人，外头所有的账，一概赶今年年底下都收了进来。少一个钱，我也不依的。我给你做媒，你给我收账。我的名声不好，再放一年，都要生吃了我呢。"旺儿媳妇笑道："奶奶也太胆小了。谁敢议论奶奶！若收了时，公道说，我们倒还省些事，不大得罪人。"凤姐冷笑道："我也是一场痴心白使了。我真个的还等钱作什么？不过为的是日用出的多，进的少。凤姐也说"日用出的多，进的少"，可见贾府财政紧张之状。这屋里有的没的，我和你姑爷一月的月钱，再连上四个丫头的月钱，通共一二十两银子，还不够三五天的使用呢。若不是我千凑万挪的，早不知道到什么破窑里去了。如今倒落了一个放账破落户的名儿。脂批："可知放账乃发，所谓此家儿（鬼），如（？）耻恶之事也。"既这样，我就收了回来。我比谁不会花钱，咱们以后就坐着花，到多早晚是多早晚。这不是样儿：前儿老太太生日，太太急了两个月，想不出法儿来，还是我提了一句，后楼上现有些没要紧的大铜锡家伙四五箱子，拿出去弄了三百银子，才把太太遮羞礼儿搪过去了。我是你们知道的，那一个金自鸣钟卖了五百六十两银子。没有半个月，大事小事倒有十来件，白填在里头。今儿外头也短住了，不知是谁的主意，搜寻上老太太了。明儿再过一年，各人搜寻到头面、衣服，可就好了！"旺儿媳妇笑道："那一位太太、奶奶的头面、衣服折变了，不够过一辈子的？只是不肯罢了。"脂批："闲语补出近日诸事。"

凤姐道："不是我说没了能耐的话，要像这样，我竟不能了。昨晚上忽然作了一个梦，说来也可笑，脂批："反说可笑，妙甚。若必以此梦为凶兆，则思反落套，非红楼之梦矣。"梦见一个人，虽然面善，却又不知名姓，脂批："是以前授方相之书，数十年后矣。"找我。问他作什么，他说娘娘打发他来要一百匹锦。我问他，是那一位娘娘。他说的又不是咱们家的娘娘。我就不肯给他，他就上来夺。正夺着，就醒了。"脂批："妙。实家常触景间梦，必有之理，却是江淹才尽之兆也，可伤。"旺儿家的说道："这是奶奶的日间操心，常应候宫里的事。"脂批："淡淡抹去，妙。"

凤姐放账，已是众人皆知。

生日窘急情况，又从凤姐口中提出。

"一个金自鸣钟卖了五百六十两银子"，贾府窘逼至此，岌岌危矣！

旺儿家的虽是解譬，却是真话，可见宫里宦官不时索取也。

第七十二回　王熙凤恃强羞说病　来旺妇倚势霸成亲

一语未了，人回："夏太府打发了一个小内监来说话。"贾琏听了，忙皱眉道："又是什么话，一年他们也搬够了。"凤姐道："你藏起来，等我见他。若是小事罢了，若是大事，我自有话回他。"贾琏便躲入内套间去。

刚说完梦，真的就来了，是梦是真，不可分矣。

这里，凤姐命人带进小太监来，让他椅子上坐了，吃茶，因问何事。那小太监便说："夏爷爷因今儿偶见一所房子，如今竟短二百两银子，打发我来问舅奶奶家里，有现成的银子暂借一二百，过一两日就送过来。"脂批："可谓密处不容针。"凤姐儿听了，笑道："什么是送过来，有的是银子，只管先兑了去。改日等我们短了，再借去，也是一样。"

已要过一千二百两，现又要二百两。

凤姐打肿脸充胖子，对付此类诈取，实不得不应付也。

小太监道："夏爷爷还说了，上两回还有一千二百两银子没送来，等今年年底下，自然一齐都送过来。"凤姐笑道："你夏爷爷好小气，这也值得提在心上。我说一句话，不怕他多心，若都这样记清了还我们，不知还了多少了。只怕没有；若有，只管拿去。"因叫旺儿媳妇来，"出去不管那里先支二百两银子来。"旺儿媳妇会意，因笑道："我才因别处支不动，才来和奶奶支的。"

说得何等慷慨，其实自家已典当矣。

凤姐道："你们只会里头来要钱，叫你们外头弄去就不能了。"说着叫平儿，"把我那两个金项圈拿出去，暂且押四百两银子。"平儿答应了，去〔二〕了半日，果然拿了一个锦盒子来,里面两个锦袱包着。打开时,一个金累丝攒珠的,那珍珠都有莲子大小;一个点翠嵌宝石的。两个都与宫中之物不离上下。^{脂批:"是太监眼中看,心中评。"}一时拿去,果然拿了四百两银子来。凤姐命与小太监打叠起一半,那一半命人与了旺儿媳妇,命他拿去办八月中秋的节礼。^{脂批:"过下伏脉。"}那小太监便告辞了,凤姐命人替他拿着银子,送出大门去了。

<small>说得慷慨,马上去典当,小太监亲眼目睹。</small>

这里,贾琏出来笑道:"这一起外祟何日是了!"凤姐笑道:"刚说着,就来了一股子。"贾琏道:"昨儿周太监来,张口一千两。我略应的慢了些,他就不自在。将来得罪人之处不少。这会子再发个三二百万的财就好了。"一面说,一面平儿服侍凤姐另洗了面,更衣往贾母处去伺候晚饭。

<small>周太监张口一千两,光宫中勒索,就接二连三,读者可知皇宫点滴矣。</small>

这里,贾琏出来,刚至外书房,忽见林之孝走来。贾琏因问何事。林之孝说道:"方才打听得雨村降了,却不知因何事,只怕未必真。"贾琏道:"真不真,他那官儿也未必保得长。将来有事,只怕未必不连累〔三〕咱们,宁可疏远着他好。"林之孝道:"何尝不是。只是一时难以疏远。如今东府大爷和他更好,老爷又喜欢他,时常来往,那一个不知。"贾琏道:"横竖不和他谋事,也不相干。你去再打听真了,是为什么。"

<small>雨村黜降,贾琏提出要防其连累,先提一笔,为后文伏线。</small>

<small>贾琏说要疏,却反而更密。</small>

林之孝答应了,却不动身,坐在下面椅子上,且说些闲话。因又说起家道艰难,便趁势又说:"人口

第七十二回　王熙凤恃强羞说病　来旺妇倚势霸成亲

太众了。不如拣个空日回明老太太、老爷，把这些出过力的老人家用不着的，开恩放几家出去。一则他们各有营运，二则家里一年也省些口粮、月钱。再者里头的姑娘也太多。俗语说，'一时比不得一时'，如今说不得先时的例了，少不得大家委屈些，该使八个的使六个，该使四个的便使两个。若各房算起来，一年也可以省得许多月米、月钱。况且里头的女孩子们，一半都太大了，也该配人的配人。成了房，岂不又孳生出人来。"

> 家大人多，须行精简。

> "一时比不得一时"，正说明今非昔比也。

贾琏道："我也这样想着，只是老爷才回家来，多少大事未回，那里议到这个上头。前儿官媒拿了个庚帖来求亲。太太还说，老爷才来家，每日欢天喜地的说骨肉完聚，忽然就提起这事，恐老爷又伤心，所以且不叫提这事。"林之孝道："这也是正理，太太想的周到。"

贾琏道："正是，提起这话，我想起了一件事来。我们旺儿的小子要说太太房里的彩霞。他昨儿求我，我想什么大事，不管谁去说一声去。这会子有谁闲着？我打发个人去说一声，就说我的话。"林之孝听了，只得应着，半晌笑道："依我说，二爷竟别管这件事。旺儿的那小儿子虽然年轻，在外头吃酒赌钱，无所不至。虽然都是奴才们，到底是一辈子的事。彩霞那孩子，这几年我虽没见，听得越发出挑的好了，

> 转入旺儿小子的婚事。

> 林之孝还能劝谏一二。

> 倒是实话。

1367

何苦来白遭蹋一个人。"^{说得是极。}

贾琏道:"他小儿子原会吃酒,不成人?"林之孝冷笑道:"岂只吃酒赌钱,在外头无所不为。我们看他是奶奶的人,也只见一半不见一半罢了。"贾琏道:"我竟不知道这些事。既这样,那里还给他老婆!且给他一顿棍,锁起来,再问他老子娘。"林之孝笑道:"何必在这一时。那是我错了。等他再生事,我们自然回爷处治。如今且恕他。"贾琏不语,一时林之孝出去。

> 贾琏不明情况,原来旺儿小子坏极,贾琏倒还能听些下情。

晚间,凤姐已命人唤了彩霞之母来说媒。那彩霞之母满心纵不愿意,见凤姐亲自和他说,何等体面,脂批:"今时人因图此现在体面,误了多少女儿。此正是回(为)今时女儿一笑(哭)。"便心不由意的满口应了出去。今凤姐问贾琏可说了没有,贾琏因说:"我原要说的,打听得他小儿子大不成人,故还不曾说。若果然不成人,且管教他两日,再给他老婆不迟。"^{贾琏还讲实际。}凤姐听说,便说:"你听见谁说他不成人?"贾琏道:"不过是家里的人,还有谁?"凤姐笑道:"我们王家的人,连我还不中你们的意,何况奴才呢。我才已经和他母亲说了,他娘已经欢天喜地应了,难道又叫进他来不要了不成?"贾琏道:"既你说了,又何必退?明儿说给他老子,好生管他就是了。"这里说话不提。

> 此即父母之命、媒妁之言也。

> 又牵涉起王家的人来,真是莫明其妙。其实是仗势也。

且说彩霞因前日出去,等父母择人,心中虽是与

第七十二回　王熙凤恃强羞说病　来旺妇倚势霸成亲

贾环有旧，尚未作准。今日又见旺儿每每来求亲，早闻得旺儿之子酗酒赌博，而且容颜丑陋，一技不知，自此心中越发懊恼。生恐旺儿仗凤姐之势，早已料到这点。一时作成，终身为患，不免心中急躁。遂至晚间悄命他妹子小霞脂批："霞大小，奇奇怪怪之文，更觉有趣。"进二门来找赵姨娘，问个端的。

赵姨娘素日深与彩霞契合，巴不得与了贾环，方有个膀臂，不承望王夫人又放了出去。每唆贾环去讨，一则贾环羞口难开，二则贾环也不大甚在意，不过是个丫头，他去了，将来自然还有，脂批："这是世人之情，亦是丈夫之情。"遂迁延着不说，意思便丢开手。贾环原不是好东西，岂可指望他。

无奈赵姨娘又不舍，又见他妹子来问，是晚得空，便先求了贾政。脂批："这是使人想不到之文，却是大家必有之事。"贾政因说道："且忙什么，等他们再念一二年书，再放人不迟。我已经看中了两个丫头，一个与宝玉，一个给环儿。只是年纪还小，又怕他们误了书，所以再等一二年。"脂批："妙文。又写出贾老儿女之情，细思一部书，总不写贾老，则不成文，若不如此写，则又非贾老。"赵姨娘道："宝玉已有了二年了，老爷难道还不知道？"贾政听了，忙问道："是谁给的？"这边已是燃眉之急，贾政却要再过一二年，且另有所择，如此则彩霞一生断送矣，此又一桩婚姻也。

赵姨娘方欲说话，只听外面一声响，不知何物，大家吃了一惊。要知端的，且听下回分解。

【回后评】

贾母大庆以后,贾府财政上落了亏空,一时竟缓解不过来,只能请鸳鸯帮忙,将贾母的一些金银家伙拿出来典当应付。贾母庆典,王夫人要送礼,王熙凤说:"急了两个月,想不出法儿来,还是我提了一句,后楼上现有些没要紧的大铜锡家伙四五箱子,拿出去弄了三百银子,才把太太遮羞礼儿搪过去了。我是你们知道的,那一个金自鸣钟卖了五百六十两银子,没有半个月,大事小事倒有十来件,白填在里头。今儿外头也短住了,不知是谁的主意,搜寻上老太太了,明儿再过一年,各人搜寻到头面、衣服,可就好了!"旺儿媳妇笑道:"那一位太太、奶奶的头面、衣服折变了,不够过一辈子的。"这一番议论,已可见贾府的财政实已快到山穷水尽了。

贾府难以应付无穷无尽的一起起的外祟,是皇宫里太监们的需索,一回是夏太府,一回是周太监,没完没了地应付,以致凤姐夜里做梦都是宫里来索取,他说:"昨晚上忽然作了一个梦,说来也可笑,梦见一个人,虽然面善,却又不知名姓,找我。问他作什么,他说,娘娘打发他来要一百匹锦。我问他,是那一位娘娘。他说的又不是咱们家的娘娘。我就不肯给他,他就上来夺。正夺着,就醒了。"刚说完这个梦,夏太府就打发小太监来要钱了。这一情节,不仅仅是写贾府外祟之重,入不敷出,更是作者对封建官场,乃至上至皇宫的揭露和批判。据史载,曹家亦确曾经过这类的事,太子允礽,一次就向曹寅索取银五万两。

当贾家经济走向崩溃边缘的时候,凤姐却在放债取利。贾琏向鸳鸯借当,求凤姐帮着说合时,凤姐却要扣一二百银子的利钱,贾琏说:"你们也太狠了,你们这会子别说一千两

第七十二回　王熙凤恃强羞说病　来旺妇倚势霸成亲

的当头，就是现银子要三五千，只怕也难不倒。"凤姐说："我有三千五万不是赚的你的。如今里里外外，上上下下，背着我嚼说我的不少，就差你来说了。""若不是我千凑万挪的，早不知道到什么破窑里去了。如今倒落了一个放账破落户的名儿。既这样，我就收了回来。我比谁不会花钱，咱们以后就坐着花，到多早晚是多早晚。"尽管凤姐病得很重，还讳疾忌医，平儿说他"饶这样，天天还是察三访四，自己再不肯看破些且养身子"。总之，面对着贾府的逐渐没落，凤姐却拼命地抓钱、抓权，还倚势强包彩霞的婚姻。凤姐在权势欲、金钱欲的道路上，愈走愈远，愈陷愈深，从而使这一典型形象和典型性格更趋于完满。

鸳鸯听说走了一个小子，司棋病得很重，心知是因为她撞破了他们的幽会，致使一个走了，一个病了。鸳鸯为此特意去看司棋，并向她发誓，决不告诉第二人，要司棋好好养病。鸳鸯的一番话，令司棋感恩不尽，也使读者更感到鸳鸯性格的善良完美。鸳鸯是众丫鬟中最具善心、最纯真、最不肯仗势的，她始终是一个纯真的、正直的、善良的少女，她心中当然蕴含着人生的苦痛，但她却始终忍着，她只以她的善心对待她周围的一切。

【校记】

〔一〕"媳妇道"以下共十八字，底本缺，从各本补。

〔二〕"把我那两个金项圈"以下共二十五字，底本缺，各本均有，此从甲辰本补。

〔三〕"只怕未必不连累"句，底本不全，此从戚序本增。

第七十三回　　痴丫头误拾绣春囊
　　　　　　　懦小姐不问累金凤

话说那赵姨娘和贾政说话，忽听外面一声响，不知何物。忙问时，原来是外间窗屉不曾扣好，塌了屉戍了吊下来。赵姨娘骂了丫头几句，自己带领丫鬟上好，方进来打发贾政安歇。不在话下。

却说怡红院中宝玉正才睡下，丫鬟们正欲各散安歇，忽听有人击院门。老婆子开了门，见是赵姨娘房内的丫鬟，名唤小鹊的。问他什么事，小鹊不答，直往房内来找宝玉。脂批："奇，后未见此婢也。"只见宝玉才睡下，晴雯等犹在床边坐着，大家顽笑，见他来了，都问："什么事，这时候又跑了来作什么？"脂批："又是补出前文矣，非只张一回也。"小鹊笑向宝玉道："我来告诉你一个信儿。方才我们奶奶这般如此在老爷前说了你，仔细明儿老爷问你话。"说着，回身就去了。神秘莫测，真像有事。袭人命留他吃茶，因怕关门，遂一直去了。

自己没有听清，先来报信，讨好宝玉，却将宝玉吓得半死，吓出下面一大段好文章来。

第七十三回　痴丫头误拾绣春囊　懦小姐不问累金凤

这里宝玉听了这话，便如孙大圣听见了紧箍咒一般，登时四肢五内一齐都不自在起来。想来想去，别无他法，且理熟了书，预备明儿盘考。只能书不舛错，便有他事，也可搪塞一半。想罢，忙披衣起来要读书。心中又自后悔，这些日子只说不提了，偏又丢生，早知该天天好歹温习些的。如今打算打算，肚子内现可背诵的，不过只有"学""庸""二论"是带注背得出的。至上本"孟子"，就有一半是夹生的，若凭空提一句，断不能接背的；至"下孟"，就有一大半忘了。算起"五经"来，因近来作诗，常把《诗经》读些，虽不甚精阐，还可塞责。脂批："妙，宝玉读书原系从问中临而有。"别的虽不记得，素日贾政也幸未吩咐过读的，纵不知，也还不妨。

至于古文，还是那几年所读过的几篇，连"左传""国策""公羊""谷梁"汉唐等文，不过几十篇。这几年，竟未曾温得半篇词组，虽间时也曾遍阅，不过一时之兴，随看随忘，未下苦工夫，如何记得。这是断难塞责的。更有时文八股一道，因平素深恶此道，原非圣贤之制撰，焉能阐发圣贤之微奥，不过是后人饵名钓禄之阶。虽贾政当日起身时选了百十篇命他读的，不过偶因见其中或一二股内，或起承之中，有作的或精致、或流荡、或游戏、或悲感，稍能动性悦意者，偶一读之，不过供一时之兴趣，究竟何曾成篇潜心玩索。脂批："妙，写宝玉读书，非为功名也。"

一段宝玉读书之状，全在勉强之中。平时贪玩，事到临头，后悔莫及，手忙脚乱，天真可笑。

宝玉深恶时文八股，并说："原非圣贤之制撰，焉能阐发圣贤之微奥，不过后人饵名钓禄之阶。"实际上，当时之时文八股，确是"饵名钓禄之阶"，看《儒林外史》即可知。

脂砚斋亦已看出，宝玉读书非为功名。

1373

> 写得热闹至极，有趣至极，自古以来，亦未见如此读书法，更未见因一人读书，弄得满室鬟婢俱手忙脚乱，一夜不得安寝也。

如今若温习这个，又恐明日盘诘那个；若温习那个，又恐盘驳这个。况一夜之功，亦不能全然温习。因此，越添了焦躁。自己读书不致紧要，却带累着一房的丫鬟们皆不能睡。袭人、麝月、晴雯等几个大的是不用说，在旁剪烛斟茶；那些小的，都困眼朦胧，前仰后合起来。晴雯因骂道："什么蹄子们，一个个黑日白夜挺尸挺不够，偶然一次睡迟了些，就装出这腔调来了。再这样，我拿针戳给你们两下子！"

> 晴雯烈性，恨不能帮宝玉也。

话犹未了，只听外间咕咚一声。急忙看时，原来是一个小丫头子坐着打盹，一头撞到壁上了，从梦中惊醒，恰正是晴雯说这话之时，他怔怔的只当是晴雯打了他一下，遂哭央说："好姐姐，我再不敢了。"

> 妙文趣文，淋漓尽致。

众人都发起笑来。宝玉忙劝道："饶他去罢，原该叫他们都睡去才是的。你们也该替换着睡去。"

> 读书是为了过关。

袭人忙道："小祖宗，你只顾你的罢。通共这一夜的工夫，你把心暂且用在这几本书上，等过了这一关，由你再张罗别的去，也不算误了什么。"宝玉听他说的恳切，只得又读。

读了没有几句，麝月又斟了一杯茶来润舌，宝玉接茶吃了。因见麝月只穿着短袄，解了裙子，宝玉道："夜静了，冷，到底穿一件大衣裳才是。"

> 不关心书，却关心麝月的衣服。

麝月笑指着书道："你暂且把我们忘了，心且略对着他些罢。"

> 脂批："此处岂是读书之处，又岂是伴读之人，古今天下误尽多少纨袴，何况又是此等时之怡红院，此等之嬡婢，又是此等一个宝玉哉。"

话犹

第七十三回　痴丫头误拾绣春囊　懦小姐不问累金凤

未了，只听金星玻璃从后房门跑进来，口内喊说："不好了，一个人从墙上跳下来了！"众人听说，忙问："在那里？"即喝起人来，各处寻找。

晴雯因见宝玉读书苦恼，空费一夜神思，明日也未必妥当，心下正要替宝玉想出一个主意来脱此难。_{妙极，读书是大难也。}正好忽然逢此一惊，即便生计，向宝玉道："趁这个机会，快装病，只说唬着了。"此话正中宝玉心怀，_{好主意。}因而遂传起上夜人等来，打着灯笼，各处搜寻，并无踪迹，都说："小姑娘们想是睡花了眼出去，风摇的树枝儿，错认了人。"

晴雯便道："别放屁！你们查的不严，怕得不是，还拿这话来支吾。才刚并不是一个人见的，宝玉和我们出去有事，大家亲见的。如今宝玉唬的颜色都变了，满身发热，_{吓出大病来了。}我如今还要上屋里去取安魂丸药去。太太问起来，是要回明白的，难道依你说就罢了不成？"众人听了，吓的不敢则声，只得又各处去找。晴雯和玻璃二人果出去要药，故意闹的众人皆知宝玉吓着了。王夫人听了，忙命人来看视给药，又吩咐各处上夜人仔细搜查，又一面叫查二门外邻园墙上夜的小厮们。于是园内灯笼火把，整闹了一夜。至五更天，就传管家男女，命仔细查一查，拷问内外上夜男女等人。

> 忙中又添乱，多谢芳官。

> 晴雯真能机变，帮宝玉脱此难。

> 安知不是玻璃先捣鬼乎？

1375

> 又连及上夜的人。

贾母闻知宝玉被吓,细问原由,不敢再隐,只得回明。贾母道:"我必料到有此事。如今各处上夜的人都不小心,还是小事,只怕他们就是贼也未可知。"当下邢夫人并尤氏等都过来请安,凤姐、李纨及姊妹等皆陪侍,听贾母如此说,都默无所答。

> 探春理家,故深知弊端情事。

独探春出位笑道:"近因凤姐姐身子不好,这几日园内的人比先放肆了许多。先前不过是大家偷着一时半刻,或夜里坐更时,三四个人聚在一处,或掷骰,或斗牌,小小的玩意,不过为熬困。近来渐次放诞,竟开了赌局,甚至有头家局主,或三十吊、五十吊、一二百吊的大输赢。半月前竟有争斗相打之事。"贾母听了,忙说:"你既知道,为何不早回我们来?"探春道:"我因想着太太事多,且连日不自在,凤姐姐又病着,所以没回。只告诉了大嫂子和管事的人们,诫饬过几次,近日好些。"

> 因芳官一句话,引出多少波澜。

贾母忙道:"你姑娘家,如何知道这里头的利害!你自为要钱常事,不过怕起争端。殊不知夜间既要钱,就保不住不吃酒;既吃酒,就免不得门户任意开锁。或买东西,寻张觅李,其中夜静人稀,趁便藏贼,引奸引盗,何等事作不出来?况且园内的姊妹们起居所伴者皆系丫头、媳妇们,贤愚混杂,贼盗事小,再有别事,倘略沾带些,关系不小。这事岂可轻恕!"探春听说,便默然归坐。

第七十三回　痴丫头误拾绣春囊　懦小姐不问累金凤

凤姐虽未大愈，精神固比素常稍减，脂批："看他渐次写来，从不作一易安之笔，况阿凤之文哉。"今见贾母如此说，便忙道："偏生我又病了。"遂回头命人速传林之孝家的等总理家事四个媳妇到来，当着贾母申饬了一顿。贾母命即刻查了头家赌家来，有人出首者赏，隐情不告者罚。林之孝家的等见贾母动怒，谁敢徇私，忙至园内传齐人，一一盘查。虽不免大家赖一回，终不免水落石出。查得大头家三人，小头家八人，聚赌者通共二十多人，都带来见贾母，跪在院内磕响头求饶。想不到竟查出聚赌者来。

贾母先问大头家名姓和钱之多少。原来这三个大头家，一个就是林之孝的两姨亲家，一个就是园内厨房内柳家媳妇之妹，一个就是迎春之乳母。这是三个为首的，余者不能多记。三个为首的都是有来头的。

贾母便命将骰子、牌一并烧毁，所有的钱入官，分散与众人，将为首者每人四十大板，撵出，总不许再入；从者每人二十大板，革去三月月钱，拨入圊厕行内。又将林之孝家的申饬了一番。林之孝家的见他的亲戚又与他打嘴，自己也觉没趣。

迎春在坐，也觉没意思。黛玉、宝钗、探春等见迎春的乳母如此，也是物伤其类的意思，遂都起身笑向贾母讨情说："这个妈妈素日原不顽的，不知怎么也偶然高兴。求看二姐姐面上，饶他这次罢。"贾母道："你们不知道。大约这些奶子们，一个个仗着奶过哥儿、姐儿，原比别人有些体面，他们就生事，比别人更可恶，专管调唆主子护短偏向。我都是经过的。况且要拿一个作法，恰好果然就遇见了一个。你们别管，我自有道理。"宝钗等听说，只得罢了。

贾母毫不容情。

一时贾母歇晌，大家散出，都知贾母今日生气，皆不敢各散回家，只得在此暂候。尤氏便往凤姐儿处来闲话了一回，因他也不自在，只得往园内寻众姑娘闲谈。

邢夫人在王夫人处坐了一回，也就往园内散散心来。刚至园门前，只见贾母房内的小丫头子，名唤傻大姐的，笑嘻嘻的走来，手内拿着个花红柳绿的东西，低头一壁瞧着，一壁只管走，不防迎头撞见邢夫人，抬头看见，方才站住。邢夫人因说："这痴丫头，又得了个什么狗不识儿，这么欢喜？拿来我瞧瞧。"

又撞见泼天大事来了。

原来这傻大姐年方十四五岁，是新挑上来的与贾母这边提水桶、扫院子，专作粗活的一个丫头。只因他生得体肥面阔，两只大脚，作粗活简捷爽利，且心性愚顽，一无知识，行事出言，常在规矩之外。贾母因喜欢他爽利便捷，又喜他出言可以发笑，便起名为"呆大姐"；常闷来便引他取笑一回，毫无避忌，因此又叫他作"痴丫头"。他纵有失礼之处，见贾母喜欢他，众人也就不去苛责。

这丫头也得了这个力，若贾母不唤他时，便入园

第七十三回　痴丫头误拾绣春囊　懦小姐不问累金凤

内来玩耍。今日正在园内掏促织，忽在山石背后得了一个五彩绣香囊，其华丽精致，固是可爱，但上面绣的并非花鸟等物，一面却是两个人赤条条的盘踞相抱，一面是几个字。这痴丫头原不认得是春意，便心下盘算："敢是两个妖精打架？不然必是两口子相打。"左右猜解不来，正要拿去与贾母看，脂批："险极妙极：荣府堂堂诗礼之家，且大观官园又何等严肃清幽之地。金闺玉阁，尚有此等秽妙（物），天下浅闲（闻）浦（薄）幕（幕）之家宁不慎乎。虽然，但此等偏出大官世族之中者，盖因其房宝香宵、嬛婢混杀（杂）、乌（乌）保其个个守礼持节哉。此正为大官世族而成戒，其浅闲薄幕之处，母女主婢日夕耳鬓交磨，一止一动悉在耳目之中，又何必谆谆再四焉。"是以笑嘻嘻的一壁看，一壁走，忽见了邢夫人如此说，便笑道："太太真个说的巧，真个是个狗不识呢。脂批："妙，寓言也。大凡知此交媾之情者，真狗畜之说耳。飞（非）肆言恶詈，凡识此事者即狗矣。然则云与贾母看，先骂贾母矣。此处邢夫人亦看，然则又骂邢夫人乎。故作者又难。"太太请瞧一瞧。"说着，便送过去。

邢夫人接来一看，吓得连忙死紧攥住，脂批："妙，这一'吓'字方是写世家夫人之笔，虽前文明书邢夫人之为人稍劣，然不在情理之中，若不用慎重之笔，则邢夫人直系一小家卑污极轻极贱之人矣，岂得与荣府联房哉。所谓此书针线慎密处，全在无意中一字一句之间耳，看者细心方得。"忙问："你是那里得的？"傻大姐道："我掏促织儿，在山石上拣的。"邢夫人道："快休告诉一人。这不是好东西，连你也要打死才是。皆因你素日是傻子，以后再别提起了。"这傻大姐听了，反吓的黄了脸，说："再不敢了。"磕了个头，呆呆而去。

邢夫人回头看时，都是些女孩儿，不便递与，自己便塞在袖内，心内十分罕异，揣摩此物从何而至，且不形于声色，且来至迎春室中。

迎春正因他乳母获罪，自觉无趣，心中不自在，

山石背后，此话甚熟，鸳鸯撞见司棋亦在山石背后，然园中山石当不止一处，固难确定是否即是司棋所在之山石也。

邢夫人如此死紧抓住，一是因为抓住了有伤风化的把柄，可见当权者失职，管理不严，藉此亦可稍稍发泄自己失势无权之恨。二是作为封建官僚家庭的太太，自然是正统的捍卫者，见此封建正统所不容之物（其实是不能公开），自然要表示她的正统立场，这前后两点，对于她都很有用，所以要"死紧攥住"了。

忽报母亲来了，遂接入内室。奉茶毕，邢夫人因说道："你这么大了，你那奶妈子行此事，你也不说说他。如今别人都好好的，偏咱们的人做出这事来，什么意思！"脂批："'咱们'二字便见自怀异心，从上文生离异发沥而来，谨密之至。更有甚于此者，君未知也，一叹。" 迎春低着头弄衣带，半晌答道："我说他两次，他不听，也无法。况且他是妈妈，只有他说我的，没有我说他的。"脂批："妙极，直画出一个懦弱小姐来。" 邢夫人道："胡说！你不好了，他原该说；如今他犯了法，你就该拿出小姐的身份来。他敢不从，你就回我去才是。如今直等外人共知，是什么意思！脂批："我敬问'外人'为谁？" 再者，只他去放头儿犹可，还恐怕他巧言花语的和你借贷些簪环衣履作本钱，你这心活面软的，未必不周接他些。若被他骗去，我是一个钱没有的，看你明日怎么过节。"迎春不语，只低头弄衣带。

> 这一点倒是说到了。

邢夫人见他这般，因冷笑道："总是你那好哥哥、好嫂子，一对儿赫赫扬扬，琏二爷、凤奶奶，两口子遮天盖日，百事周到，竟通共这一个妹子，全不在意。脂批："加在于琏凤，的是父母常情，极是。何必又如此说来，便见又有私意。" 但凡是我身上掉下来的，又有一话说，只好凭他们罢了。脂批："如何，此皆妇女私假之意，大不可者。" 况且你又不是我养的，你虽然不是同他一娘所生，到底是同出一父，也该彼此瞻顾些，也免别人笑话。脂批："又问'别人'为谁。" 又问彼二人虽不同母，终是同父，彼二人既同父，其父又系君之何人？吁，妇人私心今古有之。 我想，天下的事也难较定。你是大老爷跟前人养的，这里探丫头也是二老爷

> 又射向贾琏、凤姐。

> 邢夫人一大段埋怨，夹七夹八，不论不理，却是传神之笔。

第七十三回　痴丫头误拾绣春囊　懦小姐不问累金凤

跟前人养的，出身一样，如今你娘死了。从前看来，你两个的娘，只有你娘比如今赵姨娘强十倍的，你该比探丫头强才是，怎么反不及他一半！谁知竟不然，这可不是异事！倒是我一生无儿无女的，一生干净，也不能惹人笑话议论为高。"脂批："最可恨妇人无子者，引此话是说。"

旁边伺候的媳妇们便趁机道："我们的姑娘老实仁德，那里像他们三姑娘伶牙俐齿，会要姊妹们的强。他们明知姐姐这样，他竟不顾恤一点儿。"脂批："杀杀杀，此辈端生离异，余因实受其蛊，今读此文直欲拔剑劈纸，又不知作者多少眼泪洒出此回也。又问不知如何顾恤些，又不知有何可顾恤之处，直令人不解。愚奴贱婢之言，酷肖之至。"邢夫人道："连他哥哥、嫂子还如是，别人又作什么呢。"

一大段邢夫人无头无尾的埋怨话，亦见她满腹怨气，且口口声声"咱们""别人"，亦见其自异于人也。

一言未了，人回："琏二奶奶来了。"邢夫人听了，冷笑两声，命人出去说："请他自去养病，我这里不用他伺候。"自上次当面挖苦后，至今气尚未消。接着，又有探事的小丫头来报说："老太太醒了。"邢夫人方起身往前边来。迎春送至院外方回。

绣橘因说道："如何，前儿我回姑娘，那一个攒珠累金凤竟不知那里去了。回了姑娘，姑娘竟不问一声儿。我说，必是老奶奶拿去典了银子放头儿的。姑娘不信，只说司棋收着呢。问司棋，司棋虽病着，心里却明白。我去问他，他说，没有收起来，还在书架上匣内暂放着，预备八月十五日恐怕要戴呢。姑娘就该问老奶奶一声，只是脸软怕人恼。如今竟怕无着落，明儿都要戴时，独咱们不戴，是何意思呢？"脂批："这个'咱们'使

因邢夫人之话，引起累金凤之事。

1381

> 得,恰是女儿呫呫私语,非前问之一倒(例)可比者,写得出,批得出。

迎春道:"何用问,自然是他拿去暂时借一肩儿。我只说他悄悄的拿了出去,不过一时半晌,仍旧悄悄的送来就完了,谁知他就〔一〕忘了。今日偏又闹出来,问他想也无益。"

> 写迎春之懦弱,笔笔传神。
> 明明迎春知道,只是不肯出面追问,望她自己归还,活画出一懦弱无性气之人。

绣橘道:"何曾是忘记!他是试准了姑娘的性格, _{绣橘一语说透。} 所以才这样。如今我有个主意:我竟走到二奶奶房里,将此事回了他,或他着人去要,或他省事,拿几吊钱来替他赔补。如何?"_{脂批:"写女儿各有机变,个个不同。"} 迎春忙道:"罢,罢,罢,省些事罢。宁可没有了,又何必生事?"

> 连绣橘都看不过了。

_{脂批:"总是懦语。"}绣橘道:"姑娘怎么这样软弱!都要省起事来,将来连姑娘还骗了去呢。我竟去的是。"说着便走。迎春便不言语,只好由他。_{写得活活脱脱,既不敢去告,也不敢反对去告。}

谁知迎春乳母之媳王住儿媳妇,正因他婆婆得了罪,来求迎春去讨情,听他们正说金凤一事,且不进去。也因素日迎春懦弱,他们都不放在心上。_{写尽此辈狡猾之心。} 如今见绣橘立意要去回凤姐,估量着这事脱不去的,且又有求迎春之事,只得进来,陪笑先向绣橘说:"姑娘,你别去生事。姑娘的金丝凤,原是我们老奶奶老糊涂了,输了几个钱,没的捞梢,所以暂借了去。原说一日半晌就赎的,因总未捞过本来,就迟误了。可巧今儿又不知是谁走了风声,弄出事来。虽然这样,到底是主子的东西,我们不敢迟误下,终久是要赎的。如今还要求姑娘看自小儿吃奶的情上,往老太太那边

第七十三回　痴丫头误拾绣春囊　懦小姐不问累金凤

去讨个情面，救出他老人家来才好。"

迎春先便说道："好嫂子，你趁早儿打了这妄想，要等我去说情儿，等到明年也不中用的。方才连宝姐姐、林妹妹大伙儿说情，老太太还不依，何况是我一个人。我自己愧还愧不过来，反去讨臊去。"绣橘便说："赎金凤是一件事，说情是一件事，别绞在一处说。难道姑娘不去说情，你就不赎了不成？嫂子且去取了金凤来再说。"

王住儿家的听见迎春如此拒绝他，绣橘的话又锋利，无可回答，一时脸上过不去，也明欺迎春素日好性儿，乃向绣橘发话道："姑娘，你别太仗势了。你满家子算一算，谁的妈妈奶子不仗着主子哥儿多得些益，偏咱们就这样丁是丁、卯是卯的，只许你们偷偷摸摸的哄骗了去。自从邢姑娘来了，太太吩咐一个月俭省出一两银子来与舅太太去，这里饶添了邢姑娘的使费，反少了一两银子。常时短了这个，少了那个，那不是我们供给？谁又要去？不过大家将就些罢了。算到今日，少说些也有三十两了。我们这一向的钱，岂不白填了限呢。"

绣橘不待说完，便啐了一口，道："作什么的白填了三十两，我且和你算算账，姑娘要了些什么东西？"迎春听见这媳妇发邢夫人之私意，脂批："大书此句，诛心之笔。"忙止道："罢，罢，罢。你不能拿了金凤来，不必牵三

> 终于逼出迎春的话来了。
>
> 绣橘头脑清楚，问得是。
> 说得极简捷。
>
> 奴才蛮横无理。
>
> 简直是倒算账，想借此赖账。
>
> 迎春窝囊至此。

1383

扯四乱嚷。我也不要那凤了。便是太太们问时，我只说丢了，也妨碍不着你什么的，出去歇息歇息倒好。"一面叫绣橘倒茶来。

<small>绣橘说得是极。</small>

绣橘又气又急，因说道："姑娘虽不怕，我们是作什么的？把姑娘的东西丢了，他倒赖说姑娘使了他们的钱，这如今竟要准折起来。倘或太太问姑娘为什么使了这些钱，敢是我们就中取势了？这还了得！"一行说，一行就哭了。司棋听不过，只得勉强过来，帮着绣橘问着那媳妇。迎春劝止不住，自拿了一本《太上感应篇》来看。<small>脂批："神妙之甚，从书上跳出一位懦小姐。且（是）书又有奇文，妙。"</small>

<small>写活了迎春。</small>

三人正没开交，可巧宝钗、黛玉、宝琴、探春等因恐迎春今日不自在，都约来安慰他。走至院中，听得两三个人角口。探春从纱窗内一看，只见迎春倚在床上看书，若有不闻之状。<small>脂批："看他写迎春虽稍劣，然亦大家千金之格也。"</small>探春也笑了。小丫鬟们忙打起帘子，报道："姑娘们来了。"迎春方放下书起身。那媳妇见有人来，且又有探春在内，不劝而自止了，遂趁便要去。

<small>探春一来，王住儿家的碰到硬处了。</small>

探春坐下，便问："才刚谁在这里说话？倒像拌嘴似的。"<small>脂批："瞧他写探春气宇。"</small>迎春笑道："没有说什么，左不过是他们小题大作罢了。何必问他。"探春笑道："我才听见什么'金凤'，又是什么'没有钱只和我们奴才要'，谁和奴才要钱了？难道姐姐和奴才要钱了不成？难道姐姐不是和我们一样有月钱的，一样有用度不成？"

<small>问到要紧处了。</small>

第七十三回　痴丫头误拾绣春囊　懦小姐不问累金凤

司棋、绣橘道："姑娘说的是了。姑娘们都是一样的，那一位姑娘的钱不是由着奶奶、妈妈们使？连我们也不知道怎样是算账，不过要东西只说得一声儿。如今他偏要说姑娘使过了头儿，他赔出许多来了。究竟姑娘何曾和他要什么了。"探春笑道："姐姐既没有和他要，必定是我们或者和他们要了不成！你叫他进来，我倒要问问他。"

> 抓住了要点。

> 应该问问。

迎春笑道："这话又可笑。你们又无沾碍，何得带累于他。"探春笑道："这倒不然。我和姐姐一样，姐姐的事和我的也是一般，他说姐姐就是说我。我那边的人有怨我的，姐姐〔二〕听见也即同怨姐姐是一理。咱们是主子，自然不理论那些钱财小事，只知想起什么要什么，也是有的事。但不知金累丝凤因何又夹在里头？"那王住儿媳妇生恐绣橘等告出他来，遂忙进来用话掩饰。

探春深知其意，因笑道："你们所以糊涂。如今你奶奶已得了不是，趁此求求二奶奶，把方才的钱尚未散人的拿出些来赎取了就完了。比不得没闹出来，大家都藏着留脸面；如今既是没了脸，趁此时纵有十个罪，也只一人受罚，没有砍两颗头的理。你依我，竟是和二奶奶说去。在这里大声小气，如何使得？"这媳妇被探春说出真病，也无可赖了，只不敢往凤姐处去自首。探春笑道："我不听见便罢，既听见，少

> 探春几句话，就使对方不得脱身。

不得替你们分解分解。"谁知探春早使了个眼色与待书出去了。_{探春能干机灵。}

这里正说话，忽见平儿进来。宝琴拍手笑说道："三姐姐敢是有驱神召将的符术？"黛玉笑道："这倒不是道家玄术，倒是用兵最精的，_{黛玉早已明白。}所谓'守如处女，脱如狡兔'，出其不备之妙策也。"二人取笑。宝钗便使眼色与二人，令其不可，遂以别话岔开。

探春见平儿来了，遂问："你奶奶可好些了？真是病糊涂了，事事都不在心上，叫我们受这样的委屈。"平儿忙道："姑娘怎么委屈？谁敢给姑娘气受，姑娘快吩咐我。"

当时住儿媳妇儿方慌了手脚，_{不见棺材不落泪也。}遂上来赶着平儿叫："姑娘坐下，让我说原故请听。"平儿正色道："姑娘这里说话，也有你我混插口的礼！你但凡知礼，只该在外头伺候。不叫，你进不来的，几曾有外头的媳妇子们无故到姑娘们房里来的例？"_{第一句话就压住阵脚。}绣橘道："你不知我们这屋里是没礼的，谁爱来就来。"平儿道："都是你们的不是。姑娘好性儿，你们就该打出去，然后再回太太去才是。"住儿媳妇见平儿出了言，红了脸方退出去。

探春接着道："我且告诉你，若是别人得罪了我，倒还罢了。如今那住儿媳妇和他婆婆，仗着是妈妈，又瞅着二姐姐好性儿，如此这般，私自拿了首饰去赌

_{探春一一说出王住儿家的罪状，一点不漏。}

第七十三回 痴丫头误拾绣春囊 懦小姐不问累金凤

钱,而且还捏造假账折算,威逼着还要去讨情,和这两个丫头在卧房里大嚷大叫,二姐姐竟不能辖治,所以我看不过,才请你来问一声:还是他原是天外的人,不知道理,还是谁主使他如此,先把二姐姐制伏,然后就要治我和四姑娘了?"〔话里有刺,有压力。〕

平儿忙陪笑道:"姑娘怎么今日说这话出来?我们奶奶如何当得起!"

探春冷笑道:〔三〕"俗语说的,'物伤其类','齿竭唇亡'。我自然有些惊心。"平儿问迎春道:"若论此事,还不是大事,极好处置。但他现是姑娘的奶嫂,据姑娘怎么样为是?"

当下迎春只和宝钗阅《感应篇》故事,究竟连探春之语亦不曾闻得,忽见平儿如此说,乃笑道:"问我,我也没什么法子。他们的不是,自作自受,我也不能讨情,我也不去苛责就是了。〔活迎春。〕至于私自拿去的东西,送来我收下,不送来我也不要了。太太们要问,我可以隐瞒遮饰过去,是他的造化,若瞒不住,我也没法,没有个为他们反欺枉太太们的理,少不得直说。你们若说我好性儿,没个决断,竟有好主意可以八面周全,不使太太们生气,任凭你们处治,我总不知道。"〔天下无双,活活一个懦小姐。〕

众人听了,都好笑起来。黛玉笑道:"真是'虎狼屯于阶陛,尚谈因果'。若使二姐姐是个男人,这一家上下若许人,又如何裁治他们?"迎春笑道:"正

1387

是，多少男人尚如此，何况我哉！"

　　一语未了，只见又有一人到来。正不知道是那个，且听下回分解。

第七十三回　　痴丫头误拾绣春囊　懦小姐不问累金凤

【回后评】

　　小鹊的一句误传误报，教宝玉准备应付贾政的盘问功课，弄得怡红院里天翻地覆，更引起宝玉悔恨交加、忐忑不安。悔是懊悔没有早作准备，至现在临阵磨枪，总是顾此失彼，不知如何是好。恨是恨何必读书，不读书岂不更好，从而说出了一段惊世骇俗之论："更有时文八股一道，因平素深恶此道，原非圣贤之制撰，焉能阐发圣贤之微奥，不过是后人饵名钓禄之阶。"这样一段干时骂世之话，借着宝玉埋怨读书，便冲口而出，实际上是作者借这一情节，来发抒他反对封建正统、反对程朱理学、反对八股科举制度的思想。怡红院的慌乱无序，却被芳官的一个信息转移了方向。改名为金星玻璃的芳官从后房门进来说"不好了，一个人从墙上跳下来了！"这一声警报，立即改变了怡红院的现状，原来读书的宝玉，已受吓成病，忙着取药的取药，查夜的查夜，最后报告到贾母处，引来了整顿风纪的一场整肃，最后是撵的撵，罚的罚，毫不含糊，宝玉的备考，也就在一场混乱中结束。小鹊本来是误听虚报，所以后来就根本不提贾政的盘考。至于是否有人从墙上跳下来，到底也未查清楚，我怀疑也是芳官设的圈套，晴雯更大肆张扬，度此一难。

　　绣春囊一事，既是以往种种弊端的总积累，更是新的矛盾冲突的大爆发。从贾母等入朝守制和凤姐病倒，不能理事以后，不断描写贾府的管理混乱，纪律松弛，门禁怠懈，下人们溜号偷懒等，终于出了司棋、潘又安在大观园暗夜私会的严重事件。现在绣春囊的出现，就是以上一连串弊病的结果。有人说，这就是司棋、潘又安之物，因为书无明文，就很难说，也难保证偌大一个荣国府，就只有司棋、潘又安两人能有此事。

所以此物是谁的不必深究。邢夫人拿到此物,完全可以冷处理,无须大惊小怪,只要悄悄查察,以防后患也就可以了,但她却"死紧攥住",以为抓住了当权派的把柄,可以进行弹劾甚至夺权了,于是终于引发了下面的一场泼天大祸。

懦小姐迎春的事,通过奶妈偷取累金凤的事,层层写出迎春性格的独特性和个性化,以前对迎春还只是一般的描写,此处通过累金凤一事,她的个性的独特性便完全饱满地呈现出来了。同时作者写下人们的聚赌,写王住儿家的蛮横耍赖,俱是进一步写出贾府的衰败气势。一个封建官僚大家庭已经百孔千疮,已经呈现出它的腐朽没落的迹象了,于是这种迹象也通过各个环节从各处自然地渗透出来了!

【校记】

〔一〕"他悄悄"以下二十八字,底本缺,各本均有,文字略异,此从蒙府、戚序、列藏本补。

〔二〕"姐姐的事和我的也是一般"以下三十字,底本缺,各本均有,文字略异,此从杨藏本补。

〔三〕"姑娘怎么今日说这话出来"以下共二十五字,底本缺,各本均有,文字有异,此从杨藏本补。

第七十四回　　惑奸谗抄检大观园
　　　　　　　矢孤介杜绝宁国府

　　话说平儿听迎春说了，正自好笑，忽见宝玉也来了。原来管厨房的柳家媳妇之妹，也因放头开赌得了不是。这园中有素与柳家不睦的，_{脂批："前文已卯之伏线。"}便又告出柳家来，说他和他妹子是伙计，虽然他妹子出名，其实赚了钱两个人平分。因此凤姐要治柳家之罪。

> 柳家的一波才平一波又起。

　　那柳家的因得此信，便慌了手脚，因思素与怡红院的人最为深厚，故走来悄悄的央求晴雯、金星玻璃等人。金星玻璃告诉了宝玉。宝玉因思内中迎春之乳母也现有此罪，不若来约同迎春讨情，比自己独去单为柳家说情又更妥当，故此前来。_{宝玉此时倒颇用脑子。补叙宝玉之来。}忽见许多人在此，见他来时，都问："你的病可好了？跑来作什么？"宝玉不便说出讨情一事，只说："来看二姐姐。"当下众人也不在意，且说些闲话。

> 前面刚刚说吓出一场大病，此时却又走来。别人自然要问。

　　平儿便出去办累丝金凤一事。那王住儿媳妇紧跟在后，口内百般央求，只说："姑娘好歹口内超生，我横竖去赎了来。"平儿笑道:"你迟也赎,早也赎,既有今日,何必当初。你的意思,得过去就过去了。既是这样,我也不好意思告人,趁早去赎了来交与我送去,_{平儿一语道破,但必须见物,才能不提。}我一字不提。"王住儿媳妇听说,方放下心来,就拜谢,又说:"姑娘自去贵干,我赶晚拿了来,先回了姑娘,再送去,如何?"平儿道:"赶晚不来,可别怨我。"_{这句话很要紧,对付此类人不得不如此。}说毕,二人方分路各自散了。

平儿到房,凤姐问他:"三姑娘叫你作什么?"平儿笑道:"三姑娘怕奶奶生气,叫我劝着奶奶些,问奶奶这两天可吃些什么。"凤姐笑道:"倒是他还记挂着我。刚才又出来了一件事:有人来告柳二媳妇和他妹子通同开局,凡他妹子所为,都是他作主。我想,你素日肯劝我,'多一事不如省一事',就可闲一时的心,自己保养保养,也是好的。我因听不进去,果然应了些,先把太太得罪了,而且自己反赚了一场病。如今我也看破了,随他们闹去罢,横竖还有许多人呢。我白操一会子心,倒惹的万人咒骂。我且养病要紧;_{凤姐阅尽人生,又经人劝,亦有些改悔。}便是病好了,我也作个好好先生,得乐且乐,得笑且笑。一概是非,都凭他们去罢。_{脂批:"歷了(来)世人到此作此想,但悔不及矣,可伤可叹。"}所以我只答应着知道了,白不在我心上。"平儿笑道:"奶奶果然如此,便是我们的造化。"_{可见平儿没有白劝。}

一语未了,只见贾琏进来,拍手叹气道:"好好的,

第七十四回　惑奸谗抄检大观园　矢孤介杜绝宁国府

又生事。前儿我和鸳鸯借当，那边太太又怎么知道了。才刚太太叫过我去，叫我不管那里先迁挪二百银子，做八月十五日节间的使用。我回没处迁挪。太太就说：'你没有钱，就有地方迁挪。我白和你商量，你就搪塞我，你就说没地方。前儿那一千银子的当是那里的？连老太太的东西，你都有神通弄出来。这会子二百银子，你就这样。幸亏我没和别人说去。'我想，太太分明不短，何苦来要寻事奈何人？"_{就是要寻事，这方是邢夫人。}凤姐儿道："那日并没一个外人，谁走了这个消息？"

平儿听了，也细想那日有谁在此，想了半日，笑道："是了，那日说话时，没一个外人。但晚上送东西来的时节，老太太那边傻大姐的娘也可巧来送浆洗衣服。他在下房里坐了一会子，见一大箱子东西，自然要问，必是小丫头们不知道，说了出来，也未可知。"_{脂批："奇奇怪怪，从何处转至，（素日成？）真如常山之蛇。"}因此便唤了几个小丫头来问，那日是谁告诉呆大姐的娘的。众小丫头慌了，都跪下赌咒发誓，说："自来也不敢多说一句话。有人凡问什么，都答应不知道。这事如何敢多说？"

凤姐详情说："他们必不敢多说，倒别委屈了他们，如今且把这事靠后，且把太太打发了去要紧。宁可咱们短些，又别讨没意思。"_{应付邢夫人，别讨没趣，把事弄大，这亦是冷静的头脑。}因叫平儿："把我的金项圈拿来，且去暂押二百银子来，送去完事。"贾琏道："越性多押二百，咱们也要使呢。"

（旁批：可见到处漏风，矛盾重重。）

（旁批：平儿心细，终于想出来了。）

（旁批：此时凤姐倒能审情度理，不冤枉下人，难得一件好事。）

凤姐道："很不必，我没处使钱。这一去还不知指那一项赎呢。"^{窘态可见} 平儿拿去，吩咐一个人唤了旺儿媳妇来领去，不一时拿了银子来。贾琏亲自送去，不在话下。

这里，凤姐和平儿猜疑，终是谁人走的风声，竟拟不出人来。凤姐儿又道："知道这事还是小事，怕的是小人趁便又造非言，生出别的事来。打紧那边正和鸳鸯结下仇了，如今听得他私自借给琏二爷东西，那起小人眼馋肚饱，连没缝儿的鸡蛋还要下蛆呢，如今有了这个因由，恐怕又造出些没天理的话来也定不得。在你琏二爷还无妨，只是鸳鸯，正经女儿，带累了他受屈，岂不是咱们的过失。"凤姐想得细，可见一家之内矛盾重重。

平儿笑道："这也无妨。鸳鸯借东西，原看的是奶奶，并不为的是二爷。一则鸳鸯虽应名，是他的私情，其实他是回过老太太的。^{平儿更了解仔细，可见知情之不易，亏作者写得如此深细。}老太太因怕孙男弟女多，这个也借，那个也要，到跟前撒个娇儿，和谁要去？因此只装不知道。脂批云："盖此等事作者曾经，批者曾经，实系一写往事，非特造出，故弄新笔。"论者有云：雪芹生年甚晚，未能赶上曹家繁华之日，书中所写皆系传闻，或闻之故老长者。阅此批，当知何者为是，何者为非矣。 脂批："奇文神文，岂世人（余）想得出者。前文云：'一箱子'，若私是（自）拿出，贾母其睡梦中之人矣。盖此等事作者曾经，批者曾经，实系一写往事，非特造出，故弄新笔，究竟不记不神也。鸳鸯借物一回于此便结。"纵闹了出来，究竟那也无碍。"凤姐儿道："理固如此，只是你我知道的便罢了，不知道的焉得不生疑呢？"

一语未了，人报："太太来了。"^{奇文突起} 凤姐听了诧异，不知为何事亲来，与平儿等忙迎出来。只见王夫人气色更变，^{奇极} 只带一个贴己的小丫头走来，一语不发，

第七十四回　惑奸谗抄检大观园　矢孤介杜绝宁国府

^{奇奇怪怪。}走至里间坐下。凤姐忙奉茶，因陪笑问道："太太今日高兴，到这里逛逛。"王夫人喝命："平儿出去！"

^{你说高兴，她却喝命，来势凶险。}

平儿见了这般光景，心内着慌，不知怎么样了，^{从未见过此种场面。}忙应了一声，带着众小丫头一齐出去，在房门外站住，越性将房门掩了，自己坐在台矶上，所有的人，一个不许进去。^{绝对保密。}

凤姐也着了慌，不知有何等事。只见王夫人含着泪，^{还含着泪，真想不到。}从袖内掷出一个香袋子来，说："你瞧！"^{惊人之物，其实何至如此。但不如此便不是王夫人。}凤姐忙拾起一看，见是十锦春意香袋，也吓了一跳，^{稍比王夫人好些。}忙问："太太从那里得来？"王夫人见问，越发泪如雨下，^{写得妙极，活画出一个愚蠢无能又无头脑之昏聩妇人。}颤声说道："我从那里得来！我天天坐在井里，拿你当个细心人，所以我才偷个空儿。谁知你也和我一样。这样的东西，大天白日明摆在园里山石上，被老太太的丫头拾着，不亏你婆婆遇见，早已送到老太太跟前去了。我且问你，这个东西如何遗在那里来？"^{脂批："奇问。"}凤姐听得，也变了颜色，忙问："太太怎知是我的？"^{脂批："问的是。"}王夫人又哭又叹说道："你反问我！^{王夫人颇觉奇怪，原以为定是凤姐，有何可问。}你想，一家子除了你们小夫小妻，余者老婆子们，要这个何用？再女孩子们是从那里得来？自然是那琏儿不长进下流种子那里弄来。你们又和气，当作一件顽意儿，年轻人，儿女闺房私意是有的，^{可见你也有过。}你还和我赖！

^{问得奇怪，问得蛮不讲理，好像看见是凤姐掉在那里的。}

幸而园内上下人还不解事，尚未拣得。倘或丫头们拣着，你姊妹看见，这还了得！不然，有那小丫头们拣着，出去说是园内拣着的，与外人知道，这性命、脸面要也不要？"_{真是一口咬定，死不放松。} _{竟关性命、脸面，可见事大。}

凤姐听说，又急又愧，登时紫涨了面皮，便依炕沿双膝跪下，也含泪诉道："太太说的固然有理，我也不敢辩我并无这样的东西。_{其实无理} _{既然有理，还有何可辩？正因她无理，所以说不敢辩。}但其中还要求太太细详其理：_{说不敢辩者，实是要辩也。}那香袋是外头雇工仿着内工绣的，带子、穗子一概是市卖货。我便年轻、不尊重些，也不要这劳什子，自然都是好的，此其一。_{第一层道理，从香囊的做工上说。}二者这东西也不是常带着的，我纵有，也只好在家里，焉肯带在身上各处去？况且又在园子里，个个姊妹我们都肯拉拉扯扯，倘或露出来，不但在姊妹前，就是奴才看见，我有什么意思？我虽年轻不尊重，亦不能糊涂至此。_{说得非常有理。第二层道理，是从不是随身携带之物来说。}三则论主子内，我是年轻的媳妇，算起奴才来，比我更年轻的又不止一个人了。况且他们也常进园，晚间各人家去，焉知不是他们身上的？_{三是从年龄上说，比凤姐年轻的还多。}四则除我常在园里之外，还有那边太太常带过几个小姨娘来，如嫣红、翠云等人，皆系年轻侍妾，他们更该有这个了。还有那边珍大嫂子，他也不算甚老，他也常带过佩凤等人来，焉知又不是他们的？_{四是从常来园中之人来说。}五则园内丫头太多，保的住个个都是正经的不成？也有年纪大

_{不是因为东西是她的，她才脸红，而是因为说"你还和我赖"，一口咬定凤姐，故而凤姐又急又愧，紫涨了脸也。}

第七十四回　惑奸谗抄检大观园　矢孤介杜绝宁国府

些的知道了人事，或者一时半刻人查问不到偷着出去，或借着因由同二门上小幺儿们打牙犯嘴，外头得了来的，也未可知。_{五是从丫头们的情况来说。}如今不但我没此事，就连平儿，我也可以下保的。太太请细想。"

> 列举五点，把问题说得清清楚楚，不仅自己没有，还可保证平儿也没有。

王夫人听了这一席话，大近情理，因叹道："你起来。我也知道你是大家小姐出身，焉得轻薄至此。不过我气急了，_{倒是实话，不是气急了，而是气昏了，说的是昏话。}拿了话激你。但如今却怎么处？你婆婆才打发人封了这个给我瞧，说是前日从傻大姐手里得的，把我气了个死。"

> 封了这个来，是给你颜色看，你当得好家！

凤姐道："太太快别生气。若被众人觉察了，保不定老太太不知道。且平心静气，暗暗访察，才得确实。纵然访不着，外人也不能知道。这叫作'胳膊折在袖内'。如今惟有趁着赌钱的因由革了许多的人这空儿，_{先找借口。}把周瑞媳妇、旺儿媳妇等四五个贴近、不能走话的人安插在园里，_{安插内线。}以查赌为由。再如今他们的丫头也太多了，保不住人大心大，生事作耗，等闹出事来，反悔之不及。如今若无故裁革，不但姑娘们委屈烦恼，就连太太和我也过不去。不如趁此机会，以后凡年纪大些的，或有些咬牙难缠的，拿个错儿，撵出去配了人。_{裁减人员。}一则保得住没有别的事，二则也可省些用度。太太想我这话如何？"

> 凤姐原是冷处理的办法，不想竟发展到抄检大观园。

> 一是暗访，二是清洗，既不惊动，又可精减人员，节约开支，凤姐之见，确是易行而稳妥。

王夫人叹道："你说的何尝不是，但从公细想，你这几个姊妹也甚可怜了。_{脂批："犹云可怜，妙。在别人视之，今古无此。若在荣府论，实不能比先矣。"}也不用远比，只说如今你林妹妹的母亲，未出阁时，是何等的娇生惯养，是何等的金尊玉贵，那才像个千金小姐的体统。如今这几个姊妹，不过比别人家的丫头略强些罢了。脂批："所谓'观于海者难为水'，俗子谓王夫人不知足，是不可矣，又谓作太过，真螗蛄鸠鸳之见也。"通共每人只有两三个丫头还像个人样，余者纵有四五个小丫头子，竟是庙里的小鬼。如今还要裁革了去，不但我于心不忍，只怕老太太未必就依。虽然艰难，也不至此。我虽没受过大荣华富贵，比你们是强的。如今我宁可省些，别委屈了他们。以后要省俭先从我来倒使的。如今且叫人传了周瑞家的等人进来，就吩咐他们快快暗地访拿这事要紧。"可见原未想抄检。

> 王夫人只是默守旧时排场，不想裁革。
>
> 王夫人对于眼前的艰难还没有清醒的认识。
>
> 王夫人已同意凤姐的做法。

凤姐听了，即唤平儿进来吩咐出去。一时，周瑞家的与吴兴家的、郑华家的、来旺家的、来喜家的现在五家陪房进来，余者皆在南方，各有执事。脂批："又伏一笔。"王夫人正嫌人少不能勘察，忽见邢夫人的陪房王善保家的走来，方才正是他送了香囊来的。王夫人向来看视邢夫人之得力心腹人等原无二意，脂批："大书。看下人犹如此，可知待邢夫人矣。"今见他来打听此事，十分关切，脂批："小人外是内非，类皆如此。"便向他说："你去回了太太，你也进园内照管照管，不比别人又强些。"

> 实是邢夫人派她来打听消息。王夫人感到压力，故让王善保家的来一起参加照管园内。

这王善保家的正因素日进园去，那些丫鬟们不大趋奉他，他心里大不自在，要寻他们的故事又寻不着，恰好生出这事来，以为得了把柄。又听王夫人委托，

> 这个差使，王善保家的求之不得。

第七十四回　惑奸谗抄检大观园　矢孤介杜绝宁国府

正撞在心坎上，说："这个容易。不是奴才多话，论理这事该早严紧些的。太太也不大往园里去，这些女孩子们一个个倒像受了封诰似的，他们就成了千金小姐了。闹下天来，谁敢哼一声儿。不然，就调唆姑娘的丫头们，说欺负了姑娘们了，谁还耽得起？" 王善保家的还未进园，先就恶话连篇，只想出气。

王夫人道："这也有的，本是常情，跟姑娘的丫头原比别的娇贵些。王夫人初还不同意王善保家的说法。你们该劝他们。连主子们的姑娘不教导尚且不堪，何况他们。"王善保家的道："别的都还罢了。太太不知道，头一个宝玉屋里的晴雯，那丫头仗着他生的模样儿比别人标致些，一开始就告发晴雯，晴雯危矣。又生了一张巧嘴，天天打扮的像个西施的样子，在人跟前能说惯道，掐尖要强。一句话不投机，他就立起两个骚眼睛来骂人，妖妖趫趫，大不成个体统。"脂批："活画晴雯出来。可知已前知晴雯必应遭妒者，可怜可伤竟死矣。"

王夫人听了这话，猛然触动往事，便问凤姐道："上次我们跟了老太太进园逛去，有一个水蛇腰、脂批："妙妙，好腰。"削肩膀、脂批："妙妙，好肩。俗云水蛇腰，则游曲小也。又云美人无肩，又曰前或皆之（至）美之刑（形）也。凡写美人偏用俗笔反笔，与他书不同也。"眉眼又有些像你林妹妹的，忽又射向黛玉。脂批："更好，形容尽矣。"正在那里骂小丫头。我的心里很看不上那轻狂样子，因同老太太走，我不曾说得。后来要问是谁，又偏忘了。今日对了坎儿，这丫头想必就是他了。"凤姐道："若论这些丫头们，共总比起来，都没晴雯生得好。可见晴雯真美。论举止言语，他原有些轻薄。方才太太说的倒很像他，我也忘了那

正说在王夫人心坎上。

画出一个晴雯。

日的事,不敢乱说。"

王善保家的便道:"不用这样,此刻不难叫了他来给太太瞧瞧。"王夫人道:"宝玉房里常见我的只有袭人、麝月,这两个笨笨的倒好。若有这个,他自然不敢来见我的。我一生最嫌这样的人,况且又出来这个事。好好的一个宝玉,倘或叫这蹄子勾引坏了,那还了得。"因叫自己的丫头来,怕凤姐的丫头不可靠。吩咐他到园里去,"只说我说,有话问他们,留下袭人、麝月服侍宝玉不必来,有一个晴雯最伶俐,叫他即刻快来。你不许和他说什么。"

小丫头子答应了,走入怡红院,正值晴雯身上不自在,脂批:"音神之至,所谓魂早离舍矣,将死之兆也。若俗笔必云十分妆饰,今云不自在,想无挂心之态,更不入王夫人之眼也。"睡中觉才起来,正发闷,听如此说,只得随了他来。素日这些丫鬟皆知王夫人最恶趔妆艳饰、语薄言轻者,故晴雯不敢出头。今因连日不自在,并没十分妆饰,自为无碍。脂批:"好,可知天生美人原不在妆饰,使人一见不觉心惊目骇。可恨世之涂脂抹粉,真同鬼魅而不见(自)觉。"及到了凤姐房中,王夫人一见他钗軃鬓松,衫垂带褪,有春睡捧心之遗风,而且形容面貌恰是上月的那人,不觉勾起方才的火来。

王夫人原是天真烂漫之人,"天真烂漫"四字,用于王夫人,用得新。读者切莫作正面解,亦非反面解,如何解法,读者仔细品味。喜怒出于心臆,此句说得准。不比那些饰词掩意之人,今既真怒攻心,以上三句,是"天真烂漫"四字之的解。又勾起往事,便冷笑道:"好个美人!真像个病西施了。看了样子就生气。你天

王善保家的可恶,唯恐天下不乱。

王夫人这一番话,晴雯即使不来也已死定矣,可叹可叹。

王夫人说"我一生最嫌这样的人"一段,活画出王夫人来,此等人何以形容之,予亦无法,只有雪芹之笔写得出耳!

晴雯不打扮固然勾起王夫人的火来,打扮了,吾恐勾起的火更大。总之,王夫人的眼中原容不下晴雯也,亦由此可见王夫人极爱袭人,则袭人与晴雯自绝非同流矣。

天作这个轻狂样儿给谁看?〔天生就是这个样子,不是作出来的,也不知要给谁看。〕你干的事,打量我不知道呢!〔你真有不知道的事,但不是我干的。〕我且放着你,自然明儿揭你的皮!宝玉今日可好些?"

晴雯一听如此说,心内大异,便知有人暗算了他。〔听此言,自然不能不明白了。〕虽然着恼,只不敢作声。他本是个聪敏过人的人,〔脂批:"深罪聪明,到底不错一笔。"〕见问宝玉可好些,他便不肯以实话对,只说:"我不大到宝玉房里去,又不常和宝玉在一处。好歹我不能知道,只问袭人、麝月两个。"王夫人道:"这就该打嘴!〔不知道就要打嘴,总之,王夫人有意找事,晴雯万难逃此一劫。〕你难道是死人,要你们作什么!"晴雯道:"我原是跟老太太的人。因老太太说园里空大人少,宝玉害怕,所以拨了我去外间屋里上夜,不过看屋子。我原回过,我笨,不能服侍。老太太骂了我一顿,说'又不叫你管他的事,要伶俐的作什么'。我听了这话才去的,不过十天半个月之内,宝玉闷了,大家顽一会子就散了。至于宝玉饮食起坐,上一层有老奶奶、老妈妈们,下一层又有袭人、麝月、秋纹几个人。我闲着还要作老太太屋里的针线,所以宝玉的事竟不曾留心。太太既怪,从此后我留心就是了。"〔反进一步说,看你如何。〕

王夫人信以为实了,忙说:"阿弥陀佛!你不近宝玉,是我的造化,竟不劳你费心。既是老太太给宝玉的,我明儿回了老太太,再撵你。"因向王善保家的道:"你们进去,好生防他几日,不许他在宝玉房

〔晴雯答得对。〕

〔回答得体,语语圆转,无懈可击,王夫人其奈我何。〕

〔反过来说"从此留心",妙心妙舌,反吓王夫人一跳。此以攻为守之法。〕

> 王夫人训斥晴雯，却是给自己画像。

> 在王夫人眼里，晴雯似妖精，则黛玉将如何？黛玉亦危矣。

> 凤姐只是看王夫人眼色行事，不肯说一句公道话，由着王夫人、王善保家的胡行，置自己管家之责于何地？

> 抄检大观园是王善保家的主意。王夫人因晴雯而盛怒，故王善保家的趁机进抄检之谋，王夫人才一下接受这个主张，改变原方针。

> 王夫人偏能赏识王善保家的，则王夫人其人可知矣。

> 凤姐原说冷处理，凤姐处事还有分寸，不想到王夫人处，反而以王善保家的主意为决策，遂成抄检之祸。实际上凤姐此时已被夺权，王夫人唯王善保家的话是听，王夫人因凤姐掌权管家出了问题，被邢夫人公然揭出，故王善保家的来势不善，王夫人、凤姐处于被动劣势，故遂由王善保家的一时得势也。

里睡觉。等我回过老太太，再处治他。"喝声："去罢！站在这里，我看不上这浪样儿！谁许你这样花红柳绿的妆扮！" <u>花红柳绿的打扮也是罪状，亏王夫人说得出。然王夫人实在无其他话可说也，其颟顸之状可见。</u>

晴雯只得出来，这气非同小可，一出门便拿手帕子握着脸，一头走，一头哭，直哭到园门内去。<u>有冤无处诉，如何不哭，天下伤心事，无过于"莫须有"之罪者。</u>

这里，王夫人向凤姐等自怨道："这几年我越发精神短了，照顾不到。这样妖精似的东西，竟没看见。只怕这样的还有，明日倒得查查。" <u>于是大开"杀"戒。</u>凤姐见王夫人盛怒之际，又因王善保家的是邢夫人的耳目，时常调唆着邢夫人生事，纵有千百样的言词，此刻也不敢说，只低头答应着。<u>凤姐见貌辨色。</u>

王善保家的道："太太且请养息身体要紧。这些小事，只交与奴才们。如今要查这个主儿，也极容易。等到晚上园门关了的时节，内外不通风，我们竟给他们个猛不防，带着人到各处丫头们的房里搜寻。想来谁有这个，断不单只有这个，自然还有别的东西。那时翻出别的来，自然这个也是他的。"

王夫人道："这话倒是，<u>王夫人耳软心窄，一听此话，就忘了原议、改变方针，造成大乱。</u>若不如此，断不能清的清、白的白。"因问凤姐如何。凤姐只得答应说："太太说的是，就行罢了。" <u>凤姐见风使舵，随即改变原先的主张。</u>王夫人道："这主意很是。不然，一年也查不出来。" <u>难道这一下就查出来了。</u>于是大家商议已定。

至晚饭后，待贾母安寝了，宝钗等入园时，王善

第七十四回　惑奸谗抄检大观园　矢孤介杜绝宁国府

保家的便请了凤姐一并入园，_{此时竟以王善保家的为主了，故由他请凤姐也。}喝命将角门皆上锁，_{小人得志最为凶狠。}便从上夜的婆子处抄检起，不过抄检出些多余攒下的蜡烛、灯油等物。_{脂批："毕真"。}王善保家的道："这也是赃，不许动。等明儿回过太太再动。"_{小人眼里件件都是赃物。}于是先就到怡红院中，喝命关门。

当下宝玉正因晴雯不自在，忽见这一干人来，不知为何直扑_{如猛虎扑人矣。}了丫头们的房内去，因迎出凤姐来，问是何故。凤姐道："丢了一件要紧的东西，因大家混赖，恐怕有丫头们偷了，所以大家都查一查去疑。"_{凤姐只好帮着说话。}一面说，一面坐下吃茶。

王善保家的等搜了一回，又细问这几个箱子是谁的，_{王善保家的成了稽查大员。}都叫本人来亲自打开。袭人因见晴雯这样，知道必有异事；_{袭人已知觉。}又见这番捡检，只得自己先出来，打开了箱子并匣子，_{袭人带头让搜。}任其搜检一番，不过是平常动用之物。遂放下，又搜别人的，挨次都一一搜过。　　　　　　　　　　　　　晴雯与袭人恰成对照。

到了晴雯的箱子，因问："是谁的，怎不开了让搜？"袭人等方欲代晴雯开时，只见晴雯挽着头发闯进来，豁啷一声，_{其声响亮。}将箱子掀开，两手提着，底子朝天，往地下尽情一倒，将所有之物尽都倒出。_{好晴雯，这才是有骨气，有自尊之人。}王善保家的也觉没趣，_{要你自觉没趣。}看了一看，也无甚私弊之物。回了凤姐，要往别处去。　　王善保家的原想从晴雯身上搜出东西，不想搜了个底朝天，仍是一场空。

凤姐儿道："你们可细细的查，若这一番查不出来，难回话的。"〔凤姐故意说凉话。〕众人都道："都细细翻看了，没什么差错东西。虽有几样男人物件，都是小孩子的东西，想是宝玉的旧对象，没甚关系的。"凤姐听了笑道：〔凤姐笑得好，笑得有含意。〕"既如此，咱们就走，再瞧别处去。"

说着，一径出来，因向王善保家的道："我有一句话，不知是不是。要抄检只抄检咱们家的人。薛大姑娘屋里，断乎检抄不得的。"王善保家的笑道："这个自然。岂有抄起亲戚家来的。"凤姐点头道："我也这样说呢。"〔脂批："写阿凤心灰意懒，且避祸从时，迥又是一个人矣。"〕

〔薛大姑娘抄检不得，林姑娘呢？〕

一头说，一头到了潇湘馆内。黛玉已睡了，忽报有些人来，也不知为甚事。才要起来，只见凤姐已走进来，忙按住他不许起来，只说："睡着罢，我们就走。"〔凤姐还知分寸。然黛玉岂非亲戚，何以偏搜潇湘馆。〕这边且说些闲话。

那个王善保家的带了众人，到丫鬟房中，也一一的开箱倒笼，抄检了一番。因从紫鹃房中抄出两副宝玉常换下来的寄名符儿，一副束带上的披带，两个荷包并扇套，套内有扇子。打开看时，皆是宝玉往年往日手内曾拿过的。王善保家的自为得了意，〔小人之状，可恶至极。〕遂忙请凤姐过来验视，又说："这些东西，从那里来的？"

凤姐笑道："宝玉和他们从小儿在一处混了几年，这自然是宝玉的旧东西。这也不算什么罕事，撂下再往别处去是正经。"紫鹃笑道："直到如今，我们两下里也算不清。要问这一个，连我也忘了是那年月日有

〔紫鹃还能顶撞两句。〕

第七十四回　惑奸谗抄检大观园　矢孤介杜绝宁国府

的了。"王善保家的听凤姐如此说，也只得罢了。_{脂批："一处一样。"}

又到探春院内，谁知早有人报与探春了。探春也就猜着必有原故，所以引出这些丑态来，_{脂批："实注一笔。"}遂命众丫鬟秉烛开门而待。_{何等气势。}一时众人来了，探春故问何事。凤姐笑道："因丢了一件东西，连日访察不出人来，恐怕旁人赖这些女孩子们，所以越性大家搜一搜，使人去疑，倒是洗净他们的好法子。"（好探春，竟是"秉烛开门而待"，一种凛不可犯的气势。）

探春冷笑道："我们的丫头，自然都是些贼，_{有刺。}我就是头一个窝主。既如此，先来搜我的箱柜。他们所偷了来的，都交给我藏着呢。"_{探春有担当。}说着，便命丫鬟们把箱柜一齐打开，将镜奁、妆盒、衾袱、衣包若大若小之物一齐打开，请凤姐去抄阅。_{偏请凤姐抄阅。}凤姐陪笑道："我不过是奉太太的命来，妹妹别错怪我。何必生气。"因命丫鬟们快快关上。平儿、丰儿等先忙着替待书等关的关，收的收。（探春几句话，掷地作金声。）

探春道："我的东西，倒许你们搜阅。要想搜我的丫头，这却不能。我原比众人歹毒。凡丫头所有的东西，我都知道，都在我这里间收着。一针一线，他们也没的收藏。要搜只管来搜我。你们不依，只管去回太太，只说我违背了太太，该怎么处治，我去自领。你们别忙，自然连你们抄的日子有呢！_{愤怒话亦伤心话。}你们今日早起不曾议论甄家，自己家里好好的抄家，（探春又进一步，不准搜丫头的。"都在我这里间收着"，说话何等有骨气，有肝胆，有担当，令人可敬。）

> 探春之话,是愤激,亦是预感,作者写此,实真事隐去也。实亦一抒作者之意也。雪芹写至此,能不悲乎?故探春之泪,实亦雪芹之泪也!

_{甄府抄家事,从此处带出。}果然今日真抄了。_{脂批:"奇极,此日甄家事。"}咱们也渐渐的来了。可知这样大族人家,若从外头杀来,一时是杀不死的。这是古人曾说的'百足之虫,死而不僵',必须先从家里自杀自灭起来,才能一败涂地!"_{要紧句,莫作寻常话看。}说着,不觉流下泪来。_{探春已深感茫茫大难矣!}

凤姐只看着众媳妇们。周瑞家的便道:"既是女孩子的东西全在这里,奶奶且请到别处去罢,也让姑娘好安寝。"凤姐便起身告辞。

> 反要他们细细地搜明白,奇极怪极。

探春道:"可细细的搜明白了?若明日再来,我就不依了。"凤姐笑道:"既然丫头们的东西都在这里,就不必搜了。"探春冷笑道:"你果然倒乖。连我的包袱都打开了,还说没翻,明日敢说我护着丫头们,不许你们翻了。你趁早说明,若还要翻,不妨再翻一遍。"

> 探春又进一步。原是王善保家的等来搜探春,现反成探春要他们必须搜个明白,不明白不许走,文章愈出愈奇,愈翻愈新。

_{一丝不让,再把话补足。}凤姐知道探春素日与众不同的,只得陪笑道:"我已经连你的东西都搜查明白了。"探春又问众人:"你们也都搜明白了不曾?"_{再补一句。}周瑞家的都陪笑说:"都翻明白了。"_{周瑞家的知趣。}

那王善保家的本是个心内没成算的人,素日虽闻探春的名,他自为众人没眼力、没胆量罢了,那里一个姑娘家就这样起来,况且又是庶出,他敢怎么。_{你不信,且来试试。}他自恃是邢夫人的陪房,连王夫人尚另眼相看,何况别个。今见探春如此,他只当是探春认真单恼凤姐,与他们无干。_{打错了主意,真是蠢货。}他便要趁势作脸现好,

第七十四回　惑奸谗抄检大观园　矢孤介杜绝宁国府

因越众向前，拉起探春的衣襟，故意一掀，嘻嘻笑道："连姑娘身上我都翻了，果然没有什么。"〖大胆。〗凤姐见他这样，忙说："妈妈走罢，别疯疯颠颠的。"〖凤姐早知不妙。〗

一语未了，只听"啪"的一声，王善保家的脸上早着了探春一掌。〖说时迟，那时快。〗探春登时大怒，指着王善保家的问道："你是什么东西，〖质问得好，气壮词严。〗敢来拉扯我的衣裳！〖忍无可忍，勃然大怒，怒得有气势、有力量。〗我不过看着太太的面上，你又有年纪，叫你一声妈妈，你就狗仗人势，〖骂得好，直骂到邢夫人头上。〗天天作耗，专管生事。如今越性了不得了。你打谅我是同你们姑娘那样好性儿，由着你们欺负他，就错了主意！你来搜检东西我不恼，你不该拿我取笑。"〖说得好，说得有自尊。〗说着，便亲自解衣卸裙，拉着凤姐儿细细的翻看。又说："省得奴才来翻我身上。"

凤姐、平儿等忙与探春束裙整袂，口内喝着王善保家的说："妈妈吃两口酒，就疯疯颠颠起来。前儿把太太也冲撞了。快出去，不要提起了。"又劝探春休得生气。探春冷笑道："我但凡有气性，早一头碰死了！〖气极愤极。〗不然，岂许奴才来我身上翻贼赃了。明儿一早，我先回过老太太、〖回过老太太，恐王夫人亦不敢也。〗太太，然后过去给大娘陪礼，〖打了王善保家的，亦犹驳了邢夫人也。敢去陪礼，何等骨气，何等胆量，亦理直则气壮也。〗该怎么，我就领。"

那王善保家的讨了个没意思，在窗外只说："罢了，罢了，这也是头一遭挨打。我明儿回了太太，仍

〖好响亮的一声，既响又脆，打得有力量、有气势，打在王善保家的脸上，实打在邢夫人、王夫人的心上。〗

〖文章千回百转，用探春一掌、一骂，激响入云，成为奇观。

作者借探春之掌、之骂，一泄胸中积愤。〗

〖其实早就该挨打了，只是打迟了。〗

回老娘家去罢。这个老命还要他做什么！"探春喝命丫鬟道："你们没听他说的这话，还等我和他对嘴去不成。"待书等听说，便出去说道："你果然回老娘家去，倒是我们的造化了。只怕舍不得去。" <small>句句针对，一丝不松。</small>

凤姐笑道："好丫头，真是有其主必有其仆。"探春冷笑道："我们作贼的人，嘴里都有三言两语的。他还算笨的，背地里就只不会调唆主子。" <small>骂得好。</small> 平儿忙也陪笑解劝，一面又拉了待书进来。周瑞家的等人劝了一番。凤姐直待服侍探春睡下，方带着人往对过暖香坞来。

<small>自称"作贼的"，还是"我们"，闻所未闻。</small>

<small>总算一波已平。</small>

彼时，李纨犹病在床上。他与惜春是紧邻，又与探春相近，故顺路先到这两处。因李纨才吃了药睡着，不好惊动，只到丫鬟们房中一一的搜了一遍，也没有搜出什么东西来。

<small>惜春又是一种情状。</small>

遂到惜春房中来，因惜春年少，尚未识事，吓的不知当有什么事故，凤姐也少不得安慰他。谁知竟在入画箱中寻出一大包金银锞子来，约共三四十个，<small>脂批："奇。为察奸情，反得贼赃。"</small> 又有一副玉带板子，并一包男人的靴袜等物。

<small>竟从意想不到处找出意想不到之物。</small>

入画也黄了脸。因问是那里来的，入画只得跪下，哭诉真情说："这是珍大爷赏我哥哥的。<small>脂批："妙极是极。盖入画本系宁府之人也。"</small>因我们老子娘都在南方，如今只跟着叔叔过日子。我叔叔、婶子只要吃酒赌钱，我哥哥怕交给他们又花了，

第七十四回　惑奸谗抄检大观园　矢孤介杜绝宁国府

所以每常得了，悄悄的烦了老妈妈带进来，叫我收着的。"〖入画说得合情合理，一无干碍。〗惜春胆小，见了这个也害怕，说："我竟不知道。这还了得！二嫂子，你要打他，好歹带他出去打罢，我听不惯的。"〖人固千差万别，惜春竟如此冰冷窝囊无情。令人为之一叹。〗凤姐笑道："这话若果真呢，也倒可恕，只是不该私自传送进来。这个可以传递，什么不可以传递！这倒是传递人的不是了。若这话不真，倘是偷来的，你可就别想活了。"〖偷来的不能活，可见当时治奴隶之严。〗入画跪着哭道："我不敢扯谎。奶奶只管明日问我们奶奶和大爷去。若说不是赏的，就拿我和我哥哥一同打死无怨。"〖可怜可悯。〗

〖惜春与探春竟成对照。〗

凤姐道："这个自然要问的，只是真赏的也有不是。谁许你私自传送东西的！〖又找出私自传送之罪。〗你且说是谁作接应，我便饶你。下次万万不可。"惜春道："嫂子别饶他这次方可。〖惜春寡情至此，别人为丫鬟求情，她反将丫鬟往火里推。〗这里人多，若不拿一个人作法，那些大的听见了，又不知要怎样呢。嫂子若饶他，我也不依。"〖岂有此理。脂批："这是自己反不依的，各得自然之理，各有自然之妙。"〗

〖惜春无情至此，又是一种性格。〗

凤姐道："素日我看他还好。谁没一个错，只这一次。二次犯下，二罪俱罚。但不知传递是谁？"惜春道："若说传递，再无别个，必是后门上的张妈。他常肯和这些丫头们鬼鬼祟祟的，这些丫头们也都肯照顾他。"凤姐听说，便命人记下，将东西且交给周瑞家的暂拿着，等明日对明再议。于是别了惜春，方往迎春房内来。

1411

迎春已经睡着了，丫鬟们也才要睡，众人叩门半日才开。凤姐吩咐："不必惊动小姐。"遂往丫鬟们房里来。因司棋是王善保的外孙女儿，<u>脂批："玄妙奇诡，出人意外。"</u>凤姐倒要看看王家的可藏私不藏，遂留神看他搜检。先从别人箱子搜起，皆无别物。及到了司棋，箱子中搜了一回，王善保家的说："也没有什么东西。"<u>王善保家的想敷衍过去。</u>

才要盖箱时，周瑞家的道："且住，这是什么？"说着，便伸手掣出一双男子的锦带袜并一双缎鞋来。<u>脂批："险极。"</u>又有一个小包袱，打开看时，里面有一个同心如意并一个字帖儿。一总递与凤姐。凤姐因当家理事，每每看开帖并账目，也颇识得几个字了。便看那帖子是大红双喜笺帖，<u>脂批："纸就好，余为司棋心动。"</u>上面写道："上月你来家后，父母已觉察你我之意，但姑娘未出阁，尚不能完你我之心愿。若园内可以相见，<u>直点园内相见，无可回避矣。</u>你可托张妈给一信息。若得在园内一见，倒比来家得说话。<u>岂知反成大祸。</u>千万，千万。再，所赐香袋二个，<u>触目惊心之物。</u>今已查收外，特寄香珠一串，略表我心。千万收好。表弟潘又安拜具。"<u>脂批："名字便妙。"</u>

凤姐看罢，不怒而反乐。<u>脂批："恶毒之至。"</u>别人并不识字。王善保家的素日并不知道他姑表姊弟有这一节风流故事，见了这鞋袜，心内已是有些毛病，又见有一红帖，凤姐又看着笑，他便说道："必是他们胡写的账目，不成个字，所以奶奶见笑。"

<u>偏从王善保家的外孙女上查出来，给王善保家的当头一棒。</u>

第七十四回　惑奸谗抄检大观园　矢孤介杜绝宁国府

凤姐笑道："正是，这个账竟算不过来。你是司棋的老娘，他的表弟也该姓王，怎么又姓潘呢？"王善保家的见问的奇怪，只得勉强告道："司棋的姑妈给了潘家，所以他姑表兄弟姓潘。上次逃走了的潘又安就是他表弟。"〖回应上文。〗凤姐笑道："这就是了。"因道："我念给你听听。"说着，从头念了一遍，大家都唬了一跳。〖问得奇。〗

这王善保家的一心只要拿人的错儿，不想反拿住了他外孙女儿，又气又臊。周瑞家的四人又都问着他道："你老可听见了？明明白白，再没的话说了。如今据你老人家，该怎么样？"这王善保家的只恨没地缝儿钻进去，〖好极，有地缝儿也不能让她钻进去。脂批："恶毒之至"。〗凤姐只瞅着他嘻嘻的笑，向周瑞家的笑道："这倒也好。不用你们作老娘的操一点儿心，他鸦雀不闻的给你们弄了个好女婿来，大家倒省心。"〖脂批："刻毒之至。按凤姐虽系刻毒，然亦不应在下人前为寻不是，次等人前不得不如是也。"〗周瑞家的也笑着凑趣儿。王善保家的气无处泄，便自己回手打自己的脸，骂道："老不死的娼妇，〖活该，打得好，骂得更好。〗怎么造下孽了！说嘴打嘴，现世现报，在人眼里。"〖实实如此，惯于害人者请来看此。〗众人见这般，俱笑个不住，又半劝半讽的。〖好极，是好笑，也是可讽。〗〖问得尖锐，无可回避。凤姐实亦不同意王善保家的，故"瞅着他嘻嘻的笑"。凤姐之所以不愿王善保家的来插手，因管理荣府之事，原是王熙凤之权，今王善保家的旁插一手，无异凤姐之权被夺也。〗

凤姐见司棋低头不语，也并无畏惧惭愧之意，倒觉可异，〖司棋此时已下定决心，并无可怕矣，"民不畏死，奈何以死惧之"。〗料此时夜深，且不必盘问，只怕他夜间自愧，去寻拙志，遂唤两个婆子监守起他来。带了人，拿了赃证回来，且自安歇，等待明

> 凤姐亦劳累犯病。

日料理。谁知到夜里又连起来几次，下面淋血不止。

至次日，便觉身体十分软弱，起来发晕，遂撑不住。请太医来诊脉毕，遂立药案云："看得少奶奶系心气不足，虚火乘脾，皆由忧劳所伤，以致嗜卧好眠，胃虚土弱，不思饮食。今聊用升阳养荣之剂。"写毕，遂开了几样药名，不过是人参、当归、黄芪等类之剂。一时退去，有老嬷嬷们拿了方子，回过王夫人，不免又添一番愁闷，遂将司棋等事暂且未理。

可巧这日尤氏来看凤姐，坐了一会，到园中去，又看过李纨。才要望候众姊妹去，忽见惜春遣人来请，尤氏遂到他房中来。惜春便将昨晚之事，细细告诉与尤氏，又命将入画的东西一概要来，与尤氏过目。尤氏道："实是你哥哥赏他哥哥的，只不该私自传送，如今官盐竟成了私盐了。"因骂入画："糊涂脂油蒙了心的。"

惜春道："你们管教不严，反骂丫头。这些姊妹，独我的丫头这样没脸，我如何去见人。昨儿我立逼着凤姐姐带了他去，他只不肯。我想，他原是那边的人，

> 点出入画是东府的人。

凤姐姐不带他去，也原有理。我今日正要送过去。嫂子来的恰好，快带了他去。或打，或杀，或卖，我一概不管。"

> 惜春绝情至此，亦为后文伏笔。

> 岂有打、杀之理，惜春太过不惜下人矣。

入画听说，又跪下哭求，说："再不敢了。只求姑娘看从小儿情常，好歹生死

第七十四回　惑奸谗抄检大观园　矢孤介杜绝宁国府

在一处罢。"〔其情可感可悯。〕尤氏和奶娘等人也都十分了解,说:"他不过一时糊涂了,下次再不敢的。他从小儿服侍你一场,到底留着他为是。"〔说得极是。〕

谁知惜春虽然年幼,却天生成一种百折不回的廉介孤独僻性,任人怎说,他只以为丢了他的体面,咬定牙断乎不肯。更又说的好:"不但不要入画,如今我也大了,连我也不便往你们那边去了。〔指东府那边。〕况且近日我每每风闻得有人背地里议论什么多少不堪的闲话,〔写东府一笔,惜春亦有所闻矣。〕我若再去,连我也编派上了。"〔此句可见传言之严重不堪。〕尤氏道:"谁议论什么?又有什么可议论的!〔大有可议论的。〕姑娘是谁,我们是谁?姑娘既听见人议论我们,就该问着他才是。"〔如何问法。〕

惜春冷笑道:"你这话问着我倒好,我一个姑娘家,只有躲是非的,我反去寻是非,成个什么人了!还有一句话:〔确实叫她难以启齿。〕我不怕你恼,好歹自有公论,又何必去问人。〔自有公论,说得极是。〕古人说得好,'善恶生死,父子不能有所勖助',何况你我二人之间。我只知道保得住我就够了,〔可见人言之可畏也。贾珍辈之不堪也,惜春处此亦难矣。〕不管你们去。从此以后,你们有事别累我。"〔说得绝,可见所闻之不堪。〕〔表面写得无缘无故,却从惜春话里透露出东府多少消息。〕

尤氏听了,又气又好笑,因向地下众人道:"怪道人人都说这四丫头年轻糊涂,我只不信。你们听方才一篇话,无原无故,又不知好歹,又没个轻重。虽然是小孩子的话,却又能寒人的心。"众嬷嬷笑道:"姑〔实实是有缘有故,极知轻重,只是你们自己不知耻耳。尤氏则或仍蒙在鼓里,故反无惜春之感受也。〕

娘年轻,奶奶自然要吃些亏的。"惜春冷笑道:"我虽年轻,这话却不年轻。_{再声明一句,可见此话之庄重。}你们不看书,不识几个字,所以都是些呆子,看着明白人,倒说我年轻糊涂。"

_{可见惜春并非无据。}

尤氏道:"你是状元、榜眼、探花,古今第一个才子。我们是糊涂人,不如你明白,何如?"惜春道:"状元榜眼〔一〕难道就没有糊涂的不成?可知他们更有不能了悟的。"_{提出了"了悟"两字。}尤氏笑道:"你倒好。才是才子,这会子又作大和尚了,又讲起了悟来了。"惜春道:"我不了悟,我也舍不得入画了。"_{为后来惜春出家为尼伏笔。}尤氏道:"可知你是个心冷口冷,心狠意狠的人。"惜春道:"古人曾也说的,'不作狠心人,难得自了汉'。我清清白白的一个人,为什么教你们带累坏了我!"_{又牵入东府。一句话,说得明明白白,东府已如柳湘莲所说,肮脏至极,惜春何能堪此!}

_{使惜春"心冷口冷,心狠意狠",最后不得不"了悟"人生者,一半是你们的作为也。}

尤氏心内原有病,怕说这些话。听说有人议论,已是心中羞恼激射,_{可见经不起人议论,亦可见尤氏并非一无所知也。}只是在惜春分上不好发作,忍耐了大半。今见惜春又说这句,因按捺不住,因问惜春道:"怎么〔二〕就带累了你了?你的丫头的不是,无故说我,我倒忍了这半日,你倒越发得了意,只管说这些话。你是千金万金的小姐,我们以后就不亲近,仔细带累了小姐的美名。_{确实是会带累的,不是尤三姐已被大大带累了吗?}即刻就叫人将入画带了过去。"说着,便赌气起身去了。_{尤氏之不明事理,只知站在丈夫一边。}

惜春道:"若果然不来,倒也省了口舌是非,大家倒还清净。"尤氏也不答话,一径往前边去了。不知后事如何——

> 惜春最后还要加一句,可见惜春恨极宁国府,故立志杜绝也,写惜春之孤介,一是写惜春之性格,二是写宁府之不堪。

【回后评】

抄检大观园，是《红楼梦》故事情节发展的一个转折点，是一次内部矛盾的表面化、公开化，是贾府由管理混乱，各部分阳奉阴违，纪律松弛，人心渐散到矛盾激化，逐渐走向衰败的一次暴露。邢夫人拿到绣春囊并不立即去与王夫人商量，而是过了两天才封好后让王善保家的送去，这是经过思考后采取的措施，是直接向王夫人的挑战，要王夫人作出答复。王夫人受此突如其来的一击以后，几乎晕头转向，首先是直接以为必是王熙凤的东西（也许邢夫人也作此想，故将春囊直送王夫人），故怒气冲天直找王熙凤，且开口一点不留余地，说"你还和我赖"。经凤姐冷静申辩，列举五条理由，说明绝非自己的东西，王夫人才相信她的分析，改变了自己的看法。随即王熙凤提出了处理此事的方法，主张冷处理，对外不声张，借查赌的名义进行暗查，又提出裁减府中冗杂无用人员，实行精简，以减少开支。王夫人当即采用了她的第一个建议进行暗查，第二个建议王夫人只觉得还未艰难到如此地步，不忍心裁革人员。应该说凤姐的两条意见都是正确的。王夫人先采纳第一条也并不算错。不想正当安排执行的时候，邢夫人的"特使"王善保家的来了，迫于形势，王夫人让她也参加这项任务。不想王善保家的开口就控告了晴雯，一下勾起了王夫人对晴雯的恶感，及至晴雯被叫来后，更引起了王夫人强烈的憎恶，决定立即处置，王善保家的趁此进言实行对大观园的抄检，而王夫人也立即表示许可。这一下，无异是助长了王善保家的气焰，对凤姐就有点半靠边的意味，这是对待绣春囊事件处理决策的根本性的改变。

抄检大观园的前提，首先是把园中所有的人都看作有问

第七十四回　惑奸谗抄检大观园　矢孤介杜绝宁国府

题，尤其是丫鬟们，这就形成了抄检者与被抄者之间的对立情绪，这就是抄检开始后的态势。抄检开头，除上夜的下人外，头一家就是怡红院。为什么一下就"直扑"怡红院，书中未加交代，但可以想到这个绣春囊万一是从怡红院中搜出线索，这对邢夫人是一大胜利，对王夫人可以说是不可抵御的打击，何况晴雯正是在怡红院，在宝玉的身边。但也就是在怡红院，王善保家的一开始就碰了一个大钉子，"只见晴雯挽着头发闯进来，豁啷一声，将箱子掀开，两手提着，底子朝天，往地下尽情一倒，将所有之物尽都倒出。王善保家的也觉没趣。看了一看，也无甚私弊之物。"这第一抄就扑了个空，碰了一个硬钉子。这第二抄，就是抄潇湘馆，很明显，潇湘馆如有问题，也就很可能与宝玉有关，谁知潇湘馆也无半点蛛丝马迹，也仍旧是扑了个空。第三抄，就到了秋爽斋，探春是贾政的庶出，当然与王夫人也有关系。不想，别人都是被动的挨抄，只有探春，却早已"秉烛开门而待"，并且"冷笑道：'我们的丫头自然都是些贼，我就是头一个窝主，既如此先来搜我的箱柜，他们所偷了来的都交给我藏着呢。'说着，便命丫鬟们把箱柜一齐打开，将镜奁、妆盒、衾袱、衣包若大若小之物一齐打开，请凤姐去抄阅。"接着探春说："我的东西，倒许你们搜阅，要想搜我的丫头，这却不能。我原比众人歹毒。丫头们所有的东西，我都知道，都在我这里间收着。一针一线，他们也没的收藏。要搜只管来搜我，你们不依，只管去回太太，只说我违背了太太，该怎么处治，我去自领。你们别忙，自然连你们抄的日子有呢！你们今日早起不曾议论甄家，自己家里好好的抄家，果然今日真抄了。咱们也渐渐的来了。可知这样大族人家，若从外头杀来，一时是杀不死的。这是古人曾说的'百足之虫，死而不僵'，必须先从家里自杀自灭起来才能一败涂地。"探春的一番话,真是顶天立地、铁骨铮铮,掷地有金石声,而且她的"自杀自灭"的不祥预感,也可以说是屈平之忧,从作者来说,也是他的家史的微露一角,更是作者借此一泄忧愤。探春的这种深怀远忧,却碰到这个不识相的王善保家的,她竟敢"越众向前,拉起探春的衣襟,故意一掀,嘻嘻笑道:'连姑娘身上我都翻了,果然没有什么。'""一语未了,只听'啪'的一声,王善保家的脸上早着了探春一掌。探春登时大怒,指着王善保家的问道:'你是什么东西,敢来拉扯我的衣裳……你就狗仗人势,天天作耗,专管生事……'"探春这一掌,是反对抄检的一声最强音,也是文章的奇峰突起、海涛夜惊,令人感到激荡痛快,而她的一番忧心,又把读者的思虑引向贾府的未来。

抄检怡红院、潇湘馆、秋爽斋以后,大观园里直接与王夫人有关的都抄检过了,宝钗是亲戚,凤姐单提出来免抄的,所以余下的只有惜春和迎春了。惜春是宁府过来的,与王夫人无关,迎春是贾赦那面的,是长房的人,与王夫人无关而与邢夫人有关,当时抄检的顺序是探春以后便是惜春,惜春以后是迎春,但惜春于本回末尾还有一段与抄家有关的事,为了集中分析,把她放到迎春以后来谈,先谈迎春。当王善保家的等到迎春房内时,迎春已睡了。迎春的大丫头是司棋,司棋又是王善保家的外孙女,所以"凤姐倒要看看王家的可藏私不藏,遂留神看她搜检。先从别人箱子搜起,皆无别物。及到了司棋箱子中搜了一回,王善保家的说:'也没有什么东西。'才要盖箱时,周瑞家的道:'且住,这是什么?'说着,便伸手掣出一双男子的锦带袜并一双缎鞋来。又有一个小包袱,打开看时,里面有一个同心如意并一个字帖儿。一总递与凤姐……那帖子是大红双喜笺帖,上面写道:'上月你来家

第七十四回　惑奸谗抄检大观园　矢孤介杜绝宁国府

后,父母已觉察你我之意,但姑娘未出阁,尚不能完你我之心愿。若园内可以相见,你可托张妈给一信息。若得在园内一见,倒比来家得说话。千万千万。再,所赐香袋二个,今已查收外,特寄香珠一串,略表我心。千万收好。表弟潘又安拜具。'凤姐看罢,不怒而反乐。"于是,给大家"从头念了一遍,大家都唬了一跳。这王善保家的一心只要拿人的错儿,不想反拿住了他外孙女儿,又气又臊。周瑞家的四人又都问着他:'你老可听见了？明明白白,再没的话说了。如今据你老人家,该怎么样？'这王善保家的只恨没地缝儿钻进去。凤姐只瞅着她嘻嘻的笑……王善保家的气无处泄,便自己回手打着自己的脸,骂道:'老不死的娼妇,怎么造下孽了！说嘴打嘴,现世现报,在人眼里。'"这是一段绝妙的文章,是抄检大观园的又一高潮。抄检秋爽斋是一个高潮,高潮的顶点是"啪的一声,王善保家的脸上早着了探春一掌"。那是探春打的,打得好,其声亦清脆悦耳。现在王善保家的脸上又是一掌,那是王善保家的自己打的,虽未写声音是否清脆响亮,但却带着自己的骂声,说"老不死的娼妇"等,这骂声亦颇堪品味。抄检到了这步田地,这出夺权的戏是唱不下去了,绣春囊的下落,邢夫人原想把它落实到王熙凤头上,或者王夫人一边的人的头上,不想清清白白,一无所获,反倒差不多落到了自己一边人的头上。迎春的大丫鬟司棋在园里约会,还赠过香囊,虽未必就是春囊,但究竟有些牵连,于是这场抄检的丑剧闹剧,只好在两阵打抄家人的脸——一阵是被打,另一阵是自打——的掌声中宣告收场。

王善保家的抄检到惜春处,又是一种特殊情景。贾珍赏赐给惜春丫鬟入画的哥哥的一些东西,她哥哥托人带过来交入画收管,抄检出来后,惜春便坚决不要入画,连凤姐都说

"若果真呢，也倒可恕"，但惜春却说："嫂子别饶她这次方可。"她还对尤氏说："快带了她去，或打、或杀、或卖，我一概不管。"虽经尤氏等苦劝，她一概听不进去，"更又说的好：'不但不要入画，如今我也大了，连我也不便往你们那边去了。况且近日我每每风闻得有人背地里议论什么多少不堪的闲话，我若再去，连我也编派上了。'""我一个姑娘家，只有躲是非的，我反去寻是非，成个什么人了！还有一句话：我不怕你恼，好歹自有公论，又何必去问人……我只知道保得住我就够了，不管你们去。从此以后，你们有事别累我。""我虽年轻，这话却不年轻。""尤氏道：'可知你是个心冷口冷，心狠意狠的人。'惜春道：'古人曾也说的，"不作狠心人，难得自了汉"。我清清白白的一个人，为什么教你们带累坏了我！'"终于，尤氏只好将入画带走，惜春也就"矢孤介杜绝宁国府"。以往评论惜春，都较偏重于惜春性格的"孤介"，所谓"心冷口冷，心狠意狠"的人，其实，这只是她的性格的一面，还有非常重要的一面，是她的实际处境。她是宁国府的人，贾敬的小女儿，贾珍的小妹妹，但她从小就在贾母这边生活，本回的最后部分透露出来她听到了有关东府的许多难听的话，也就是她哥哥贾珍和侄子贾蓉的许多丑事。天香楼的事她肯定会知道的，尤二姐、尤三姐的事，她也不可能不知道，柳湘莲既然已知道东府里除两个石狮子干净外，其余都不干净，并因此而退尤三姐的定婚，终于酿成三姐自杀的惨剧。这些事件，惜春不可能一无所闻，而且书中明写她听到"多少不堪的闲话"。可见东府的名声太丑了，而她又是东府的人，摆脱不了这层天然的关系。她的判词是"勘破三春景不长"，她当然也会感觉到贾府日渐没落的现实。她是从小就跟着在贾母这边的，东府的脏事当然与她无关，但外界的人怎会了解得如此清楚，免不了总会把东府的丑事脏事与她连系起来，而她又无可辩解。所以惜春的将来，一是自己的家（东府）她决不能回去，只能断绝；二是要出嫁，外面许多丑话如何能说得清，辩得明，尤三姐已死在这些丑话上了，这就是一例。更加上她秉性孤介，看到了大家庭的现实，感到在自己面前实在没有出路，何况她已"了悟"了人生。眼前她只有：一是坚决不留入画，因为她是东府里的人；二是坚决杜绝与宁府的关系，以图暂时自洁自保。所以，惜春的杜绝宁国府，是宁府的臭名声逼得她只能与他们断绝，否则就跳进黄河里也洗不清。由此可知，作者通过惜春的个性、身世、现实环境，是进一步地写出了宁国府的腐烂肮脏和不堪，进一步地揭露和批判了这个诗礼之家的丑恶内容，也进一步地写出这样虚伪的封建官僚大家庭，葬送了多少青年男女的青春和前途。

抄检大观园，是雪芹对这个百年的封建世家的最深入的揭露和批判，也是对封建礼教的虚伪性的大揭露、大批判。

【校记】

〔一〕"古今第一个才子"以下共二十七字，底本缺，各本均有，文字略有不同，此从蒙府、戚序本增。

〔二〕"忍耐了大半"，以下共二十三字，底本缺，各本均有，文字略异，此从杨藏、戚序等本补。

第七十五回　　开夜宴异兆发悲音
　　　　　　　　赏中秋新词得谶

> 乾隆二十一年五月初七日对清,缺中秋诗,俟雪芹。
> □□□ 开夜宴 发悲音
> □□□ 赏中秋 得佳谶
> 庚辰本回前评。
>
> 甄家抄家的消息已于探春话中透出,此处又正式一写。

　　话说尤氏从惜春处赌气出来,正欲往王夫人处去,跟从的老嬷嬷们因悄悄的回道:"奶奶且别往上房去。才有甄家的几个人来,还有些东西,不知是作什么机密事。奶奶这一去恐不便。"尤氏听了,道:"昨日听见你爷说,看邸报,甄家犯了罪,现今抄没家私,调取进京治罪。怎么又有人来?"老嬷嬷道:"正是呢。才来了几个女人,气色不成气色,慌慌张张的,想必有什么瞒人的事情,也是有的。"

　　尤氏听了,便不往前去,仍往李氏这边来了。^{脂批:"前只有探春一语,过至此回,又用尤氏略为陪点,且轻轻淡染出甄家事故,此画家落墨之法也。"}恰好太医才诊了脉去。李纨近日也略觉精爽了些,拥衾倚枕,坐在床上,正欲一二人来说些闲话。因见尤氏进来,不似往日和蔼可亲,只呆呆的坐着。^{心中有事也。}李纨因问道:"你过来了这半日,可在别屋里吃些东西没有?只怕饿了。"即命素云瞧有什么新鲜点心拣了来。尤氏忙止道:"不

第七十五回　开夜宴异兆发悲音　赏中秋新词得佳谶

必，不必。你这一向病着，那里有什么新鲜东西，况且我也不饿。"李纨道："昨日他姨娘家送来的好茶面子，倒是对碗来你喝罢。"说毕，便吩咐人去对茶。

尤氏仍出神无语。_{可见仍在想甄家的事。}跟来的丫头、媳妇们因问："奶奶今日中晌尚未洗脸，这会子趁便可净一净好？"尤氏点头。李纨忙命素云来取自己妆奁。素云一面取来，一面将自己的脂粉拿来，笑道："我们奶奶就少这个。_{写李纨寡妇，不施脂粉也。}奶奶不嫌脏，这是我的，能着用些。"李纨道："我虽没有，你就该往姑娘们那里取去。怎么公然拿出你的来。幸而是他，若是别人，岂不恼呢。"尤氏笑道："这又何妨。自凡我过来，谁的没使过，今日忽然又嫌脏了。"一面说，一面盘膝坐在炕沿上。银蝶上来忙代为卸去腕镯、戒指，又将一大袱手巾盖袱在下截，将衣裳护严。小丫鬟炒荳儿捧了一大盆温水，走至尤氏跟前，只弯腰捧着。银蝶笑道："说一个个没机变的，说一个葫芦就是一个瓢。奶奶不过待咱们宽些，在家里不管怎样罢了，你就得了意，不管在家出外，当着亲戚也只随着便了。"尤氏道："你随他去罢，横竖洗了就完事了。"炒荳儿忙赶着跪下。

尤氏笑道："你们家下大小的人，只会讲外面的假礼、假体面，_{以东府的人来揭西府的"假礼、假体面。于是东、西两府相去不远矣。然贾政的假，与东府又绝不相同，一是封建礼法的干尸，一是封建礼法掩盖下的腐蛆。}究竟作出来的事都够使的了。"_{脂批："按尤氏犯七出之}

_{写一次洗脸，竟如此细致。}

_{因炒荳未跪，故而说她。封建礼节不能逾越。}

条，不过只是'过于从夫'四字，此世间妇人之常情耳。其心术慈厚宽顺，竟可出于阿凤之上。时（特）用名（明）犯七出之人从公一论，可知贾宅中暗犯七出之人亦不少。似明犯者反可有恕，其饰非而扬人恶者，阴昧僻谲之流，实不能容于世者也。 此为打草惊蛇法，实写邢夫人也。"

李纨听如此说，便知他已知道昨夜的事，_{指抄检大观园事。}因笑道："你这话有因，谁作事究竟够使了？"_{问得认真。}尤氏道："你倒问我！你敢是病着死过去了！"_{只避而不答。}

一语未了，只见人报："宝姑娘来了。"李纨忙说快请时，宝钗已走进来。尤氏忙擦脸起身让坐，因问："怎么一个人忽然走来，别的姊妹都怎么不见？"宝钗道："正是，我也没有见他们。只因今日我们奶奶身上不自在，家里两个女人也都因时症未起炕呢，别的靠不得，我今儿要出去陪着老人家夜里作伴儿。要去回老太太、太太，我想又不是什么大事，且不用提，等好了我横竖进来的，所以来告诉大嫂子一声。"李纨听说，只看着尤氏笑。尤氏也只看着李纨笑。

一时尤氏盥沐已毕，大家吃面茶。李纨因笑道："既这样，且打发人去请姨娘的安，问是何病。我也病着，不能亲自来的。好妹妹，你去只管去，我自打发人去到你那里去看屋子。你好歹住一两天还进来，别叫我落不是。"_{这些话不能不讲。}宝钗笑道："落什么不是呢？这也是通共常情，你又不曾卖放了贼。依我的主意，也不必添人过去，竟把云丫头请了来，你和他住一两日，岂不省事。"尤氏道："可是史大妹妹往那里去了？"宝钗道："我才打发他们找你们探丫头去了，叫他同

作者竟让尤氏自己说出："你们'只会讲外面的假礼、假体面'"，可见所谓诗、礼全是虚假场面而已。这是指荣府。以往只是指宁府。如贾敬丧事期间贾珍、贾蓉与尤二姐、尤三姐胡羼，如除夕祭宗祠的那种虚假场面，都说明所谓礼制早已是骗人的把戏，掩盖丑恶真相的遮羞布。但这都是指宁府。尤氏此处，却是以东府的人来指西府（荣府）"假礼、假体面"，这不被人注意的一笔，却是极重要的一笔。

宝钗乖觉，昨夜抄检，已觉出此后之不宁，故借口母亲生病，暂时回去住，说得天衣无缝。实则此乡不可居也。

李纨、尤氏相视而笑，莫逆于心也。只心里明白，不明言耳。

第七十五回　开夜宴异兆发悲音　赏中秋新词得佳谶

到这里来，我也明白告诉他。"

正说着，果然报："云姑娘和三姑娘来了。"大家让坐已毕，宝钗便说要出去一事。探春道："很好。不但姨妈好了还来的，就便好了不来也使得。" 探春一听便知，故一下点明。 尤氏笑道："这话奇怪，怎么撺起亲戚来了？"探春冷笑道："正是呢，有叫人撺的，不如我先撺。亲戚们好，也不在必要死住着才好。说得何等沉痛伤心。 咱们倒是一家子亲骨肉呢，一个个不像乌眼鸡，恨不得你吃了我，我吃了你！" 石破天惊之语。探春所说，才是贾府的真面貌、真情况，所谓诗、礼等等，均是假像。

探春已忍无可忍，不得不讲也。探春实贾府之屈原也。宁、荣两府的矛盾，荣府长房与二房之间的矛盾，通过抄检大观园一齐表面化矣，故探春亦不避讳矣。

探春之语，亦作者痛极恨极之语也。

尤氏忙笑道："我今儿是那里来的晦气，偏都碰着你姊妹们的气头儿上了。"探春道："谁叫你赶热灶来了！"因问："谁又得罪了你呢？"因又寻思道："惜丫头也不犯啰唣你，却是谁呢？"尤氏只含糊答应。探春知他畏事，不肯多言，因笑道："你别装老实了。除了朝廷治罪，没有砍头的，你不必畏头畏尾。实告诉你罢，我昨日把王善保家的那老婆子打了，我还顶着个罪呢。不过背地里说我些闲话，难道也还打我一顿不成！"宝钗忙问因何又打他，探春悉把昨夜怎的抄检，怎的打他，一一说了出来。

尤氏见探春已经说了出来，便把惜春方才之事也说了出来。探春道："这是他的癖性，孤介太过，我们再傲不过他的。"因又告诉他们说："今日一早不见动静，打听凤辣子又病了。我就打发我妈妈出去打听王善保家的是怎样。回来告诉我说,王善保家的挨了一顿打,大太太嗔着他多事。"〔既挨打又受责。如查出来的是王夫人一边的人,恐怕就要受奖了。〕尤氏、李纨道:"这倒也是正理。"探春冷笑道:"这种掩饰,〔一语说破。"正理"也是假的,将王善保家的责怪一下,表明与自己无干而已。探春一眼看透了。〕谁不会作,且再瞧就是了。"尤氏、李纨皆默无所答。

一时估着前头用饭,湘云和宝钗回房打点衣衫,不在话下。

尤氏等遂辞了李纨,往贾母这边来。贾母歪在榻上,王夫人说甄家因何获罪,如今抄没了家产,回京治罪等语。〔甄家抄家,贾家也不远了。〕贾母听的正不自在,〔兔死狐悲,物伤其类。〕恰好见他姊妹来了,因问:"从那里来的?可知凤姐妯娌两个的病今日怎样?"尤氏等忙回道:"今日都好些。"贾母点头叹道:"咱们别管人家的事,且商量咱们八月十五日赏月是正经。"〔贾母已是苦中作乐,有一日乐一日也。〕〔脂批:"贾母已看破狐悲兔死,故不改已(往),聊未(来)自遣耳。"〕王夫人笑道:"都已预备下了,不知老太太拣那里好,只是园里恐夜晚风冷。"贾母笑道:"多穿两件衣服何妨,那里正是赏月的地方,岂可倒不去的。"

说话之间,早有媳妇、丫鬟们抬过饭桌来,王夫人、尤氏等忙上来放箸捧饭。贾母见自己的几色菜已摆完,另有两大捧盒内捧了几色菜来,便知是各房另外孝敬的旧规矩。贾母因问:"都是些什么?上几次我吩咐过,如今可以把这些蠲了罢,你们还不听。如今比

第七十五回 开夜宴异兆发悲音 赏中秋新词得佳谶

不得在先辐辏的时光了。"鸳鸯忙道:"我说过几次,都不听,也只罢了。"

王夫人笑道:"不过都是家常东西。今日我吃斋,没有别的。那些面筋豆腐老太太又不大甚爱吃,只拣了一样椒油莼齑酱来。"贾母笑道:"这样正好,正想这个吃。"鸳鸯听说,便将碟子挪在跟前。

宝琴一一的让了,方归坐。贾母便命探春来同吃。探春也都让过了,便和宝琴对面坐下。待书忙去取了碗来。

鸳鸯又指那几样菜道:"这两样看不出是什么东西来,大老爷送来的。这一碗是鸡髓笋,是外头老爷送上来的。"一面说,一面就只将这碗笋送至桌上。贾母略尝了两点,便命:"将那两样着人送回去,就说我吃了。以后不必天天送。我想吃,自然来要。"媳妇们答应着,仍送过去,不在话下。

贾母因问:"有稀饭吃些罢了。"尤氏早捧过一碗来,说是红稻米粥。贾母接来,吃了半碗,便吩咐:"将这粥送给凤哥儿吃去。"又指着:"这一碗笋,和这一盘风腌果子狸,给颦儿、宝玉两个吃去。那一碗肉,给兰小子吃去。"又向尤氏道:"我吃了,你就来吃了罢。"尤氏答应着。

待贾母漱口洗手毕,贾母便下地和王夫人说闲话行食。尤氏告坐。探春、宝琴二人也起来了,笑道:"失

> 贾府经济已面临拮据,其生活尚如此讲究,可见其往日奢侈更甚。

陪,失陪。"尤氏笑道:"剩我一个人,大排桌的不惯。"贾母笑道:"鸳鸯、琥珀来,趁势也吃些,又作了陪客。"尤氏笑道:"好,好,好,我正要说呢。"贾母笑道:"看着多多的人吃饭,最有趣的。"又指银蝶道:"这孩子也好,也来同你主子一块来吃,等你们离了我,再立规矩去。"尤氏道:"快过来,不必装假。"

贾母负手看着取乐。因见伺候添饭的人手内捧着一碗下人的米饭,尤氏吃的仍是白粳米饭,贾母问道:"你怎么昏了,盛这个饭来给你奶奶。"那人道:"老太太的饭完了。今日添了一位姑娘,所以短了些。"鸳鸯道:"如今都是可着头做帽子了,要一点儿富余也不能的。"

<small>添了一人吃饭,就不够吃,可见拮据之状,此不写之写,自然呈现也。</small>

王夫人忙回道:"这一二年旱涝不定,田上的米都不能按数交的。这几样细米更艰难了。所以都可着吃的多少关去,生恐一时短了,买的不顺口。"贾母笑道:"这正是'巧媳妇做不出没米的粥'来。"众人都笑起来。鸳鸯道:"既这样,就去把三姑娘的饭拿来添上也是一样,就这样笨。"尤氏笑道:"我吃这个就够了,也不用取去。"鸳鸯道:"你够了,我不会吃的?"地下的媳妇们听说,方忙着取去了。一时王夫人也去用饭,这里尤氏直陪贾母说话取笑。

<small>不知不觉借贾母之口说出窘况。</small>

<small>吃一顿饭,就要移东补西,可见支绌之状。</small>

<small>脂批:"总伏下文。"</small>

第七十五回　开夜宴异兆发悲音　赏中秋新词得佳谶

到起更的时候，贾母说："黑了，过去罢。"尤氏方告辞出来。走至大门前，上了车，银蝶坐在车沿上。众媳妇放下帘子来，便带着小丫头们，先直走过那边大门口等着去了。因二府之门相隔没有一箭之路，每日家常来往，不必定要周备，况天黑夜晚之间，回来的遭数更多，所以老嬷嬷带着小丫头，只几步便走了过来。两边大门上的人都列在东西街口，早把行人断住。尤氏大车上也不用牲口，只用七八个小厮挽环拽轮，轻轻的便推拽过这边阶矶上了。于是众小厮退过狮子以外，众嬷嬷打起帘子，银蝶先下来，然后众人搀下尤氏来。大小七八个灯笼，照的十分真切。尤氏回头见两边狮子下放着四五辆大车，便知系来赴赌之人所乘，遂向银蝶众人道："你看，坐车的是这样，骑马的还不知有几个呢。马自然在圈里拴着，咱们看不见。也不知道他娘老子挣下多少钱与他们，这么开心儿。"一面说，一面已到了厅上。贾蓉之妻带领家下媳妇、丫头们，也都秉烛接了出来。聚赌之人如此多，可见赌非一日，赌已成市。此即所谓书、礼之家也。

尤氏笑道："成日家我要偷着瞧瞧他们，也没得便。今儿倒巧，就顺便打他们窗户跟前走过去。"众媳妇答应着，提灯引路。又有一个先去悄悄的知会服侍的小厮们，不要失惊打怪。于是尤氏一行人悄悄的来至窗下，只听里面称三赞四，耍笑之音虽多，脂批："妙。先画赢家。"又兼有恨五骂六，忿怨之声亦复不少。脂批："妙。又画输家。"吆喝之声，远远听见，竟是一象样赌场。

> 旷朗，庚本、甲辰本同，其余各本皆无此二字，予以为系"逛浪"之音误，姑记于此，以待高明。

> 还是贾珍带领。

> 又是另一番较赌风光。

> 贾赦、贾政反说是正理，可见其懵懂糊涂也。

> 此叙赌局之由来。

原来贾珍近因居丧，每不得游玩旷朗，又不得观优闻乐作遣，无聊之极，便生了个破闷之法。_{好个破闷之法。}日间以习射为由，请了各世家弟兄及诸富贵亲友来较射。因说："白白的只管乱射，终无裨益，不但不能长进，而且坏了式样，必须立个罚约，赌个利物，大家才有勉力之心。"因此，在天香楼下箭道内立了鹄子，皆约定每日早饭后来射鹄子。贾珍不肯出名，便命贾蓉作局家。这些来的皆系世袭公子，人人家道丰富，且都在少年，正是斗鸡走狗、问柳评花的一干游侠纨袴。因此大家议定，每日轮流作晚饭之主，每日来射，不便独扰贾蓉一人之意。于是天天宰猪割羊，屠鹅戮鸭，好似临潼斗宝一般，都要卖弄自己家的好厨役好烹炮。

不到半月工夫，贾赦、贾政听见这般，不知就里，反说这才是正理，文既误矣，武事当亦该习，况在武荫之属。两处遂也命贾环、贾琮、宝玉、贾兰等四人于饭后过来，跟着贾珍习射一回，方许回去。

贾珍志不在此，再过一二日，便渐次以歇臂养力为由，晚间或抹抹骨牌，赌个酒东而已，至后渐次赌钱。如今三四月的光景，竟一日一日赌胜于射了，公然斗叶掷骰，放头开局，夜赌起来。家下人借此各有些进益，巴不得的如此，所以竟成了势了。外人皆不知一字。

近日邢夫人之胞弟邢德全也酷好如此，故也在其中。又有薛蟠，头一个惯喜送钱与人的，见此岂不快

第七十五回　开夜宴异兆发悲音　赏中秋新词得佳谶

乐。这邢德全虽系邢夫人之胞弟，却居心行事大不相同。这个邢德全只知吃酒赌钱、眠花宿柳为乐，手中滥漫使钱，待人无二心，好酒者喜之，不饮者则亦不去亲近，无论上下主仆皆出自一意，并无贵贱之分，因此都唤他"傻大舅"。薛蟠更是早已出名的呆大爷。

> 物以类聚，人以群分，傻大舅、呆大爷都聚到一起来了。

今日二人皆凑在一处，都爱"抢新快"爽利，便又会了两家，在外间炕上"抢新快"，别的又有几家，在当地下大桌上打幺番。里间屋里又一起斯文些的，抹骨牌，打天九。

此间服侍的小厮，都是十五岁以下的孩子。若成丁的男子到不了这里，故尤氏方潜至窗外偷看。其中有两个十六七岁娈童，以备奉酒的，都打扮的粉妆玉琢。

> 明代娈童之风，至清康、乾间仍盛，此实写生。

今日薛蟠又输了一张，正没好气，幸而掷第二张完了，算来除翻过来倒反赢了，心中只是兴头起来。贾珍道："且打住，吃了东西再来。"因问那两处怎样。里头打天九的，也作了账等吃饭。打幺番的未清，且不肯吃。于是各不能顾，先摆下一大桌，贾珍陪着吃，命贾蓉落后陪那一起。

薛蟠兴头了，便搂着一个娈童吃酒，又命将酒去敬邢傻舅。傻大舅是输家，没心绪，吃了两碗，便有些醉意，嗔着两个娈童只赶着赢家不理输家了，因骂道："你们这起兔子，就是这样专洑上水。天天在一处，

> 贾珍、贾蓉、薛蟠都在内。

谁的恩你们不沾？只不过我这一会子输了几两银子，你们就三六九等了。难道从此以后再没有求着我们的事了！"众人见他带酒，忙说："很是，很是。果然他们的风俗不好。"因喝命："快敬酒赔罪。"

> 一段娈童说话，全是讽世。是当时下层风情实录，却在大官僚家庭中活现。可见封建世家之真面。

两个娈童都是演就的局套，忙都跪下奉酒，说："我们这行人，师父教的，不论远近厚薄，只看一时有钱势就亲近；便是活佛神仙，一时没了钱势了，便不许去理他。况且我们又年轻，又居这个行次，求舅太爷体恕些，我们就过去了。"说着，便举着酒俯膝跪下。_{脂批："调侃世人，骂死世人。"}邢大舅心内虽软了，只还故作怒意不理。众人又劝道："这孩子是实情话。老舅是久惯怜香惜玉的，如何今日反这样起来？若不吃这酒，他两个怎样起来。"邢大舅已撑不住了，便说道："若不是众位说，我再不理。"说着，方接过来，一气喝干了。又斟上一碗来。

> 此一切，均在尤氏眼中看出。

这邢大舅便酒勾往事，醉露真情起来，乃拍案对贾珍叹道："怨不的他们视钱如命。多少世宦大家出身的，若提起'钱势'二字，连骨肉都不认了。老贤甥，昨日我和你那边的令伯母赌气，你可知道否？"贾珍道："不曾听见。"邢大舅叹道："就为钱这件混账东西。利害，利害！"贾珍深知他与邢夫人不睦，每遭邢夫人弃恶，扳出怨言，因劝道："老舅，你也太散漫些。若只管花去，有多少给老舅花的。"邢大舅道："老贤

第七十五回 开夜宴异兆发悲音 赏中秋新词得佳谶

甥，你不知我邢家底里。我母亲去世时，我尚小，世事不知。他姊妹三个人，只有你令伯母年长出阁，一分家私都是他把持带来。如今二家姐虽也出阁，他家也甚艰窘。三家姐尚在家里，一应用度，都是这里陪房王善保家的掌管。我便来要钱，也非要你贾府的，我邢家家私也就够我花了。无奈竟不得到手，所以有冤无处诉。"脂批："众恶之，必察也。今邢夫人一人贾母先恶之，恐贾母心偏，亦可解之。若贾琏阿凤之怨怨，儿女之私，亦可解之。若探春之怨，女子不识大而知小，亦可解之。今又忽用乃弟一怨，吾不知将又何如矣。"贾珍见他酒后叨叨，恐人听见不雅，_{贾珍还}连忙用话解劝。外面尤氏等听得十分真切，_{不想早被外面尤氏听到。}乃悄向银蝶笑道："你听见了？这是北院里大太太的兄弟抱怨他呢。可怜他亲兄弟还是这样说，这就怨不得这些人了。"因还要听时，正值打幺番者也歇住了，要吃酒。因有一个问道："方才是谁得罪了老舅，我们竟不曾听明白，且告诉我评评理。"邢德全见问，便把两个娈童不理输的、只赶赢的话说了一遍。这一个年少的纨袴道："这样说，原可恼的，怨不得舅太爷生气。我且问你两个：舅太爷虽然输了，输的不过是银子钱，并没有输丢了觍靶，怎就不理他了？"说着，众人大笑起来，连邢德全也喷了一地饭。

尤氏在外面悄悄的啐了一口，骂道："你听听，这一起子没廉耻的小挨刀的，才丢了脑袋骨子，就胡呲嚼毛了。再夤攮下黄汤去，还不知呲出些什么来呢。"一面说，一面便进去卸妆安歇。

邢夫人娘家内部矛盾，总是起因于钱财。

亲兄弟尚抱怨，则其无人可亲矣。

一段夜赌风俗、市井脏话，全从尤氏眼中、耳中写出。

至四更时，贾珍方散，往佩凤房里去了。次日起来，就有人回，西瓜、月饼都全了，只待分派送人。贾珍吩咐佩凤道："你请你奶奶看着送罢，我还有别的事呢。"佩凤答应去了，回了尤氏。尤氏只得一一分派，遣人送去。

一时佩凤又来说："爷问奶奶，今儿出门不出？说咱们是孝家，明儿十五过不得节，今儿晚上倒好，可以大家应个景儿，吃些瓜果饼酒。"尤氏道："我倒不愿出门呢。那边珠大奶奶又病了，凤丫头又睡倒了，我再不过去，越发无个人了，况且他又不得闲，应什么景儿。"佩凤道："爷说了，今儿已辞了众人，直等十六才来呢，好歹定要请奶奶吃酒的。"尤氏笑道："请我，我没的还席。"

> 大孝期间，不能过节，但赌钱、吃酒、玩娈童均不忌，可见"礼"字之虚假。

佩凤笑着去了，一时又来，笑道："爷说连晚饭也请奶奶吃，好歹早些回来，叫我跟了奶奶去呢。"尤氏道："这样，早饭吃什么？快些吃了，我好走。"佩凤道："爷说，早饭在外头吃，请奶奶自己吃罢。"尤氏问道："今日外头有谁？"佩凤道："听见说，外头有两个南京新来的，倒不知是谁。"说话之间，贾蓉之妻也梳妆了来见过，少时，摆上饭来，尤氏在上，贾蓉之妻在下相陪。婆媳二人吃毕饭，尤氏便换了衣服，仍过荣府来，至晚方回去。

果然，贾珍煮了一口猪，烧了一腔羊，余者桌菜

第七十五回　开夜宴异兆发悲音　赏中秋新词得佳谶

及果品之类,不可胜记,就在会芳园丛绿堂中,屏开孔雀,褥设芙蓉,带领妻子、姬妾,先饭后酒,开怀赏月作乐。

将一更时分,真是风清月朗,上下如银。贾珍因要行令,尤氏便叫佩凤等四个人也都入席,下面一溜坐下,猜枚划拳,饮了一回。贾珍有了几分酒,益发高兴,便命取了一竿紫竹箫来,命佩凤吹箫,文花唱曲,喉清嗓嫩,真令人魄醉魂飞。唱罢,复又行令。〖月下吹箫,又是一番情景。〗

那天将有三更时分,贾珍酒已八分。大家正添衣饮茶、换盏更酌之际,忽听那边墙下有人长叹之声。〖奇极怪极,半夜三更何人能在墙下叹息。〗〖脂批:"余亦悚然疑畏。"〗大家明明听见,都悚然疑畏起来。贾珍忙厉声叱咤,问:"谁在那里?"〖贾珍厉声,更增神鬼之气。〗连问几声,没有人答应。尤氏道:"必是墙外边家里人,也未可知。"贾珍道:"胡说。这墙四面皆无下人的房子,况且那边又紧靠着祠堂,〖脂批:"奇绝神想,余更为之悚惧矣。"〗焉得有人?"〖一边是魄醉魂飞,兴高采烈,一边墙下却有长叹之声,文笔影影绰绰,阴阴森森,令人寒噤。〗

一语未了,只听得一阵风声,竟过墙去了。〖写得阴风满纸,阴森可怕。〗恍惚闻得祠堂内槅扇开阖之声。只觉得风气森森,比先更觉凉飒起来;〖写得更令人寒战。〗月色惨淡,〖更加月色惨淡,越见凄惨。〗也不似先明朗。众人都觉毛发倒竖。贾珍酒已醒了一半,〖写众人的感觉。〗只比别人撑持得住些,心下也十分疑畏,便大没兴头起来。勉强又坐了一会,也就归房安歇去了。〖自"墙下有人长叹之声"以下一段,写得阴气森森,见神见怪,各人心头悚然畏疑,加上祠堂槅扇开阖之声,令读者如身历其境。雪芹之笔,风气神鬼,皆信笔驱遣,总能令人感觉置身其中。〗

次日一早起来,乃是十五日,带领众子侄,开祠堂,行朔望之礼,细察祠内,都仍是照旧好好的,并无怪异之迹。贾珍自为醉后自怪,也不提此事。礼毕,仍闭上门,看着锁禁起来。脂批:"未写荣府庆中秋,却先写宁府开夜宴,未写荣府数尽,先写宁府异兆(兆),盖宁乃家宅,凡有关于吉凶者故必先示之。且列祖祠此,岂无得而警乎。凡人先人虽远,然气远(运)相关,必有之理也。非宁府之祖独有感应也。"

贾珍夫妻至晚饭后方过荣府来。只见贾赦、贾政都在贾母房内坐着说闲话,与贾母取笑。贾琏、宝玉、贾环、贾兰皆在地下侍立。贾珍来了,都一一见过。说了两句话后,贾母命坐,贾珍方在近门小杌子上告了坐,警身侧坐。

贾母笑问道:"这两日你宝兄弟的箭如何了?"贾珍忙起身笑道:"大长进了,不但样式好,而且弓也长了一个力气。"贾母道:"这也够了,且别贪力,仔细努伤。"贾珍忙答应几个"是"。

贾母又道:"你昨日送来的月饼好,西瓜看着好,打开却也罢了。"贾珍笑道:"月饼是新来的一个专做点心的厨子,我试了试,果然好,才敢做了来孝敬。西瓜往年都还可以,不知今年怎么就不好了。"贾政道:"大约今年雨水太勤之故。"

贾母笑道:"此时月已上了,咱们且去上香。"说着,便起身,扶着宝玉的肩,带领众人齐往园中来。

当下园里正门俱已大开,吊着羊角大灯。嘉荫堂前站台上焚着斗香,秉着风烛,陈献着瓜饼及各色果品。邢夫人等一干女客皆在里面久候。真是月明灯彩,人气香烟,晶艳氤氲,不可形状。地下铺着拜毯锦褥。与昨日月淡风森成一对照。

第七十五回　开夜宴异兆发悲音　赏中秋新词得佳谶

贾母盥手上香拜毕，于是大家皆拜过。

贾母便说："赏月在山上最好。"因命："在那山脊上的大厅上去。"众人听说，就忙着到那里去铺设。贾母且在嘉荫堂中吃茶少歇，说些闲话。一时，人回："都齐备了。"贾母方扶着人上山来。王夫人等因说："恐石上苔滑，还是坐竹椅上去。"贾母道："天天有人打扫，况且极平稳的宽路，何必不疏散疏散筋骨。"于是贾赦、贾政等在前导引，又是两个老婆子秉着两把羊角手罩，鸳鸯、琥珀、尤氏等贴身搀扶，邢夫人等在后围随，从下逶迤而上，不过百余步，至山之峰脊上，便是这座敞厅。因在山之高脊，故名曰凸碧山庄。名字起得好。于厅前平台上列下桌椅，又用一架大围屏隔作两间。凡桌椅形式皆是圆的，特取团圆之意。上面居中贾母坐下，左垂首贾赦、贾珍、贾琏、贾蓉，右垂首贾政、宝玉、贾环、贾兰，团团围坐。只坐了半壁，下面还有半壁余空。

贾母笑道："常日倒还不觉人少。今日看来，还是咱们的人也甚少，算不得甚么。脂批："未饮先感人丁，总是将散之兆。"想当年过的日子，到今夜男女三四十个，何等热闹。今日就这样，太少了。待要再叫几个来，他们都是有父母的，家里去应景，不好来的。如今叫女孩们来坐那边罢。"于是令人向围屏后将迎春、探春、惜春三个请出来。贾琏、宝玉等一齐出坐，先尽他姊妹坐了，然

忽觉人少，已有冷落之感。

后在下方依次坐定。

贾母便命折一枝桂花来,命一媳妇在屏后击鼓传花。若花到谁手中,饮酒一杯,罚说笑话一个。脂批:"不犯前几次饮酒。"于是先从贾母起,次贾赦,一一接过。鼓声两转,恰恰在贾政手中住了,脂批:"奇妙。偏在政老手中,竟能使政老一谑,真大文章矣。"只得饮了酒。众姊妹弟兄皆悄悄的你扯我一下,我暗暗的又捏你一把,都含笑倒要听是何笑话。脂批:"余也要细听。"

贾政见贾母喜悦,只得承欢。方欲说时,贾母又笑道:"若说的不笑了,还要罚。"贾政笑道:"只得一个,说来不笑,也只好受罚了。"因笑道:"一家子一个人最怕老婆的。"才说了一句,大家都笑了。因从不曾见贾政说过笑话,所以才笑。脂批:"是极摹神之至。"贾母笑道:"这必是好的。"贾政笑道:"若好,老太太多吃一杯。"贾母笑道:"自然。"贾政又说道:"这个怕老婆的人,从不敢多走一步。偏是那日是八月十五,到街上买东西,便遇见了几个朋友,死活拉到家里去吃酒。不想吃醉了,便在朋友家睡着了。第二日才醒,后悔不及,只得来家赔罪。他老婆正洗脚,说:'既是这样,你替我舔舔就饶你。'这男人只得给他舔,未免恶心要吐。他老婆便恼了,要打,说:'你这样轻狂!'唬得他以一个礼法之士,讲出这样的笑话,不仅能令人笑,亦能令人呕也。男人忙跪下求说:'并不是奶奶的脚脏。只因昨晚吃多了黄酒,又吃了几块月饼馅子,所以今日有些作酸呢。'"说的贾母与众人都笑了。脂批:"这方是贾政之谑,亦善谑矣。"

第七十五回　开夜宴异兆发悲音　赏中秋新词得佳谶

贾政忙斟了一杯，送与贾母。贾母笑道："既这样，快叫人取烧酒来，别叫你们受累。"众人又都笑起来。

于是又击鼓，便从贾政传起，可巧传至宝玉鼓止。宝玉因贾政在坐，自是踧踖不安，花偏又在他手内，因想："说笑话倘或说不好了，又说没口才，连一笑话不能说，何况别的，这有不是。若说好了，又说正经的不会，只惯油嘴贫舌，更有不是。不如不说的好。"乃起身辞道："我不能说笑话，求再限别的罢了。"

脂批："实写旧日往事。"

贾政道："既这样，限一个'秋'字，就即景作一首诗。若好，便赏你；若不好，明日仔细。"贾母忙道："好好的行令，如何又要作诗？"贾政道："他能的。"贾母听说，道："既这样，就作。"命人取了纸笔来，贾政道："只不许用那些冰玉、晶银、彩光、明素等样堆砌字眼，要另出己见，试试你这几年的情思。"宝玉听了，碰在心坎上，遂立想了四句，向纸上写了，呈与贾政看，道是……

此处缺中秋诗，回前脂批已提及。雪芹终未能补，令人怅怅。

贾政看了，点头不语。贾母见这般，知无甚大不好，便问："怎么样？"贾政因欲贾母喜悦，便说："难为他。只是不肯念书，到底词句不雅。"贾母道："这就罢了。他能多大，定要他做才子不成！这就该奖励他，以后越发上心了。"贾政道："正是。"因回头命个老嬷嬷出去吩咐书房内的小厮，"把我海南带来的扇子取两把给他。"宝玉忙拜谢,仍复归座行令。

当下贾兰见奖励宝玉,他便出席,也做一首递与贾政看时,写道是……贾政看了,喜不自胜,遂并讲与贾母听时,贾母也十分欢喜,也忙令贾政赏他。于是大家归坐,复行起令来。贾兰诗亦缺。

这次,在贾赦手内住了,只得吃了酒,说笑话。因说道:"一家子一个儿子最孝顺。偏生母亲病了,各处求医不得,便请了一个针灸的婆子来。这婆子原不知道脉理,只说是心火,如今用针灸之法,针灸针灸就好了的。儿子慌了,便问:'心见铁即死,如何针得?'婆子道:'不用针心,只针肋条就是了。'儿子道:'肋条离心甚远,怎么就好?'婆子道:'不妨事,你不知道天下父母心偏的多呢。'"众人听说,都笑起来。荣府长房与二房之间之矛盾,再从笑话中隐隐揭出。

贾母也只得吃半杯酒,半日笑道:"我也得这个婆子针一针就好了。"贾母一听即明其意。贾赦听说,便知自己出言冒撞,贾母疑了心,忙起身笑与贾母把盏,以别言解释。贾母亦不好再提,且行起令来。

不料这次花却在贾环手里。贾环近日读书稍进,其脾味中不好务正也与宝玉一样,故每常也好看些诗词,专好奇诡仙鬼一格。今见宝玉作诗受奖,他便技痒,只当着贾政不敢造次。如今可巧花在手中,便也索纸笔来,立挥一绝,呈与贾政。脂批:"偏写贾政戏谑,已是异文,而贾环作诗,实奇中又奇之

第七十五回　开夜宴异兆发悲音　赏中秋新词得佳谶

> 奇文也。总在人意料之外。竟有人曰：贾环如何又有好诗，似前言不搭后文矣。盖不可向说问，贾环亦荣公子正脉，虽少年顽劣，见（乃）今古小儿之常情耳，读书岂无长进之理哉。况贾政之教是弟子自己，大觉疎忽矣。若是贾环连一平仄也不知，岂荣府是寻常膏粱不知诗书之家哉。然后知宝玉之一种情思，正非有益之聪明，不得谓比诸人皆妙者也。"

贾政看了，亦觉罕异，只是词句中终带着不乐读书之意，遂不悦道："可见是弟兄了。发言吐气总属邪派，_{贾政亦说贾环是邪派。}将来都是不由规矩准绳，一起下流货。_{又说是下流货。}妙在古人中有'二难'，你两个也可以称'二难'了。_{连宝玉也贬下去了。}只是你两个的'难'字，却是作难以教训的'难'字讲才好。哥哥是公然以温飞卿自居，如今兄弟又自为曹唐再世了。"说的贾赦等都笑了。贾赦乃要诗瞧了一遍，连声赞好，道："这诗，据我看，甚是有气骨。想来咱们这样人家，原不比那起寒酸，定要'雪窗萤火'，一日蟾宫折桂，方得扬眉吐气。咱们的子弟都原该读些书，不过比别人略明白些，可以做得官时就跑不了一个官的。何必多费了工夫，反弄出书呆子来。所以我爱他这诗，竟不失咱们这侯门的气概。"因回头吩咐人去取了自己的许多玩物来赏赐与他。因又拍着贾环的头，笑道："以后就这样做去，方是咱们的口气，将来这世袭的前程定跑不了你袭呢。"

贾政听说，忙劝说："不过他胡诌如此，那里就论到后事了。"说着，便斟上酒，又行了一回令。

> 脂批："便又轻抹去也。"

贾母便说："你们去罢。自然外头还有相公们候着,也不可轻忽了他们。况且二更多了,你们散了,再让我和姑娘们多乐一回,好歇着了。"贾赦等听了,方止了令,又大家公进了一杯酒,方带着子侄们出去了。

要知端详,再听下回。

第七十五回　开夜宴异兆发悲音　赏中秋新词得佳谶

【回后评】

抄检大观园以后，宝钗借口母亲有病，要回去住几天，就离开了大观园，这象征着大观园已趋于星散衰落了。本来宝钗以母亲生病的名义请假出园，表面上平淡而正常，却经不起探春的直言说破，说："有叫人撵的，不如我先撵。亲戚们好，也不在必要死住着才好。咱们倒是一家子亲骨肉呢，一个个不像乌眼鸡，恨不得你吃了我，我吃了你！"这是多么惊心动魄的语言。宁、荣两府之间的矛盾，荣府长房与二房之间的矛盾已掩盖不住了，探春所说的一家子亲骨肉倒像乌眼鸡，恨不得你吃了我，我吃了你，这固是小说里的矛盾冲突，实际上也是作者家世的隐喻，而作者家庭的败落抄家，虽有多种原因，其中骨肉相残也是主要导火线之一，所以探春的话，也是真事隐去、假语村言之一例。

本回开头就两次提到甄家抄家，上回在探春的讲话中也提到了甄家的抄家。这甄家抄家的事，与大观园的抄检，与贾府内部矛盾的爆发紧连在一起，这是作者有意安排的，标志着这些事情是紧密相关的、互为因果的。"假作真时真亦假"，甄家的抄家，当然也就是暗示着贾家的抄家也不远了。

尤氏对李纨说："你们家下大小的人，只会讲外面的假礼、假体面，究竟作出来的事都够使的了。"这是说荣府的虚假面貌，这是极为重要的一笔。从实际来说，贾政所代表的，就是"假正"，不过小说里没有给予直接揭穿，而是留给读者自思的。此处借尤氏之口明确点破，是石破天惊之笔。当然这里尤氏所说也并非指荣府整体，而是仅指抄检一事，但通过抄检一事让尤氏直接点破荣府表面上的书、礼，实质上的"作出来的事都够使的了"，也已经是非常关键的一笔了。仍旧是这个

1445

尤氏,在夜间回府的时候,竟亲眼看到宁府夜赌的场面,参加的人有贾珍、贾蓉、邢德全、薛蟠等,不仅是呼幺喝六的赌博,还有夜宴,更还有娈童男妓,而这些人的嘴里不仅仅是肮脏不堪,而且是怨恨满腹,然而这样的真实场面,却是以习射的名义正而八经地搞起来的,还得到了贾赦、贾政的赞赏。这又是一种虚假,是一幅宁府腐朽没落的现实图画,作者尽情地让读者看清楚这些书礼之家、世家大族的真面目。

一边是腐败的加速、经济的绌支,特别是抄家影子的在眼前晃动;另一边却是照样寻欢作乐,宁府因为大孝,不能过节,但十五不能过,就过十四,总之寻欢作乐的机会不能放过。结果却突然从墙下传来长叹之声,一阵风过,还传来祠堂内槅扇开阖之声,终于弄得大家毛发倒竖,没兴而散,想乐终于没有乐成。荣国府中秋的夜宴,贾母的第一感觉是人丁减少,冷清无味。说笑话时贾政说了一个既令人发笑,更令人作呕的笑话。而贾赦却讲了一个孝顺儿子偏心娘的故事,惹得贾母说:"我也得这个婆子针一针就好了。"原本一心想寻乐,以排遣甄府抄家带来的不祥预感,却想不到又招来了另一种不欢。

本回回前,有批云:"乾隆二十一年五月初七日对清,缺中秋诗,俟雪芹。"然后是"开夜宴、发悲音、赏中秋、得佳谶"十二个字的记录。这就是现在回目的初稿。批语中说的缺中秋诗,是指宝玉、贾兰、贾环所作的诗,尚没有补进去。但这个缺漏,雪芹始终未能补上,所谓得佳谶,当是指贾赦称赞贾环的诗不失"侯门的气概"这一情节,但因原诗未补出,这个佳谶也只能是一个未知数。本书一再提醒"假作真时真亦假",千万不能看正面,要看反面。那么这个佳谶,究竟是正面看的佳谶,还是应该反面看的佳谶呢,也就无从猜测了。

第七十六回　　凸碧堂品笛感凄清
　　　　　　　　凹晶馆联诗悲寂寞

话说贾赦、贾政带领贾珍等散去不提。

且说贾母这里命将围屏撤去,两席并而为一。众媳妇另行擦桌整案,更杯洗箸,陈设一番。贾母等都添了衣,盥漱吃茶,方又入座,团团围绕。贾母看时,宝钗姊妹二人不在坐内,知他们家去圆月去了,（贾母只知是圆月去了,哪知是抄检之故。）且李纨、凤姐二人又病着,少了四个人,便觉冷清了好些。脂批:"不想这次中秋,反写得十分凄楚。"贾母因笑道:"往年你老爷们不在家,咱们越性请过姨太太来,大家赏月,却十分闹热。忽一时想起你老爷来,又不免想到母子、夫妻、儿女不能一处,也都有些没兴。及至今年你老爷来了,正该大家团圆取乐,又不便请他们娘儿们来说说笑笑。况且他们今年又添了两口人,也难丢了他们跑到这里来。偏又把凤丫头病了,有他一人来说说笑笑,还抵得十个人的空儿。可见天下事总难十全。"中秋团圆之节,忽觉冷落凄清。说毕,不觉长叹一声,宁府是墙下长叹,此处是贾母席上长叹。遂命拿大杯来斟热酒。

王夫人笑道:"今日得母子团圆,自比往年有趣。往年娘儿们虽多,终不如今年自己骨肉齐全的好。"贾母笑道:"正是为此,所以才高兴拿大杯来吃酒。你们也换大杯才是。"邢夫人等只得_{"只得"二字写得勉强。}换上大杯来。因夜深体乏,且不能胜酒,未免都有些倦意,_{总是提不起精神。}无奈贾母兴犹未阑,只得陪饮。

强打精神,强作欢笑。

贾母又命将氍毹铺于阶上,命将月饼、西瓜、果品等类都叫搬下去,令丫头、媳妇们也都团团围坐赏月。贾母因见月至中天,比先越发精彩可爱,因说:"如此好月,不可不闻笛。"因命人将十番上女孩子传来。贾母道:"音乐多了,反失雅致,只用吹笛的远远的吹起来就够了。"说毕,刚才去吹时,只见跟邢夫人的媳妇走来,向邢夫人前说了两句话。贾母便问:"说什么事?"那媳妇便回说:"方才大老爷出去,被石头绊了一下,崴了腿。"_{事事不如意。}贾母听说,忙命两个婆子快看去,又命邢夫人快去,邢夫人遂告辞起身。_{又少了一个。}

贾母亦颇高雅而多清兴。

贾赦又崴了腿,扫兴之事不断而来。

贾母便又说:"珍哥媳妇也趁着便就家去罢,我也就睡了。"尤氏笑道:"我今日不回去了,定要和老祖宗吃一夜。"贾母笑道:"使不得,使不得。你们小夫妻家,今夜必要团圆团圆,如何为我耽搁了?"尤氏红了脸,笑道:"老祖宗说的我们太不堪了。我们

第七十六回　凸碧堂品笛感凄清　凹晶馆联诗悲寂寞

虽然年轻,已经是十来年的夫妻,也奔四十岁的人了。况且孝服未满,陪着老太太顽一夜还罢了,岂有自去团圆的理。"贾母听说,笑道:"这话很是,我倒也忘了孝未满。可怜你公公转眼已是二年多了,可是我倒忘了,该罚我一大杯。既这样,你就越性别送,陪着我罢了。你叫蓉儿媳妇送去,就顺便回去罢。"尤氏说了。蓉妻答应着,送出邢夫人,一同至大门,各自上车回去。不在话下。

尤氏还不到四十岁。

脂批:"不是算贾敬,却是算赦死期也。"

这里,贾母仍带众人赏了一回桂花,又入席换暖酒来。正说着闲话,猛不妨只听那壁厢桂花树下,呜呜咽咽,悠悠扬扬,吹出笛声来。趁着这明月清风,天空地净,真令人烦心顿解,万虑齐除,都肃然危坐,默相赏听。约两盏茶时,方才止住,大家称赞不已。于是遂又斟上暖酒来。贾母笑道:"果然可听么?"众人笑道:"实在可听。我们也想不到这样,须得老太太带领着,我们也得开些心胸。"贾母道:"这还不大好,须得拣那曲谱越慢的吹来越好。"说着,便将自己吃的一个内造瓜仁油松穰月饼,又命斟一大杯热酒,送给谱笛之人,慢慢的吃了再细细的吹一套来。

写月下闻笛一段,虽只数句,而写尽清景。可比东坡夜游闻箫。

媳妇们答应了,方送去,只见方才瞧贾赦的两个婆子回来了,说:"瞧了,右脚面上白肿了些,如今调服了药,疼的好些了,也不甚大关系。"贾母点头叹道:"我也太操心。打紧说我偏心,

1449

> 还记着"偏心"的事,可见贾赦一个故事,深刺贾母也。

我反这样。"因就将方才贾赦的笑话说与王夫人、尤氏等听。王夫人等因笑劝道:"这原是酒后大家说笑,不留心也是有的,岂有敢说老太太之理。老太太自当解释才是。"

只见鸳鸯拿了软巾兜与大斗篷来,说:"夜深了,恐露水下来,风吹了头,须要添了这个。坐坐也该歇了。"贾母道:"偏今儿高兴,你又来催,难道我醉了不成?偏到天亮!"因命再斟酒来。一面戴上兜巾,披了斗篷,大家陪着又饮,说些笑话。

> 写出夜深风露之景。贾母却独乐不倦,是强打精神也。

只听桂花阴里,呜呜咽咽,袅袅悠悠,又发出一缕笛音来,果真比先越发凄凉。大家都寂然而坐。夜静月明,且笛声悲怨,贾母年高带酒之人,听此声音,不免有触于心,禁不住堕下泪来。众人此时也〔一〕都不禁有凄凉寂寞之意,半日,方知贾母伤感,才忙转身陪笑,发语解释。

> 再写笛音,竟是凄凉之声,贾母竟至堕泪,盖贾母强作欢笑者,排日间闻甄府抄家之忧也,奈笛声凄怨,不能无动于衷耳!

脂批:"转身妙,画出对月听笛,如痴如呆,不觉尊长在上之形景来。"又命换暖酒,且住了笛。

尤氏笑道:"我也就学了一个笑话,说与老祖宗解解闷。"贾母勉强笑道:"这样更好,快说来我听。"尤氏乃说道:"一家子养了四个儿子。大儿子只一个眼睛,二儿子只一个耳朵,三儿子只一个鼻子眼,四儿子倒都齐全,偏又是个哑叭。"正说到这里,只见贾母已朦胧双眼,

> 四个儿子,原来都是残缺,是四不全。贾母喜欢"全",喜欢"圆",却偏讲出个四不全来。

终是强打精神。似有睡去之态。脂批:"总写出凄凉无兴景况来。"尤氏方住了,忙和王夫人轻轻的请醒。贾母睁眼笑道:"我

第七十六回 凸碧堂品笛感凄清 凹晶馆联诗悲寂寞

不困,白闭闭眼养神。你们只管说,我听着呢。"_{真是强打精神。脂批:"活画。"}王夫人等笑道:"夜已四更了,风露也大,请老太太安歇罢,明日再赏十六,也不辜负这月色。"贾母道:"那里就四更了?"王夫人笑道:"实已四更,他们姊妹们熬不过,都去睡了。"贾母听说,细看了一看,果然都散了,只有探春一人在此。_{人都散了,只剩探春一人陪贾母了。}贾母笑道:"也罢。你们也熬不惯夜,况且弱的弱,病的病,去了倒省心。只是三丫头可怜,尚还等着。你也去罢,我们散了。"_{一场团圆佳节,最后零落星散。}说着,便起身,吃了一口清茶。便有预备下的竹椅小轿,便围着斗篷坐上,两个婆子搭起,众人围随出园去了。不在话下。

一场团圆佳节,只剩下贾母等数人散去,其衰败之象已是可见。

这里,众媳妇收拾杯盘碗盏时,却少了个细茶杯,各处寻觅不见,又问众人:"必是谁失手打了。撂在那里?告诉我,拿了磁瓦去交收,是证见。不然,又说偷起来了。"众人都说:"没有打了,只怕是跟姑娘的人打了,也未可知。你细想想,或问问他们去。"一语提醒了这管家伙的媳妇,因笑道:"是了,那一会儿记得是翠缕拿着的。我去问他。"说着,便去找时,刚下了甬路,就遇见了紫鹃和翠缕来了。_{脂批:"妙。又出一个。"}

翠缕便问道:"老太太散了,可知我们姑娘那去了?"_{脂批:"更妙。"}这媳妇道:"我来问那一个茶钟往那里去了,你们倒问我要姑娘。"翠缕笑道:"我因倒茶给姑娘吃的,展眼回头,就连姑娘也没了。"那媳妇道:"太

文章又转一层,因找黛玉、湘云,文章另起新境。

太才说都睡觉去了。你不知那里顽去了,还不知道呢。"翠缕和紫鹃道:"断乎没有悄悄的睡去之理,只怕在那里走一走。如今见老太太散了,赶过前边送去,也未可知。我们且往前边找找去。有了姑娘,自然你的茶钟也有了。你明日一早再找,有什么忙的。"

媳妇笑道:"有了下落,就不必忙了,明儿就和你要罢。"说毕回去,仍查收家伙。这里,紫鹃和翠缕便往贾母处来,不在话下。

原来黛玉和湘云二人并未去睡觉,只因黛玉见贾府中许多人赏月,贾母犹叹人少,不似当年热闹,又提宝钗姊妹家去、母女弟兄自去赏月等语,不觉对景感怀,自去俯栏垂泪。团圆佳节,偏偏垂泪。宝玉近因晴雯特提晴雯。病势甚重,诸务无心,脂批:"带一笔,妙,更觉谨密不漏。"王夫人再四遣他去睡,他也便去了。探春又因近日家事着恼,无暇游玩。虽有迎春、惜春二人,偏又素日不大甚合。所以只剩了湘云一人宽慰他,因说:"你是个明白人,何必作此形景自苦。我也和你一样,我就不似你这样心窄。何况你又多病,还不自己保养。留下湘云宽慰黛玉,是难得之机。可恨宝姐姐,姊妹天天说亲道热,早已说今年中秋要大家一处赏月,必要起社,大家联句,到今日便弃了咱们,自己赏月去了。社也散了,诗也不作了。借湘云之口,说出宝钗自去,诗社已散。倒是他们父子叔侄纵横起来。指贾赦、贾政让宝玉、贾环做诗事。你可知宋太祖说的

第七十六回　凸碧堂品笛感凄清　凹晶馆联诗悲寂寞

好：'卧榻之侧，岂许他人酣睡。'他们不作，咱们两个竟联起句来，明日羞他们一羞。"

黛玉见他这般劝慰，不肯负他的豪兴，因笑道："你看这里这等人声嘈杂，有何诗兴。"湘云笑道："这山上赏月虽好，终不及近水赏月更妙。（水中月，镜中花，无意说出。）你知道，这山坡底下就是池沼，山坳里近水一个所在就是凹晶馆。（名称不俗。）可知当日盖这园子时就有学问。这山之高处，就叫凸碧；山之〔二〕低洼近水处，就叫作凹晶。这'凸''凹'二字，历来用的人最少，如今直用作轩馆之名，更觉新鲜，不落窠臼。（特加一评。）可知这两处一上一下，一明一暗，一高一矮，一山一水，竟是特因玩月而设此两处。有爱那山高月小的，便往这里来；有爱那皓月清波的，便往那里去。只是这两个字俗念作'洼''拱'二音，便说俗了，不大见用。只陆放翁用了一个'凹'字，说'古砚微凹聚墨多'，还有人批他俗，岂不可笑。"（借机品评，亦一赏佳构。）

林黛玉道："也不只放翁才用，古人中用者太多。如江淹《青苔赋》，东方朔《神异经》，以致《画记》上云张僧繇画一乘寺的故事，不可胜举。只是今人不知，误作俗字用了。实和你说罢，这两个字还是我拟的呢。因那年试宝玉，因他拟了几处，也有存的，也有删改的，也有尚未拟的。这是后来我们大家把这没有名色的也都拟出来了，注了出处，写了这房屋的坐（原来竟是黛玉所拟，列举如许典故，可见黛玉知书，只是平时不露耳。）

落，一并带进去与大姐姐瞧了。他又带出来，命给舅舅瞧过。谁知舅舅倒喜欢起来，又说：'早知这样，那日该就叫他姊妹一并拟了，岂不有趣。'所以凡我拟的，一字不改都用了。如今就往凹晶馆去看看。"

补笔。

说着，二人便同下了山坡。只一转弯，就是池沼，沼上一带竹栏相接，直通着那边藕香榭的路径。脂批："点明，妙，不然此园竟有多大地亩了。"因这几间就在此山怀抱之中，乃凸碧山庄之退居，因洼而近水，故颜其额曰"凹晶溪馆"。因此处房子不多，且又矮小，故只有两个老婆子上夜。今日打听得凸碧山庄的人应差，与他们无干，这两个老婆子关了月饼果品并犒赏的酒食来，二人吃得既醉且饱，早已熄灯睡了。脂批："妙极，此书又进一步写法。如王夫人云：'他姊妹可怜，那里像当日林姑妈那样。'有如贾母云'如今人少，那里有当日人多'等数语；此谓进一步法也。有退一步法，如宝钗之对邢岫烟：'此一时也，彼一时也，如今比不得先（时）的话了，只好随是十分。'又如凤姐之对平儿云'如今我也明白了。我如今也要作好好先生罢'等类；此谓退一步法也。今方收拾过贾母高乐，却又写出二婆子高乐，此（进）一步之实也。如前文海棠诗四首已足，忽又用湘云独成二律反压卷，此又进一步实事也。所谓法法皆全，（全）然不爽也。"

峰回路转，又是一景。

黛玉、湘云见熄了灯，湘云笑道："倒是他们睡了好。咱们就在这卷棚底下近水赏月如何？"二人遂在两个湘妃竹墩上坐下。只见天上一轮皓月，池中一轮水月，上下争辉，如置身于晶宫鲛室之内。微风一过，粼粼然池面皱碧铺纹，真令人神清气净。

一段双月争辉的好文章。

湘云笑道："怎得这会子坐上船吃酒倒好。这要是我家里这样，我就立刻坐船了。"黛玉笑道："正是古人常说的好，'事若求全何所乐'。据我说，这也罢

第七十六回　凸碧堂品笛感凄清　凹晶馆联诗悲寂寞

了,偏要坐船起来。"湘云笑道:"得陇望蜀,人之常情。可知那些老人家说的不错。说贫穷之家自为富贵之家事事趁心,告诉他说竟不能遂心,他们不肯信的;必得亲历其境,他方知觉了。就如咱们两个,虽父母不在,然却也忝在富贵之乡,只你我竟有许多不遂心的事。"一段随分从时、安贫乐道的议论,是渐渐参悟人生之意。

黛玉笑道:"不但你我不能趁心,就连老太太、太太以至宝玉、探丫头等人,无论事大事小,有理无理,其不能各遂其心者,同一理也。说得极好,极是。"自是人生长恨水长东"也,岂能求事事遂心,如不能悟此,则自寻烦恼多矣。何况你我旅居客寄之人了!"脂批:"以立未不怡然得享自然之乐者矣。书中若干女子从主及婢,未必各有所觉,各有所试,各有所长者,皆未如宝玉无可关切筹划,可叹。"湘云听说,恐怕黛玉又伤感起来,忙道:"休说这些闲话,咱们且联诗。"

正说间,只听笛韵悠扬起来。黛玉笑道:"今日老太太、太太高兴了,这笛子吹的有趣,倒是助咱们的兴趣了。脂批:"妙,正是吹笛之时。勿认作又一处之笛也。"咱两个都爱五言,就还是五言排律罢。"湘云道:"限何韵?"黛玉笑道:"咱们数这个栏杆的直棍,这头到那头为止。他是第几根,就用第几韵。若十六根,就是'一先'起。这可新鲜?"湘云笑道:"这倒别致。"于是二人起身,便从头数至尽头止,得十三根。湘云道:"偏又是'十三元'了。这个韵少,作排律只怕牵强不能押韵呢。少不得你先起一句罢了。"黛玉笑道:"倒要试试咱们谁强谁弱,只是没个纸笔记。"湘云道:"不妨,明儿再写。只怕

再提笛音,正贾母所听堕泪之音也。

这一点聪明还有。"

黛玉道:"我先起一句现成的俗语罢。"因念道:

从中秋起句。

三五中秋夕,

湘云想了一想,道:

清游拟上元。元宵节,阴历正月十五。

撒天箕斗灿,"箕斗",指群星。《诗·小雅·大东》:"维南有箕,不可以簸扬;维北有斗,不可以挹酒浆。"

林黛玉笑道:

匝地管弦繁。

几处狂飞盏,

湘云笑道:"这一句'几处狂飞盏'有些意思。这倒要对的好呢。"想了一想,笑道:

家家赏中秋,一番热闹。

谁家不启轩。

轻寒风剪剪,

黛玉道:"好,对的比我的却好。只是这句又说熟话了,就该加劲说了去才是。"湘云道:"诗多韵险,也要铺陈些才是。纵有好的,且留在后头。"黛玉笑道:"到后头没有好的,我看你羞不羞。"因联道:

点中秋吃月饼。

良夜景暄暄。

争饼嘲黄发,

湘云笑道:"这句不好,杜撰,用俗事来难我了。"黛玉笑道:"我说你不曾见过书呢。吃饼是旧典,唐书唐志你看了来再说。"湘云笑道:"这也难不倒我,我也有了。"因联道:

> 分瓜笑绿媛。
>
> 香新荣玉桂，

桂香四溢，是中秋节令。

黛玉笑道："分瓜可是实实你的杜撰了。"湘云笑道："明日咱们对查了出来，大家看看，这会子别耽误工夫。"黛玉笑道："虽如此，下句也不好，不犯着又用'玉桂''金兰'等字样来塞责。"因联道：

> 色健茂金萱。
>
> 蜡烛辉琼宴，

湘云笑道："'金萱'二字便宜了你，省了多少力。这样现成的韵偏被你得了，只是不犯着替他们颂圣去。况且下句你也是塞责了。"黛玉笑道："你不说'玉桂'，我难道强对个'金萱'么？再，也要铺陈些富丽，方才是即景之实事。"湘云只得又联道：

稍加议论，阐释词源。

> 觥筹乱绮园。
>
> 分曹尊一令，

月夜宴饮，分曹行令。

黛玉笑道："下句好，只难对些。"因想了一想，联道：

> 射覆听三宣。
>
> 骰彩红成点，

湘云笑道："'三宣'有趣，竟化俗成雅了。只是下句又说上骰子。"少不得联道：

> 传花鼓滥喧。
>
> 晴光摇院宇，

黛玉笑道："对的却好。下句又溜了，只管拿些风月

<blockquote>再点月色,即写月下吟诗。</blockquote>

来塞责。"湘云道:"究竟没说到月上,也要点缀点缀,方不落题。"黛玉道:"且姑存之,明日再斟酌。"因联道:

　　素彩接乾坤。

　　赏罚无宾主, _{不论宾主,赏罚一律。}

湘云道:"又说他们作什么,不如说咱们。"只得联道:

　　吟诗序仲昆。 _{以诗的好坏来定高低。}

　　构思时倚槛,

黛玉道:"这可以入上你我了。"因联道:

　　拟景或依门。

　　酒尽情犹在,

湘云说道:"是时候了。"乃联道:

　　更残乐已谖。

<blockquote>夜已深矣,酒已尽矣,乐已歇矣!</blockquote>

　　渐闻语笑寂,

黛玉说道:"这时候可知一步难似一步了。"因联道:

　　空剩雪霜痕。 _{指月色。}

<blockquote>只有一片月色。</blockquote>

　　阶露团朝菌,

湘云笑道:"这一句怎么押韵?让我想想。"因起身负手,想了一想,笑道:"够了,幸而想出一个字来,几乎败了。"因联道:

　　庭烟敛夕棔。

<blockquote>棔,合欢树,一名马缨花,又名夜合花。叶成齿形排列,夜则对合。花状如马缨,红色,春末开花,北方多植。五十年代予初到北京,随处可见。今则少见矣。</blockquote>

　　秋湍泻石髓,

<blockquote>忽然转出夕棔、秋湍,于无可说处说出新意。</blockquote>

黛玉听了,不禁也起身叫妙,说:"这促狭鬼,果然留下好的,这会子才说。'棔'字亏你想得出!"湘云道:

"幸而昨日看历朝文选,见了这个字,我不知是何树,因要查一查。宝姐姐说不用查,这就是如今俗语叫作明开夜合的。我信不及,到底查了一查,果然不错。看来宝姐姐知道的竟多。"黛玉笑道:"'榉'字用在此时更恰,也还罢了。只是'秋湍'一句亏你好想。只这一句,别的都要抹倒。我少不得打起精神来对一句,只是再不能似这一句了。"因想了一想,道:

> 风叶聚云根。
>
> 宝婺情孤洁, _{宝婺,指星。}

湘云道:"这对的也还好。只是下一句你也溜了,幸而是景中情,不单用'宝婺'来塞责。"因联道:

> 银蟾气吐吞。 _{银蟾,指月。}
>
> 药经灵兔捣,   再点星月。

黛玉不语点头,半日再念道:

> 人向广寒奔。
>
> 犯斗邀牛女,

湘云也望月点首,联道:

> 乘槎待帝孙。
>
> 虚盈轮莫定,

黛玉笑道:"又用比兴了。"因联道:〔三〕

> 晦朔魄空存。   月色无而漏声涸
>
> 壶漏声将涸,   矣!诗境似至绝处,忽于绝处出一新事。

湘云方欲联时,黛玉指池中黑影与湘云看道:"你看

那河里怎么像个人在黑影里去了,敢是个鬼罢?"湘云笑道:"可是又见鬼了。我是不怕鬼的,等我打他一下。"因弯腰拾了一块小石片,向那池中打去,只听打得水响,一个大圆圈将月影荡散复聚者几次。脂批:"写得出,试思若非亲历其境者,如何摹写得如此。"只听那黑影里嘎然一声,却飞起一个白鹤来,脂批:"写得出。"直往藕香榭去了。黛玉笑道:"原来是他,猛然想不到,反吓了一跳。"湘云笑道:"这个鹤有趣,倒助了我了。"因联道:

窗灯焰已昏。

寒塘鹤影,佳句俊句。

寒塘渡鹤影,

林黛玉听了,又叫好,又跺足,说道:"了不得,这鹤真是助他的了!这一句更比'秋湍'不同,叫我对什么才好?'影'字只有一个'魂'字可对,况且'寒塘渡鹤'何等自然,何等现成,何等有景,且又新鲜,我竟要搁笔了。"湘云笑道:"大家细想就有了,不然,就放着明日再联也可。"黛玉只看天,不理他,半日,猛然笑道:"你不必捞嘴,我也有了,你听听。"因对道:

冷月葬诗魂。

"冷月葬诗魂",警句中之警句,可以压倒湘云。别本却作"花魂",或以为"花魂"是,非也,早期抄本俱作"诗魂"。予有专论辨析,盖黛玉为诗之魂,非徒美也。

湘云拍手赞道:"果然好极!非此不能对。好个'葬诗魂'!"因又叹道:"诗固新奇,只是太颓丧了些。你现病着,一语点出,且直说黛玉,则明以诗魂指黛玉矣。不该作此过于凄清奇谲之语。"黛玉笑道:"不如此,如何压倒你。下句竟还未得,只为用工在这一句了。"

第七十六回　凸碧堂品笛感凄清　凹晶馆联诗悲寂寞

一语未了，只见栏外山石后转出一个人来，笑道："好诗，好诗，果然太悲凉了。不必再往下联了，若底下只这样去，反不显这两句了，倒觉得堆砌牵强。"二人不防，倒唬了一跳。细看时，不是别人，却是妙玉。

> 吕启祥云：黛玉是"花的精魂，诗的化身"。

二人皆诧异，_{脂批："原可诧异，余亦诧异。"}因问："你如何到了这里？"妙玉笑道："我听见你们大家赏月，又吹的好笛，我也出来玩赏这清池皓月。顺脚走到这里，忽听见你两个联诗，更觉清雅异常，故此听住了。只是方才我听见这一首中，有几句虽好，只是过于颓败凄楚。此亦关人之气数而有，所以我出来止住。_{再加点出，明已入哀败之境矣。}如今老太太都已早散了，满园的人想俱已睡熟了，你两个的丫头还不知在那里找你们呢。你们也不怕冷了？快同我来，到我那里去吃杯茶，只怕就天亮了。"黛玉笑道："谁知道就这个时候了。"

> 妙玉亦妙人，为月色笛韵所引，故到此。

三人遂一同来至栊翠庵中。只见龛焰犹青，炉香未烬，_{两句是庵中情景。}几个老嬷嬷也都睡了，只有小丫鬟在蒲团上垂头打盹。_{是庵里，故在蒲团上也。}妙玉唤他起来，现去烹茶。忽听叩门之声，小丫鬟忙去开门看时，却是紫鹃、翠缕与几个老嬷嬷来找他姊妹两个。进来见他们正吃茶，因都笑道："要我们好找，一个园里走遍了，连姨太太那里都找到了。才到了那山坡底下小亭里找时，可巧那里上夜的正睡醒了。我们问他们，他们说，方才亭外头棚下两个人说话，后来又添了一个，_{不知作诗，只知说话，是下人口气。}

> 补叙诸人寻找经过，亦增情趣。

听见说大家往庵里去。我们就知是这里了。"

妙玉忙命小丫鬟引他们到那边去坐着歇息吃茶,自取了笔砚纸墨出来,将方才的诗命他二人念着,遂从头写出来。黛玉见他今日十分高兴,便笑道:"从来没见你这样高兴。若不见你这样高兴,我也不敢唐突请教,这还可以见教否?若不堪时,便就烧了;若或可改,即请改正改正。"妙玉笑道:"也不敢妄改、评赞。只是这才有了二十二韵。我意思想着,你二位警句已出,再若续时,恐后力不加。_{是诗家语。}我竟要续貂,又恐有玷。"黛玉从没见妙玉作过诗,今见他高兴如此,忙说:"果然如此,我们的虽不好,亦可以带好了。"

> 无论诗文,只知放,不知收,便不是作家。魏文帝述班固讥傅毅"下笔不能自休","不能自休"者,就是只知放不知收也。妙玉说要"归到本来面目上去",是论诗、论文真见。

妙玉道:"如今收结,到底还该归到本来面目上去。_{是诗法,亦是文法。}若只管丢了真情真事且去搜奇捡怪,一则失了咱们的闺阁面目,二则也与题目无涉了。"_{即论文亦是至论。}二人皆道:"极是。"妙玉遂题笔一挥而就,_{可见妙玉的是诗家。}递与他二人道:"休要见笑。依我必须如此,方翻转的过来。虽前头有凄楚之句,亦无甚碍了。"二人接了看时,只见他续道:

> 香篆销金鼎,脂冰腻玉盆。
> 箫增嫠妇泣,衾倩侍儿温。
> 空帐悬文凤,闲屏掩彩鸳。
> 露浓苔更滑,霜重竹难扪。
> 犹步萦纡沼,还登寂历原。

第七十六回　凸碧堂品笛感凄清　凹晶馆联诗悲寂寞

石奇神鬼搏，木怪虎狼蹲。

赑屃朝光透，罘罳晓露屯。

振林千树鸟，啼谷一声猿。

歧熟焉忘径，泉知不问源。

钟鸣栊翠寺，鸡唱稻香村。

有兴悲何继，无愁意岂烦。

芳情只自遣，雅趣向谁言。

彻旦休云倦，烹茶更细论。直到来庵中论诗为止。

妙玉续诗，由夜深渐入天明，正实景也。

后书："右中秋夜大观园即景联句三十五韵。"

黛玉、湘云二人皆赞赏不已，说："可见我们天天是舍近求远。现有这样诗仙在此，却天天去纸上谈兵。"妙玉笑道："明日再润色。此时想也快天明了，到底要歇息歇息才是。"林、史二人听说，便起身告辞，带领丫鬟出来。妙玉送至门外，看他们去远，方掩门进来。不在话下。

这里，翠缕向湘云道："大奶奶那里还有人等着咱们睡去呢。如今还是那里去好？"湘云笑道："你顺路告诉他们，叫他们睡罢。我这一去，未免惊动病人，不如闹林姑娘半夜去罢。"说着，大家走至潇湘馆中，有一半人已睡去。二人进去，方才卸妆宽衣，盥漱已毕，方上床安歇。紫鹃放下绡帐，移灯掩门出去。

湘云仍回到黛玉处住，因宝钗已独自去矣。

谁知湘云有择席之病，虽在枕上，只白睡不着。黛玉又是个心血不足、常常失眠的，今日又错过困头，因诗兴，或因别情，两人均彻夜未眠。

自然也是睡不着。二人在枕上翻来覆去。黛玉因问道："怎么你还没睡着？"湘云微笑道："我有择席的病，况且走了困，只好躺躺罢。你怎么也睡不着？"黛玉叹道：脂批："一笑一叹，只二字便写出平日之行景。""我这睡不着，也并非今日。大约一年之中，通共也只好睡十夜满足的。"湘云道："却是因你病的原故，所以不足。"不知下文什么，且听下回分解。

第七十六回　凸碧堂品笛感凄清　凹晶馆联诗悲寂寞

【回后评】

甄家被抄家的消息传来后,"贾母听了正不自在",说:"咱们别管人家的事,且商量咱们八月十五日赏月是正经。"之后,贾母就尽量让自己沉醉在节日的欢乐之中,但是这种主观的心理控制改变不了客观的现实,一是贾府的人已经零零落落,再也没有以往热烈团聚的气氛了;二是人们的心头很自然地好像感染上了一层迷茫忧愁和没落绝望的情绪,也没有以前的兴高采烈了。贾母尽管尽力硬撑着,要造成节日的欢乐气氛,但禁不起凄清的笛声,"夜静月明,且笛声悲怨,贾母年高带酒之人,听此声音,不免有触于心,禁不住堕下泪来"。强压在心头的甄府被抄的事,终于把她的眼泪挤出来了。最后席散的时候,陪着贾母的竟只有探春一人,其凄凉落寞的情景是可想而知了。

湘云、黛玉的联句,是在大观园诸钗星散的背景下产生的。此时宝钗、宝琴早已提前离开了大观园,迎春、惜春、探春都因为抄检的事,心头积着重压。凤姐、李纨又都病倒。宝玉因晴雯病重,"诸务无心",所以终于"社也散了,诗也不作了"。只剩了湘云、黛玉两人还能作此最后一次的联句活动,并且几乎闹了一夜。虽然确有警句,如"寒塘渡鹤影,冷月葬诗魂",确是绝唱。然而,就全诗来说,真如妙玉所评,"太悲凉了","过于颓败凄楚,此亦关人之气数而有"。事实上,贾府没落衰败的趋势已成定势,且已经成为人人心头明白的事。言为心声,所以不知不觉,在他们的言语行动中自然流露出来了。雪芹的笔墨,往往不需第三者的另加说明,从叙事行文中,就能把欢乐或悲凉的甚至是批判的愤怒的情绪自然流露出来,而且深刻地感染你。这宁、荣两府赏中秋的笔墨,再一次地让你领略雪芹文笔的这种魅力!

【校记】

〔一〕"且笛声悲怨"以下共三十五字,底本缺,此从列藏、杨藏、蒙府、戚序诸本增补。

〔二〕"高处,就叫凸碧;山之",原无,从梦稿、蒙府、甲辰本补。

〔三〕"乘槎待帝孙"句下共二十二字,底本缺,此从列藏、蒙府、杨藏、戚序诸本补。

第七十七回　俏丫鬟抱屈夭风流
　　　　　　　美优伶斩情归水月

话说王夫人见中秋已过，凤姐病已比先减了，虽未大愈，然亦可以出入行走得了，仍命大夫每日诊脉服药，又开了丸药方子来配调经养荣丸。因用上等人参二两，王夫人命人取时，翻寻了半日，只向小匣内寻了几枝簪挺粗细的。

王夫人看了，嫌不好，命再找去，又找了一大包须沫出来。王夫人焦躁道："用不着偏有，但用着了，再找不着。成日家我说叫你们查一查，都归拢在一处，你们白不听，就随手混撂。你们不知他的好处，用起来得多少换买来还不中使呢。"彩云道："想是没了，就只有这个，上次那边的太太来寻了些去，太太都给过去了。"

王夫人道："没有的话，你再细找找。"彩云只得又去找，一会子，又拿了几包药材来说："我们不认得这个，请太太自看。除这个，再没有了。"王夫人

> 家道早已中落，用二两上等人参竟已找不到了，王夫人还未醒悟。

> 可见确实是用尽了。

打开看时,也都忘了,不知都是些什么,并没有一枝人参。因一面遣人去问凤姐有无,凤姐来说:"也只有些参膏芦须。虽有几枝,也不是上好的,每日还要煎药里用呢。"

王夫人听了,只得向邢夫人那里问去。邢夫人说:"因上次没了,才往这里来寻,早已用完了。"王夫人没法,只得亲身过来请问贾母。贾母忙命鸳鸯取出当日所余的来,竟还有一大包,皆有手指头粗细的不等,遂称了二两与王夫人。王夫人出来,交与周瑞家的拿去,令小厮送与医生家去认,又命将那几包不能辨得的也带了去,命医生认了,各记号上来。

脂批:"此等家常细事,岂是揣摹得此者。"

> 可见这上好的还是老早的陈物,是兴盛时留下的,现今衰落了,再也无如此好参了。

一时,周瑞家的又拿了进来,说:"这几包都各包好记上名字了。但这一包人参固然是上好的,如今就连三十换也不能得这样的了,但年代太陈了。这东西比别的不同,凭他是怎样好的,只过一百年后,便自己就成了灰了。如今这个虽未成灰,然已成了朽糟烂木,也无性力的了。请太太收了这个,倒不拘粗细,好歹再换些新的倒好。"王夫人听了,低头不语,半日才说:"这可没法了,只好去买二两来罢。"也无心看那些,只命:"都收了罢。"因向周瑞家的说:"你就去说给外头人们,拣好的换二两来,倘一时老太太问,你们只说用的是老太太的,不必多说。"

周瑞家的方才要去时,宝钗因在座,乃笑道:"姨

第七十七回 俏丫鬟抱屈夭风流 美优伶斩情归水月

娘且住。如今外头卖的人参都没好的。虽有一枝全的，他们也必截做两三段，镶嵌上芦泡须枝，掺匀了好卖，看不得粗细。我们铺子里常和参行交易，如今我去和妈说了，叫哥哥去托个伙计过去和参行商议说明，叫他把未作的原枝好参兑二两来。不妨咱们多使几两银子，也得了好的。"王夫人笑道："倒是你明白。就难为你亲自走一趟明白。" _{宝钗精于世道，故知人参亦有假也。}

于是宝钗去了，半日回来说："已遣人去，赶晚就有回信的。明日一早去配也不迟。"王夫人自是喜悦，因说道："'卖油的娘子水梳头'，自来家里有好的，不知给了人多少。这会子轮到自己用，反倒各处求人去了。"说毕长叹。宝钗笑道："这东西虽然值钱，究竟不过是药，原该济众散人才是。咱们比不得那没见世面的人家，得了这个，就珍藏密敛的。"_{脂批："调侃语。"}王夫人点头道："这话极是。"

一时宝钗去后，因见无别人在室，遂唤周瑞家的来，问前日园中搜检的事情可得下落。周瑞家的是已和凤姐等人商议停妥，一字不隐，遂回明王夫人。

王夫人听了，既惊且怒，却又作难，因想司棋系迎春之人，皆系那边的人，只得令人去回邢夫人。

周瑞家的回道："前日那边太太嗔着王善保家的多事，打了他几个嘴巴子，如今他也装病在家，不肯出头了。况且又是他外孙女儿，自己打了嘴，他只好 _{王善保家的已装病在家，不肯出头了。}

装个忘了，日久平服了再说。如今我们过去回时，恐怕又多心，倒像似咱们多事的。不如直把司棋带过去，一并连赃证与那边太太瞧了，不过打一顿，配了人，再指个丫头来，岂不省事。如今白告诉去，那边太太再推三阻四的，又说'既这样，你太太就该料理，又来说什么'，岂不反耽搁了。倘那丫头瞅空寻了死，反不好了。如今看了两三天，人都有个偷懒的，倘一时不到，岂不倒弄出事来。"王夫人想了一想，说："这也倒是。快办了这一件，再办咱们家的那些妖精。"

补叙司棋。

晴雯危矣。

周瑞家的听说，会齐了那边几个媳妇，先到迎春房里，回迎春道："太太们说了，司棋大了，连日他娘求了太太，太太已赏了他娘配人，今日叫他出去，另挑好的与姑娘使。"说着，便命司棋打点走路。迎春听了，含泪似有不舍之意，迎春尚有情。因前日夜里已闻得别的丫鬟悄悄的说了原故，虽数年之情难舍，但事关风化，亦无可如何了。

那司棋也曾求了迎春，实指望迎春能死保救下的，只是迎春语言迟慢，耳软心活，是不能做主的。司棋见了这般，知不能免，因哭道："姑娘好狠心！哄了我这两日，如今怎么连一句话也没有？"周瑞家的等说道："你还要姑娘留你不成？便留下，你也难见园里的人了。依我们的好话，快快收了这样子，倒是人

第七十七回　俏丫鬟抱屈夭风流　美优伶斩情归水月

不知鬼不觉的去罢，大家还体面些。"

迎春含泪道："我知道你干了什么大不是？我还十分说情留下，岂不连我也完了。你瞧入画，也是几年的人，怎么说去就去了。自然不止你两个，想来这园里凡大的都要去呢。依我说，将来终有一散，不如你各人去罢。" 周瑞家的道："所以到底是姑娘明白。明儿还有打发的人呢，你放心罢。"司棋无法，只得含泪与迎春磕头，和众姊妹告别，又向迎春耳根说："好歹打听我要受罪，替我说个情儿，就是主仆一场！"迎春亦含泪答应说："放心。"

于是周瑞家的等人带了司棋出了院门，又命两个婆子将司棋所有的东西都与他拿着。走了没几步，只见后头绣橘赶来，一面也擦着泪，一面递与司棋一个绢包，说："这是姑娘给你的。主仆一场，如今一旦分离，这个与你作个想念罢。"司棋接了，不觉更哭起来了，又和绣橘哭了一回。周瑞家的不耐烦，只管催促，二人只得散了。司棋因又哭告道："婶子、大娘们，好歹略徇个情儿，如今且歇一歇，让我到相好的姊妹跟前辞一辞，也是我们这几年好了一场。"周瑞家的等人皆各有事务，作这些事便是不得已了，况且又深恨他们素日大样，如今那里有工夫听他的话，因冷笑道："我劝你走罢，别拉拉扯扯的了。我们还有正经事呢。谁是你一个衣胞里爬出来的，辞他们作

> "将来终有一散"，又从迎春口中自然说出。

> 离散之兆，弥漫于各人心头。

> 生离死别，于此可见。

> 墙倒众人推，这些鱼眼珠，岂肯容你。

什么，他们看你的笑声还看不了呢。你不过是挨一会是一会罢了，难道就算了不成！依我说快走罢。"一面说，一面总不住脚，〔竟如董超、薛霸押解犯人。〕直带着往后角门出去了。司棋无奈，又不敢再说，只得跟了出来。

可巧正值宝玉从外而入，〔又碰上宝玉。〕一见带了司棋出去，又见后面抱着些东西，料着此去再不能来了。因闻得上夜之事，又兼晴雯之病亦因那日加重，细问晴雯，又不说是为何。上日又见入画已去，今又见司棋亦走，不觉如丧魂魄一般，因忙拦住，问道："那里去？"周瑞家的等皆知宝玉素日行为，又恐唠叨误事，因笑道："不干你事，快念书去罢。"宝玉笑道："好姐姐们，且站一站，我有道理。"周瑞家的便道："太太的话，不许少挨一刻，你又有什么道理。我们只知尊太太的话，管不得许多。"

司棋见了宝玉，因拉住哭道："他们做不得主，你好歹求求太太去。"宝玉不禁也伤心，含泪说道："我不知你作了什么大事，晴雯也病了，如今你又去。都要去了，这却怎么的好？"〔脂批："宝玉之语全作囫囵意，最是极无味之（语）。是极浓极有情之语也。只合如此写，方是宝玉，稍有真切则不是宝玉了。"〕

周瑞家的发躁向司棋道："你如今不是副小姐了，〔一副势利眼，势利话。世道便是如此，读者看清。〕若不听话，我就打得你。别想着往日姑娘护着，任你们作耗。越说着，还不好好的走，如今和小爷们拉拉扯扯，成个什么体统！"那几个媳妇

〔此红楼中之董超、薛霸也。〕

第七十七回　俏丫鬟抱屈夭风流　美优伶斩情归水月

不由分说，拉着司棋便出去了。

宝玉又恐他们去告舌，恨的只瞪着他们，看已去远了，方指着恨道："奇怪，奇怪！怎么这些人只一嫁了汉子，染了男人的气味，就这样混账起来，比男人更可杀了！"守园门的婆子听了，也不禁好笑起来，因问道："这样说，凡女儿个个是好的了，女人个个是坏的了？"宝玉点头道："不错，不错！"

骂尽世之恶妇，然抄检、清洗，皆王夫人之决策也，此骂亦当之否？

婆子们笑道："还有一句话，我们糊涂不解，倒要请问请问。"方欲说时，只见几个老婆子走来，忙说道："你们小心，传齐了伺候着。此刻太太亲自来园子里，在那里查人呢。只怕还查到这里来呢。又吩咐快叫怡红院的晴雯姑娘的哥嫂来，在这里等着领出他妹妹去。"因笑道："阿弥陀佛！今日天睁了眼，把这一个祸害妖精退送了，大家清净些。"

来势更猛。

轮到晴雯了。

可见老婆子们眼中之晴雯。晴雯语尖心直招怨，此其一也；众人皆同于王夫人，而讨好于王夫人，此其二也。

宝玉一闻得王夫人进来亲查，便料定晴雯也保不住了，早飞也似的赶了去，所以这后来趁愿之语竟未得听见。

宝玉及到了怡红院，只见一群人在那里，王夫人在屋里坐着，一脸怒色，见宝玉也不理。晴雯四五日水米不曾沾牙，恹恹弱息，如今现从炕上拉了下来，蓬头垢面，两个女人搀架起来去了。王夫人吩咐，只许把他贴身衣服撂出去，余者好衣服留下，给好丫头

王夫人已先到了。

晴雯已病得沉重。

们穿。王夫人薄情狠心至此，晴雯无丝毫毫把柄，抄检又一无赃证。如何狠毒至此！又命把这里所有的丫头们都叫来，一一过目。

原来王夫人自那日着恼之后，王善保家的去趁势告倒了晴雯，本处有人和园中不睦的，也就随机趁便下了些话，王夫人皆记在心中。王善保家的是首告，然绝不能容晴雯者是王夫人也。使王夫人绝不容晴雯者是袭人也。因节间有碍，故忍了两日，今日特来亲自阅人。一则为晴雯犹可，二则因竟有人指宝玉为由，说他大了，已解人事，都由屋里的丫头们不长进教习坏了。因这事更比晴雯一人较甚，既知有更比晴雯较甚的，为什么不查出来，却撵晴雯。脂批："暗伏一段'更比'。觉烟迷雾罩之中，更有无恨（限）溪山矣。"乃从袭人起，以至于极小作粗活的小丫头们，个个亲自看了一遍。

原来王善保家的之后，又有人进谗。王夫人专听谗言，晴雯如何能禁。

因问："谁是和宝玉一日的生日？"本人不敢答应，老嬷嬷指道："这一个蕙香，又叫作四儿的，是同宝玉一日生日的。"王夫人细看了一看，虽比不上晴雯一半，却有几分水秀。视其行止，聪明皆露在外面，且也打扮的不同。王夫人冷笑道："这也是个不怕臊的。他背地里说的，同日生日就是夫妻。这可是你说的？打谅我隔的远，都不知道呢。可知道我身子虽不大来，我的心耳神意时时都在这里。早已安排了密探。难道我通共一个宝玉，就白放心凭你们勾引坏了不成！"是谁勾引坏了？

活活画出王夫人懵懂顽猛，一意孤行，全不通事理，但凭权势行事，口内念佛，心里却狠极。

这个四儿见王夫人说着他素日和宝玉的私语，不禁红了脸，低头垂泪。王夫人即命也快把他家的人叫来，领出去配人。

第七十七回　俏丫鬟抱屈夭风流　美优伶斩情归水月

又问："谁是耶律雄奴？"老嬷嬷们便将芳官指出。王夫人道："唱戏的女孩子，自然是狐狸精了！上次放你们，你们又懒待出去，可就该安分守己才是。你就成精鼓捣起来，调唆着宝玉无所不为。"芳官笑辩道："并不敢调唆什么了。"王夫人冷笑道："你还强嘴。我且问你，前年我们往皇陵上去，是谁调唆宝玉要柳家的丫头五儿了？幸而那个丫头短命死了，不然进来了，你们又连伙聚党，遭害这园子呢。你连你干娘都欺倒了，岂止别人！"因喝命："唤他干娘来领去，就赏他外头自寻个女婿去罢。把他的东西一概给他。"又吩咐上年凡有姑娘们分的唱戏的女孩子们，一概不许留在园里，都令其各人干娘带出，自行聘嫁。一语传出，这些干娘皆感恩趁愿不尽，都约齐了来与王夫人磕头领去。

芳官还敢辩两句。

老账记得一清二楚，现在总算。

梨香院诸人，一齐被扫荡干净。王夫人实行了一次大扫荡。

王夫人又满屋里搜检宝玉之物，凡略有眼生之物，一并命收的收，卷的卷，着人拿到自己房内去了。因说："这才干净，省得旁人口舌。"因又吩咐袭人、麝月等人："你们小心！往后再有一点分外之事，我一概不饶。因叫人查看了，今年不宜迁挪，暂且挨过今年，明年一并给我仍旧搬出去心净。"脂批："一段神奇鬼讶之文，不知从何想来。王夫人从来未理家务，岂不一木偶哉。且前文隐隐约约已有无限口舌，浸润之潜，原非一日矣。若无此一番更变，不独终无散场之局，且ховдの夫不近乎情理。况此亦是余旧日目睹亲闻，作者身历之现成文字，非搜造而成者，故迥不与小说之离合悲欢窠臼相对。想遭零落之大族儿子见此，虽事有各殊，然其情理似亦有默契于心者焉。此一段不独批此，直从'抄检大观园'及贾母对月兴尽生悲皆可附也。"

脂批云："此亦是余旧日目睹亲闻，作者身历之现成文字，非搜造而成者。"可见作者、批者均身经其事，是真事隐去也。

说毕，茶也不吃，遂带领众人又往别处

去阅人。暂且说不到后文。

如今且说宝玉，只当王夫人不过来搜检搜检，无甚大事，谁知竟这样雷嗔电怒的来了。所责之事，皆系平日私语，_{可见身边有贼。}一字不爽，料必不能挽回的。虽心下恨不能一死，但王夫人盛怒之际，又不敢多言一句，多动一步，一直跟送王夫人到沁芳亭。王夫人命："回去好生念念那书，仔细明儿问你。才已发下狠了。"

宝玉听如此说，方回来，一路打算："谁这样犯舌？况这里事也无人知道，_{不由得宝玉不想。}如何就都说着了？"一面想，一面进来，只见袭人在那里垂泪。且又去了心上第一等的人，岂不伤心，便倒在床上，也哭起来。袭人知他心内别的还犹可，独有晴雯是第一件大事，乃推他劝道："哭也不中用了。你起来，我告诉你。晴雯已经好了，他这一家去，倒心净养几天。你果然舍不得他，等太太气消了，你再求老太太，慢慢的叫他进来，也不难。_{不过骗人而已。}不过太太偶然信了人的诽言，_{信了谁的诽言？}一时气头上如此罢了。"

> 袭人深知宝玉之重晴雯，但袭人是妒而不是爱也。

宝玉哭道："我究竟不知晴雯犯了何等滔天大罪！"_{脂批："余亦不知，盖此等冤，实非晴雯一人也。"}袭人道："太太只嫌他生的太好了，未免轻佻些。在太太是深知这样美人似的人必不安静，所以很嫌他，_{这就是罪。}像我们这粗粗笨笨的倒好。"宝玉道："这也罢了。咱们私自顽话，_{自称笨笨的，其实是鬼鬼祟祟的。}怎么也都知道了？_{问得好，看你如何回答。}又没外人走风的，这可奇

> 晴雯之罪，实"莫须有"之罪也，王夫人颟顸专横，一意肆虐而已。

第七十七回　俏丫鬟抱屈夭风流　美优伶斩情归水月

怪。"袭人道："你有甚忌讳的，一时高兴了，你就不管有人无人了。我也曾使过眼色，也曾递过暗号，倒被那别人已知道了，你反不觉。"<small>反倒推到宝玉头上了。</small>宝玉道："怎么人人的不是太太都知道，单不挑出你和麝月、秋纹来？"<small>问得尖锐，问到要害上了。</small>

袭人听了这话，心内一动，低头半日，无可回答。因便笑道："正是呢。若论我们，也有顽笑不留心的孟浪去处，怎么太太竟忘了？想是还有别的事，等完了再发放我们，也未可知。"<small>言不由衷，一篇假话，一听便知。</small><small>太太是没有忘，等完了是要奖赏你的。</small>

宝玉笑道："你是头一个出了名的至善至贤之人，他两个又是你陶冶教育的，焉得还有孟浪该罚之处！只是芳官尚小，过于伶俐些，未免倚强压倒了人，惹人厌。四儿是我误了他，还是那年我和你拌嘴的那日起，叫上来作些细活，未免夺占了地位，故有今日。只是晴雯也是和你一样，从小儿在老太太屋里过来的，虽然他生得比人强些，也没甚妨碍去处。就只是他的性情爽利，口角锋芒些，究竟也不曾得罪你们。想是他过于生得好了，反被这好所误。"说毕，复又哭起来。<small>宝玉反驳讽刺得好，终于明白过来了。</small><small>句句说到袭人身上，袭人此时已无可躲避矣。</small>

袭人细揣此话，好似宝玉有疑他之意，<small>不仅仅是疑你，而且已看清你了。</small>竟不好再劝，因叹道："天知道罢了，此时也查不出人来，<small>谁说查不出人来。</small>白哭一会子也无益了。倒是养着精神，等老太太喜欢时，回明白了再要他进来是正理。"宝玉冷笑道："你不必虚宽我的心。<small>宝玉已看得很清楚。</small>等到太太平

1479

服了再瞧势头去要时，知他的病等得等不得。他自幼上来，娇生惯养，何尝受过一日委屈。连我知道他的性格，还时常冲撞了他。他这一下去，就如同一盆才抽出嫩箭来的兰花送到猪窝里去一般。况又是一身重病，里头一肚子的闷气。他又没有亲爷热娘，只有一个醉泥鳅姑舅哥哥。他这一去，一时也不惯的，那里还等得几日？知道还能见他一面两面不能了！"说着，又越发伤心起来。

> 宝玉真知晴雯者！

袭人笑道："可是你'只许州官放火，不许百姓点灯'。我们偶然说一句略妨碍些的话，你说是不利之谈。你如今好好的咒他，是该的了！他便比别人娇些，也不至这样起来。"宝玉道："不是我妄口咒他，今年春天已有兆头的。"袭人忙问："何兆？"宝玉道："这阶下好好的一株海棠花，竟无故死了半边，我就知有异事，果然应在他身上。"

袭人听了，又笑起来，因笑道："我待不说，又撑不住，

> 自然撑不住。

你太也婆婆妈妈的了。这样的话，岂是你读书的男人说出来的。草木怎又关系起人来了？若不婆婆妈妈的，真也成了个呆子了。"宝玉叹道："你们那里知道，不但草木，凡天下之物，皆是有情有理的，也和人一样，得了知己，便极有灵验的。若用大题目比，就有孔子庙前之桧、坟前之蓍，诸葛祠前之柏，岳武穆坟前之松。这都是堂堂正大随人之正气，

第七十七回　俏丫鬟抱屈夭风流　美优伶斩情归水月

千古不磨之物。世乱则萎，世治则荣，几千百年了，枯而复生者几次。这岂不是兆应？小题目比，就是杨太真沉香亭之木芍药，端正楼之相思树，王昭君冢上之草，岂不也有灵验。所以这海棠亦应其人欲亡，故先就死了半边。"

袭人听了这篇痴话，又可笑，又可叹，因笑道："真真的你这话越发说上我的气来了。你听了自然要气。那晴雯是个什么东西，就费这样心思，比出这些正经人来！还有一说，他纵好，也越不过我的次序去。便是这海棠，也该先来比我，也还轮不到他。原来应该先比你，一句话，妒意全出，掩盖不住矣。想必是我要死了。"宝玉听说，忙握他的嘴，劝道："这是何苦！一个未清，你又这样起来。罢了，再别提这事，别弄的去了三个，又饶上一个。"袭人听说，心下暗喜道："若不如此，你也不能了局。"袭人真会弄鬼。

宝玉乃道："从此休提起，全当他们三个死了，不过如此。况且死了的也曾有过，也没见我怎么样，此一理也。脂批："宝玉至终一着，全作如是想，所以始于情终于悟者，既能终于悟而止，则情不得滥漫而涉于淫佚之事矣。一人前事，一人了法，皆非弃竹而复悯笋之意。"如今且说现在的，倒是把他的东西，瞒上不瞒下，悄悄的打发人送出去与了他。再，或有咱们常时积攒下的钱，拿几吊出去，给他养病，也是你姊妹好了一场。"袭人听了，笑道："你太把我们看的又小器、又没人心了。这话还等你说，我才已将他素日所有的衣裳，以至各色各物总打点下了，都放在那

"那晴雯是个什么东西"，袭人终于露出马脚来了。

1481

里。如今白日里人多眼杂，又恐生事，且等到晚上，悄悄的叫宋妈给他拿出去。我还有攒下的几吊钱，也给他罢。"宝玉听了，感谢不尽。藉此掩饰而已。 宝玉容易糊弄。

袭人笑道："我原是久已出了名的贤人，连这一点子好名儿还不会买来不成！"立即报复。宝玉听他点方才的话，忙陪笑抚慰一回。晚间，果密遣宋妈送去。

可见已防着袭人了。

宝玉将一切人稳住，便独自得便出了后角门，央一个老婆子带他到晴雯家去瞧瞧。先是这婆子百般不肯，只说怕人知道，"回了太太，我还吃饭不吃饭？"无奈宝玉死活央告，又许他些钱，那婆子方带了他来。

补叙晴雯来历。

这晴雯当日系赖大家用银子买的，那时晴雯才得十岁，尚未留头。因常跟赖嬷嬷进来，贾母见他生得伶俐标致，十分喜爱。故此赖嬷嬷就孝敬了贾母使唤，后来所以到了宝玉房里。这晴雯进来时，也不记得家乡、父母，只知有个姑舅哥哥，专能庖宰，也沦落在外，故又求了赖大家的收买进来吃工食。赖家的见晴雯虽到贾母跟前，千伶百俐，嘴尖性大，却倒还不忘旧，

晴雯能念旧，可见她不忘本，可见她秉性淳厚而正，虽嘴尖利，但不做背后损人之事。

脂批："只此一句，便是晴雯正传。可知晴雯为聪明风流所害也。一篇为晴雯写传，是哭晴雯也；非哭晴雯乃哭风流也。"故又将他姑舅哥哥收买进来，把家里一个女孩子配了他。成了房后，谁知他姑舅哥哥一朝身安泰，就忘却当年流落时，任意吃死酒，家小也不顾。偏又娶了个多情美色之妻，见他不顾身命，不知风月，一味死吃酒，便不免有兼

第七十七回　俏丫鬟抱屈夭风流　美优伶斩情归水月

葭倚玉之叹，红颜寂寞之悲。又见他器量宽宏，脂批："趣极，量器宽宏如此用，真扫地矣。"并无嫉衾妒枕之意，这媳妇遂恣情纵欲，满宅内便延揽英雄，收纳材俊，上上下下竟一半是他考试过的。奇语。若问他夫妻姓甚名谁，便是上回贾琏所接见的多浑虫灯姑娘儿的便是了。脂批："奇奇怪怪，左盘右旋，千丝万缕，皆自一体也。"目今晴雯只有这一门亲戚，所以出来就在他家。写灯姑娘。

此时多浑虫外头去了。那灯姑娘吃了饭也去串门子去了。只剩下晴雯一人，在外间房内爬着。脂批："总哭晴雯。"宝玉命那婆子在院门瞭哨，他独自掀起草帘脂批："草帘。"进来，一眼就看见晴雯睡在芦苇土炕上，脂批："芦苇土炕。"幸而衾褥还是旧日铺的。心内不知自己怎么才好，因上来含泪伸手轻轻拉他，悄唤两声。当下晴雯又因着了风，又受了他哥嫂的歹话，病上加病，嗽了一日，才朦胧睡了。忽闻有人唤他，强展星眸，一见是宝玉，又惊又喜，又悲又痛，忙一把死攥住他的手。哽咽了半日，满目凄凉。晴雯绝处逢生，只此一刻耳。凄惨之极。方说出半句话来："我只当今生不得见你了。"接着便嗽个不住。宝玉也只有哽咽之分。此情此景，人何以堪。

晴雯道："阿弥陀佛，你来的好，且把那茶倒半碗我喝。可见平日如何难熬。渴了这半日，叫半个人也叫不着。"宝玉听说，忙拭泪问："茶在那里？"晴雯道："那炉台上就是。"宝玉看时，虽有个黑沙吊子，却不像个茶壶。只得桌上去拿了一个碗，也甚大甚粗，不像个可知贫富天壤之悬也。

茶碗，未到手内，先就闻得油膻之气。脂批："不独为晴雯一哭，且为宝玉一哭亦可。"宝玉只得拿了来，先拿些水洗了两次，复又用水汕过，方提起沙壶斟了半碗。看时，绛红的颜色，也太不成茶。晴雯扶枕道："快给我喝一口罢！已经渴死了，还能管茶味。这就是茶了。那里比得咱们的茶！"

怎能与怡红院比，怡红院固天上也。

宝玉听说，先自己尝了一尝，并无清香，且无茶味，只一味苦涩，略有茶意而已。尝毕，方递与晴雯。只见晴雯如得了甘露一般，

问人生到此凄凉否？一气都灌下去了。可怜可悲。

宝玉心下暗道："往常那样好茶，他尚有不如意之处；今日这样。看来，可知古人说的'饱饫烹宰，饥餍糟糠'，又道是'饭饱弄粥'，可见都不错了。"脂批："妙，通篇宝玉最要书者，每因女子之所历，始信其可，此谓触类旁通之妙诀矣。"一面想，一面流泪问道："你有什么说的，趁着没人，告诉我。"

晴雯呜咽道："有什么可说的！不过挨一刻是一刻，挨一日是一日。我也知横竖不过三五日的光景，就好回去了。凄惨至极。只是一件，我死了也不甘心的：我虽生的比别人略好些，并没有私情密意勾引你怎样，如何一口死咬定了我是个狐狸精！我太不服。即读者亦不服。今

此冤难平也。

日既已担了虚名，而且临死，不是我说一句后悔的话，早知如此，当日也另有个道理。不料痴心傻意，只说

晴雯一向光明磊落，心直口快，心胸坦荡，于此可知。

大家横竖是在一处。不想平空里生出这一节话来，有冤无处诉。"说毕，又哭。

宝玉拉着他的手，只觉瘦如枯柴，腕上犹戴着四

第七十七回　俏丫鬟抱屈夭风流　美优伶斩情归水月

个银镯，因泣道："且卸下这个来，等好了再戴上罢。"因与他卸下来，塞在枕下。又说："可惜这两个指甲，好容易长了二寸长，这一病好了，又损好些。"

晴雯拭泪，就伸手取了剪刀，将左指上两根葱管一般的指甲齐根铰下；又伸手向被内将贴身穿着的一件旧红绫袄脱下，并指甲都与宝玉道："这个你收了，以后就如见我一般。快把你的袄儿脱下来我穿。我将来在棺材内独自躺着，也就像还在怡红院的一样了。论理不该如此，只是担了虚名，我可也是无可如何了。"

<small>此情可悯，此心可怜。天下伤心文字无过于此，原不在文字之长短也。</small>

宝玉听说，忙宽衣换上，藏了指甲。晴雯又哭道："回去他们看见了要问，不必撒谎，就说是我的。既担了虚名，越性如此，也不过这样了。" <small>人既将死，也就不必顾忌了。</small>

一语未了，只见他嫂子笑嘻嘻掀帘进来， <small>突如其来，意想不到之笔。</small> 道："好呀，你两个的话，我也都听见了。"又向宝玉道："你一个作主子的，跑到下人房里作什么？看我年轻又俊，敢是来调戏我么？"宝玉听说，吓的忙陪笑央道："好姐姐，快别大声。他服侍我一场，我私自来瞧瞧他。"

灯姑娘便一手拉了宝玉进里间来，笑道："你不叫嚷也容易，只是依我一件事。"说着，便坐在炕沿上，却紧紧的将宝玉搂入怀中。<small>不堪至极。</small>宝玉如何见过这个，心内早突突的跳起来了，急的满面红涨，又羞又怕，只说："好姐姐，别闹。"^{脂批："如闻如见，'别闹'两字活跳。"}灯姑娘乜斜醉眼，笑道："呸！成日家听见你风月场中惯作工夫的，怎么今日就反讪起来？"宝玉红了脸，笑道："姐姐放手，有话咱们好说。外头有老妈妈，听见是什么意思。"灯姑娘笑道："我早进来了，却叫婆子去园门等着呢。我等什么似的，今儿等着了你。^{是何言语。}虽然闻名不如见面，空长了一个好模样儿，竟是没药性的炮仗，只好装幌子罢了，倒比我还发讪怕羞。可知人的嘴一概听不得的。就比如方才我们姑娘下来，我也料定你们素日偷鸡盗狗的。我进来一会子，在窗下细听，屋内只你二人，若有偷鸡盗狗的事，岂有不谈及于此，^{为晴雯一洗冤情。}谁知你两个竟还是各不相扰。可知天下委屈事也不少。如今我反后悔错怪了你们。既然如此，你但放心。^{灯姑娘尚有良心，尚能仗义，亦难得矣。}以后你只管来，我也不啰唣你。"^{想灯姑娘亦受晴雯冰清玉洁之感矣。}

_{可知灯姑娘亦非一味淫荡也。程本于此处增加不少污秽笔墨，实为恶札，读者当注意，勿受其蒙。}

宝玉听说，才放下心来，方起身整衣，央道："好姐姐，你千万照看他两天。我如今去了。"说毕出来，又告诉晴雯。二人自是依依不舍，也少不得一别。晴雯知宝玉难行，遂用被蒙头，总不理他。^{生离死别，伤哉！}

宝玉方出来。意欲到芳官、四儿处去，无奈天黑，出来了半日，恐里面人找他不见，又恐生事，遂且进园来了，明日再作计较。因仍入后角门，看角门的小厮正抱铺盖进里边来，里边嬷嬷们正查人，若再迟一步，也就关了。

第七十七回　俏丫鬟抱屈夭风流　美优伶斩情归水月

宝玉进入园中，且喜无人知道。到了自己房内，告诉袭人，只说在薛姨妈家去的，也就罢了。一时铺床，袭人不得不问今日怎么睡。宝玉道："不管怎么睡罢了。" 连袭人也瞒过了。

原来这一二年间，袭人因王夫人看重了他了，他越发自要尊重。凡背人之处，或夜晚之间，总不与宝玉狎昵，较先幼时反倒疏远了。况虽无大事办理，然一应针线，并宝玉及诸小丫头们凡出入银钱衣履什物等事，也甚烦琐；且有吐血旧症虽愈，然每因劳碌风寒所感，即嗽中带血，故迩来夜间总不与宝玉同房。宝玉夜间常醒，又极胆小，每醒必唤人。因晴雯睡卧惊醒，且举动轻便，故夜晚一应茶水、起坐、呼唤之任，皆悉委他一人，所以宝玉外床只是他睡。今他去了，袭人只得要问，因思此任比日间紧要之意。宝玉既答不管怎样，袭人只得还依旧年之例，遂仍将自己的铺盖搬来，设于床外。补叙一段往事。

宝玉发了一晚上呆，脂批："一句是矣。"及催他睡下，袭人等也都睡后，听着宝玉在枕上长吁短叹，复去翻来，直至三更以后，方渐渐的安顿了，略有鼾声。袭人方放心，也就朦胧睡着。没半盏茶时，只听宝玉叫"晴雯"。袭人忙睁开眼连声答应，问作什么。宝玉因要吃茶。袭人忙下去向盆内蘸过手，从暖壶内倒了半盏茶来吃过。宝玉乃笑道：脂批："笑字好极。有文章，盖恐冷落袭人也。""我近来叫惯了他，却忘了是你。"袭人笑道:"他一乍来时,你也曾睡梦中直叫我,半年后才改了。我知道这晴雯人虽去了,这两个字只怕是不能去的。"说着,大家又卧下。

宝玉又翻转了一个更次,至五更方睡去时,只见晴雯从外头走来,仍是往日形景,进来笑向宝玉道:"你们好生过罢,我从此就别过了。"说毕,翻身便走。惨极,此想象之笔,亦情理之笔,此类事并非不可能也。宝玉忙叫时,又将袭人叫醒。袭人还只当他惯了口乱叫,却见宝玉哭了,说道:"晴雯死了。"伤心之笔,堕泪之笔。袭人笑道:"这是那里的话!你就知道胡闹,被人听着,什么意思。"宝玉那里肯听,恨不得一时亮了就遣人去问信。

及至天亮时,就有王夫人房里小丫头立等叫开前角门传王夫人的话:"'实时叫起宝玉,快洗脸,换了衣裳快来,因今儿有人请老爷寻秋赏桂花,老爷因喜欢他前儿作得诗好,故此要带他们去。'这都是太太的话,一句别错了。你们快飞跑告诉去,立逼叫他快来,老爷在上房里还等他吃面茶呢。环哥儿已来了,快跑,快跑。再着一个人去叫兰哥儿,也要这等说。"

里面的婆子听一句,应一句,一面扣钮子,一面开门。一面早有两三个人一行扣衣,一行分头去了。写得匆忙急迫至极。

袭人听得叩院门,便知有事,忙一面命人问时,自己已起来了。听得这话,忙促人来舀了面汤,催宝

第七十七回 俏丫鬟抱屈夭风流 美优伶斩情归水月

玉起来盥漱。他自去取衣服。因思跟贾政出门，便不肯拿出十分出色的新鲜衣履来，只拣那二等成色的来。

宝玉此时亦无法，只得忙忙的前来。果然贾政在那里吃茶，十分喜悦。宝玉忙行了省晨之礼。贾环、贾兰二人也都见过了宝玉。贾政命坐下吃茶，向环、兰二人道："宝玉读书不如你两个，论题联和诗，这种聪明，你们皆不及他。今日此去，未免强你们做诗，宝玉须听便助他们两个。"王夫人等自来不曾听见这等考语，真是意外之喜。

一时候他父子二人等去了，王夫人方欲过贾母这边来时，就有芳官等三个的干娘走来，回说："芳官自前日蒙太太的恩典赏了出去，他就疯了似的，茶也不吃，饭也不用，勾引上藕官、蕊官，三个人寻死觅活，只要剪了头发作尼姑去。我只当是小孩子家一时出去不惯，也是有的，不过隔两日就好了。谁知越闹越凶，打骂着也不怕。实在没法，所以来求太太，或是就依他们做尼姑去，或教导他们一顿，赏给别人作女儿去罢，我们也没这福。"王夫人听了，道："胡说！那里由得他们起来，佛门也是轻易入进去的！每人打一顿，给他们看，还闹不闹了！"

当下因八月十五日各庙内上供去，皆有各庙内的尼姑来送供尖之例，王夫人曾于十五日就留下水月庵的智通与地藏庵的圆信住两日，至今未回，听得此信，

写芳官等情景。

巴不得又拐两个女孩子去作活使唤，因都向王夫人道："咱们府上到底是善人家。因太太好善，所以感应得这些小姑娘们皆如此。虽说佛门轻易难入，也要知道，佛法平等。我佛立愿，原是一切众生，无论鸡犬，皆要度他，无奈迷人不醒。若果有善根，能醒悟，即可以超脱轮回。所以经上现有虎狼蛇虫得道者就不少。如今这两三个姑娘既然无父无母，家乡又远，他们既经了这富贵，又想从小儿命苦入了这风流行次，将来知道终身怎样，所以苦海回头，立意出家，修修来世，也是他们的高意。太太倒不要限了善念。" 说得天花乱坠，一套骗人本领。

贼尼趁机拐人。

王夫人原是个好善的，先听彼等之语不肯听其自由者，因思芳官等不过皆系小儿女，一时不遂心，故有此意，但恐将来熬不得清净，反致获罪。今听这两个拐子的话大近情理；且近日家中多故，又有邢夫人遣人来知会，明日接迎春家去住两日，以备人家相看；且又有官媒婆来求说探春等事，心绪甚烦，那里着意在这些小事上。既听此言，便笑答道："你两个既这等说，你们就带了作徒弟去如何？"两个姑子听了，念一声佛，道："善哉！善哉！若如此，可是你老人家的阴德不小。"说毕，便稽首拜谢。

王夫人道："既这样，你们问他们去，若果真心，即上来，当着我拜了师父去罢。"这三个女人听了出去，果然将他三人带了来。王夫人问之再三，他三人已是

第七十七回　俏丫鬟抱屈夭风流　美优伶斩情归水月

立定主意，遂与两个姑子叩了头，又拜辞了王夫人。王夫人见他们意皆决断，知不可强了，反倒伤心可怜，忙命人取了些东西来赍赏了他们，又送了两个姑子些礼物。

从此，芳官跟了水月庵的智通，蕊官、藕官二人跟了地藏庵的圆信，各自出家去了。再听下回分解。

芳官等亦入空门。大观园诸人，死的死，散的散，入空门的入空门。从此昙花现过矣。

【回后评】

抄检大观园,是王夫人之决策,然初实受邢夫人之检举质责也。故王夫人、凤姐开始均被动受劫,及至抄过怡红院、潇湘馆、秋爽斋皆一无所得,则王夫人、凤姐已易其势矣,及至入画、司棋被检,尤其是司棋被检出书信香囊等物,则其势根本倒转,邢夫人、王善保家的处于劣势矣。司棋之事出,王夫人原可收场矣,乃竟进一步清洗大观园,将芳官、藕官、蕊官、四儿、司棋、晴雯等一概逐出,最后逼死晴雯,逼得芳官等出家为尼。除司棋被查出把柄外,其他诸人又有何罪,晴雯唯一的罪名就是生得太好,这就可以致她于死命,正是"匹夫无罪,怀璧其罪"。王夫人之专横、愚蠢、颠顶、昏庸于此可见矣。或曰王夫人实为抄检、清洗之罪魁祸首,而作者似无一词批判。其实《红楼梦》中不唯王夫人未批判,即贾珍、贾政等,亦无专门批判之词,《红楼梦》作者之褒贬,皆从叙事倾向中自然流露之,故虽无对王夫人之批判,而读者读完抄检诸章,对王夫人绝无好感矣。相反,一专横、愚蠢、偏见之昏庸愚妇,已跃然于纸上矣!

宝玉诘问袭人一段,直问到何以王夫人独不提袭人、麝月、秋纹之短,则已昭然揭出袭人之告密诬陷矣,亦公然揭出袭人是王夫人之耳目矣,而袭人依然能装聋作哑,敷衍过关,袭人之狡猾、厚黑,亦已甚矣。

宝玉探晴雯一段文字,为千古至情之文,读之而无不为下泪者,读之而无不为晴雯愤怨呼天者,乃忽着一灯姑娘偷听,于是晴雯之冰清玉洁,遂大白于天下,而灯姑娘亦未亵渎宝玉,此可见灯姑娘亦尚存真心也。程本于此处为灯姑娘大加不堪之词,实为恶札,大违雪芹之意也。

第七十七回　俏丫鬟抱屈夭风流　美优伶斩情归水月

芳官等三人被逼出家为尼，此王夫人之罪也，亦老尼拐人之罪也，乃王夫人与老尼竟能合契，则王夫人其人可知矣，虽平时念佛施舍，不掩其罪也！